maritim

Das Buch

1778: Nach Anerkennung der Unabhängigkeit der Vereinigten Staaten durch die Franzosen greift der Siebenjährige Krieg auch auf die kolonialen Besitzungen Englands und Frankreichs in der Karibik über. Und einmal mehr gerät William »Wild Bull« Turner, der junge Kapitän der Royal Navy, mit seiner Kriegsslup *Shark* zwischen die Fronten. Als er in Erfahrung bringt, dass sich eine starke französische Flotte dem Weg nach Amerika befindet, stellt er aus seemännischem Pflichtbewusstsein die bereits anberaumte Hochzeit mit der reichen Plantagenbesitzerin Elizabeth Parker, die ein Kind von ihm erwartet, erst einmal zurück. Admiral Hood, der sonst in der Chesapeake Bay in der Falle säße, muss unbedingt vor der herannahenden Gefahr gewarnt werden. Ohne seine Vorgesetzten zu informieren, hetzt William Turner mit seinem Schiff nach Norden. Bislang war es ihm noch immer gelungen, seine Gegner mit trickreichen Einfällen und der Feuerkraft der *Shark* zu besiegen. Auch wenn der nahende französische Verband von einem ganz anderen Kaliber ist, baut er dennoch auch diesmal auf sein Können und Kriegsglück.

Der Autor

Paul Quincy begann seine seemännische Laufbahn als Schiffsjunge auf einem Frachter in der Nordsee und wechselte dann als Matrose auf einen Stückgutfrachter. Nach mehreren Jahren in der Karibik befuhr er mit Steuermanns- und Kapitänspatent in der Tasche alle Ozeane der Welt. Wenn es ihm seine Zeit erlaubt, ist der Autor nach wie vor als Skipper auf diversen Yachten in der Ostsee und im Mittelmeer unterwegs.

Von Paul Quincy sind in unserem Hause bereits erschienen:
Schwarze Flagge – Rote Segel, Entermesser blank – Mut pur, Harte Männer – Schwere See

Paul Quincy

Tosendes Meer –
Eiskalte Gegner

Roman

Ullstein

Besuchen Sie uns im Internet:
www.ullstein-taschenbuch.de

Umwelthinweis:
Dieses Buch wurde auf chlor- und säurefreiem Papier gedruckt.

Originalausgabe im Ullstein Taschenbuch
1. Auflage Dezember 2008

Umschlaggestaltung:
HildenDesign, München / Buch und Werbung, Berlin
Titelabbildung: Krasny Jan Patrik via Schlück GmbH
Satz: Pinkuin Satz und Datentechnik, Berlin
Gesetzt aus der Sabon
Druck und Bindearbeiten: CPI – Ebner & Spiegel, Ulm
Printed in Germany
ISBN 978-3-548-28002-8

Prolog

Mit der Kapitulation von General Burgoyne bei Saratoga war die Strategie des britischen Oberkommandos in Nordamerika gescheitert, durch einen entschlossenen Sichelschnitt von Kanada über Fort Ticonderoga und das Flusstal des Hudson nach New York die abtrünnigen Kolonien in Neuengland von den Rebellen im Süden zu trennen. Zwar gelang es General Howe, Philadelphia zu erobern und den Congress von dort zu vertreiben, aber der Sieg bei Saratoga brachte die zögernden – weil vom Staatsbankrott bedrohten – Franzosen dazu, die Unabhängigkeit der Vereinigten Staaten vertraglich anzuerkennen. Das war für Großbritannien de facto eine Kriegserklärung, trotzdem bestand noch für mehrere Monate ein seltsam brüchiger Frieden, in dem es aber zu vielfältigen quasikriegerischen Zwischenfällen – bis hin zur Wegnahme von Prisen – kam.

Die französische Regierung hatte die Aufständischen schon vorher inoffiziell massiv mit Waffen und Freiwilligen unterstützt. Der Grund dafür kann allerdings kaum in dem von einigen amerikanischen Rebellenführern vertretenen Gedankengut gesehen werden, denn ausgerechnet das, was 1776 in der amerikanischen Unabhängigkeitserklärung formuliert worden war, fegte später, 1789, die morsche französische Monarchie im Namen von *liberté, égalité, fraternité* hinweg. Die Geschichtsforschung ist sich heute weitgehend darin einig, dass das kostspielige Engagement im amerikanischen Unabhängigkeitskrieg neben der notorischen Verschwendungssucht am Hof in Versailles Frankreichs Finanzen endgültig zerrüttet und damit die Revolution befördert hat – die Geschichte scheint ironische Pointen zu lieben. Das Hauptmotiv der Franzosen für den Kriegseintritt war sehr wahrscheinlich der Wunsch nach Revanche für die Niederlage und die damit verbundenen demütigenden Gebietsverluste im Siebenjährigen Krieg: Wenn man in dem Abkommen mit den Amerikanern schon auf die Rückgabe Kanadas verzichtete, so wollte man sich dafür wenigstens an den reichen britischen Kolonien in der Karibik und in Ostindien schadlos halten.

In dieser Zeit des unerklärten Krieges unternahm die britische Regierung unter Lord North mindestens zwei ernsthafte Versuche, den Krieg mit den Kolonien friedlich zu beenden. Am 12. April 1778 versuchte die Carlisle Commission mit dem Congress zu verhandeln. Alle Forderungen der Amerikaner mit Ausnahme der Unabhängigkeit sollten erfüllt werden. Der Delegation gehörten Frederick Howard (Earl of Carlisle), William Eden und George Johnston an. Der Kongress weigerte sich, die Herren auch nur anzuhören, und speiste sie mit einem Brief ab.

Etwa zur selben Zeit, genaugenommen am 23. Februar, erreichte der ehemalige preußische Offizier Baron von Steuben das Winterlager von General Washington in Valley Forge. Wie wir im letzten Band gelesen haben, hat der englische Geheimdienst und damit natürlich auch William »Wild Bull« Turner zusammen mit der Besatzung der *Shark* alles versucht, um durch Sabotage, Bestechung und Mordanschläge Steuben daran zu hindern, eine führende Stellung in der amerikanischen Armee zu übernehmen. Trotz der ehrabschneidenden, vom Geheimdienst in Umlauf gebrachten Gerüchte, die Steuben unterstellten, homosexuell zu sein, muss der Preuße den Oberkommandierenden der Continental Army von seinen Fähigkeiten überzeugt haben, denn auf Washingtons Betreiben hin, wurde er als Generalmajor und nach kurzer Probezeit auch als Generalinspekteur des regulären Heeres eingestellt. Umgehend begann er mit seiner Arbeit. Es entbehrte sicher nicht einer gewissen Komik, wenn der General die unbeholfenen Infanteristen seiner Musterkompanie dreisprachig zusammenstauchte (auf Deutsch, Französisch und Russisch), seine rabenschwarzen Flüche aber von seinem Adjutanten erst ins Englische übersetzt werden mussten. Auch die zuständigen Truppenoffiziere bekamen ihr Fett weg, wenn ihre Männer die Ausrüstung nicht vollständig und in einem guten Zustand präsentieren konnten. Sehr beeindruckt hat Steuben, dass kein Exerzierbefehl nur deshalb ausgeführt wurde, weil er gegeben worden war, sondern erst befolgt wurde, wenn die Männer eingesehen hatten, dass er sinnvoll war. In dieser Zeit entstand auch das berühmte »Blue Book« *(Regulations for the Order and Discipline of the Troops of the United States)*, ein Exerzierreglement, das in seinen Grundzügen noch bis in die fünfziger Jahre des 20. Jahrhunderts galt. Es enthielt nicht nur Anweisungen zum Exerzieren und zum Verhalten auf dem Schlachtfeld, sondern auch Erläuterungen zu den Pflichten der Offiziere und Unteroffiziere, außerdem Vorschriften zum Bau von Latrinen, die in gebührender Entfernung von den Zelten und auf der dem zentralen Küchenbereich gegenüberliegenden Lagerseite eingerichtet werden mussten. Bis dahin hatte jede Zeltgemeinschaft für sich an einem Lagerfeuer gekocht und hinter dem nächstgelegenen Baum ihre Notdurft verrichtet – was den hygienischen Bedingungen und der Gesundheit der Soldaten nicht sonderlich zuträglich gewesen war. Dank Steuben erreichte die Continental Army in relativ kurzer Zeit einen erstaunlich hohen Ausbildungsstand, der sie befähigte, sich auf dem Gefechtsfeld diszipliniert zu bewegen. Dadurch verloren die Soldaten aus den amerikanischen Kolonien ihr Unterlegenheitsgefühl gegenüber den britischen Berufssoldaten, was sich zum ersten Mal in der Schlacht von Manmouth zeigte. Der Vorwurf der Sodomie (wie man die Homosexualität damals nannte) hat Steuben bis zu seinem Tod verfolgt, da er immer mal wieder auch von seinen amerikanischen Neidern und Gegnern hervorgekramt und kolportiert wurde. Wie doch schon die Alten so richtig sagten: Verleumde nur dreist, etwas bleibt immer hängen.

Da die Briten ihre Landstreitkräfte nicht nennenswert verstärkten, sondern sogar kampferprobte Truppenteile vom amerikanischen Kriegsschauplatz abziehen mussten, um die Einheiten in der Karibik aufzustocken, hatten sie nach dem Eingreifen starker französischer See- und Landstreitkräfte 1778 ein echtes Problem. Aber das Sterben und Leiden sollte auf allen Seiten noch mehrere Jahre weitergehen.

Und mittendrin steckt William Turner, der Bräutigam in spe und werdende Vater, auf seiner Kriegsslup *Shark*. Bis jetzt hat er bei seinen Einsätzen viel Glück gehabt. Durch Prisengelder hatte er sich ein kleines Vermögen sichern können, und seine zukünftige Ehefrau, die Witwe Elizabeth Parker, würde drei Zuckerrohrplantagen mit in die Ehe bringen. Er würde so reich sein, wie er es sich, als Sohn eines Fischers und Schmugglers aus Sussex, nie auch nur annähernd hätte vorstellen können.

Privat sah seine Zukunft also glänzend aus, anders war das mit der beruflichen Karriere. Bis jetzt waren seine Gegner zumeist Schiffe seiner Größenordnung gewesen, die er mit seiner überlegenen Feuerkraft und mit schlitzohrigen Einfällen besiegen konnte. Aber bald würden in der Karibik und vor der amerikanischen Küste französische Flotteneinheiten kreuzen, und da war die Wahrscheinlichkeit groß, dass aus dem Fuchs ein Hase wurde – oder um im Bild zu bleiben: Aus der *Shark* konnte schnell eine *Pilchard* werden.

Aber taugt ein reicher Plantagenbesitzer mit Weib und Kind überhaupt noch als Kommandant eines Schiffes des britischen Geheimdienstes für gefährliche Sonderaufträge? Wird er in Zukunft nicht zu schnell den Kopf zurückziehen, wenn die Luft intensiv nach Blei riecht? Und was sollte ihn daran hindern, in die Politik zu gehen und den Krieg mit klugen Sprüchen auf den Bänken des Parlaments zu führen? Nun kann sich Turner zwar mit allem Geld der Welt keinen Etonakzent und einen adligen Stammbaum kaufen, aber bei seinen Fachkenntnissen und einem jährlichen Einkommen von mehreren tausend Pfund Sterling bekommt auch der Sussex-Dialekt eines Fischerjungen einen gewissen Charme.

Aber kann »Wild Bull« Turner so einfach aus seiner Haut schlüpfen? Wir werden sehen …

Kapitel 1

April 1778, Antigua, Karibik

William Turner seufzte und rieb sich den Hinterkopf. Das war eine Marotte von ihm, die er nicht mehr hatte ablegen können, nachdem ihn bei der Erkundung des spanischen Hafens Puerto Santo an der Küste Südamerikas, ein Schlag mit einem Sandsack zu Boden gestreckt hatte. Er rekelte sich missmutig in seinem bequemen Sessel aus geflochtenem Rohr, der bei jeder seiner Bewegungen leise knarrte, dann warf er die Schreibfeder wütend auf die Tischplatte und griff nach seinem Glas mit Limonade. Durstig stürzte er das erfrischende Getränk aus frischgepressten Zitrusfrüchten hinunter, danach rülpste er hinter der vorgehaltenen Hand laut und vernehmlich. Unter dem Sonnensegel auf dem Achterdeck wehte eine angenehme leichte Brise, das grüne Wasser der Bucht leuchtete einladend, und er überlegte, ob er nochmals mit einem Kopfsprung hineintauchen sollte. Sein Kopf schmerzte, und er blickte düster über das Deck. Der Dienst auf der *Shark* ging seinen gewohnten Gang. Die Schäden, die das Schiff bei der Kollision mit dem französischen Depeschenkutter *Loriot* davongetragen hatten, waren in der Werft beseitigt worden, und jetzt war die eingespielte Mannschaft unter den scharfen Augen seines Ersten Offiziers, James Dechamp, und des Bootsmanns Peter »Horseshoe« Baxter eifrig und, wie er dem Gefrotzel und Lachen entnehmen konnte, auch fröhlich dabei, die letzten Spuren des Werftaufenthalts zu beseitigen und das Schiff seeklar zu machen.

Einen Vorteil hatte es ja, wenn man einen Mann wie Smith, den Niederlassungsleiter von *Hermes Worldwide Enterprises*, oder besser gesagt vom Geheimdienst Seiner Majestät Regierung, hinter sich hatte. Der Agent wusste von den meisten einflussreichen Männern – oder ihren Frauen – in Verwaltung, Werften und Werkstätten, Depots, Arsenalen, Magazinen und selbst dem Prisengericht sehr viele interessante schmutzige Details, die besser nicht an die Öffentlichkeit gelangen sollten. Dadurch war sichergestellt, dass nach einem dezenten Hinweis von Smith die HMS *Shark* stets bevorzugt behandelt, schnell und fachmännisch repariert sowie mit Materialien der besten Qualität beliefert wurde. Aber heute konnte all das William Turner noch nicht mal ein ironisches Lächeln abringen. Die letzten Tage und Nächte waren einfach zu aufregend und anstrengend gewesen.

Eigentlich sah der junge Mann, der Mitte zwanzig sein mochte, nicht wie der Kommandant eines Kriegschiffs der Königlichen Marine aus, und das lag nicht nur an den blutunterlaufenen, trüben blaugrauen Augen und dem unter der tiefen Sonnenbräune fahlen Teint. Er trug keine Perücke, sondern auf seinem krausen rotbraunen Haar klebte ein feuchtes rotes Kopftuch, ähnlich dem eines Piraten, und ein markanter, kurzgeschnittener rötlicher Bart umrahmte den Mund und zierte das Kinn. Das weiße Leinenhemd stand bis zum Gürtel offen und wies Wasserflecken auf. Aus den hochgekrempelten Ärmeln ragten muskulöse braungebrannte Arme, und auf dem linken Arm deutete eine lange weiße Narbe auf eine Verletzung durch eine Hiebwaffe hin. Die weiten, hellen Arbeitshosen ließen Turner jede Menge Bewegungsfreiheit. Er war barfuß. Nein, einen Kapitän der Royal Navy stellte man sich anders vor. Aber dieser Mann hatte Sorgen, er war gerade dabei, einen schweren inneren Konflikt mit sich auszutragen – und übel von dem vielen Alkohol, den er gestern in sich hineingeschüttet hatte, war ihm obendrein.

Die Nachrichten vom bevorstehenden Eintritt der Franzosen in den Krieg, für den er den Beweis auf dem Depeschenkutter *Loriot* gefunden hatte, war in der kleinen Kolonie – Geheimhaltung hin, Verschwiegenheit her – wie eine Bombe eingeschlagen, denn alle fürchteten, sicher nicht ganz zu Unrecht, dass die prosperierenden Inseln in der Karibik ein bevorzugtes Ziel für die Franzosen sein würden. Europa war auf den Geschmack von Zucker gekommen und zahlte dafür fast jeden Preis!

In einem langen Gespräch mit Abi Goldman, dem Geschäftsführer seiner Rumfabrik, erörterte er mit diesem die internationale Lage, da Turner schon früher zu seinem Erstaunen festgestellt hatte, wie gut die Eigentümer des Bankhauses Goldman & Söhne durch ihre weltweiten Kontakte auch über die Hintergründe vieler politischer Schachzüge informiert waren.

»Nu, soll ich stolz darauf sein, dass der Bourgoyne bei Saratoga wirklich hat kapitulieren müssen, Sir?«, hatte der junge Goldman achselzuckend gemeint. »Die Karten waren für ihn einfach zu ungünstig gemischt. Wär er gewesen a bissel weise, hätt er da lieber gepasst und wär gezogen rechtzeitig zurück nach Norden. Nu ja, hätt ihm gewiss gebracht nicht viel Ruhm, aber hat er jetzt die Ehr?«

»Wann werden die Franzosen zuschlagen, Mister Goldman?«

»Bin ich der Allwissende, Sir? Nein, das ist zu viel der Ehre, Sir. Sie überschätzen mich, ich bin nu mal nicht Louis XVI., aber als Koch würd ich sagen, der Topf steht auf dem Feuer, aber ist noch nicht am Überkochen, denn das Gold in der

Kriegskasse klimpert nur gedämpft. Wie man hört, müssen die Franzosen ihre Flotten erst wieder auf Vordermann bringen, das kostet Zeit und Geld. Aber wem sage ich das? Den Briten geht das ja kaum anders, Ihr famoser Earl of Sandwich kündigt als Erster Lord der Admiralität schon seit Jahren eine grundlegende Reform und Modernisierung der Navy an, hat bis jetzt aber kaum etwas zustande gebracht. Sie wissen, was man in London über ihn sagt?«

»Nein«, knurrte William gereizt, »woher auch? Bin ich vielleicht ein Politiker oder ein jüdischer Bankier ?«

»Nun, das wird sich sicher bald ändern«, lächelte Abi verträumt vor sich hin, wobei er wohl kaum Williams Religion meinte. Vielmehr sah er sich wohl schon als Hausbankier und Berater eines wichtigen Parlamentsabgeordneten. »Es heißt von ihm, selten habe ein Mann so viele Funktionen gehabt und so wenig erreicht. Nicht gerade schmeichelhaft, würd ich meinen.«

»Ahem, ääh, nein. Wohin werden sich die Franzosen zuerst wenden, was meinen die Synagogengerüchte?«

»Na, wohin schon? Werden sie zuerst versuchen, die britische Flotte vor Amerika zu schlagen, dann haben sie freie Bahn! Außerdem müssen sie ihren neuen Verbündeten zeigen, dass sie etwas für sie tun. Zahlreiche Yankees trauen den Franzosen nicht. Zu lange hat man sich mit ihnen blutig an den Grenzen des Indianerlandes herumgeschlagen. Viele Amerikaner sind zwar reichlich naiv, aber einigen fällt schon auf, wenn man King George III. einen Despoten nennt, als was soll man dann Louis XVI. bezeichnen, dem noch nicht mal ein gewähltes Parlament auf die Finger schaut?« Abi Goldmann legte die Fingerspitzen aneinander und stützte sein Kinn darauf ab.

William schnaufte gereizt. »Wie sieht es mit einer Prognose für unsere Inseln aus?«

Abi wiegte nachdenklich den Kopf. »Der Herr, der Gerechte, wird es wissen. Wenn ich heut sollt kaufen eine Plantage, möcht ich machen einen Bogen um alle kleinen Inseln ohne einen Stützpunkt der Navy und eine starke Garnison in einer massiven Festung aus Stein, gespickt mit Kanonen wie ein Igel. Der Jammer ist, dass alle Garnisonen nur schwach besetzt sind, und die Flotte … schauen Sie sich doch in English Harbour um, Sir.«

William hatte sich den Hinterkopf gerieben, leise vor sich hin geflucht und genickt. In der vor allen Stürmen geschützten Bucht rottete das Flaggschiff von Konteradmiral Blake schläfrig an seiner Mooring vor sich hin, zwei kleine Fregatten und ein Kutter schwoiten gelangweilt an ihren Ankern. Nun gut, die anderen Schiffe machten draußen auf See Jagd auf Schmuggler und Freibeuter, aber es war keine furchteinflößende Schlachtflotte.

»Wie stehen die Aktien, was den Ausgang des Krieges angeht, Mister Salomon? Was meinen der *Rebbe* und die Weisen in der *Schul*?«

Salomon blickte ihn aufmerksam an. »Wie ich Ihren Worten entnehme, haben Sie sich ein wenig über unsere Gemeinde informiert, Sir. Aber was gibt a Goi darauf, was die alten Jidden in der *Beth Knesset* bereden?«

William Turner blickte ihn kühl an. »Ich weiß nicht, was Sie wollen, schließlich war Jesus von Nazareth ein jüdischer Rabbi, und Ihr Gott ist auch mein Gott!«

Abi Salomon schwieg einen Moment irritiert, dann wiegte er den Kopf. Leise begann er monoton eine Geschichte zu erzählen: »Zu einem bekannten Rabbi kommt ein verzweifelter Vater. Der arme Mann weint und zerreißt sich das Hemd über der Brust. Völlig verstört stöhnt er: ›Rebbeleben, mein Sohn, der Uri, ist geworden a Goi! Was soll ich nur machen, gib mir *Ezzes*.‹ Der Rabbi streicht sich den langen, gepflegten Bart und denkt lange nach. Schließlich lächelt er und antwortet: ›Was ist daran so schlimm, Moshe, mach es genau so, wie es der Allmächtige in seiner unendlichen Weisheit gemacht hat, nachdem sein Sohn Christ geworden ist, mach ein neues Testament!‹« Abi schaute William ohne zu zwinkern in die Augen. Turner blickte ihn verdutzt an, dann prustete er laut los, auch Salomon kicherte.

»Ich will verdammt sein, Sir, wenn Sie nicht durch beide Ohren geschlitzt sind! Sie haben natürlich völlig recht, das Neue Testament macht den Unterschied«, keuchte William und wischte sich die Lachtränen aus den Augen. »Aber im Ernst, wie stehen unsere Chancen, den Krieg zu gewinnen, Mister Salomon?«

»Muss es immer einen Gewinner geben, Sir? Möcht' sein, dass am Ende dieses Krieges alle Beteiligten verloren haben. England wird ganz sicher die dreizehn Kolonien verlieren und wenn es ganz schlimm kommt, zusätzlich seine karibischen Besitzungen und Kanada. General Howe muss Truppen abgeben, was ihn in Amerika weiter schwächt, und die Flotte kann bei ihrer jetzigen Stärke den Franzosen nicht Paroli bieten, geschweige denn die ganze lange Küste wirkungsvoll blockieren.«

Salomon sann eine Weile nach, doch als er merkte, dass Turner ihm gespannt zugehört hatte, fuhr er fort: »Auch Frankreich wird seine Kolonie Akadien von den Amerikanern nicht zurückbekommen, zumindest nicht kampflos, aber wenn die Briten schlau sind, schenken sie ihnen am Verhandlungstisch Quebec, das Ohio- und Mississippital und dazu Louisiana. Dafür verlangen sie von den Franzosen die Karibikinseln. Frankreich wird durch die Kriegskosten und Investitionen in die überseeischen Gebiete so geschwächt sein, dass es keinen Livre und keinen Sou mehr für irgendwelche Abenteuer in Ostasien übrig hat, so dass England dort freie

Hand haben dürfte. Wenn die Verschwendungssucht am Hof von Versailles so weitergeht, möchte aber niemand dafür garantieren, was langfristig in Frankreich passieren wird. Könnt sein, dass die Wechsel platzen. Der Knall kann dem König den Thron kosten, denn die Habsburger, Hohenzollern, Oranier – und wer weiß nicht noch alles – haben noch alte Rechnungen mit den Bourbonen offen. Schließlich war Frankreich in den letzten Jahrhunderten neben Schweden die aggressivste und landhungrigste Großmacht auf dem Kontinent.«

Wieder machte Salomon eine nachdenkliche Pause, orakelte dann aber weiter, als sähe er die künftigen Ereignisse genau vor sich: »Die Amerikaner werden zwar ihre Unabhängigkeit bekommen, aber mit den Franzosen an ihrer Nord- und Westgrenze werden sie in einen endlosen blutigen Kleinkrieg mit den Indianern und den Frenchies verwickelt werden. Im Süden könnten ihnen die Dons Druck machen. Wie weit sich die Interessen der dreizehn selbstbewussten Staaten unter einen Hut – sprich eine Bundesregierung – bringen lassen, steht völlig in den Sternen. Es ist nicht unwahrscheinlich, dass sich Kleinstaaten unter dem Dach einer machtlosen Zentrale, ähnlich wie im Deutschen Reich oder in Italien, entwickeln. Die Yankees müssten nach dem Rückzug der Briten ihre Verteidigung allein bezahlen, und das würde ihnen sehr wehtun. Wussten sie, dass die Siedler im Siebenjährigen Krieg im Durchschnitt weniger als einen Shilling pro Jahr an Steuern gezahlt haben? Der durchschnittliche Bürger im Mutterland musste dagegen 26 Shilling per anno berappen. Das wird sich nach der Selbständigkeit ändern, die Yankees sind zwar ein robuster Menschenschlag, aber an ihrer Geldkatze sind sie sehr empfindlich. Das wird noch viel Ärger geben, wenn sie für ihre Verwaltung und ihre Verteidigung selbst aufkommen müssen. Sollten sich die Dinge so wie geschildert entwickeln, dann hätte Großbritannien vielleicht noch am meisten von dem Krieg profitiert, aber …« Salomon zog die Schultern in die Höhe und streckte die geöffneten Handflächen nach vorne aus.

Turner nickte nachdenklich, aber dann kamen sie auf wesentlich erfreulichere Dinge zu sprechen, wie die Entwicklung seiner Rumfabrik. Goldmann hatte ihm geraten, vorerst nur kleinere Partien zu einem verhältnismäßig hohen Preis an die Marine und die Aufkäufer der Armee abzugeben, um die ausgezeichnete Qualität der Marke *Sailor's Delight* zu betonen. Er hatte ausgeführt, dass man auf Elizabeths Grundstücken – die bald unter seiner Verwaltung stehen würden – genügend Lagerplatz hatte. Sobald die unverzichtbare Verstärkung für die Armee und die Flotte der Westindischen Station eintreffen würde, wäre man in der Lage, auch große Mengen zu einem für Turner sehr befriedigenden Preis anzubieten. Leider musste man auf die erste Charge des mehrjährig gereiften *Captain's Pride* noch warten, obwohl der gewiss zu einem Favoriten in den Offiziersmessen werden würde.

Dieses Gespräch mit Abi Salomon war aber das Geringste, was Turner aufgehalten hatte. Dazu war die Verpflichtung gekommen, einen langen Brief an seine Mutter schreiben zu müssen, in dem er ihr haarklein alles von Elizabeth und der bevorstehenden Heirat erzählen musste, damit sie die Neugierde aller Familienmitglieder befriedigen konnte. Und noch viel schlimmer waren die nicht enden wollenden Einladungen für das Paar am Nachmittag und Abend gewesen, dazu die Termine bei den Advokaten und Behörden. William Turner hatte allerhand juristischen Kram dazulernen müssen. Nach dem englischen *Common Law* behielt zwar Elizabeth das Eigentum an ihren Immobilien, ihrem Schmuck und ihrer Kleidung, aber ihr sonstiger Besitz und alle Geldeinkünfte aus den Plantagen gingen in das Eigentum des Ehemanns über.* Als Ehefrau war sie ihm persönlich vollständig untergeordnet und zu unbedingtem Gehorsam verpflichtet. Er besaß zu ihrer Maßregelung das Züchtigungsrecht und durfte sie einsperren und sie, falls sie ihn verließ, mit Gewalt zurückholen. Sie war im Prinzip zivilrechtlich nicht handlungsfähig, konnte daher keine Verträge schließen und vor Gericht keine Klage erheben oder aussagen. Allerdings konnte sie auch nicht verurteilt werden. Wenn seine liebe Elizabeth nun Schulden über Schulden machte, würde das Urteil gegen ihn ergehen, hatte William grinsend bei sich gedacht. Was ihn anging, so würde sich in ihrer Beziehung nicht viel ändern – hoffte er –, aber inzwischen hatte er gemerkt, dass die anderen Mitglieder der besseren Gesellschaft auf Antigua das anders sahen. Elizabeth war ein Paradiesvogel gewesen. Ihr immenser Reichtum hatte es ihr erlaubt, ein Leben außerhalb oder doch zumindest am Rande der strengen Moralvorstellungen der sogenannten anständigen Bürger zu führen. Damit war es jetzt vorbei. Die bigotten Matronen würden wachsam ihre Lorgnons an die Augen führen und eifersüchtig darauf achten, dass dem Kolibri die Flügel gestutzt wurden und er sicher im goldenen Käfig eingeschlossen blieb. Vermutlich konnten sie sich mit ihrer schmutzigen Phantasie gar nicht vorstellen, dass das Vögelchen gar nicht wegfliegen und an verbotenen Früchten naschen wollte – selbst wenn das Türchen des Käfigs weit geöffnet war. Ein Käfig musste kein Gefängnis sein, er konnte auch ein sicherer Ort sein.

Am gestrigen Abend hatte so etwas wie ihre offizielle Verlobung stattgefunden. Dafür hatte der Gouverneur die Räume seiner Residenz zur Verfügung gestellt, weil das Stadthaus von Elizabeth für die große Zahl der Gäste nicht geräumig

---

* William Blackstone in *Commentaries on the Law of England,* Vol. 1 (1765), Chap. 14

genug gewesen wäre. Die geplante Hochzeit in zwei Wochen würde selbstverständlich im Herrenhaus ihres größten Besitzes, der Rainbow-Plantage, in der Nähe von Saint John's, stattfinden. Aber dieses Ereignis musste noch etwas warten, denn Smith hatte ihm gestern auf dem Fest fast *en passant* und, wie es William vorgekommen war, mit einem maliziösen Grinsen mitgeteilt, dass er einen eiligen Auftrag für ihn hatte. Er würde wichtige Depeschen nach Barbados befördern müssen, daher solle er sich nach dem Fest umgehend an Bord begeben und das Schiff klar zum Auslaufen machen lassen. Diese Neuigkeit hatte ihm die Freude an dem rauschenden Fest genommen. Er hatte mehr getrunken, als ihm guttat, und so hatte Tom, sein Bursche und Bootssteurer, zusammen mit der Besatzung der Gig alle Hände voll zu tun gehabt, um den unflätig fluchenden, sternhagelvollen Turner sicher an Bord und in die Koje zu bringen.

William tauchte sein rotes Kopftuch erneut in die Pütz mit Seewasser und kühlte seinen schmerzenden Schädel. Der Abschied von Elizabeth war ... ja, wie war der gewesen, so recht wusste er das nicht mehr. Verflucht, es war zum Auswachsen! Elizabeth war im sechsten Monat schwanger, und ihn wollte man wieder hinaus auf die See jagen. Er blickte mit trüben Augen auf den Text, den er mit zittriger Hand verfasst hatte: Es war seine Bitte um den Abschied aus der Royal Navy! Konnte ihn der kommandierende Admiral der Westindischen Station von seinen Pflichten entbinden? Wohl kaum. Da er unter der Flagge der Admiralität segelte, unterstand er nicht dem Admiral dieses Stützpunktes, auch wenn es der alten Süffelnase, Konteradmiral Sir Samuel Blake, wohl eine große Befriedigung gewesen wäre, wenn er ihm seine Bestallung abnehmen und ihn in einen zwar reichen, aber lumpigen Zivilisten hätte verwandeln können. Schließlich hatte Turner ihn mehr als einmal bis aufs Blut gereizt und bloßgestellt, was sein Flaggleutnant Forthingworth mit großer Befriedigung brühwarm in der Offiziersmesse – und damit in der ganzen Flotte – bekanntgemacht hatte. Also würde er wohl oder übel abwarten müssen, bis sein Gesuch in London geprüft worden war und die Antwort wieder in Antigua eintraf. Das konnte gut und gerne drei Monate dauern und auch länger. Bis dahin konnte er keinen rechtmäßig gegebenen Befehl verweigern, wollte er nicht ein Kriegsgerichtsverfahren riskieren, das ihn den Kopf kosten konnte. Damit war also nichts gewonnen. Fluchend knüllte er das Papier zusammen und warf es über Bord. Grimmig sah er mit schmalen Augenschlitzen dem weißen Ball hinterher, der auf den kleinen gekräuselten Wellen mit dem Wind nach Lee abtrieb, sich langsam mit Wasser vollsaugte, zerfaserte und sich auflöste. Ein Gleichnis für seinen Traum, mindestens bis zur Geburt seines Sohnes im Hafen zu bleiben – Elizabeth hatte ihm nämlich im Brustton der Überzeugung versichert, dass es ein Sohn werden würde, so wie sich das kleine Kerlchen in ihrem Bauch schon jetzt aufführte. Aber Hölle und Verdammnis, da draußen tobte ein mörderischer Krieg, und der würde in den nächsten Monaten noch sehr viel härter werden. Turner seufzte tief auf. Natürlich hatte Smith jedes Recht, ihn und sein Schiff einzusetzen, und wenn er es sich richtig überlegte, dann war das Lächeln von Smith gar nicht so bösartig gewesen, sondern fast ein wenig bedauernd. Aber William war so enttäuscht gewesen ... Ein Schatten fiel über ihn. Tom beugte sich zu ihm herunter und reichte ihm mit unbewegtem Gesicht ein Glas. »Ein altes Rezept von meinen Leuten, etwas abgewandelt zwar, aber ich denke, es wird Ihnen helfen, Käptum, Zur.«

Turner schnupperte misstrauisch an der trüben Flüssigkeit, aber außer einem leichten Geruch nach Rum konnte er die Bestandteile nicht identifizieren.

»Nur dieses eine Glas in einem Zug leeren, Zur – das ist die Bedingung, sonst wirkt der Zauber nicht.«

Turner brummte irgendetwas Unverständliches vor sich hin, aber er vertraute Tom blind. Entschlossen setzte er das Glas an die Lippen und leerte es auf ex. Ein glühender Lavastrom schien sich seine Speiseröhre hinunterzubewegen und als Feuerkugel in seinem Magen zu explodieren. Tränen schossen ihm in die Augen. Tom nahm ihm das Glas aus der Hand. »Den Mund geschlossen lassen, Käptum, Zur, nur tief durch die Nase atmen. Tom ist sicher, dass der Käptum noch vor dem nächsten Glasen wieder frisch wie ein Bullenkälbchen über das Deck stolzieren wird.«

William kämpfte gegen die Versuchung an, Tom bis zum nächsten Glasen eine Vorstellung von der Reichhaltigkeit seines Repertoires an Flüchen zu vermitteln. Er presste die Zähne aufeinander und blickte durch den Tränenschleier zum Land hinüber. Der Schleier lichtete sich, und so sah er zuerst undeutlich, dann ganz scharf die Boote, die sich der *Shark* näherten. Sie waren mit Wasserfässern und frischer Verpflegung beladen. Ein kleineres Boot hatte sich von den schweren Lastenbooten abgesetzt und hielt mit flotter Fahrt auf die *Shark* zu. Auf der Achterducht saß ein Herr in einem weißen Anzug, auf dem Kopf einen weißen Strohhut. Smith! Turner sprang auf und polterte den Niedergang zu seiner Kabine hinunter. Eilig knöpfte er sein Hemd zu, rollte die Ärmel herab, schlang lose ein Halstuch um und schlüpfte in seine alte Uniformjacke. Zuletzt drückte er sich seinen Hut auf den Kopf und wollte schon wieder an Deck eilen, als Tom missbilligend auf seine bloßen Füße deutete. Schnell wurden die Strümpfe übergestreift und dann die Schnallenschuhe angezogen. Er war jetzt immer noch kein Bilderbuchoffizier, ähnelte aber doch bereits wieder einem Leutnant der Royal Navy. Der Seesoldat neben der Tür präsentierte seine Muskete, als die Tür aufflog, aber Turner war schon wieder oben an Deck. Verblüfft stellte er fest, dass seine Kopfschmerzen verflogen waren und er sich auch sonst viel besser fühlte. Toms Zaubertrank hatte gewirkt.

Smith kam gerade über die Seite geklettert und marschierte mit einem finsteren Gesicht auf ihn zu. Turner begrüßte ihn mit unbewegter Miene.

»Guten Morgen, Sir. Wollen wir nach unten gehen?«

Smith nickte wortlos, aber er machte nicht den Eindruck, als ob er diesem Morgen viele gute Seiten abgewinnen konnte. Zusammen stiegen sie den engen Niedergang hinunter, der Marineinfanterist machte wieder, ohne mit der Wimper zu zucken, seine Ehrenbezeugung. In der Kabine bot Turner dem Agentenführer einen Stuhl an. »Was darf ich Ihnen servieren, Sir, Kaffee, Tee oder eine Spezialschokolade nach einem geheimen Rezept meines Aufklarers.«

»Vermutlich besteht der zur Hälfte aus purem Rum«, giftete Smith gereizt. »Sie hatten ja gestern den Rausch des Abends. Ein Glück, dass Ihre Verlobte so schnell reagiert hat und Sie durch ihren Kutscher und den Bootssteurer aus dem Verkehr gezogen hat, bevor die anderen Gäste mitbekommen haben, dass Sie auf dem besten Weg waren, sich zum Affen zu machen. Wenn Sie mich fragen sollten, dann ist diese Lady für so einen Parvenü, wie Sie einer sind, viel zu schade, Mister!«

»Ich frage Sie aber nicht, Sir«, entgegnete Turner ruhig, fast freundlich. Das schien Smith aus dem Konzept zu bringen. »Ich nehme an, Sir, dass Sie gewichtige Gründe hatten, mich gestern Abend so überstürzt aus der Feierlichkeit zu katapultieren. Meine Reaktion auf diese unerwartete Order war gewiss übertrieben, und ich muss Sie dafür um Entschuldigung bitten, Sir. Kommen wir also zum Geschäft. Sobald der Proviant und das Wasser an Bord sind, kann ich auslaufen.«

Smith blickte ihn mit seinen hellblauen Augen nochmals abschätzend an, schüttelte dann leicht irritiert den Kopf und räusperte sich: »Ahem, zu einem Kaffee würde ich nicht nein sagen. Ihr Aufklarer soll ihn vorne in der Kombüse zubereiten und sich Zeit lassen, äh, Herr Kapitän.«

Tom machte sich auf den Weg nach vorne. Smith schloss das Skylight und schaute dann misstrauisch aus den Heckfenstern, die er dann ebenfalls zuzog. Turner beobachtete ihn mit hochgezogenen Augenbrauen. Smith schnaufte, und da jetzt in der Kabine kein Luftzug mehr herrschte, bildeten sich sofort Schweißperlen auf seiner Stirn. Er kehrte zum Tisch zurück, ließ sich schwer auf den Stuhl fallen und wischte sich mit einem großen weißen Taschentuch das Gesicht ab.

»Nun, ja, ich weiß selbstverständlich von Ihrer bevorstehenden Heirat, und es tut mir leid, dass ich Sie auf See hinausjagen muss, aber es sind wichtige Nachrichten zu befördern. Nach Barbados ist es ja keine Weltreise, mit etwas Glück sollten Sie in spätestens acht Tagen wieder zurück sein.« Hier irrte Smith, aber glücklicherweise wussten die beiden Männer das nicht. Der Agent holte einen dicken, versiegelten Umschlag und schob ihn Turner über den Tisch zu. »Diese Post überbringen Sie dem Gouverneur.« Er deutete auf die Anschrift. »Wenn Sie hier bitte quittieren wollen.« Er reichte ihm ein vorbereitetes Papier, das Turner unterschrieb und Smith zurückgab. Der kramte ein Leinensäckchen heraus, steckte den Umschlag hinein, dabei stießen die Bleikugeln unten in dem Säckchen dumpf gegeneinander. »Siegelwachs, Sir!« Während Turner das Wachs über einer Kerze erhitzte, zog Smith eine Kordel durch die Ösen des Postsacks und verknotete die Enden fest. Dann ließ er das geschmolzene Wachs über die Kordel tropfen und drückte abschließend mit einem Petschaft ein Siegel hinein. »Sollten Sie aufgebracht werden, nun, Sie kennen die übliche Prozedur,

Herr Kapitän, und erinnern sich gewiss daran, dass Sie mit Ihrem Kopf dafür haften, dass diese Papiere nicht in falsche Hände geraten.«

Turner nickte stumm.

»In Barbados werden Sie Kontakt mit einem Mister Miller von den *Hermes Sugar Transports* aufnehmen und ihm das Folgende mündlich berichten, passen Sie gut auf. Ich hoffe für Sie, dass Sie nicht unter den Nachwirkungen Ihres gestrigen Alkoholexzesses leiden.«

Turner schaute ihn gelassen an und schwieg.

Smith schüttelte verwundert den Kopf: »Entweder Sie sind verdammt gut im Training, Sir, oder der Sturztrunk hat Sie gestern wirklich gleich umgehauen, weil Sie nichts mehr gewöhnt sind.« Er musterte ihn misstrauisch. Turner überlegte: Wahrscheinlich macht er sich jetzt eine mentale Notiz, dass er meine Trinkgewohnheiten durchleuchten lassen muss, der argwöhnische alte Schnüffler.

»Es handelt sich um eine gute und eine schlechte Nachricht. Die gute ist, dass ein Konvoi unterwegs ist, der Barbados mit Nahrungsmitteln versorgen wird.« Als er Turners ungläubigen Blick sah, fügte Smith erklärend hinzu: »Auf Barbados werden, bedingt durch den intensiven Anbau von Zuckerrohr, kaum Nahrungsmittel erzeugt. Das über die Rebellen verhängte Handelsembargo hat dazu geführt, dass der übliche Austausch Zuckerrohr gegen Nahrungsmittel unterbrochen wurde. Dadurch wurden die Nahrungsmittelvorräte auf der Insel nicht mehr ausreichend ergänzt, folglich herrscht dort eine schlimme Hungersnot. Aus diesem Grund hat der König die Hilfslieferungen verfügt. Die schlechte Nachricht ist, dass am 13. März der französische Botschafter unsere Regierung in äußerst frecher Form davon in Kenntnis gesetzt hat, dass Frankreich die Unabhängigkeit der Vereinigten Staaten anerkennt. Das ist die Kriegserklärung. Allerdings ist sie noch nicht in aller Form erfolgt, aber wenn ich Ihnen einen Rat geben darf, dann sollten Sie künftig jedes französische Schiff wie ein feindliches behandeln. Aber dazu muss man sie ja nicht besonders auffordern, das tun sie mit vorauseilendem Gehorsam ohnehin! Die Geschichte mit der *Loriot* werden wir ganz gewiss problemlos regeln können.«

Smith lächelte schief und fuhr fort: »Beruflich wird Sie sicher noch interessieren, dass die *Yarmouth*, vierundsechzig Kanonen, unter Kapitän Vincent, die amerikanische Fregatte *Randolph*, zweiunddreißig Kanonen, unter Kapitän Briddle, vor South Carolina in die Luft gejagt hat. Und dreihundert Seemeilen nördlich von Barbados haben die *Ariadne*, zwanzig Kanonen, und die *Ceres*, sechzehn Kanonen, das Flaggschiff der Yankees, die *Alfred* mit vierundzwanzig Geschützen, genommen und nach Barbados eingebracht. Es gibt also doch noch erfreuliche Neuigkeiten.« Der Schweiß lief ihm über das Gesicht. Er sprang auf und riss die Heckfenster auf. »Dann wünsche ich Ihnen günstige Winde und eine schnelle Reise. Schließlich möchte auch ich mich auf der Hochzeitsfeier an den delikaten Köstlichkeiten gütlich tun, die Ihre bezaubernde Elizabeth ganz gewiss auffahren lassen wird. Fürs Erste werde ich ihr in Ihrem Namen Blumen überbringen lassen.« Er wendete sich ab, griff nach seinem Hut und wollte offensichtlich gehen, als er nochmals kurz stehen blieb, Turner scharf fixierte und fragte: »Brauchen Sie nicht eigentlich eine Heiratsgenehmigung von Ihrem Vorgesetzten, Sir?« Er drückte sich den Hut auf den Kopf und entschwand.

Turner starrte ihm mit offenem Mund hinterher. Tom kam mit dem Kaffee herein, schaute ihn kurz an und verschwand dann schnell in seiner winzigen Pantry. Als er wieder herauskam, servierte er William einen großen Mug mit dampfendem Kaffee und öffnete nach einem fragenden Blick das

Skylight wieder. Turner riss sich den Uniformrock vom Leib und schleuderte die Schuhe von den Füßen.

»Puh, das war knapp! Hoffentlich ist es mir gelungen, das alte Ekel einigermaßen zu besänftigen. Wie sieht es an Deck aus, Tom, sind die Vorräte gestaut? Ach, vergiss es, ich werde selbst an Deck gehen und den Faulenzern Feuer unter dem Hintern machen!« Er knotete sich das rote Tuch auf dem Kopf fest und stürmte voller Energie an Deck. Tom blickte ihm grinsend nach und murmelte vor sich hin: »Die alten Hausmittelchen wirken doch immer noch am besten …«

Turner schoss wie ein Schachtelteufelchen aus dem Niedergang, ließ seinen Blick über das Deck schweifen und sah sofort, dass die Besatzung in einer knappen halben Stunde mit der Übernahme der Vorräte fertig sein würde.

»Mister Dechamp, wenn Sie so freundlich wären und den Anker schon kurzstags hieven lassen, wäre ich Ihnen sehr verbunden.«

»Aye, aye, Sir!«

Ein paar Seeleute, die abwartend an einer Lastentalje standen, stießen sich verstohlen an und grienten breit. »Der Alte hat Hummeln im Arsch, der will wieder schnell ins Himmelbettchen zu seiner Goldmarie – na ja, ich kann es ihm nicht verdenken, die Lady ist ja auch ein Prachtexemplar.« Die anderen nickten weise, nur ein junger Decksmann runzelte die Stirn und rümpfte die Nase: »Mir wäre sie ein wenig zu alt, die olle Mieze wird doch schon dreißig …«

»Wenn die Herren die Güte haben würden, die Hieve an Bord zu holen!«, grollte ein Bootsmannsmaat hinter ihnen. »Und legt euer Kreuz hinein! Holt weg die Lose, ihr Landlubber!« Er schwang drohend seinen Starter. Die Männer zuckten zusammen und fielen in die holende Part ein. Im Takt der kurzen Kommandos ihres Vormanns stieg die Schlinge mit den Fässern aus dem Boot in die Höhe. Mit einer zweiten

Talje wurde die Last über das Deck und über die geöffnete Luke des Laderaums eingeschwungen, während die erste kontrolliert mitgefiert wurde, dann wurden die Fässer in den Raum hinabgelassen.

Zufrieden verschwand Turner wieder unter Deck, um einen kurzen Brief an Elizabeth zu schreiben. Zwar konnte er ihr keine Einzelheiten über seinen Auftrag mitteilen, aber zumindest konnte er sich für sein Verhalten am gestrigen Abend entschuldigen und ihr versichern, dass er rechtzeitig zur Hochzeit zurück sein würde. Er bestäubte den Bogen mit Löschsand, blies ihn herunter, faltete ihn zusammen und versiegelte ihn seufzend.

»Tom, sorge bitte dafür, dass der Brief mit einem der Boote an Land gelangt.« Er zog eine Schublade auf und entnahm ihr eine Münze, die er seinem Burschen zuwarf.

»Aye, Zur, wird gemacht.«

Zwei Stunden später verließ HMS *Shark* die Bucht, und nachdem sie frei vom Land waren, konnte Turner in aller Ruhe das Billett lesen, das mit einem der letzten Boote an Bord gekommen war. Er roch an dem zart duftenden Papier und sog ihre liebevollen Worte in sich auf. Sie hatte ihm geschrieben, noch bevor sie seinen Brief erhalten haben konnte, und sie verzieh ihm und hatte Verständnis für seinen Ärger, den sie im Übrigen teilte, allerdings verspürte sie nicht das Bedürfnis, denselben zu ersäufen, schon um zu vermeiden, dass sein Sohn nach Rum schreiend auf die Welt kam und die Brüste der Amme verschmähte. Bei seiner Rückkehr würde alles für die Hochzeit vorbereitet sein. Es würde ein Fest geben, von dem selbst die verwöhnte Gesellschaft Antiguas noch lange reden würde.

»Amen«, murmelte William.

Kapitel 2

Mai 1778, Karibik

Die *Shark* zeigte sich wieder mal von ihrer besten Seite und lief unter vollen Segeln im beständigen Passat mit hoher Fahrt an den aufgereihten Inseln der Kleinen Antillen vorbei. Noch in der Nacht hatten sie die französische Insel Guadeloupe auf einem südöstlichen Kurs passiert, um dann auf einem südsüdwestlichen Kurs den rund zweihundert Seemeilen langen Schlag nach Barbados anzuliegen. William Turner hatte seinen Ärger über seinen erzwungenen und überstürzten Aufbruch vergessen und genoss die Freiheiten, die ihm das Leben eines Kommandanten auf einem unabhängig operierenden Schiff bot. Er befahl am folgenden Morgen seinem Ersten Leutnant, James Dechamp, den an Bord alle hinter seinem Rücken wegen seiner Physiognomie nur »das Ross« nannten, die Seeleute nach dem langen Hafenaufenthalt tüchtig durch alle denkbaren Segelmanöver zu jagen. Während die Decksmänner und Toppgäste fluchend schwitzten und an den Fallen, Schoten, Geien, Nieder-, Auf- und Ausholern zogen, bis ihnen die Augen aus den Höhlen traten und die Luft knapp wurde, saß William Turner ganz achtern in seinem Korbstuhl zwischen den Jagdgeschützen und ließ den lieben Gott einen guten Mann sein. Sein scheinbares Desinteresse konnte die Seeleute nicht täuschen; sie wussten genau, dass ihm keine Schlamperei entging. Wurde diese nicht sofort vom Segelmeister Paul Lennon, dessen lange weiße Schläfenlocken im Wind flatterten, oder von Dechamp gerügt, würde sich achtern eine zwar höfliche, aber schneidende Stimme melden, die Aufklärung verlangte, warum dies oder jenes nicht nach gutem Seemannsbrauch erledigt wurde. Nun entging den scharfen Augen des alten Weißkopfseeadlers Lennon ganz gewiss nichts, im Gegenteil, seine scharf gekrümmte Raubvogelnase schien Fehler schon zu riechen, noch ehe der Sündenfall eingetreten war, aber bei James Dechamp war das noch etwas anderes. Inzwischen war er zwar auch schon über ein Jahr an Bord und hatte viel gelernt, aber da er als Sohn eines Earls und Angehöriger des alten normannischen Adels von England einen großen Teil seiner Dienstzeit auf Linienschiffen zugebracht hatte, bevor er sich freiwillig auf die kleine *Shark* meldete – oder, wie er es nannte, sich dank seiner Beziehungen selbst auf die Kriegsslup versetzt hatte –, waren ihm viele Dinge der praktischen Seemannschaft noch nicht so in Fleisch und Blut übergegangen, wie das beispielsweise bei dem für seinen Rang zu alten Midshipman Armstrong der Fall war; dessen Achillesferse war allerdings die Theorie, was ihn immer wieder bei der Leutnantsprüfung scheitern ließ. Aber Dechamp war trotz seines immer schläfrig wirkenden Gesichtsausdrucks mit den halbgeschlossenen Lidern über den wässrigen hellblauen Augen ein scharfer Beobachter, der aus Fehlern – auch denen anderer – lernte und sich auch nicht zu fein war, Turner, Lennon oder Bootsmann Baxter um einen Rat zu bitten. So verging der Vormittag mit dem Segel- und Manöverdrill schnell. Nach der Bestimmung der Mittagsbreite zog sich William in seine Kabine zurück, wo ihm Tom ein leichtes Mittagsmahl aus frischem Brot, Käse, kaltem Geflügelfleisch und Obst servierte. Anschließend setzte sich William mit einem Glas kühlem Weißwein auf die

Heckbank und blickte durch das geöffnete Heckfenster hinaus in das schäumend brodelnde Kielwasser. Seine Gedanken wanderten zurück zu Elizabeth, der bevorstehenden Heirat und seinen sich daraus ergebenden neuen Pflichten und Verantwortlichkeiten. Drei Plantagen und eine Rumfabrik mit über sechshundert Sklaven zu verwalten – nun ja, verwalten zu lassen –, das war schon etwas.

»Tom, ich möchte dich etwas fragen.«

»Aye, Käptum, Zur.«

»Wie du weißt, besitzt meine zukünftige Gattin viel Land und daher auch viele Sklaven.« Er sah, dass Tom leicht zusammenzuckte, sich aber sofort wieder gefangen hatte, kurz nickte und ihn ausdruckslos anschaute. »Wie du weißt, halte ich nicht allzu viel von der Versklavung. Ich hatte mir da auch schon etwas für meine Arbeiter in der Rumfabrik überlegt, aber man hat mir davon abgeraten, meinen Plan in die Wirklichkeit umzusetzen.« Tom blickte ihn scharf an, sagte aber nichts. »Ich wollte meine Sklaven freilassen und sie dann mit festen Arbeitsverträgen wieder einstellen. Verstehst du, sie hätten dann eine Rechtsstellung, die mit denen der weißen *Indentures* vergleichbar wäre. Wie du weißt, müssen sich die meisten armen Emigranten aus Großbritannien für drei bis fünf Jahre fest verpflichten, für den Plantagenbesitzer zu arbeiten, der ihnen die Überfahrt bezahlt hat. Der Arbeitsvertrag und das Duplikat werden an einem auffällig gezackten Rand getrennt, damit man ihre Echtheit später durch das Aneinanderlegen beider Teile beweisen kann – daher kommt auch die seltsame Bezeichnung für diese Beinahesklaven.« Gespannt blickte er Tom an. Der hellhäutige Karibe sah jetzt auch hinaus auf das Meer, sein Kiefer mahlte, und er hatte die Hände fest ineinandergekrampft. Schließlich entspannte er sich wieder und schaute William gerade in die Augen.

»Zur, warum fragen Sie mich das? Weil ich früher mal Sklave gewesen bin?«

Turner zuckte zusammen. Er hatte das zwar immer schon vermutet und auch Tom hatte manchmal Andeutungen gemacht, die in diese Richtung gezielt hatten, aber so offen ausgesprochen hatten sie das noch niemals. Er wollte das Thema nicht dramatisieren, daher zuckte er leichthin mit den Schultern.

Mit fester Stimme fuhr Tom fort: »Kein freier Krieger möchte das Eigentum eines anderen Mannes sein und behandelt werden wie ein Hund oder ein Pferd – wobei ich Pflanzer kenne, die ihre Pferde besser behandeln als ihre Negersklaven, von den Hunden ganz zu schweigen. Aber Tom kann sich denken, warum man dem Käptum geraten hat, die schwarzen Leute nicht freizulassen. Es wäre ein schlechtes Beispiel für die anderen Pflanzer gewesen, nicht wahr, Zur?«

Turner nickte stumm. Tom schwieg eine ganze Weile, dann begann er mit einer emotionslosen Stimme zu erzählen.

»Tom hat sich über das Problem oft und lange mit den alten weisen Männern und Frauen und auch mit seinen Freunden unterhalten. Sklaverei ist eine Einrichtung, die es schon seit undenklichen Zeiten gibt, wie die Alten berichten, und auch drüben«, er deutete nach Osten, wo weit hinter dem Horizont Afrika liegen musste, »auch dort gehört die Versklavung zum ganz gewöhnlichen Alltag. In Afrika überfallen sich die Stämme wechselseitig, töten einander und rauben den Besiegten die jungen, kräftigen Menschen, die sie früher den Göttern opferten oder an die arabischen Händler verkauften. Heute werden sie immer öfter an die Küste verschleppt, wo man sie auf die Schiffe der Weißen bringt. Aber Kriegsgefangene sind nicht die einzigen Sklaven, daneben gibt es Tribut-, Haushalts-, Familien- und Pfandsklaven, wobei sich bei den letzten drei Kategorien die Menschen aus bestimmten Umständen freiwillig in die Sklaverei begeben oder durch ein Gericht dazu auf Zeit verurteilt werden. Das Los der Sklaverei wird von den meisten Betroffenen als nicht so bedrückend angesehen, schon weil es so alltäglich ist und auch weil es sehr häufig die Möglichkeit gibt, ihr wieder zu entkommen, so zum Beispiel durch Freikauf oder Austausch, durch das Erlöschen der Schuld oder Wegfall des Grundes. Die Sklavenhalter lassen ihre Unfreien zwar schwer arbeiten, aber in der Regel achten sie darauf, dass sie nicht an Erschöpfung oder mangelhafter Ernährung eingehen. Hier in Amerika ist es anders; die Leute werden oft ohne jede Rücksicht ausgebeutet, jeder Penny für ihre Ernährung und ärztliche Versorgung wird dreimal umgedreht. Dazu kommt bei einigen Pflanzern eine sadistische Freude an grausamen Bestrafungen. Aber selbst wenn ihr Eigentümer ein ›wohlwollender Patriarch‹ ist, leiden die Afrikaner sehr unter dem Verlust der Heimat, und ganz besonders macht ihnen zu schaffen, dass man sie aus ihrer Familie, ihrem Stamm herausgerissen, sie ihrer Wurzeln beraubt hat. Selbst wenn eine Familie einigermaßen wohlbehalten auf einem Schiff in einem karibischen Hafen ankommt, wird sie spätestens beim Verkauf getrennt werden. Nur wenige werden von ihren Eigentümern freigelassen, und außerdem sehen sie keine Möglichkeit, jemals wieder in die Heimat zurückzukehren.«

Tom schluckte trocken, und sein Blick verriet, dass er innerlich aufgewühlt war. »Die Alten sagen, dass es drei verschiedene Menschentypen gibt, die jeweils ganz unterschiedlich auf die Sklaverei reagieren. Da gibt es zuerst den stolzen, kriegerischen Typ, der kann auch von einer Frau verkörpert werden, Zur! Diese Menschen akzeptieren ihr Los nie. Sie sind aufsässig, stiften Unruhe, zetteln Rebellionen an, flüchten – kurz, sie sind ein Fluch für ihre Herren. Die zweite Gruppe kann man ruhigstellen, indem man sie an der langen

Leine laufen lässt.« Tom grinste spöttisch bei dem Wortspiel. »Man kann sie überall als Unteraufseher, Hausbedienstete und als spezialisierte Handwerker finden. Der Rest ist zufrieden, wenn er nur genug zu essen bekommt und nicht grundlos geschlagen wird. Auf der anderen Seite arbeiten diese Sklaven mehr schlecht als recht, drücken sich nach Möglichkeit vor jeder Anstrengung und sind in jeder Beziehung nachlässig. Hauptsache ist, dass der Aufseher sie nicht persönlich haftbar machen kann. Unvermittelt in die Freiheit entlassen, würden sie entweder verhungern oder nach kurzer Zeit als Diebe gehängt werden –, aber sehr wahrscheinlich würden sie sich nach kurzer Zeit einen neuen Herrn suchen und ihre Unabhängigkeit für ein Linsengericht verkaufen.«

»Du scheinst keine all zu gute Meinung von deinen Leuten zu haben, Tom.«

»Es sind nicht meine Leute, Zur. In meinen Adern fließt zu drei Viertel weißes Blut, und das letzte Viertel ist Blut des stolzen Stammes der Ashanti. Dieser Stamm gilt als kriegerischster in Westafrika und ist dort führend im Sklavengeschäft.« Tom grinste schief.

In Turners Kopf drehte sich alles. Was war das für eine verrückte Welt! Da erzählte ihm ein ehemaliger Sklave, der seine Wurzeln in einem Volk von gewieften Sklavenhändlern hatte, welche Arten der Sklaverei es gab und wie unterschiedlich die betroffenen Menschen mit diesem Schicksal umgingen. Im Übrigen hatte ihn die Einteilung in drei Typen von Sklaven stark an die charakteristische Verteilung der Temperamente auf einem beliebigen Schiff der Königlichen Marine erinnert. Aber einer Lösung seines Problems war er dadurch noch nicht näher gekommen. »Was rätst du mir, Tom?«

»Wie könnte ich Ihnen einen Rat geben, Käptum, Zur?« Tom lachte freudlos. »Die Alten haben mir erzählt, was sie erlebt haben, und das kann ich Ihnen weitergeben. Drüben«, wieder das Deuten des Kopfes nach Osten, »hat man die Unbeugsamen bevorzugt geopfert oder seinem schlimmsten Feind verkauft. Die richtige Behandlung der anderen beiden Gruppen ist leicht, besonders wenn man den starken Familiensinn der Leute beachtet. Man sollte also nie Mann und Frau, Mutter und Kinder auseinanderreißen, um sie einzeln zu verkaufen. Außerdem sollte man für die Trägen Anreize schaffen, damit sie nicht nur arbeiten, wenn der Aufseher hinter ihnen steht, sondern weil es ihnen einen greifbaren Vorteil bringt.«

Turner rieb sich den Hinterkopf und nickte nachdenklich. Über dieses Problem würde er noch länger nachdenken müssen, es gab anscheinend keinen Königsweg.

⚓

Sie hatten nach einer verhältnismäßig langen Überfahrt wegen launischer Winde Bridgetown auf Barbados erreicht. Bei seinem Landgang war William Turner überall auf Hinweise der Hungersnot gestoßen, von der Smith gesprochen hatte. Wenn man die üppige grüne Vegetation sah, konnte man kaum glauben, dass man in diesem tropischen Paradies Hunger leiden konnte. Das war der Fluch, der über die Einwohner kam, weil man sich hier ausschließlich auf den Anbau von Zuckerrohr spezialisiert hatte, wofür die kleinen Leute, die von den Entbehrungen hauptsächlich betroffen waren, aber am wenigsten konnten. Der Gouverneur war sichtlich erleichtert, als er von der Hilfslieferung erfuhr. »Bei Gott, wir stehen kurz vor der offenen Rebellion, Sir!«, hatte er Turner wissen lassen. »Die gute Nachricht werde ich heute Abend öffentlich vom Balkon meiner Residenz verkünden! So, wie ich die Einwohner dieser Stadt kenne, werden sie daraufhin sofort eine große Feier mit viel Musik, Tanz und Rum veranstalten. Na, sollen sie, der Rum dämpft den Hunger, und der Tanz vertreibt die rebellischen Gedanken. Hoffen wir nur, dass der Konvoi nicht von amerikanischen Freibeutern oder gar der französischen Marine abgefangen wird. Übrigens, haben Sie schon das Flaggschiff der amerikanischen Marine bewundert, das im Hafen auf seine Versteigerung wartet?«

Turner hatte. Die Fregatte mit der britischen Kriegsflagge über der weiß-rot gestreiften Flagge der Rebellen war nicht zu übersehen gewesen. Stolz hatte der Gouverneur darauf hingewiesen, dass die beiden kleinen britischen Schiffe *Ariadne* und *Ceres* nur eine knappe halbe Stunde gebraucht hatten, um die Amerikaner zur Kapitulation zu zwingen. Wahrscheinlich würde die Marine die Fregatte ersteigern und sie wieder in Dienst stellen. Das war nach Turners Meinung auch dringend notwendig, denn mit den schwachen Seestreitkräften, die er auf der Reede gesehen hatte, war wahrlich kein Staat zu machen. Später hatte der ominöse Mister Miller von *Hermes Sugar Transports* seinem Pessimismus neue Nahrung gegeben, als er ihm Einzelheiten über das Gefecht zwischen dem britischen 64er Linienschiff *Yarmouth* und der USS *Randolph*, 32 Geschütze, berichtete. Es war unüblich, ja unehrenhaft, dass sich Linienschiffe in ein Gefecht mit Fregatten einließen, da sie ihnen wegen ihrer massiven Bauweise und der stärkeren Armierung weit überlegen waren. Doch die *Randolph* hatte den Kampf gesucht und gegen Abend die Briten angegriffen. Ihr Unterwasserschiff war gerade vorher in Charleston gründlich von Bewuchs befreit worden, folglich war sie dem schwerfälligen Schlachtschiff an Geschwindigkeit und Manövrierfähigkeit überlegen gewesen. Kapitän Nicholas Biddle auf der *Randolph* hatte genau gewusst, worauf er sich einließ, denn er hatte früher als Midshipman in der Royal Navy gedient. Es war äußerst verwegen von ihm gewesen, sich mit einer leichtgebauten Fregatte mit einer Batterie von 18-Pfündern gegen ein Schlachtschiff mit der doppelten Anzahl von 24- und 32-Pfündern anzulegen. Aber zunächst hatte es durchaus sehr gut für die Yankees ausgesehen. Nach Aussagen der Briten hatten die Amerikaner in der Zeitspanne, in der sie selbst eine Salve abgefeuert hatten, deren drei abgegeben. Die *Yarmouth* hatte zwei Marsstengen eingebüßt, was sie fast manövrierunfähig gemacht hatte. Als dann die *Randolph* versucht hatte, hinter das Heck der *Yarmouth* zu gelangen, war sie voll in den Feuerbereich der schweren Geschütze gelaufen. Trotzdem musste man leider zugeben, dass sich die *Randolph* auf der Siegerstraße befunden hatte, aber dann war sie plötzlich aus einem nicht genau bekannten Grund in die Luft geflogen. Nur vier amerikanische Seeleute hatten überlebt, dreihundertsechs waren gefallen – und die *Yarmouth* hatte mordsmäßiges Glück gehabt!

Der Hafenadmiral war ziemlich verstimmt gewesen, dass Turner sich nur kurz – beinahe im Vorbeirudern – vor seinem Besuch beim Gouverneur bei ihm meldete, aber Turner berief sich auf den ausdrücklichen Befehl der Admiralität, und dem konnte der Hafenadmiral wenig entgegensetzen, zumal er offensichtlich auch schon von der etwas zwielichtigen Rolle gehört hatte, die Turner mit seinem Schiff in diesen Gewässern spielte. Selbst wenn Turner nur ein simpler Leutnant war, so schienen hinter ihm doch mächtige Männer zu stehen, mit denen man sich besser nicht anlegte.

William Turner musste an Bord der *Shark* auf die Antwortschreiben des Gouverneurs und des örtlichen Residenten des Geheimdienstes warten. Die ehrenwerten Herren fanden am Nachmittag dieses Tages keine Zeit mehr, um sich ihren Dienstgeschäften zu widmen, da sie sich auf die Feierlichkeiten des Abends vorbereiten mussten. Obwohl auch Turner eingeladen war, zog er es vor, an Bord zu bleiben, gab aber Dechamp und den Midshipmen Urlaub. Auch ein paar Decksoffiziere und drei Dutzend Seeleute, die durch das Los bestimmt worden waren, machten sich landfein und stiegen tatendurstig in die Boote. Am nächsten Morgen kletterten sie mühsam und ziemlich mitgenommen wieder an Bord. Ihre gute Laune hatte allerdings nicht gelitten. Turner hörte durch das Skylight Kommentare, die von »Für ein Stück alten, harten Käse gibt es eine junge Muschi für die ganze Nacht!« bis zu »Bei diesen heißen Kätzchen könnte man glatt auf die Idee zum Desertieren kommen – wenn ich mein Prisengeld mitnehmen könnte!« reichten. William, der alte Pharisäer, schnaubte geringschätzig, dann musste er grinsen. Natürlich wusste er, dass der Hartkäse, den das Marineverwaltungsamt an Bord schickte, leider häufig genug nahezu ungenießbar war. Er war gelegentlich so hart, dass man daraus allerlei kunstvolle Figuren schnitzen konnte. Offensichtlich hatten ein paar seiner schlitzohrigen Teerjacken alte, steinharte Vorräte nutzbringend an die Frau gebracht.

Dieser Tag und auch der nächste vergingen mit Routinearbeiten, während William Turner wie ein nervöser Tiger auf dem Achterdeck auf und ab marschierte. Immer wieder hob er sein Teleskop ans Auge, um zu sehen, ob nicht endlich ein Boot von der Pier ablegte. Vergebens! Erst am späten Nachmittag, als er schon kurz davorstand, seine Karronaden abzufeuern, um den Schlafmützen da drüben Feuer unter dem Hintern zu machen, löste sich drüben ein Boot vom Kai und näherte sich gemächlich Seiner Majestät Kriegsslup *Shark*. Der Leutnant, der flink an Bord geklettert kam, musterte den schmucken Toppsegelschoner bewundernd. Andächtig bestaunte er die langen Bäume des Groß- und Schonersegels sowie die Rahen mit den sauber aufgetuchten Marssegeln und dem Bramsegel am Fockmast. Dann fiel sein Blick verwundert auf die mit Persenningbezügen abgedeckten Karronaden. Er wollte schon den Mund aufmachen, um eine Frage zu stellen, aber als er Turners eisigen Blick sah, schluckte er sie hinunter und grüßte zackig. Unter ihnen begann die Pall des Ankerspills zu klappern. Turner streckte wortlos die Hand aus. Der Leutnant schluckte trocken, dann reichte er ihm einen Postsack und eine Quittung. Turner nahm die Schreibfeder aus dem Tintenfass, das Tom auf seinen Befehl hin an Deck gebracht hatte, und unterschrieb auf dem Kompasshäuschen. »Einen guten Tag noch, Herr Leutnant«, raunzte Turner.

»Äh, Ihnen auch, Sir, und günstigen Wind und eine schnelle Überfahrt.« Sprach's, schwang sich wieder über die Kante und sprang behende in das Boot. ›Ein ziemlich ungehobelter Patron, dieser Turner!‹, dachte er bei sich, nachdem er es sich auf der Achterducht bequem gemacht hatte. ›Und eingebildet! Nach allem, was man so über ihn hört, ist er es nicht ganz ohne Grund, aber trotzdem ...‹ Der gute Mann konnte nicht wissen, warum es Turner so eilig hatte. Wenn William allerdings geahnt hätte, was ihm alles erspart geblieben wäre, wenn er mit dem Mann ein oder zwei Stündchen bei einer guten Flasche Wein geplaudert hätte, dann hätte er Tom den besten Tropfen aus der Last holen lassen und hätte den jungen Mann damit traktiert, bis man den mit einem Bootsmannsstuhl in sein Boot hätte hinablassen müssen. Aber er wusste es nicht, daher setzte die *Shark* eine knappe Stunde später Segel und glitt in den glühenden tropischen Sonnenuntergang hinaus. Hinter ihr blieb die dunkle Masse der Insel zurück, über deren Berge sich die blauen Finger der Nacht schoben.

⚓

Die Seekarte lag auf dem Tisch ausgebreitet, und im Licht der sanft darüber hin- und herschwankenden Lampe beugten sich Turner und der Segelmeister über sie.

»Sie kennen die Gewässer um Martinique, Mister Lennon? Und natürlich auch die Ansteuerung von Fort de France?«

»Aye, Sir«, erwiderte Lennon gleichmütig. Ihn konnte bei diesem Kommandanten kaum noch etwas überraschen, wettete doch jeder Mann an Bord seinen letzten Penny darauf, dass sie auf dem schnellsten Weg nach English Harbour zurückkehren würden.

»Ich beabsichtige, einen Blick in den Hafen zu werfen, Sir. Das bedeutet für uns kaum einen Umweg, und unsere Auftraggeber könnten uns dafür dankbar sein.«

»Aye, Sir. Allerdings werden wir in Lee der Insel in die Abdeckung kommen. Die Wind- und Stromverhältnisse können dort sehr trickreich sein.«

»Mister Lennon, das ist doch endlich mal wieder eine richtige Herausforderung für Sie«, lächelte Turner.

Der alte Weißkopfseeadler rieb mit dem rechten Zeigefinger an der Seite seiner scharfen Hakennase entlang und brummte etwas Unverständliches vor sich hin, dann meinte er laut: »Viel wird davon abhängen, zu welcher Tageszeit wir vor dem Hafen stehen.«

Turner legte den Kopf schief und lauschte auf das Plätschern des Wassers, das glucksend unter dem Spiegelheck hervorquoll. »Was sagt denn die Logge, Mister Lennon?«

»Sechs Knoten mit abnehmender Tendenz, Sir. Der Passat weht ziemlich unbeständig aus Osten, krimmt aber zeitweise überraschend, so dass wir die Rahsegel nicht setzen können. Wenn wir einen Schnitt von fünf Knoten halten können, sollten wir am Nachmittag einen Blick auf die Reede werfen können.«

»Ihr Wort in Gottes Ohr«, brummte Turner. »Ich verspüre

keine Lust, mich des Nachts dicht unter Land auf die Reede zu schleichen, um Schiffchen zu zählen. So weit geht mein Diensteifer denn doch nicht. Zumal wenn dieses Fort de France so stark befestigt ist, wie es sein Name verspricht.«

»Das ist es, Sir, das ist es, da können Sie Gift drauf nehmen. Massive Festungsanlagen mit schweren Geschützen sichern die Reede. Für die Frenchies ist dieser Hafen in der Karibik so etwas wie ihre gute Stube, da mögen sie keine ungebetenen Besucher, die ihnen unter die Petticoats schielen.«

Mit launischen Winden glitten sie unter ständigem Trimmen der Segel durch die Nacht. Zeitweise schlichen sie nur mit zwei bis drei Knoten dahin, aber am nächsten Vormittag frischte der Wind wieder etwas stärker auf und drehte recht von Nordost auf Ost, so dass sie die Rahsegel setzen konnten. An Backbord voraus wuchs eine große Kumuluswolke in die Höhe; sie durchstieß die übliche Passatbewölkung und bot mit ihren Ballen und turmartigen Auswüchsen ein prächtiges Bild. Beim Näherkommen sahen sie unter der Wolke einen dunklen Streifen: die waldige Küste der Insel St. Lucia. Auch diese Insel befand sich in der Hand der Franzosen. Als sie auf der Nachmittagswache die Nordspitze von St. Lucia passierten, lag vor ihnen eine zweite, mindestens ebenso imposante Haufenwolke über Martinique. Wie es aussah, würden sie gerade am Ende der ersten Hundewache vor der ausgedehnten Bucht stehen, die einen ausgezeichneten Naturhafen mit sicheren Ankerplätzen auch für große Linienschiffe bot. Sie würden noch eine gute Stunde Tageslicht haben, um ihren selbstgewählten Auftrag zu erfüllen. Turner war es recht, er genoss das Idyll. Die *Shark* glitt mit Steuerbordhalsen auf der sonnenüberglänzten grünen See dahin. Gleichmäßig rieselte der Sand durch das Stundenglas.

»An Deck! Segel fünf Strich an Steuerbord voraus!«

Turner zuckte zusammen. Er griff nach seinem Teleskop

und setzte es ans Auge. Da, unter Land tauchte eine Brigg aus einer Schauerwolke auf. Sie hatte offensichtlich die Südspitze der Ilet Cabrits, einer kleinen, vor Martinique liegenden Insel gerundet, um den Diamond Rock zu passieren und dann nach Fort de France einzulaufen. Turner spürte, wie sich seine Nackenhaare sträubten. Für gewöhnlich war das bei ihm ein Warnzeichen, dass die Zukunft etwas Unangenehmes für ihn in petto hielt, aber diesmal führte er es auf seinen erwachenden Jagdtrieb zurück.

»Mister Dechamp. Wie wäre es, wollen wir nicht den Froschfressern das fette kleine Hühnchen vor der Nase wegschnappen, was denken Sie?«

»Eine *poularde surprise* zum Dinner sozusagen, Sir?«, grinste Dechamp und bleckte seine Pferdezähne, auch seine Nüstern blähten sich. »Eine Brigg als Prisenkommandant wäre doch mal etwas anderes.«

»Tüchtig, tüchtig, mein lieber James, immer auf die berufliche Weiterbildung bedacht! Mister Lennon, legen Sie einen Abfangkurs fest, wir wollen uns die Brigg mal etwas näher anschauen.«

»Aye, aye, Sir!«

Nach einer kleinen Kursänderung und dem entsprechenden Trimmen der Segel rauschte die *Shark* mit guter Fahrt durch die See, die jetzt hier in der Düse zwischen den Inseln sogar wieder ein paar weiße Schaumkronen aufwies.

»Mister Dechamp, lassen Sie die Männer zum Essen wegtreten, nur ein paar Trimmer sollen auf dem Posten bleiben. Anschließend lassen Sie bitte das Schiff klar zum Gefecht machen!«

»Aye, aye, Sir! Bootsmann, zu mir!«

Turner blieb an Deck und beobachtete die Brigg, die keineswegs daran dachte, die Flinte ins Korn zu werfen und sich zu ergeben – und das Schiff war auf diesem raumachterlichen Kurs schnell. Turner schätzte, dass sie den Franzosen erst knapp vor dem letzten Kap bei der Ansteuerung in die Bucht würden stellen können. Wenn es dazu käme, wäre die Demütigung für die Frogs umso größer – Kriegserklärung hin oder her, sie würden vor Wut schäumen. An Backbord voraus wuchs langsam ein markanter Felsen aus dem Wasser in die Höhe, der *Rocher du Diamant*, dessen unteres, schroff abfallendes, kahles Drittel senkrecht aus dem Wasser ragte. Aber auch die bewachsenen oberen Flanken stiegen steil an, um dann erst oben auf der Kuppe ein kleines Plateau zu bilden. Der Abfangkurs führte direkt über das Inselchen hinweg, und Turner musste sich entscheiden, an welcher Seite er den Felsen passieren wollte. Er beschloss, die Beute nicht aus den Augen zu lassen und ebenfalls durch den Passe Des Fours zwischen der steilen Klippe und der Küste hindurchzulaufen.

»Mister Lennon, lassen Sie anluven, bis wir die Brigg voraus haben. Wir werden den Messieurs mit unseren Jagdgeschützen einen Schuss vor den Bug verpassen, vielleicht belehrt sie das ja eines Besseren, und sie streichen die Flagge. Im Kielwasser unseres Hühnchens halsen wir und gehen dann auf Parallelkurs.

Durch die Kursänderung kam die Brigg in den Feuerbereich der Jagdgeschütze am Bug. Die Besatzung war auf ihren Gefechtsstationen, und Dechamp war in seinem typischen schaukelnden Trab nach vorne geeilt, um das Feuer zu eröffnen. Als die Schiffsglocke den Beginn der ersten Hundewache glaste, peilte der Diamond Rock vier Strich an Backbord. Dechamp blickte unternehmenslustig nach achtern. Turner spürte wieder, dass sich ihm das Nackenhaar sträubte. War das wirklich nur das Jagdfieber? Er zuckte die Achseln. Wahrscheinlich wurde er langsam alt und sah schon am hellen Tag Gespenster.

»Einen Schuss vor den Bug!«, rief er Dechamp zu. Der hob bestätigend einen Arm, dann visierte er über den langen Lauf und ließ die Kanoniere noch ein paar kleine Korrekturen durchführen. Schließlich trat er zur Seite, und der Geschützführer hielt die Lunte an das Zündloch. Krachend löste sich der Schuss, die Pulverwolke zog nach vorne ab und verdeckte das gejagte Wild. Dechamp verfolgte den Flug der Kugel; spontan riss er den rechten Arm in die Höhe, denn knapp vor dem Klüverbaum stieg eine weiße Wassersäule in die Höhe. Auf der Brigg kam Unruhe auf, aber erstaunlicherweise schien sich das Interesse der Männer dort drüben mehr auf den Diamond Rock zu konzentrieren als auf ihren Verfolger. Die Brigg luvte zwei Strich an. Eine eiskalte Hand legte sich um Turners Herz und wollte es zusammenpressen. Unwillig schüttelte er den Kopf und unterdrückte das Gefühl der Panik, das ihn übermannen wollte. Er war der Kapitän, auf ihn blickten alle. Aber was war los? Er fand keine plausible Erklärung für das Verhalten des Franzosen.

Lennon hob die Flüstertüte an den Mund: »Bootsmann! Klar zur Halse!«

Nach Beendigung des Manövers segelten sie mit Backbordhalsen im Kielwasser der Brigg. Turner rief über das Deck: »Mister Dechamp! Feuer frei, wenn das Ziel aufgefasst ist!« Der Erste Leutnant signalisierte, dass er verstanden hatte. Kurz nacheinander bellten beide Kanonen auf. Nachdem der Geschützqualm verflogen war, ließ Dechamp seinen rechten Arm kreisen. Irgendetwas mussten die sechspfündigen Kugeln getroffen haben. Turner stampfte erfreut mit einem Bein auf das Deck.

»An Deck! Schiff in Sicht! Hi … hinter dem Felsen an Backbord! Ei … eine Fregatte!« Die Stimme des Ausgucks überschlug sich kreischend. Turner brauchte kein Teleskop, um festzustellen, dass der Ausguck recht hatte. Hinter dem markanten Felsen schob sich langsam ein stattliches Vollschiff hervor, auf dem an allen Masten Segel gesetzt wurden. Die Rahen schwangen herum, und die Segel wurden mit den Halsen und Schoten auf einen Kurs am Wind getrimmt. Hart angebrasst würde sich die Fregatte zwischen die Brigg und ihren Verfolger schieben, aber noch zeigte sie der *Shark* die Breitseite. Mit einem Schlag öffneten sich drüben die Geschützpforten und eine lange Reihe von schwarzen, drohenden Mäulern zeigte auf den Schoner. Gleich darauf zuckten lange orangefarbene Feuerzungen entlang der Bordwand auf, und dicke graugelbe Qualmwolken hüllten das feindliche Kriegsschiff ein. Scheinbar ungefährliche, kleine schwarze Punkte flogen in einem hohen Bogen auf die *Shark* zu. Ein großer Teil der sechzehn 18-pfündigen Kugeln schlug harmlos rings um die Kriegsslup in die See ein und ließ hohe weiße Wasserfontänen aufsteigen, aber vier der schweren Geschosse trafen den Rumpf. Turner spürte die Einschläge durch seine Füße und empfand dabei fast einen körperlichen Schmerz. »Ruder hart Backbord! Hol dicht die Segel! Die Toppsegel aufgeien! Beeilung! Beeilung!«

Das Schiff drehte schnell an, aber die Segeltrimmer bekamen die Segel nicht genauso schnell dichtgeholt, so dass sich die Fahrt beim Anluven verlangsamte. Das lag zu einem guten Teil auch daran, dass zunächst die Bullenstander des Schoner- und Großsegels losgeworfen werden mussten und die Rahsegel im Wind killten. Auf der Fregatte füllten sich immer mehr Segel, und sie drehte elegant nach Steuerbord an den Wind.

»Verdammt! Ziegenködel im Rosinenkuchen! Hoffentlich haben sich die Froschfresser in den Friedenszeiten mehr mit ihrem guten Wein befasst als mit dem Geschützdrill. Noch so eine Salve können wir nicht gebrauchen!« Turner stand breitbeinig neben dem Kompasshäuschen und kreuzte die

Arme vor der Brust. Er konnte nur abwarten. Es hatte keinen Sinn, das Feuer zu erwidern, da sich die Fregatte außerhalb des Wirkungsbereichs seiner Karronaden befand. Ihre einzige Chance lag darin, dass sie wesentlich höher an den Wind gehen konnten und so dem überlegenen Gegner eine lange Nase drehen konnten. Die Toppsegel waren aufgegeit und die Toppgäste enterten auf, um die Segel an die Rahen zu zeisern. Die Scheiben in den großen Blöcken quietschten, als die Schottaljen die Bäume des Schoner- und Großsegels zur Mittschiffslinie zogen. Das Schiff legte sich nach Steuerbord über und beschleunigte wieder, aber zu spät! Wieder war die Luft vom Heulen und Jaulen der schweren Kugeln erfüllt, und wieder spürte Turner, wie das Schiff unter zwei Einschlägen an Steuerbord erzitterte. Ein Schmerzensschrei ertönte auf dem Vorschiff, ein zuckendes Bündel lag auf den Decksplanken, aber er konnte nicht sehen, welchen seiner Männer es erwischt hatte. Zwei Matrosen packten den Verletzten und transportierten ihn unter Deck ins Lazarett zu Ian MacKinnon, dem Schiffsarzt. Wie war es dem Franzosen nur gelungen, ihn so zu überraschen, überlegte Turner? Sein Ausguck musste ihre Segel entdeckt haben, als sie sich gut vom Horizont abgehoben hatten, während seine eigenen Bramstengen gegen die dahinter liegende Insel unsichtbar gewesen waren. Daraufhin hatte sich der schlaue Fuchs von einem Kommandanten hinter das Inselchen auf die Lauer gelegt. Erst die Schüsse hatten ihn vorzeitig hervorgelockt, denn wären sie noch ein paar Kabellängen weitergelaufen, hätte sie die Fregatte aus dem Wasser gepustet.

Keuchend kam ein Maat des Zimmermanns auf ihn zugeeilt und meldete schwer atmend: »Sir, wir machen Wasser! Wir haben soeben im Pumpensumpf ein Fuß gepeilt, Tendenz steigend!«

»Danke!« Das war zu erwarten gewesen, die Einschusslöcher an Steuerbord mussten jetzt nach dem Anluven unter Wasser liegen. Was sollte, was konnte er machen? »Die Pumpen bemannen, Bootsmann!« Wenn er ein oder zwei Strich vom Wind abfiel, würde das Schiff aufrechter segeln, und der Wasserdruck an den Leckagen würde sinken. Allerdings konnte ihnen dann die Fregatte weiter gefährlich auf den Fersen bleiben, da sie diesen Kurs auch beinahe würde anliegen können. Auf alle Fälle würde es dem Zimmermann und seinen Gehilfen die Arbeit des provisorischen Abdichtens der Einschusslöcher sehr erleichtern, wenn der Wasserdruck nicht so groß war. Das Fatale war jedoch, dass sie auf beiden Seiten getroffen worden waren. Folglich konnten sie sich nicht unter dem vollen Druck der Segel auf die unbeschädigte Seite legen, die dann über der Wasserlinie liegenden Leckagen abdichten und gleichzeitig auch noch der Fregatte nach Luv weglaufen. Er fluchte unterdrückt, blickte auf den Kompass und dann zum Kommandowimpel empor: »Quartermaster, ein, nein, zwei Strich abfallen!« Zurzeit wehte der Passat dem Verlauf der Küste folgend etwa aus Ostsüdost, würde aber rückdrehen, sobald sie frei vom Land kamen. Außerdem würde er in der Nacht abnehmen. Er blickte zur Sonne. In gut zwei Stunden würde es dunkel sein. Dann sollten sie die Franzosen abschütteln können. Was machte diese verfluchte Fregatte überhaupt? Sie presste immer noch mit Steuerbordhalsen hoch am Wind in die Grand Anse Du Diamant hinein, um sich genug Seeraum zum Passieren des Diamond Rock zu verschaffen, wenn sie gewendet hatte. Er bemerkte, dass sein Erster Leutnant neben ihm stand.

»Mister Dechamp, verschaffen Sie sich einen Überblick über das Ausmaß der Beschädigungen. Nehmen Sie Midshipman Starke mit, er soll mir Meldung machen, ob die Pumpen mit dem Wassereinbruch fertig werden!«

»Aye, aye, Sir! Mister Starke, mir nach!«

Jede Tonne Wasser, die sie zusätzlich an Bord nahmen, verringerte ihre Chance, ohne weitere Schäden im Dunkel der Nacht zu verschwinden. Nun ja, ganz finster würde es ohnehin nicht werden, denn bis etwa Mitternacht würde die fast schon halbe Scheibe des zunehmenden Mondes am Himmel stehen. Aber das Mondlicht war trügerisch, und auch die Wolken mit ihren über das Wasser huschenden Schatten würden das Ihre tun, ihnen das Entkommen zu erleichtern. Die Pumpen begannen beruhigend zu klappern, stoßweise quoll das Wasser aus den Rohren und lief in breiten Bächen nach Lee über das Deck zu den Speigatten.

»Ich liebe das Pumpen über alles«, behauptete Phil Meyers, einer der Matrosen. »Man bekommt davon so schöne, dicke Muskeln. Ich bin mal auf einem alten Eimer aus Liverpool gefahren, der Bark *Mary Rose* unter Käpt'n Crouch, auf der mussten wir ab dem Auslaufen vom River Mersey bis zum Einlaufen in Boston jeden Tag zwanzig Stunden pumpen. Nur auf der Nachmittagswache herrschte Ruhe, weil da der Alte sein Mittagsschläfchen hielt. Als wir in Boston ankamen, mussten wir uns alle neue Hemden und Jacken kaufen, weil die Ärmel platzten, wenn wir aus Versehen die Muskeln anspannten …!«

»Halt die Klappe und leg dein Kreuz rein, du Spinner!«, zischte einer seiner Kameraden. Ein anderer brummte: »Wenn du so gut pumpen kannst, dann können wir ja Ausscheiden machen. Du schaffst es ja sicher auch ohne unsere unbedeutende Hilfe, das Schiff lenz zu bekommen!«

Nachdenklich erkundigte sich Joseph Blanc, einer der Kariben: »Warum hat den Alten denn das Klappern der Pumpe nicht in der Nacht gestört?«

Meyers schnaubte verächtlich, dann erwiderte er gemessen: »Nachts hat den nie niemals was gestört, da war er immer voll abgeladen …«

Sein nächster Blick nach achtern zeigte Turner, dass die Fregatte dicht unter Land wendete. Mit professioneller Anerkennung beobachtete Turner das Manöver – die Franzosen verstanden ihr Geschäft, leider! Aber es bestand immer noch die Hoffnung, dass Wind und Strom die Fregatte auf den Diamond Rock drückten, so dass sie gezwungen war, noch mals zu wenden. Sollte das der Fall sein, dann würde Turner beruhigt unter Deck gehen können und sich sein Abendbrot servieren lassen. Aber durch seinen riskanten Schlag bis dicht unter Land – die Wassertiefe nahm in der Bucht ganz plötzlich von über einhundertfünfzig Fuß auf fünfzehn Fuß und weniger ab – hatte sich der gegnerische Kommandant augenscheinlich genug Höhe geholt, um den tückischen Felsen klar passieren zu können. Würde er sich auf eine längere Verfolgung einlassen? Wahrscheinlich wunderte sich der Monsieur bereits, warum der Schoner nicht seinen größten Trumpf ausspielte und sich mit einem Kurs hart am Wind nach Luv von ihm verabschiedete. Midshipman Starke blieb keuchend hinter ihm stehen und meldete völlig außer Atem: »Mit den besten Empfehlungen von Mister Dechamp, Sir, ohne Umstauen sind die Lecks nicht zu erreichen, also sind sie auch nicht von innen abzudichten, daher bezweifelt er, dass die Pumpen es auf die Dauer schaffen werden. Es würde nützen, wenn wir aufrechter segeln würden, dann wäre schon viel gewonnen. Der Zimmermann könnte dann versuchen, mit seiner Gang zunächst die Leckagen an der Steuerbordseite von außen abzudichten, weil da zur Zeit das meiste Wasser reingedrückt wird.«

Turner blickte nach achtern, dann auf den Kompass und den Verklicker. »Quartermaster, neuer Kurs: Süd! Bootsmann: Klar zum Trimmen der Segel!«

Der alte Quartermaster Mike O'Hara verzog keine Miene seines nur aus Falten bestehenden Gesichts, fuhr mit der Zunge einmal über einen seiner verbliebenen gelben Hauer und bestätigte dann: »Neuer Kurs: Süd, Sir!« Er ließ die Spaken des Ruders langsam durch seine schwieligen Hände gleiten. Trotz seiner undurchdringlichen Miene hatte man den Eindruck, dass ihm dieser Kurs nicht sonderlich gefiel, denn den konnte die Fregatte mit Sicherheit auch anliegen, sobald der Wind in einigem Abstand vom Land auf Ost gedreht hatte. Turner teilte durchaus sein Unbehagen, hoffte aber darauf, dass der Wind nach Sonnenuntergang schwächer und unbeständiger würde, was für die Franzosen einen größeren Nachteil mit sich brächte. Auch vertraute er darauf, dass sie bis dahin den Wassereinbruch so weit unter Kontrolle hatten, dass sie wieder höher an den Wind gehen konnten.

»Kurs Süd liegt an, Sir!«, meldete der Quartermaster.

»Danke, Mister O'Hara.«

Die Fregatte achteraus lief zwischen dem Diamond Rock und der Banc Du Diamant, über der nur gut zwanzig Fuß Wasser standen, hindurch; unvermittelt richtete sie sich ein-, zweimal kurz auf, als sie in die Verwirbelungen des Windes vor der Insel kam, legte sich dann aber unter Vollzeug weit nach Steuerbord über und bekam einen weißen Knochen am Vorsteven. Während die Franzosen ihren Schlag zum Ufer hin gemacht und gewendet hatten und dann zum Diamond Rock zurückgelaufen waren, hatte die *Shark* einen guten Vorsprung herausgefahren, der eigentlich ausreichen musste, um sich in die Dunkelheit zu retten. Die Sonne stand bereits tief und ließ die weißen Segel der Fregatte rosa- und perlmuttfarben schimmern.

Auf dem Vordeck der *Shark* bildete sich an der Steuerbordseite eine Menschentraube. Zwei Matrosen schleppten eine Stellage heran, die sie außenbords über die Bordwand hängten und befestigten. Zwei Toppgäste knoteten sich eine Sicherheitsleine um die Brust, schwangen sich über die Verschanzung und ließen sich auf die Stellage hinab. Mehrere Lagen von frisch mit bestem schwedischem Holzteer dick eingeschmiertem Segeltuch der stärksten Qualität sowie Bretter und Werkzeug wurde ihnen hinuntergereicht, und kurz darauf waren über dem Rauschen der See, dem dumpfen Brummen des Windes in den Segeln und dem Sirren des gespannten Riggs achtern Hammerschläge zu vernehmen. Es musste ein verdammt unangenehmer Arbeitsplatz sein. Die Männer lagen oder hockten nur wenige Zoll über der rauschenden See und versuchten, das Leck, so gut es unter diesen Umständen möglich war, abzudichten. Einmal ertönte vorne ein vielstimmiger erschrockener Aufschrei, denn der Mann am Sicherungsseil hätte beinahe das Gleichgewicht verloren. Aber ein zweiter packte sofort mit zu, und mit vereinten Kräften zogen sie den Matrosen, der von der Stellage abgerutscht oder von einer höheren Welle heruntergewaschen worden war, wieder auf das Brett. Nach einiger Zeit wurde die Stellage ein paar Yards weiter nach achtern verholt, und das Hämmern begann erneut. Dann kam Leutnant Dechamp nach achtern getrabt.

»Die beiden Einschusslöcher an Steuerbord sind provisorisch abgedichtet, Sir. Nicht perfekt, aber es wird den Wassereinbruch fürs Erste vermindern. In schweres Wetter dürfen wir damit aber nicht kommen, betonen der Zimmermann und der Schmarting, dann wird der ganze Zauber weggerissen. Auf der Backbordseite sieht die Sache noch übler aus, dort liegen die Leckagen ziemlich weit unten.«

»Ja, die Einschüsse haben wir bekommen, als wir aufrecht fast vor dem Wind gesegelt sind. Wir werden etwas anluven und dasselbe auf der Backbordseite probieren. Notfalls müssen wir ein Lecksegel ausbringen. An die Arbeit, Mister Dechamp! Quartermaster! Langsam zwei Strich anluven! Bootsmann! Wir luven an!«

»Aye, Sir, zwei Strich laaangsam anluven!«, bestätigte O'Hara. Der Bootsmann hob die Hand.

Die Fregatte lief mit hart angebrassten Segeln unter Vollzeug hoch am Wind. Sie holte Faden um Faden, Kabellänge um Kabellänge auf. Vor ihnen schob sich die dunkle Masse von St. Lucia über den Horizont. Die Westseite mit dem dichten blaugrünen Urwald wurde von der tiefstehenden Sonne in ein warmes, goldenes Licht getaucht. Das Wolkenmassiv über der Insel würde in sich zusammenfallen, sobald die Thermik zusammenbrach, und seine Reste würden nach Lee verweht werden. Die Ostseite war schon in blauschwarze Dunkelheit getaucht, und über den Wäldern dampften weiße Nebelschwaden. Langsam wanderte der Klüverbaum von der hellen zur dunklen Seite. Das Schiff legte sich weiter auf die Backe. Jetzt musste sich zeigen, wie viel die Notreparatur wert war. Unentwegt klapperten die Pumpen und förderten schäumendes, klares Wasser an Deck. Zumindest ein Gutes hat die Sache, überlegte Turner mit einem Anflug von Sarkasmus: Die Bilgen werden so wieder mal richtig durchgespült. Als die Sonne die Kimm berührte, meldete Dechamp die Beendigung der Notreparatur und gab den Rat des Zimmermanns weiter, an der Backbordseite zusätzlich ein Lecksegel auszubringen. Turner blickte Lennon an, und beiden war klar, dass sie dann die Segelfläche verkleinern mussten. Bei sieben oder acht Knoten Fahrt würde sich das Segel schneller verabschieden, als sie »Adieu« sagen konnten.

»Ich gehe mich noch mal unter Deck umschauen, Sir«, bemerkte Dechamp und verschwand. Die Peilung der Fregatte wanderte ganz allmählich nach Steuerbord aus. Plötzlich killten dort drüben Segel, Rahen wurden herumgebrasst, Schoten losgeworfen, der Bug wanderte herum und wollte im Wind verharren, aber der Schwung reichte aus, um die Wende zu vollenden. Als die Breitseite in Richtung der *Shark* zeigte, stachen lange Feuerlanzen aus der Bordwand, aber die Salve lag deutlich zu kurz. Es hatte sich wohl eher um eine drohende Geste gehandelt als um einen ernsthaften Versuch, sie zu treffen. Die Männer an Deck der *Shark* johlten begeistert, warfen ihre Mützen in die Luft, verspotteten die Franzosen, und nicht wenige produzierten obszöne Gesten. Einige hakten sich unter und tanzten eine improvisierte Jigg, ein junger Mann war in die Wanten gesprungen und hatte dort seine Hosen heruntergelassen, um den Frenchies seinen nackten Hintern zu zeigen – jedenfalls denen, die ein Teleskop oder ungewöhnlich scharfe Augen besaßen. Eine Stimme brüllte über das Deck: drei Hurras für den Käpt'n, Jungs. Jeder Torero sieht blöd aus, wenn der Stier flink auf den Füßen ist und sich von ihm partout nicht aufspießen lassen will!«

Turner röhrte: »Bootsmann, Ruhe an Deck!« Dann überlegte er, was den gegnerischen Kommandanten wohl zur Aufgabe der Verfolgung veranlasst haben mochte. Richtig war, dass der Mann nicht wissen konnte, welche Schäden sein Beschuss auf dem flüchtenden Schoner angerichtet hatte. Die *Shark* hatte immerhin noch gute Fahrt gemacht, aber ihr Kurs war für die Situation nicht typisch gewesen. Die außenbords arbeitenden Männer waren von der Fregatte aus nicht zu sehen gewesen. Turner rieb sich den Hinterkopf. Seine wechselnden Kurse konnte man so interpretieren, dass er die Fregatte langsam auf die Luvseite von St. Lucia ziehen wollte. Er musste plötzlich grinsen. Das war es! Der Franzose hatte geglaubt, dass ihm dort ein britischer Flottenverband aus Barbados auflauerte!

Dechamp kam wieder aus dem Niedergang geklettert. Er sah ziemlich derangiert aus. Die letzten Sonnenstrahlen verloschen, die großen Wolken über ihnen leuchteten blutrot auf der einen und dräuten tintig schwarz auf der anderen

Seite. Die Segel der sich schnell entfernenden französischen Fregatte waren schon fahlgrau und schienen mit der schnell hereinbrechenden Dunkelheit zu verschmelzen. Dechamp holte ein großes, makellos sauberes Spitzentaschentuch hervor und schnäuzte sich anhaltend. Dann begann er seinen Bericht: »Im Augenblick sinkt der Wasserstand an den Pumpen langsam, aber der Timmy ist pessimistisch. Wenn die Männer müde werden, der Seegang zunimmt und wir die Fahrt nicht reduzieren, wird er früher oder später wieder ansteigen – äääh, mit Verlaub gesagt, er meinte, dass das eher früher der Fall sein wird.«

»Nun, Mister Dechamp, was glauben Sie? Können wir mit diesen Notreparaturen bis nach Antigua segeln? Sagen Sie frank und frei Ihre Meinung, verantworten muss ich die Entscheidung so oder so alleine.«

Der junge Offizier schluckte, sein Adamsapfel zuckte heftig auf und ab, dann warf er den Kopf nach hinten und blähte seine Nüstern auf. »Dafür spricht, dass es nur etwa einhundertachtzig Seemeilen bis nach Antigua sind. Aber die müssten wir ausschließlich auf Backbordbug segeln – und es dürfte uns nichts Unvorhergesehenes in den Weg kommen. Beispielsweise müssen wir uns erst mal ungesehen an Fort de France vorbeischummeln. Immerhin wäre es möglich, dass sich unser Freund dort auf Lager gelegt hat. Nach den Grundsätzen der guten Seemannschaft würde ich dazu raten, zuerst den Wassereinbruch so gut es nur geht abzustellen.« Er zögerte. »Allerdings, wenn ich an Ihren Hochzeitstermin denke …«

Turner funkelte ihn aus zusammengepressten eisgrauen Augen kalt an, dann drehte er sich zum Segelmeister um: »Ihre Auffassung, Mister Lennon?«

Während Dechamp rot wurde, was im letzten Licht des Tages gerade noch sichtbar war, und um mindestens fünf

Zoll schrumpfte, erwiderte der erfahrene Seemann, ohne zu zögern: »Ich kann davon nur abraten, Sir. Man soll sein Glück nicht überreizen. Erstens beginnt in diesem Monat die Hurrikansaison. Natürlich ist die Chance sehr groß, dass wir keinem dieser Ungetüme in den Weg laufen, aber wenn, dann können wir uns mit diesem Sieb von einem Schiff gleich auf Deck versammeln und in strammer Haltung den Choral ›Näher mein Gott zu Dir‹ anstimmen. Zweitens wird die Gefahr von Tag zu Tag größer, dass wir vor überlegenen französischen Marineeinheiten um unser Leben segeln müssen, und auch das macht sich mit einem dichten Schiff sehr viel besser. Vor vielen Jahren verlangte mein Reeder, dass ich mit einem Schiff auslaufen sollte, an dem noch einige Reparaturen auszuführen waren. Ich erklärte ihm, dass es zwar mein Beruf wäre, im Prinzip auch mit einem schwimmenden Badezuber zur See zu fahren, dass es aber als Reeder seine verdammte Pflicht und Schuldigkeit wäre, dafür zu sorgen, dass dieser Zuber zumindest einen Stöpsel hat, mit dem man ihn abdichten kann. Das hat er eingesehen.« Lennon verzog keine Miene, nur hinten in seinen Augen funkelten kleine Teufelchen. Gegen seinen Willen musste Turner schmunzeln. Lennon hatte natürlich recht, aber wo sollten sie hin? Für die Durchführung der Reparatur kam eigentlich nur St. Lucia in Frage, aber die Insel gehörte den Franzosen. Wie dicht war sie bevölkert? Was sie brauchten, war eine kleine, versteckte Bucht mit einem Sandstrand und ohne neugierige Beobachter. Er würde mit Lennon die Karte studieren müssen, aber zuerst mussten sie den Kurs ändern und die Fahrt reduzieren. Er blickte sich zum Ruder um. Quartermaster O'Hara hatte das Rad an einen Matrosen übergeben, nachdem die Bedrohung durch die Fregatte weggefallen war.

»Neuer Kurs SSW, Quartermaster!«

»Aye, Sir, wir gehen auf Kurs SSW.«

»Mister Lennon, lassen Sie bitte ein Reff in die Gaffelsegel stecken und lassen Sie den Außenklüver wegnehmen.«

»Kurs SSW liegt an, Sir«, meldete O'Hara und blickte vom Kompass auf. Er kontrollierte nochmals die beiden Öllämpchen im Kompasshaus. In ihrem Licht kam es Turner so vor, als ob der Quartermaster gerne etwas zu dem Thema gesagt hätte, das er gerade mit seinen Offizieren besprochen hatte.

»Mister O'Hara, Schot dicht und frei damit heraus, was Ihnen auf der Zunge liegt.«

»Ahem, Käpt'n, wie Sie wissen, hatte mein Macker ›Dutch‹ Shultz einen Freund bei den freien Brüdern der See. Soviel ich weiß, hat der immer von einem tollen Versteck auf St. Lucia geschwärmt, Sir.«

»Danke, Mister O'Hara. Ich werde mich darum kümmern.« Wie auch alle anderen an Bord wusste Turner natürlich, dass Shultz selbst zeitweise in den Dienst der Piraten gepresst worden war, aber der Schein musste gewahrt werden. Auf einem Schiff des Königs war kein Platz für Piraten, ob freiwillig oder gepresst, spielte keine Rolle. Schließlich war es eine Hauptaufgabe der Navy, Piraten an den Galgen zu liefern.

Lennon, der mit schiefgelegtem Kopf zugehört hatte, nickte bedächtig. »Soweit ich mich erinnere, verfügt die Insel in der Tat auf beiden Seiten über zahlreiche kleine, geschützte Buchten. Allerdings würde ich die auf der Ostseite nicht empfehlen, da wir von dort während der Reparatur nicht schnell genug auslaufen können, wenn ein Sturm aufziehen sollte.«

»Kommen Sie bitte mit Shultz in meine Kabine, Mister Lennon, sobald der Erste die Abendwache übernommen hat. Wir werden zusammen einen Blick in die Karte werfen.« Auf dem Weg nach unten begegnete ihm Dechamp, der nach oben wollte, um die Wache zu übernehmen. »Nun, mit dem fetten

Hühnchen zum Dinner ist es leider nichts geworden, James, aber man kann nicht immer Glück haben.«

»Oh, Sir, ich meine, dass wir eine Menge Glück hatten, schließlich hätten die Frogs auch ein *omelette surprise* aus *uns* machen können. Kein sehr angenehmer Gedanke, Sir.«

Turner schluckte. Dechamp hatte natürlich völlig recht, ein unglücklicher Treffer im Rigg hätte ihr Schicksal besiegeln können. Er räusperte sich: »Ahem, James, äh, der gallische Hahn, der einen britischen Bullen kleinkriegt, ist noch nicht geboren, Sir!«

Kapitel 3

Mai 1778, St. Lucia, Karibik

Als sie Pointe Du Cap, die Nordspitze von St. Lucia, quer ab an Backbord hatten, ging der Mond unter. Im Licht des tropischen Sternenhimmels konnten sie das Kap nur erahnen. Segelmeister Lennon erzählte Turner, dass er hier bei den Burgot Rocks an der Zehn-Faden-Line vor einigen Jahren unversehens in heftige Stromverwirbelungen gekommen war, die das Schiff festgenagelt und heftig durchgeschüttelt hätten. Ihre Entstehung verdanken diese äußerst unangenehmen Erscheinungen der Tatsache, dass über dem unreinen Grund der Strom gegen den Wind stand. Nur mit Mühe waren sie den *overfalls* entkommen. Eigentlich konnte man dieses Phänomen rechtzeitig entdecken, aber in diesem Fall war die Besatzung von einem heftigen Regenschauer daran gehindert worden. Turner grinste und wies Lennon darauf hin, dass man nicht bis in die Karibik segeln musste, um dieses gefährliche Phänomen kennenzulernen. Eine Umrundung von Portland Bill im Ärmelkanal bei entsprechenden Bedingungen könnte einem da auch unvergessliche Erinnerungen bescheren – vorausgesetzt, man überlebte. Lennon nickte und verteidigte sich dann schmunzelnd: »Ja, ich habe davon gehört, Sir. Aber als Blauwassersegler hatte ich noch nicht das zweifelhafte Vergnügen, die dortigen *overfalls* persönlich in Augenschein nehmen zu können. Es soll sich ja um eine größere hydrographische Veranstaltung handeln.« Unter ständigem Loten tasteten sie sich weiter nach Süden, bis sie den hochaufragenden Hügel einer kleinen vorgelagerten Insel, Pigeon Island, passiert hatten. Nach der Erzählung von »Dutch« Shultz hatte sich vor vielen Jahren auf dieser Insel der bekannte Pirat Francoise le Clerc, genannt *le jambe bois*, eingenistet und von dort aus sehr erfolgreich spanische Schiffe überfallen. Bei seiner Erzählung hatte der Deutsche breit gegrinst und vorgegeben, mit einem steifen Bein über das Deck zu humpeln, wobei er auch noch das Pochen des Holzbeins auf den Planken imitiert hatte.

Sie liefen jetzt langsam über die weit geschwungene Bucht von Saint Croix. An Land war kein Licht zu sehen – keine Laterne, kein offenes Feuer zeigte an, wo der Strand war. Auch auf der *Shark* war kein verräterischer Lichtstrahl zu erkennen, selbst die Kompassbeleuchtung war, soweit es ging, abgeblendet. Alles war ruhig. Nur gelegentlich klapperte leise ein Block oder flappte müde ein Segel. Die Lotungen wurden über eine Meldekette auf das Achterdeck weitergegeben, sogar das Pumpen war eingestellt worden. Der Wind wurde immer schwächer und schlief schließlich völlig ein, aber damit war zu rechnen gewesen. Die Gig, die sie schon vorher ausgesetzt und bisher nachgeschleppt hatten, wurde längsseits geholt. Dechamp, Quartermaster Shultz, Turners »leichte Kavallerie«, die aus den vier königstreuen ehemaligen Waldläufern und den beiden Shawnee-Indianern bestand, sowie zwei französischsprechende Kariben, jumpten hinein. Vor dem Ablegen wurden ihnen drei abgedunkelte Laternen hinuntergereicht. Nahezu geräuschlos verschwand das Boot in der Nacht. Es konnte nicht mehr weit bis zu der kleinen Bucht sein, die »Dutch« Shultz seinem Kapitän empfohlen hatte. »Der Einschnitt ist vorne etwa eine Kabellänge breit und öffnet sich nach NNW. Er reicht zwei Kabellängen ins Land hinein und hat an seinem Ende einen flachen Sandstrand. Die Wassertiefe beträgt etwa zwanzig Fuß, langsam abnehmend. Man muss nur einlaufend an Steuerbord auf ein paar Unterwasserfelsen achten. Ein idealer Platz für unsere Zwecke, würde ich meinen, Sir.«

»Hört sich nach einer verdammten Mausefalle an«, brummte Turner und blickte auf die Karte, in der der kleine Meeresarm nur als kaum wahrnehmbare flache Ausbuchtung eingezeichnet war. Quartermaster Shultz zuckte mit den Achseln. »Wenn sich eine Fregatte als Korken vor den Flaschenhals legt, kann sie uns in der Tat in aller Ruhe aus der Ferne zusammenschießen – aber erst mal muss sie uns entdecken, Sir.«

»Schon recht, Mister Shultz, wir werden das Risiko eingehen.« Für sich ergänzte er im Stillen: ›Was bleibt uns auch anderes übrig?‹

Auf dem Deck herrschte jetzt rege Geschäftigkeit. Die Segel wurden geborgen, und das laute Knarren der Blöcke musste man wohl bis Souffrière, der ältesten Stadt auf der Insel, hören, dachte William besorgt. Mit unterdrückten Flüchen wurden die langen Riemen an Deck gemannt und ausgebracht. Auf die unterdrückt gezischten Kommandos hin begannen die Seeleute mit dem mühseligen Pullen. Der Bootsmann hatte ihnen klargemacht, dass es nicht auf die Geschwindigkeit ankam, sondern darauf, unbedingt im Takt mit den anderen zu bleiben, ein lautstarkes Tohuwabohu aus durcheinanderpurzelnden Männern musste unbedingt vermieden werden. Nach einigen anfänglichen Unsicherheiten, die von finsteren Versprechungen des Bootsmanns und seiner Maaten kommentiert wurden, bewegten sich die langen Riemen im Gleichtakt, und das Schiff nahm langsam Fahrt auf. Vor ihnen ragte eine schwarze Wand auf, über der die

Sterne blitzten. Von einer Einfahrt war nichts zu sehen – und auch nichts von der Gig. Turner spürte, dass ihm der Schweiß ausbrach. Sicher lag das an der schwülen Hitze, die aus dem dichten tropischen Regenwald wabernd hinaus auf die ölige See schwappte. Den Atem ächzend ausstoßend zogen und drückten die Männer die langen, unhandlichen Riemen durch das Wasser und brachten über dem Deck schlurfend die tropfenden Blätter wieder in die Ausgangsposition, wo sie sie dann auf ein Zischen des Bootsmanns wieder eintauchten. Der Schweiß floss in Strömen. Da die Ledermanschetten dick mit Talg eingeschmiert worden waren, verursachten die Bewegungen der Riemen in den Borddurchlässen kaum ein Geräusch.

Turner fluchte unhörbar in sich hinein. Wo war bloß diese verdammte Gig abgeblieben? Waren seine besten Aufklärer in eine Falle gelaufen? Vielleicht war der Schlupfwinkel schon von einer bissigen Ratte besetzt gewesen. Den gegnerischen Wachposten mochte es gelungen sein, die ahnungslosen, möglicherweise auch etwas unvorsichtigen Späher zu überwältigen. Turner knurrte unwillig und schalt sich einen Narren. Er kannte die Fähigkeiten seiner Scouts, denn sie hatten ihm schon mehrfach überzeugende Beweise davon geliefert. Wie er selbst erlebt hatte, konnten sie sich buchstäblich unsichtbar machen, und das galt besonders für ein Gelände mit Dickicht und erst recht im scheinbar undurchdringlichen Urwald. Außerdem verfügten sie über einen siebten Sinn, wenn es darum ging, die Anwesenheit anderer Menschen zu spüren, noch ehe sie zu sehen waren. Nein, es war unmöglich, diese Teufelskerle zu überwältigen, ohne dass sie zumindest Warnschüsse abgeben konnten, sprach er sich selbst Mut zu. Die drohende, dunkle Wand kam näher, und Midshipman Armstrong kam heran und flüsterte ihm ins Ohr: »Lotung, Sir. Fünf Faden an der Marke.« Turner nickte. Das war noch Wasser genug, aber wie lange noch …? Er schluckte und starrte nach vorne; missmutig wischte er sich mit einem Tuch den Schweiß von Gesicht und Nacken. Und wenn seine Männer nun doch überwältigt worden waren? Vielleicht waren sie von einer schwerbewaffneten Übermacht überrascht worden, als sie das Boot höher auf den Strand ziehen wollten und ihre Waffen zur Seite gelegt hatten. Inzwischen mochten sie verschnürt wie die Rollschinken und brutal geknebelt, fast erstickt schon tief im Bauch eines gegnerischen Schiffes schmachten. Oder man hatte sie, ohne viel Federlesens zu machen, einfach abgestochen. Möglicherweise waren es auch gar keine Piraten mit einem Schiff gewesen, sondern entlaufene Sklaven, die sich hierher in die unzugängliche bergige Regenwaldregion des Inselnordens zurückgezogen hatten und für die jeder weiße Mann automatisch ein Todfeind war. Sicher konnten diese Männer es mit seiner »leichten Kavallerie« aufnehmen, was das Anschleichen und das lautlose Töten anging – und sie verfügten über den Vorteil der genauen Ortskenntnis. »Vier Faden, Sir!«, murmelte Armstrong gleichmütig. War der junge Mann wirklich so kaltblütig, wie er tat, oder hatte er nur kein Gefühl für die Gefahr, in der sie alle schwebten? Turner meinte, die Antwort zu kennen. Auf Armstrongs Schultern ruhte nur die Verantwortung, dass sein Kapitän über die aktuelle Wassertiefe unterrichtet wurde, dieser Pflicht wurde er gerecht. Der Rest war Turners Sache. Er war der Kommandant! Das war jetzt einer dieser seltenen Augenblicke, in denen Turner durchaus ein heftiges Verlangen verspürte, wieder in die Rolle eines diensteifrigen, aber nur mit begrenzter Verantwortung belasteten Subalternen zu schlüpfen. Er hörte, wie sich Lennon neben ihm den Nasenflügel rieb und schmatzende Geräusche von sich gab. Auch der alte Weißkopfseeadler wurde unruhig. Wie jeder professionelle Seemann liebte er es, einen sicheren Abstand vom Land zu halten, besonders dann, wenn er seine Position nicht genau kannte. Wenigstens geht mir nicht allein der Arsch auf Grundeis, dachte Turner, aber das war ein schwacher Trost. Es musste etwas an Land vorgefallen sein, sonst ... Doch halt, da! Eben an Backbord fast voraus leuchtete ein kleiner gelber Lichtpunkt auf, und da einen guten Strich an Backbord noch ein zweiter. Sie waren schon knapp an der Bucht vorbeigelaufen. Offensichtlich waren sie schneller gewesen, als sie vermutet hatten, obwohl Lennon ihnen einen schwachen Strom gegenan prophezeit hatte. Vermutlich setzte der Strom so dicht unter Land noch schwächer. Jedenfalls fiel Turner ein Stein vom Herzen.

»Quartermaster! Kursänderung: Zwei Strich nach Backbord!«

»Aye, Sir! Zwei Strich nach Backbord!«

Langsam wanderte der Bug herum, bis beide Lichter auf der Steuerbordseite lagen. Turner zwang sich zur Ruhe. Breitbeinig stand er mit gekreuzten Armen neben dem Ruder, starrte zu den kleinen gelben Punkten hinüber und versuchte auszumachen, wie es dazwischen aussah. War dort die schwarze Wand weniger dunkel? Fast schien es so zu sein. Sterne spiegelten sich auf dem Wasser.

»Ruder, Achtung! Genau zwischen die beiden Lichter halten!«

»Aye, Sir! Zwischen beide Feuer durch!«

Nun, die beiden mickrigen Lichter der Laternen als Feuer zu bezeichnen, war zwar eine glatte Übertreibung, aber in der Not frisst der Teufel Fliegen, dachte Turner erleichtert. Jetzt leuchtete auch noch in der Mitte, offensichtlich tiefer drinnen in der Förde, ein Licht auf, das hin- und hergeschwenkt wurde.

»Hinter dem Licht her, Rudergänger!«

»Aye, aye, Sir!«

Sie passierten die beiden Landspitzen und folgten dem Licht auf dem Boot. Turner klebte das schweißnasse Hemd am Rücken fest. Einige Millionen Moskitos schienen seit Tagen nur auf ihre Ankunft gewartet zu haben und fielen mit angriffslustigem Summen über die Männer her. An Deck waren unterdrückte Flüche zu hören, und lautes Klatschen, wenn eine hornige Seemannspranke einen der gierigen Blutsauger zerquetschte.

Die Laterne auf dem Boot wurde rasch mehrfach auf und ab bewegt, gleichzeitig schien sich der Abstand schnell zu verringern.

Turner gab sich keine Mühe mehr, leise zu sein, und rief: »Riemen ein! Klar zum Ankern!«

Polternd wurden die langen, schweren Hölzer auf das Deck gezogen. Der Anker klatschte ins Wasser, die Trosse polterte aus der Klüse, das Schiff wurde langsamer, kam zum Stehen, und als die Trosse steif kam und den Anker in den Grund eingrub, schwoite es herum. Die Gig hakte in den Püttings des Großmasts ein. Dechamp zog sich über die Verschanzung. Er grüßte zackig. Turner hätte wetten können, dass er breit grinste.

»Ein lauschiges Plätzchen, nicht wahr, Sir. Allerdings wird es von diesen blutrünstigen Insekten ein wenig zu stark frequentiert, um für eine Soiree eine erste Adresse zu werden.« Wie um seine Worte zu unterstreichen, schlug er sich mit der flachen Hand auf die Wange. Zufrieden betrachtete er den zerquetschten Moskito. »An den beiden Huks habe ich jeweils zwei Wachen postiert. Die Pfadfinder haben die allernächste Umgebung schon flüchtig durchstreift, daher waren wir vorhin etwas spät dran. Sie würden sich jetzt aber gerne etwas gründlicher umschauen, wenn Ihnen das recht ist, Sir.«

»In Ordnung. Midshipman Armstrong soll das Kommando im Boot übernehmen. Ab dafür! Die Männer können von den Gefechtsstationen wegtreten, aber die Karronaden bleiben feuerbereit. Die Freiwache kann eintörnen, nachdem wir eine Spring an das Ankerkabel angesteckt haben. Da wir keine Männer für die Bedienung der Segel benötigen, sollte eine Wache ausreichen, um einen Überraschungsangriff zurückzuschlagen. Sobald es hell wird, wartet eine Menge Arbeit auf uns, Mister Dechamp: Die Einfahrt zu unserem Unterschlupf sichern. Fässer im Laderaum umstauen, damit wir an die Schusslöcher herankommen. Das Schiff so weit wie möglich ins Gatt trimmen und dann auf den Strand setzen. Anschließend können wir endlich mit der Reparatur der Schäden beginnen. Ich bin gespannt, wie umfangreich die ausfallen.«

»Aye, Sir. Mit Verlaub, darf ich fragen, ob Sie sich noch Hoffnung machen, pünktlich zu Ihrer Hochzeit in English Harbour zu sein?«

Turner wollte eigentlich gereizt aufbrausen, besann sich dann aber eines Besseren, weil er spürte, dass James Dechamp aus echter Anteilnahme gefragt hatte. »Ach, James, wissen Sie, meiner Elizabeth wird es gewiss lieber sein, sie kann mich putzmunter mit einer Woche Verspätung heiraten, als dass ihr der vor Schadenfreude sternhagelvolle Admiral Blake mit einem scheinheiligen Trauergesicht mitteilt, dass Wild Bull Turner mal wieder blindlings losgestürmt ist, nur um pünktlich vor dem Altar zu stehen, aber nun leider ein sehr toter Held ist, der noch nicht mal zu seiner eigenen Beerdigung erscheinen kann.«

⚓

Am Morgen kehrten auch die Aufklärer mit der Gig zurück. Sie hatten das Hinterland durchstreift und auch die benachbarten Buchten untersucht, aber nichts Verdächtiges finden können. Lediglich auf der Landzunge zwischen der Bucht im Norden und dem dahinterliegenden Achterwasser befand sich eine kleine Ortschaft, in der ein paar Mischlings- und Negerfamilien mit Fischfang und etwas Landwirtschaft ihr Leben fristeten. Nach einer Ruhepause wollten sie wieder losziehen, um mit Hilfe von Fallen und selbst angefertigten Pfeilen und Bögen für frisches Fleisch zu sorgen, denn die Benutzung von Feuerwaffen blieb nach wie vor verpönt, um die Nachbarn nicht zu alarmieren.

Inzwischen waren bereits alle Boote ausgesetzt worden. Mit der Pinasse wurden die vier Jagdgeschütze vom Bug und Heck nach und nach zum Eingang der Bucht gebracht, wo Arbeitskommandos auf dem schmalen Uferband vor den Felsenabbrüchen aus Steinbrocken und zwei niedrigen, in den Boden gerammten Palisadenreihen, die etwa drei Fuß auseinanderlagen, behelfsmäßige Brustwehren erbauten. Der Raum zwischen den Palisaden wurde mit Geröll und Sand verfüllt. Durch in verschiedene Richtungen weisende Schießscharten konnten die Stücke mehrere Feuerbereiche bestreichen. Oberhalb der Feuerstellungen, auf den beiden Seiten der Einfahrt, wurden verborgen im Busch Hütten errichtet. In den kleineren wurde das Pulver gelagert, wobei das größte Problem darin bestand, die Pulverfässer trocken zu halten. Die anderen, leichter gebauten Hütten dienten als Lager für die Verpflegung und als Unterschlupf für die wachfreien Männer bei den häufigen Regenschauern. Wären die Moskitos nicht gewesen, hätten sich die Posten wie im siebten Himmel fühlen können, nachdem die Schanzarbeiten abgeschlossen waren. Da es für sie außer Ausguckgehen und Geschützdrill kaum etwas zu tun gab, konnten sie angeln oder nach essbaren Früchten suchen, um den Speiseplan aufzubessern. Ihren Kameraden an Bord dagegen kochte derweil der Schweiß im Hintern. Salzfleischfässer wurden aus dem vorderen Teil des Laderaums gehievt, in die Kutter verladen und an Land gebracht, damit die Zimmerleute freien Zugang zu den Leckagen bekamen, gleichzeitig wurde dadurch aber auch das Vorschiff geleichtert. Da die Scouts auf ihren Streifzügen in unmittelbarer Nähe der Bucht eine ergiebige Frischwasserquelle gefunden hatten, wurden Dutzende von Wasserfässern geleert, nach achtern gerollt, dort aufgerichtet und mit Kanonenkugeln gefüllt, was dazu führte, dass das Schiff bald deutlich im Gatt lag und die Schadstellen am Bug und im Vorschiffsbereich über der Wasserfläche zugänglich waren. Jetzt wurde eine aufragende Felsennase am Strand mit gefällten Palmenstämmen und alten Segeltuchresten abgefendert, um die dann eine Schlepptrosse gelegt wurde. Mit Hilfe dieser Trosse und dem Ankerspill wurde die *Shark*, so weit es ging, auf den Sand im flachen Wasser gezogen, während die Ankertrosse willig mitgefiert wurde.

Der Schiffszimmermann besichtigte zusammen mit Turner und Dechamp die Schäden. Er kratzte sich den Nacken, schüttelte pessimistisch den Kopf und meinte: »Wenn wir unsere Arbeit gut machen sollen, Sir, dann werden da gut und gerne ein paar Tage draufgehen. Es sind nicht so sehr die gesplitterten Planken, die mir Kopfzerbrechen bereiten, sondern die angebrochenen oder zerschmetterten Spanten und Stringer. Da werden wir zaubern müssen, um den Strak der Kurven hinzubekommen. Um die Planken für den Bugbereich vorzubiegen, ist natürlich ein Dampfkasten unentbehrlich. Ich denke, dass wir einen provisorischen Dampfkasten zusammenzimmern können, aber das kostet alles Zeit.« Er schniefte, guckte Turner aus seinen braunen Spanielaugen mitfühlend an, um dann noch hinzuzufügen: »Ich kann's nicht ändern, Sir.«

Turner nickte mit unbewegtem Gesicht. »Das ist schon in Ordnung, Timmy. Ich will keinen Pfusch, sondern solide Bootsbauerarbeit. Nehmen sie sich die Zeit, die Sie brauchen. Der Erste Leutnant wird Ihnen so viele Männer als Handlanger zuteilen, wie Sie brauchen.«

»Danke, Sir, aber ich brauche keine neugierigen Gaffer, die mir und meinen Männern nur im Weg rumstehen. Meine Gang ist eine aufeinander eingespielte Gemeinschaft, da weiß jeder, was er zu tun hat.«

»Sehr gut, Mister Nibbler. Bringen Sie die *Shark* wieder in Schuss.«

Obwohl sich Turner nach außen gefasst und souverän gab, war er insgeheim stocksauer über die Verzögerung. Es war seine eigene Schuld! Wäre er doch nur auf dem kürzesten Weg nach Antigua zurückgekehrt! Aber da hatte ihn wieder einmal das Teufelchen geritten, dessen Name Ehrgeiz war. Ein Turner kam nicht mit leeren Händen zurück. Ein Turner mochte vielleicht mal dann und wann etwas zu tief in die Flasche fallen, aber als Nachrichtenbeschaffer war er eine Klasse für sich. Schreiben Sie sich das hinter ihre rotleuchtenden, neugierigen Ohren, Mister Smith! William Turner blickte über das Heck zur schmalen Einfahrt hinüber. Jetzt fehlte nur noch, dass sie hier mit heruntergelassenen Hosen von einer französischen Fregatte aufgestöbert wurden. Zwar hatten sie sich so an eine Seite der Bucht hingelegt, dass sie nur schwer von See aus zu beschießen waren, aber wenn die Franzosen nicht mit Pulver und Kugeln sparten, würde die eine oder andere Kugel früher oder später ihr Ziel finden, und es genügten ja schon ein paar Zufallstreffer, um ihr Rigg so zu verkrüppeln, dass sie manövrierunfähig waren. Ein kombinierter Angriff über Land und mit Booten, durchgeführt von einer Kompanie der vorzüglichen französischen Marineinfanterie, die durch ein Kontingent ausgesuchter Seeleute verstärkt wurde, würde eine verdammt blutige Angelegenheit werden. Der Ausgang eines solchen Gemetzels würde völlig offen sein.

Erschrocken zuckte Turner zusammen, als sich hinter ihm jemand räusperte. Er fuhr herum. Brokenwing und Thunderingwater, die beiden Indianer, grüßten ihn, indem sie ihre rechte Hand auf die linke Brustseite legten, dann begann Brokenwing zu sprechen: »Thunderingwater und Brokenwing haben den sorgenvollen Blick des mächtigen weißen Häuptlings des großen Kanus mit den weißen Schwingen beobachtet. Immer wieder geht er zum großen Wasser hinaus, so wie der Blick des stolzen Hahns, der seine Hennen schützen muss, zum Himmel geht, um den herabstoßenden Bussard rechtzeitig zu erspähen.« Turner fasste sich in Geduld, denn wenn die Indianer anfingen, ihm etwas zu erklären, oder ihn auf etwas hinweisen wollten, dann geschah das immer auf eine recht langatmige Weise in einer sehr blumigen Sprache. »Wenn die listigen Jäger unseres Volkes dem vorsichtigen, scheuen Wild nachstellen oder mutig die feige winselnden Hunde, die sich Irokesen nennen, erschlagen und die mit gespaltener Zunge redenden Langmesser zerquetschen wollen wie lästiges Ungeziefer, dann müssen sie schlau sein wie der Gevatter Fuchs, stark wie der Bruder Bär und unsichtbar wie ein Wassertropfen in einem See.« Brokenwing blickte ihn scharf an, so, als wollte er feststellen, ob Turner schon den Sinn seiner Ansprache verstanden hätte. Das war nicht der Fall. »Oder wie ein einzelnes Blatt an einem alten, mächtigen Baum«, mischte sich Thunderingwater ein und lächelte dünn. Brokenwing deutete auf den dichten Wall aus Bäumen, der ein paar Meter vom Ufer entfernt aufragte, dann zeigte er auf den Großmast. »Wo viele Bäume stehen, fällt ein zusätzlicher Baum nicht auf, auch wenn er nicht dazugehört, Sör.«

»Ich verstehe die Gedanken der schlauen Krieger des mächtigen Stammes der Shawnee«, meinte Turner nachdenklich. »Aber ich kann doch an den Großmast keine Äste und Zweige annageln lassen.«

Thunderingwater schnaubte geringschätzig, weil Turner so wenig Fantasie aufbrachte. »Der Mann, den die weißen Männer Horseshoe nennen …«, er stockte und blickte Turner erwartungsvoll an, der verstehend nickte. Der Indianer meinte den Bootsmann, von dem es hieß, dass er mit seinen riesigen Pranken Hufeisen geradebiegen konnte. »Dieser Mann hat in seinem Lager große Netze, die man mit Blattwerk versehen kann, Sör.« Turner wurde schlagartig klar, was gemeint war. Er hieb sich klatschend mit der rechten Faust in die flache linke Hand. »Das ist eine kapitale Idee, meine roten Brüder«, rief er aus und hätte ihnen beinahe auf die Schulter geklopft. Aber ihm fiel gerade noch rechtzeitig ein, dass die Rothäute solche plumpen Vertraulichkeiten nicht schätzten, auch nicht von ihrem Kommandanten.

»Mister Baxter!«, rief er über das Deck dem Bootsmann zu. »Wenn Sie die Freundlichkeit hätten, sich auf ein Wort zu mir zu bemühen.«

Es dauerte nicht lange, bis Enternetze an der Großmarsrah angebracht und zur Achterreling gespannt worden waren, in die man Palmenwedel und belaubtes Astwerk gesteckt hatte. Als Turner mit der Gig die beiden Geschützstellungen an der Einfahrt kontrollierte, konnte er sich selbst von der Wirksamkeit der Maßnahme überzeugen, denn schon aus der Entfernung von zwei Kabellängen verschwamm der Umriss des Schoners mit dem dahinterliegenden Urwald. Nun gut, man würde die Blätter des Öfteren erneuern müssen, aber außer dem Reinigen des Unterwasserschiffs, soweit es zugänglich war, gab es für die Seeleute, die nicht mit den Arbeiten an den Leckstellen beschäftigt waren, wenig zu tun – wenn man von der unablässigen Jagd auf die verfluchten Moskitos mal absah.

Der Segelmeister sah allerdings missmutig drein. Voller Abscheu musterte er den dichten Urwald und schnaubte angeekelt in sein großes kariertes Taschentuch, wenn er einen besonders tiefen Atemzug von dem morbiden, süßlich fauligen Geruch des Regenwalds eingeatmet hatte.

»Eine verdammte Fieberbucht ist das hier, Sir, es sollte mich nicht wundern, wenn wir in ein paar Tagen ein paar Ausfälle bei den Männern haben sollten. Die Luft ist von Fieberkeimen gesättigt! Sie wissen, dass ich immer viel Wert darauf lege, dass wir möglichst weit vom Land entfernt ankern. Frische Seeluft hält das Fieber fern, das können Sie mir glauben, Sir. In English Harbour zum Beispiel ...«

»Ich weiß, Mister Lennon, da liegen wir immer ganz weit draußen – sehr zum Ärger der Ruderer in den Verkehrsbooten –, noch nicht mal ein Moskito schafft es dort bis zu uns hinaus!«

Lennon schwieg beleidigt und zerquetschte einen der unersättlichen Blutsauger. Angewidert musterte er den großen Blutfleck, der sich auf seiner weißen Manschette ausbreitete.

Mit der Arbeit an den Leckagen vergingen die Tage. Aus dem massiven Holz einiger ausgesuchter Reservespieren wurden mit Säge und Beitel passgenaue Abschnitte mit den entsprechenden Krümmungen der zu ersetzenden Spanten und Stringer herausgearbeitet. Die gesplitterten Verbände waren alle entfernt worden, und nach und nach wurden die neuen tragenden Bauteile mit Schäftungen und Doppelungen eingebaut. Das war unter diesen Bedingungen Bootsbauerkunst in höchster Vollendung, brauchte aber seine Zeit. Allerdings wurde Turner etwas mulmig bei dem Gedanken, wie er den Kannibalismus an den teuren Spieren in seinem Bericht an die Admiralität rechtfertigen sollte. Wahrscheinlich würde er wieder einmal auf die Schützenhilfe der »Firma« angewiesen sein. An Land hatte Mister Nibbler mit ein paar Helfern einen provisorischen Dampfkasten gezimmert, in dem Plankenabschnitte durch Erwärmung und Durchfeuchtung so geschmeidig gemacht wurden, dass man sie anschließend wie beabsichtigt dauerhaft über aufgezeichnete Kurven biegen und mit Keilen zum Trocknen fixieren konnte. »Man muss sie etwas stärker vorbiegen, als man sie später verarbeiten will, Sir«, hatte der Timmy seinem Kapitän erklärt, »denn beim Abkühlen ›federn‹ sie etwas zurück.« Turner hatte sich gefragt, ob dieser Mann über eine andere Art von Augen als er verfügte, denn er schien mühelos in der Lage zu sein, durch schieres Augenmaß den erforderlichen Krümmungsradius eines Stringers mit ausreichender Genauigkeit festzustellen. Für zwei besonders schwierige Stellen im Bugbereich bauten sich die Zimmerleute allerdings zeitaufwendig Formen, von denen sie die benötigten Maße abnehmen konnten.

Die Arbeiten näherten sich dann aber doch langsam dem Ende, und Turner machte in seiner Kabine schon Pläne, wie und wann er das Schiff vom Strand ziehen und wieder beladen lassen wollte, als ihm Midshipman Starke meldete, dass die Waldläufer Mark »Snake« Taylor und Nat Moose mit einer sehr wichtigen Nachricht an Bord zurückgekommen waren. »Ich komme sofort an Deck, Mister Starke. Danke.«

Die beiden Loyalisten trugen, wie immer bei ihren Landeinsätzen, ihre Jacken, Hosen und Mokassins aus weichem Rehleder. Die Kleidungsstücke waren mit traditionellen indianischen Perlenstickereien und Fransen verziert. An den Gürteln baumelten in ebenfalls reichgeschmückten Scheiden die langen, schweren Jagdmesser. Pulverhorn, Kugelbeutel,

Jagdtasche, Trinkschlauch und Flinte vervollständigten die Ausrüstung. Bei Nat Moose kam noch ein Tomahawk hinzu. Als einziges Zugeständnis an die tropische Hitze hatten sie schweren Herzens auf ihre Pelzmützen mit den Waschbärenschwänzen verzichtet und waren auf bunte Kopftücher ausgewichen. Es gab wohl kaum etwas, das auf einem Schiff des Königs deplatzierter wirken konnte als die beiden Trapper. Mark Taylor hielt seine Büchse mit dem überlangen Lauf in der Armbeuge, während sich Nat Moose lässig auf seine Waffe stützte. Auch das war kein Anblick, der das Herz eines Drillsergeanten der Königlichen Marineinfanterie freudig höher schlagen ließe. Aber Turner wusste die besonderen Qualitäten seiner Waldläufer zu schätzen.

»Was gibt es Neues an Land?«

»In das Achterwasser hinter der Bucht nördlich von uns ist ein Schiff unter der Yankeeflagge eingelaufen, eine Brigantine. Sie liegt vor dem kleinen Dorf, das, wie schon gemeldet, anscheinend ganz überwiegend von Fischern bewohnt wird. Wir dachten, das würde Sie interessieren, Sir.«

»Oh ja, das tut es. Wie weit ist es bis zu dem Dorf?«

»Über Land durch den Busch etwa eine Seemeile, also für uns nur ein Katzensprung, Sir.«

Nachdenklich schaute Turner über die Bucht. Langsam wanderte seine Hand an den Hinterkopf und begann über die Stelle zu streichen, wo ihn damals in Puerto Santo der Sandsack des verdammten Piraten getroffen hatte. Was hatte hier in diesem abgelegenen Winkel der Insel eine amerikanische Handelsbrigg zu suchen? Eigentlich nichts. Jedenfalls nichts, wenn sie rechtmäßigen Geschäften nachging. Da die Yankees bei ihrem – nur von den Briten als illegal angesehen Handel mit den französischen Kolonien – von den französischen Behörden keine Schwierigkeiten zu erwarten hatten, konnten sie jeden beliebigen Hafen anlaufen und dort ihre

Geschäfte in aller Öffentlichkeit tätigen. Es wäre interessant, zu wissen, was hinter dieser Heimlichtuerei steckte. Unbewusst leckte sich Turner die Lippen. Außerdem konnte die Brigantine eine interessante Prise werden, falls sie dort drüben so lange liegen blieb, wie die *Shark* brauchte, um wieder einsatzbereit zu sein.

»Geht heute Abend wieder zu dem Dorf. Nehmt den Matrosen Joseph Blanc und auch meinen Bootssteurer mit, falls es Gespräche zu belauschen gibt, die auf Französisch geführt werden.«

Die beiden Trapper lächelten erfreut, denn das war wieder eine Aufgabe so ganz nach ihrem Geschmack. So kam es, dass sich eine Stunde vor Sonnenuntergang die vier Waldläufer zusammen mit den Shawnees und den beiden Kariben auf den Weg machten, um über die Wildpfade durch den dichten Regenwald zu dem kleinen, gottverlassenen Dorf zu gelangen.

Sie erreichten den Waldrand rechtzeitig vor dem Einbruch der Dunkelheit. Die Szenerie war noch unverändert. Die Brigantine ankerte vor dem ärmlichen Ort, der aus einem guten halben Dutzend Hütten und vielleicht doppelt so vielen windschiefen Schuppen bestand. Rings um das Dorf hatten die Frauen Felder angelegt. Zur Wasserseite hin waren zwischen eingerammten Pfählen Netze zum Trocknen aufgehängt. Ein paar Boote lagen mit dem Kiel nach oben hoch auf dem Strand und hofften augenscheinlich auf eine Überholung. Andere warteten einsatzbereit oben auf dem Strand. Zwei Boote ruderten mehrfach zwischen dem Ufer und dem Schiff hin und her, wurden dann aber zu den Booten der Fischer auf das Ufer gezogen. Offensichtlich brachten sie die Mannschaft des Handelsschiffs zu einer Willkommensfeier ans Ufer, denn am Strand wurden mehrere große Feuer entfacht, um die sich die Seeleute und die Bewohner des Dorfes scharten. Bald stieg den Beobachtern der köstliche Duft von

Fischsuppe in die Nase, die in einem großen Kessel vor sich hin köchelte. Über anderen Feuern wurden ganze Schweine an Spießen geröstet oder mit Kräutern gefüllte Fische in großen Pfannen gebraten. Kleine Fässer mit Wein standen bereit, um das Essen runterspülen zu können. Dabei handelte es sich vermutlich um den Beitrag der Gäste zum Festschmaus.

Fred Blackwood schlug vor, näher heranzugehen, um die Gespräche belauschen zu können, aber Mark »Snake« Taylor flüsterte: »Warte noch etwas ab, Freddy, wenn sie etwas mehr Feuerwasser getrunken haben, dann reden sie lauter und werden auch unvorsichtiger bei dem, was sie sagen.«

Nachdem eine Stunde vergangen war, blieben die beiden Indianer mit Fred »Snake« Blackwood und Nathaniel Moose zurück, um im Falle einer Entdeckung der Lauscher einen eiligen Rückzug zu decken. Tom Brown schlich sich mit Mark Taylor davon, während Joseph Blanc sich Jim »Beaver« Smith anschloss.

Geduldig warteten die Zurückgebliebenen ihre Wiederkehr ab. An den Feuern wurde nach Herzenslust gegessen und getrunken, und wie Taylor richtig vermutet hatte, nahm die Lautstärke der Unterhaltung bald zu. Es wurde auch gesungen, leider eher laut als schön, was aber der Freude keinen Abbruch tat. Französische Lieder wechselten sich mit englischen ab. Das war keineswegs ungewöhnlich oder überraschend, denn schließlich stammten ja die meisten Rebellen von Engländern ab. An einem etwas abseits gelegenen Feuer schienen sich die Sprecher der kleinen Gemeinde und der Skipper sowie der Steuermann der Brigantine an einem roh zusammengezimmerten Tisch niedergelassen zu haben, wo sie herzhaft in die Speisen einhieben, sich immer wieder zuprosteten und sich dabei lebhaft unterhielten. Von den vier Kundschaftern war nichts zu sehen. Die Zeit verging. Aber als unter dem Einfluss von Alkohol ein paar der Seeleute den anwesenden Frauen eindeutige Angebote machten und ihre Hände nicht mehr bei sich behalten konnten, gab es einen kurzen, heftigen Streit, und es wurden sogar Messer gezogen, aber ein untersetzter, breitschultriger Mann, offensichtlich der Kapitän, machte ihm mit ein paar scharfen Befehlen ein Ende. Die Missetäter wurden unter Aufsicht des Steuermanns in ein Boot eskortiert und an Bord gebracht, aber das Fest hatte seinen Höhepunkt überschritten, und die gute Stimmung war verflogen. Die jungen Mädchen wurden von den älteren Frauen in die Hütten getrieben, und auch die meisten Fischer verschwanden in ihren Behausungen. Die anderen setzten sich mit den Seeleuten um ein Feuer und machten sich daran, den restlichen Alkohol zu vertilgen. Bald rollten sich die ersten Männer halb bewusstlos auf dem Strand zusammen und schliefen ein.

Zuerst tauchten Jim und Joseph aus der Dunkelheit auf und ließen sich neben den anderen in der Deckung nieder. Schweigend warteten sie auf Mark und Tom, die sich kurz darauf wie mitternächtliche Geister vor ihnen aus dem Nichts materialisierten. Sie machten sich auf den Rückmarsch. Für die Indianer und die Waldläufer schien es keinen Unterschied zu machen, ob sie sich ihren Weg durch den Busch bei Tag oder Nacht suchen mussten. Obwohl Tom und Joseph wussten, dass am Himmel ein noch fast voller Mond stehen musste, hatten sie unter dem dichten Blätterdach ziemliche Schwierigkeiten, auf dem unebenen Boden nicht zu oft den Halt zu verlieren; aber sie hefteten sich dicht an die Fersen ihrer Bordkameraden und verzögerten den Rückmarsch durch ihre Ungeschicklichkeit nur selten. Am Ufer angekommen, lobte Fred Blackwood sie dafür: »Ihr habt euch gut gehalten – jedenfalls für Seeleute.« Und Mark »Snake« Taylor ergänzte freundlich: »Immerhin habt ihr kaum mehr Lärm gemacht als ein Rudel Karibous auf der Flucht.«

An Bord wurden sie weit nach Mitternacht von einem neugierigen William Turner erwartet. Er saß im Korbstuhl an seinem Lieblingsplatz auf dem Achterdeck und hatte es aufgegeben, sich die Zahl der am heutigen Abend von ihm erschlagenen Moskitos zu merken. Er platzte zwar vor Spannung, gab sich aber gelassen: »Um diese späte Stunde nur einen kurzen Überblick, wenn es denn überhaupt etwas Interessantes zu erzählen gibt. Wer berichtet zuerst?«

Mark Taylor lächelte im Licht des noch recht hoch am Himmel stehenden Mondes. Dem Käpt'n würde vor Staunen gleich der Unterkiefer herunterfallen, vermutete er. »Nun, Sir, der Yankee ist kein Yankee, sondern ein englisches Schiff, die *Dove* aus London.« Er machte eine Pause, um seine Worte wirken zu lassen. »Und es kommt noch besser, der Skipper hat hier ein Rendezvous mit einem französischen Schiff, das einen wichtigen Mann an Bord haben soll. Seine Ankunft wird in den nächsten Tagen erwartet, Sir. Es soll sich um einen Schnellsegler aus Brest handeln. Mehr war zunächst nicht zu erfahren, Sir, die Kerle waren dann zu besoffen und fingen an zu streiten.« Mark Snake Taylor drehte sich zu Tom und Beaver um. »Habt ihr noch etwas hinzuzufügen?«

»Es soll sich um einen Tidenjäger, einen *chasse marée* handeln, Käptum, Zur«, ergänzte Tom, »was auch immer das ist.«

»Oh, das sind verflucht schnelle Schiffchen, zumeist sind es dreimastige Lugger mit reichlich Segelfläche und der Fähigkeit, teuflisch viel Höhe zu laufen«, erklärte ihm Turner. Aus seiner Lehrzeit auf dem Fischerboot seines Vaters wusste er, dass es sich bei den *chasse mareé* ursprünglich um Schiffe handelte, die den Fang der kleinen Boote eines Ortes möglichst mit dem nächsten Hochwasser frisch, das heißt ungesalzen, ins Binnenland auf den Markt bringen sollten; aber sie eigneten sich natürlich auch ganz hervorragend zum

Schmuggeln und in Kriegszeiten als Freibeuter. Dann waren sie für die Handelsschiffahrt eine wahre Pest. In der Regel waren sie nicht schwer bewaffnet, weil sie sich ganz auf ihre Geschwindigkeit verließen, aber sie hatten starke Besatzungen, überlegte Turner. Und was ganz besonders ärgerlich war, diese Kerle aus der Normandie oder der Bretagne waren hervorragende Seeleute. Was suchte so ein Schiff in diesem Teil der Welt? Seine Nackenhaare begannen sich wieder zu sträuben. Verständlich, denn das roch doch sehr nach Aktivitäten, die von der Konkurrenzfirma von Hermes auf der anderen Seite des Kanals gesteuert wurden. Aber er konnte die Fakten nicht ignorieren. Smith würde ihn in der Luft zerreißen, wenn er Wind davon bekäme – und das war so gewiss, wie die Sonne im Westen unterging. Smith mochte viele Fehler haben, aber sein Geschäft verstand er.

»Aber so ein Froschfresser ist doch gewiss nicht schneller als unsere *Shark* und kann auch nicht mehr Höhe laufen, nicht wahr, Sir?« fragte Tom zuversichtlich.

»Darauf würde ich meinen Ar …, ääāh, Achtersteven nicht verwetten, Tom.«

Kapitel 4

Mai 1778, Mosquito Bay, St. Lucia; auf See

Das Dorf wurde jetzt ständig überwacht, aber zunächst ereignete sich nichts Außergewöhnliches. Die Fischer gingen ihrer Arbeit nach, die Frauen arbeiteten auf den Feldern, und auf dem Engländer verlief das Leben nach den Regeln der Bordroutine. Aber kein zweites Schiff lief in das geschützte Achterwasser ein. Zwar kam gelegentlich ein Segel in Sicht, aber das stand weiter draußen vor der Küste und war vermutlich auf dem Weg von oder nach Martinique oder Guadeloupe.

Auf der *Shark* waren die Reparaturen beendet, und das Schiff wurde zurück ins tiefe Wasser gehievt. Als es wieder an seinem Anker schwoite, wurden zunächst die Fässer mit dem Pökelfleisch und dem frischen Trinkwasser aus der Quelle von Land an Bord geholt und im Laderaum verstaut. Zuletzt kamen die Jagdgeschütze zurück auf ihre angestammten Plätze. Sie hätten auslaufen können. Wenn er an Elizabeth dachte, schrie alles in William danach, den Befehl zum Lichten des Ankers zu geben, jeden Fetzen Segeltuch zu setzen und jeden Windhauch auszunutzen, um doch noch rechtzeitig nach English Harbour zu kommen, wo jetzt ganz sicher die letzten Vorbereitungen für die Hochzeit auf vollen Touren liefen. Tagsüber würde sich Elizabeth nichts anmerken lassen und energisch, wie es ihre Art war, alle Arbeiten überwachen, aber in der Nacht würde sie gewiss so manche Träne vergießen und sich verzweifelt fragen, was mit der *Shark* und mit ihm geschehen war. Dementsprechend übel war die Laune des Kommandanten der *Shark*. Die Besatzung schlich – bildlich gesprochen – auf Zehenspitzen herum. Turner seinerseits kehrte ostentativ dem Routinebetrieb an Deck den Rücken. Er hatte seinen Korbsessel so aufgestellt, dass er zwangsläufig nach achtern schauen musste, denn er wusste, würde er in dieser Gemütsverfassung Zeuge einer harmlosen kleinen Schlamperei werden, so würde er Sachen sagen oder sogar Bestrafungen anordnen, die ihm später bitter leidtäten.

Das Warten zerrte an den Nerven aller. Hinzu kam, dass die Angriffe durch die Moskitos schier unerträglich wurden. Die Luft in der Bucht schien zu stehen. Die Feuchtigkeit war fast mit den Händen zu greifen. Kaum ein Hauch einer kühlenden Brise gelangte über die steilen Hügel hinein. Erfrischung brachten nur kurzzeitig die heftigen Regenschauer, aber kaum war so ein Schauer abgezogen, legte sich die feuchtigkeitsgesättigte Luft wieder wie eine nasse Bettdecke über das Schiff und machte jede Bewegung zur Qual. Sogar Turners Badestunden brachten ihm keine richtige Erfrischung, dafür was das Wasser einfach zu warm. Zumindest war er unter Wasser vor den blutgierigen Insekten sicher. Aber an Deck stürzten sich schwarze Wolken aus selbstmörderisch angriffslustigen Moskitos aus dem Busch auf ihre hilflosen Opfer. Unter Deck begann sich Schimmel zu bilden, obwohl Turner Windsäcke aus Segeltuch hatte nähen lassen, die die Ventilation im Wohndeck verbessern sollten. Dechamp ließ das Zwischendeck regelmäßig mit Essigwasser auswaschen, und auf Anraten der Kariben wurden in Kohlepfannen von ihnen an Land gesuchte und sorgfältig gemischte, stark duftende Kräuter verbrannt, die tatsächlich die aggressiven

Moskitos für kurze – sehr kurze – Zeit vertrieben. Die Kohlepfannen hatten sie im Verlauf der letzten Reise in New York zu Heizzwecken an Bord genommen. Dort oben in den Neuenglandstaaten hatten sich die Männer während der bitterkalten Wintermonate fast den Hintern abgefroren, als sie vergebens versucht hatten, Baron von Steuben abzufangen, aber das schien ihnen jetzt eine Ewigkeit her zu sein. Damals hatten sie sich alle nach der Wärme der Karibik gesehnt, und niemand hatte an die überaus lästigen Moskitos auch nur einen Gedanken verschwendet.

Phil Meyers wäre beinahe von seinen Kameraden erschlagen worden, als er ihnen in seiner bekannt wortgewaltigen Manier die Vorzüge des Wonnemonats Mai in England schilderte: das warme Licht eines sonnigen Frühlingsabends, das frische, knospende Grün der Bäume. »Es gibt vierzig verschiedene Varianten der Farbe Grün, behaupten die Paddies*. Aber ich wette, dass es in Kent doppelt so viele sind«, erklärte er voller Inbrunst. Die Iren murrten missmutig und rutschten unruhig hin und her. »Dazu die Blüten an den Büschen und Hecken, weiß, rosa, rot, ein Traum, sage ich euch. Gelbe Blumen auf allen Wiesen, herrlich. Über alles streicht eine warme, sanfte Brise, die dich liebkost wie eine zarte Frauenhand. Und ein Duft liegt in der Luft ...«

»Noch ein Wort, Phil, und ich schlage dir mit meiner keineswegs zarten, aber grundehrlichen englischen Seemannsfaust die Zähne ein, dann kannst du dein Salzfleisch nur noch als Brei löffeln, und der Genuss des alten Käses unseres Zahlmeisters wird sich bei dir auf das Einatmen des Duftes beschränken!«

Phil Meyers sah die kalten Augen seiner Kameraden, zuckte die Schultern und knurrte: »Banausen!«

---

* Spitzname der Iren

Es war für alle eine Erlösung, als der Ausguck, der oben auf dem Kap stationiert war, die Nachricht überbrachte, dass ein Dreimaster mit Luggerrigg Pidgeon Island gerundet hatte und sich der Küste näherte. Ein Boot hätte vom Land abgelegt und würde ihm entgegenfahren. Die ganze Truppe der Späher wurde wieder in Marsch gesetzt, um möglichst viele Informationen zu sammeln. Die Kolonne war kaum eine halbe Stunde im Busch verschwunden, als in der Ferne mehrere Schüsse fielen. Turner lief wie ein gereizter Tiger auf dem Achterdeck hin und her. Was war passiert? Waren seine Kundschafter entdeckt worden? Alles sprach dafür. Turner ließ das Schiff gefechtsklar machen und die Seesoldaten antreten. Seine Gedanken überschlugen sich. Er konnte seine »leichte Kavallerie« nicht einfach abschreiben und ihrem Schicksal überlassen. Er gestand es sich selber nicht ein, aber am meisten würde er Tom vermissen. Trotz des unüberbrückbaren Rangunterschieds war sein Aufklarer und Bootssteurer so etwas wie ein Freund für ihn geworden. Wütend stampfte er mit dem Fuß auf. Am besten wäre es, wenn Dechamp zusammen mit Lennon das Schiff aus seinem Versteck um das Kap herum in die Nachbarbucht bringen würde. Von einer Position dicht unter Land würden sie die beiden Schiffe über die schmale Nehrung hinweg im Achterwasser beschießen können. Er selbst würde an der Spitze der Marineinfanteristen den Busch durchqueren und seine Männer mit der blanken Waffe heraushauen. Es war kein sehr origineller Plan, aber …

»Sir! Sehen sie am Ufer!«, rief ihm Dechamp zu. Dort war »Beaver« Smith aufgetaucht. Er legte seine Waffen und die Oberbekleidung ab und wartete nicht, bis ihn ein Boot abholte, sondern machte seinem Spitznamen alle Ehre, sprang ins Wasser und kam zum Schiff hinausgeschwommen. Er kletterte an einem Tampen hoch, den ihm seine Kumpels zuwarfen. Nur mit einem Lendenschurz bekleidet und eine schwarze Spur aus Wassertropfen auf dem makellos geschrubbten Deck hinterlassend, kam er nach achtern gewatschelt. Mit seinem tiefgebräunten Oberkörper und den weißen Beinen bot er einen recht eigenartigen Anblick.

»Ihr Bootssteuerer meinte, es wäre gut, wenn wir Sie über den Grund der Schüsse informieren würden, Käpt'n.« Er verschwieg, dass Tom die Befürchtung geäußert hatte, sein hitzköpfiger Käptum könne aus Sorge um die Männer seines Stoßtrupps eine unüberlegte Aktion in Szene setzen, und was er sah, deutete darauf hin, dass er damit tatsächlich recht gehabt hatte. »Es ist nichts passiert, Sir, was uns beunruhigen sollte. Die Frenchies waren lediglich auf der Jagd und haben ein paar Wildschweine geschossen, die sie heute Abend für ihre alten und die neuen Gäste rösten wollen – und für sich selber sicherlich auch.«

Turner blies die Backen auf und stieß die Luft langsam pfeifend aus. »Puh …!« Das war knapp gewesen. Zum Glück konnte er die Invasion wieder abblasen.

»Danke, Smith. Es war sehr freundlich von ihnen, dass Sie sich der Mühe unterzogen haben, mir so schnell Bescheid zu sagen.«

»War mir ein Vergnügen, Sir.« Er drehte sich um und wollte gehen.

»Ach, noch etwas, Smith, ich werde Sie an Land begleiten. Ich muss diesen Franzosen selbst in Augenschein nehmen.«

Smith sah nicht begeistert aus. Er konnte sich etwas Schöneres vorstellen, als seinen im dichten Busch unbeholfenen Kapitän möglichst unversehrt und ungesehen ans Ziel zu lotsen, aber was blieb ihm übrig? Er nickte und bestätigte knapp: »Aye, Sir.«

Bevor er aufbrach, beruhigte Turner seinen Ersten Leutnant: »Ich habe keine Heldentaten vor, Mister Dechamp, die überlasse ich Ihnen, wie sich das für einen fairen Kommandanten gehört, aber ich muss mir diesen Franzosen einfach selbst anschauen.« Das war natürlich eine faule Ausrede, Turner hielt die Untätigkeit an Bord einfach nicht mehr aus.

Dank der umsichtigen Hilfe von Smith gelang es auch Turner, einigermaßen unbeschadet das Dickicht zu durchqueren. Seine Männer hatten sich in einer losen Kette am Rand des Waldes verteilt. Turner ließ sich neben Taylor auf dem Boden nieder, und Beaver Smith löste sich in Luft auf. Turner war sich sicher, dass jeder der Späher nach der stundenlangen Beobachtung in der Lage war, ihm die genaue Anzahl der Besatzungsmitglieder der Schiffe, die Zusammensetzung der Fischerfamilien nach Männern, Frauen und Kindern zu nennen und darüber hinaus noch einiges mehr: Womit waren sie bewaffnet, wer war cholerisch, wer phlegmatisch, wer war schon vor dem Beginn des Festes angetrunken, wer war hinter den Weiberröcken her, wer drückte sich vor der Arbeit? Turner grinste in sich hinein. Wahrscheinlich würden sie ihm auch sagen können, wer Linkshänder war oder wer eine schwache Blase hatte. Er fasste das auffällige französische Schiff ins Auge und unterzog es einer intensiven Prüfung. Ganz klar, es war ein lupenreiner *chasse marée* mit zwei fast gleich hohen Masten auf dem Vorschiff, und in der Mitte, achtern, stand noch ein sehr viel kürzerer dritter Mast, und alle drei waren mit Luggersegeln getakelt. Die Spieren mit den untergeschlagenen Segeln lagen jetzt parallel zur Mittschiffslinie an Deck. Wie er erwartet hatte, war die Bewaffnung schwach, da sich die Freibeuter typischerweise nur mit Handelsschiffen anlegten. Um einen Frachter einzuschüchtern, reichten die vier Vierpfünder und sechs Drehbassen auf jeder Seite aus. Normalerweise fuhren sie aber eine sehr starke Besatzung, da sie viele Männer für das Entern ihrer Opfer und anschließend für die Prisenbesatzungen brauchten.

»Wie viele Leute befinden sich auf dem Franzosen?«, erkundigte sich Turner bei Mark Taylor.

»Alles in allem sind es vierundsiebzig Männer«, erwiderte Taylor wie aus der Pistole geschossen. Das war weniger als die Hälfte der üblichen Besatzung. Falls der Kapitän vorhatte, seine räuberischen Aktivitäten in die karibischen Gewässer zu verlagern, dann würde es ihm allerdings ganz gewiss nicht schwerfallen, auf den französischen Inseln unternehmungslustige junge Männer zu finden, die gegen einen schnell verdienten Louis d'Or nichts einzuwenden hatten. »Haben sich die beiden Kommandanten schon an Bord eines der Schiffe getroffen, Taylor?«

»Aye, Sir, sie haben vorhin über zwei Stunden in der Kabine des Engländers zusammengehockt. Bei vollem Tageslicht und *dem* Betrieb auf den Schiffen und an Land hatten selbst wir nicht den Hauch einer Chance, nahe genug heranzukommen, um ein langes, neugieriges Ohr zu riskieren. ›Bullenkacke auf dem Plumeau!‹, fluchte Turner bitter in sich hinein. Das war schlecht, ganz schlecht. Die Tatsache allein, dass sich ein als Rebell getarnter Engländer in diesem abgelegenen Nest mit einem französischen Freibeuter traf, mochte zwar eine interessante Neuigkeit für Smith sein, aber ohne einen konkreten Hinweis auf den Zweck des Rendezvous konnte er damit so viel anfangen wie ein Eunuch im Serail mit einer zu jeder Sünde bereiten Odaliske. Turner wendete seine Aufmerksamkeit dem Festplatz zu, auf dem die Vorbereitungen für das abendliche Essen schon weit gediehen waren. Vielleicht ergaben sich heute Abend noch günstige Gelegenheiten, ein paar Gespräche zu belauschen. Irgendetwas Handfestes musste er in Antigua vorweisen können – das war er schon Elizabeth schuldig. Ungeduldig sah er zur Sonne hinüber, die sich dem westlichen Horizont hinter der Nehrung näherte. Seine Knochen schmerzten von dem ungewohnten Liegen auf der Erde, die Kratzer, die er sich beim Marsch durch das Unterholz zugezogen hatte, brannten, die unzähligen Moskitostiche juckten, er hatte Durst, und in seinem linken Bein hatte er einen Krampf – kurz gesagt, er fühlte sich mies, und seine Laune näherte sich einem Tiefpunkt. Warum ging es ihm allein so dreckig? Seine Männer schienen von keinerlei Beschwerden gequält zu werden, jedenfalls wenn das, was er für seine reglos im Unterholz kauernden Aufklärer hielt, nicht in Wirklichkeit Steine oder seltsam geformte Wurzeln waren – wer konnte das im Dämmerlicht dieses verdammten Unterholzes schon genau wissen? Er jedenfalls nicht! ›Du bist selber schuld, William Turner, du könntest auf deinem Achterdeck sitzen, eine Limonade schlürfen, dürftest die verfluchten Moskitos zumindest erschlagen, und dein Erster Leutnant hätte die Ehre, alle diese subtilen Quälereien hier mit der berühmten steifen Oberlippe der englischen Upperclass zu ertragen, und müsste auch noch stolz darauf sein.‹

Die Nacht brach, wie in Tropen üblich, so schnell herein, als ob jemand das große Himmelslicht ausgepustet hätte. Das Fest begann. Leckere Düfte zogen zum Waldrand hinauf. Lautes Lachen und fröhliches Geplauder klang zu ihnen herauf. Nach den ersten geleerten Bechern Wein wurde auch wieder gesungen und getanzt. Jetzt begann auch noch Turners Magen zu knurren. Taylor blickte ihn strafend an, dann flüsterte er ihm zu: »Ich werde jetzt Moose und Beaver etwas näher heranschicken.« Turner nickte, daraufhin gab Taylor ein paar kollernde, gurrende Laute von sich. Wie aus dem Boden gestampft, hockten gleich darauf die beiden Trapper neben ihnen. »Geht mal runter und schaut euch ein wenig um, Jungs. Es sieht heute ziemlich schlecht für uns aus, was das Lauschen angeht, denn der Tisch mit den besseren Leuten steht leider ziemlich in der Mitte. Lasst eure Schießprügel hier.« Die Männer grunzten zustimmend und legten ihre langen Flinten zu Boden, die Pulverhörner und Kugelbeutel packten sie dazu. Und ehe es sich Turner versah, hatte der Erdboden sie wieder verschluckt. Nach einiger Zeit stieß ihn Taylor an und zischte ihm zu: »Schauen sie mal auf den zweiten Tisch rechts neben der Kapitänstafel!« Turner konnte zunächst nichts Auffälliges entdecken. An der Back saßen ein paar französische Seeleute, zwei junge Fischer und auch drei Mädchen aus dem Dorf. Der eine Mann schien allerdings etwas besser gekleidet zu sein als die anderen. Er trug ein weißes Hemd mit Spitzenmanschetten, und ein elegant geschlungenes Jabot zierte seinen Hals und die Brust. Sein langes, blondes, strähniges Haar fiel ihm bis auf die Schultern. Er schien einem der Mischlingsmädchen intensiv den Hof zu machen, was der jungen Mulattin aber nicht recht zu sein schien. Sie rückte immer wieder von ihm weg, wenn er sie zu sich herangezogen hatte. Schließlich fauchte sie ihn an, sprang auf, stemmte die Hände in die Hüften, stieß wütend ihren Kopf vor und funkelte ihn aus blitzenden Augen angriffslustig an, dann drehte sie sich energisch um und rauschte mit Brassfahrt davon. Sie setzte sich an einen fast leeren Tisch am Rande der Runde, der schon fast in der Dunkelheit auf der anderen Seite des Feuers stand. Die übrigen Männer am Tisch feixten, aber der junge Mann lachte hinter ihr her und machte eine wegwerfende Geste, dann widmete er sich wieder seinem Trinkbecher. »Das könnte was werden«, murmelte Taylor. Turner hatte keine Ahnung, was er damit meinte, brummte aber etwas, das wie eine Zustimmung klingen mochte. »Ha!«, stieß Mark Taylor fröhlich hervor, als das Mädchen plötzlich langsam aufstand, sich ruhig umsah und dann zu den Hütten ging. Er schien zu spüren, dass Turner keinen blassen Dunst hatte, was sich da vor seinen Augen abspielte. »Sie hat vorhin hinter dem Haus ein Bündel versteckt. Ich denke, dass sie abhauen will. Jetzt bin ich gespannt! Mal sehen, ob bei dem Gockelchen der Jagdtrieb intakt ist. Und tatsächlich stand der junge Mann auf, streckte sich, machte zu seinen Kameraden mit der rechten Hand die Geste des Urinierens und verschwand hinter den zum Trocknen aufgehängten Netzen. Taylor stieß den Warnruf eines nächtlichen Raubvogels aus, sprang geschmeidig auf die Füße, drückte dem nach dem langen Liegen unsicher auf seinen Füßen schwankenden Turner eine lange Flinte samt Pulverhorn und Kugelbeutel in die Hand, schnappte sich seine eigene und die Waffe seines anderen Kumpels und zischte Turner zu: »Bleiben Sie mir dicht auf den Fersen, Sir! Es muss jetzt alles ein wenig fix gehen.«

Beinahe hätte Turner zackig mit »Aye, aye, Sir!« geantwortet, es wurde dann aber doch nur ein undefinierbares Grunzen. Sie hatten das Unterholz verlassen und bewegten sich parallel zum Waldrand auf die See zu. Vermutlich hatte Taylor aus Rücksicht auf Turner den schützenden Busch verlassen, aber der stolperte auch außerhalb des Waldes halbblind hinter dem Scout her. Die lange Flinte hatte die verteufelte Tendenz, sich zwischen seine Beine schieben zu wollen. Als Mark Taylor unvermittelt stehen blieb, prallte er voll gegen dessen Rücken. Er spürte eine Hand auf seiner Schulter, die ihn nach unten drückte. Sie hockten sich hinter einen einzelnen Felsen. Der Waldläufer fiepte schrill wie eine verängstigte Maus im Angesicht der zupackenden Krallen einer Katze. Ein unterdrücktes Fauchen antwortete, und gleich darauf standen Moose und Beaver vor ihnen. Turner war froh, das unhandliche Gewehr aus den Händen geben zu können. Die drei Scouts verständigten sich kurz mit ein paar geflüsterten Worten, und schon hatte die Dunkelheit die beiden wieder verschluckt. Eines wurde Turner ein für alle Mal klar: Das war nicht seine Welt. Schwimmen konnte man lernen, als Waldläufer musste man anscheinend geboren werden. Taylor setzte sich wieder in Bewegung. Jetzt schlenderte er fast gemächlich dahin, als würde er einen Spaziergang entlang der Pier von Portsmouth machen und sich in aller Ruhe dabei die Schiffe anschauen. »Wir haben die beiden gleich, Sir. Die Frage ist nur, was machen wir mit ihnen? Schließlich bräuchten wir ja eigentlich nur den Gockel, er ist übrigens der Erste Steuermann der *Goélette* aus L'Orient, und als solcher dürfte er über den Zweck der Reise Bescheid wissen.«

Turner hatte da so seine Zweifel. Wenn er mit seinem Verdacht recht hatte und diese Aktion vom französischen Geheimdienst eingefädelt worden war, dann wäre vermutlich noch nicht einmal der Kommandant über alle Einzelheiten informiert. Diese Geheimniskrämer in ihrer grauen Schattenwelt waren ja so krankhaft misstrauisch, dass sie sich des Nachts wecken ließen, um nachzuschauen, ob sie es auch wirklich selber waren, die da im Bett lagen und schliefen. Aber Taylor hatte recht, den Ersten Steuermann würde der Kommandant zumindest in großen Zügen in das Vorhaben eingeweiht haben, und das wäre für den Bericht, den er für Smith schreiben musste, fürs Erste ausreichend. Der Agentenführer mochte den unglücklichen Franzosen dann selbst nach allen Regeln der teuflischen Kunst seines Gewerbes durch die Mangel drehen. Aber was machten sie mit dem Mädchen? Zurücklassen konnten sie sie nicht, denn das würde ihre Anwesenheit verraten. Sie hatten fast den Strand erreicht. Vor ihnen klapperte etwas, das sich wie eine Kinderrassel anhörte. Taylor kicherte amüsiert. »Da sage noch einer, dass unsere roten Brüder keinen Humor haben, will dieser Sohn eines räudigen Schakals mich doch mit einer Klapperschlange erschrecken, dabei gibt es die hier auf den Inseln gar nicht – sagen die Kariben. Er pfiff wie ein Murmeltier. Die Indianer hatten das Mädchen eingefangen, gefesselt und geknebelt. Brokenwing rieb sich die Wange und murmelte:

»Diese schwarze Squaw ist die Tochter eines Berglöwen, sie verfügt über seine Krallen und Reißzähne, auch ist sie so flink und geschmeidig wie er.«

»Wo ist der Franzose?«, erkundigte sich Turner, dem das dunkelhäutige Mädchen herzlich gleichgültig war.

»Wird gleich geliefert«, beruhigte ihn Taylor.

In einiger Entfernung war eine Stimme zu hören. »Michelle, wo bist du? Lass den Unsinn, zier dich doch nicht so! Ich weiß, du liebst mich. Und ich bin ganz verrückt nach dir. Ich werde dich mit nach Martinique nehmen. Du wirst reich sein, schöne Kleider haben, dich mit kostbaren Geschmeiden schmücken …« Er brach abrupt ab.

Das Mädchen gab hinter dem Knebel unverständliche Geräusche von sich und stieß mit den gefesselten Beinen nach Thunderingwater, der gereizt knurrte: »Diese misslungene Kreuzung aus einem störrischen Esel und einer tollwütigen Wildkatze ist zu nichts nütze. Sie wird dem geizigen Häuptling der Hartfleischfässer nur unnütz Proviant wegfressen. Darf ich?«, fragte er hoffnungsvoll, blickte Turner an und machte mit einem Finger eine vielsagende Bewegung über seinen Hals. Das Mädchen musste das trotz der Dunkelheit gesehen haben, denn es erstarrte augenblicklich und schwieg. Beaver und Moose schleppten den bewusstlosen Steuermann heran und ließen ihn unsanft fallen. Turner stierte in die Dunkelheit, und seine Gedanken rasten. Er versuchte, sie zu ordnen: Sie mussten die beiden mitnehmen, aber es musste so aussehen, als wären sie tödlich verunglückt. Viele Leute hatten ihren Streit mitbekommen. Michelle hatte ihre Ruhe haben wollen und war zum Meer hinübergegangen, vielleicht um sich mit einem Bad abzukühlen. Der geile Verehrer hatte sie verfolgt und bedrängt. Sie hatte ihn weggestoßen. Es kam zum Kampf, ihre Wehrhaftigkeit war ganz sicher im Dorf allgemein bekannt. Sie flüchtete ins Wasser, vielleicht nahm sie an, dass er, wie die meisten Seeleute, nicht schwimmen konnte. Aber er folgte ihr, packte sie … Was dann im Wasser genau passiert war, würde man nie erfahren, es blieben nur ein paar Spuren am Ufer zurück. Das war es! Sie mussten Spuren legen. Falsche Spuren.

Turner hob mit der Schuhspitze den Saum des Rocks hoch. »Zieht dem Mädchen den Unterrock aus!« Er hatte noch hinzufügen wollen »Und auch die Bluse«, aber dann war ihm eingefallen, dass sie darunter vermutlich kein Hemd trug. »Von dem Kerl brauchen wir das Hemd, das Jabot und die Schuhe. Die Männer verstanden schnell, was er beabsichtigte. Die Eroberung des Unterrocks war in der Tat kein einfaches Unterfangen, Fesseln hin oder her. Ohne sein Wissen und ohne seine Zustimmung wurde der bewusstlose Steuermann von den besagten Kleidungsstücken befreit und obendrein noch zur Ader gelassen. Die Blutung wurde mit dem Unterrock gestillt. Dann wurden die Spuren ausgelegt.

⚓

Am nächsten Morgen vermisste man die junge Michelle und den Ersten Steuermann Phillipe Moirée. Der Suchtrupp am Strand fand zuerst die Schuhe des jungen Mannes. Es sah so aus, als hätte er hastig einen nach dem anderen im Laufen abgestreift. Ein paar Meter weiter lag seine Halsbinde, der Sand rund um die Fundstelle war zertrampelt, als wäre er Schauplatz eines heftigen Handgemenges gewesen. Im Sand war eine Kuhle, als hätten sich dort Körper auf dem Boden gewälzt. Die Männer folgten den Spuren, die noch deutlich zu erkennen waren. Da, wo die Wellen sanft auf das Ufer aufliefen, fanden sie dann das Hemd. Es war zerrissen, als ob dort erneut ein wilder Kampf stattgefunden hätte. Die

Fischer aus dem Dorf sahen sich vielsagend an und nickten gewichtig mit den Köpfen. »*La fille, elle était une tigresse!*« Ein gutes Stück entfernt bückte sich ein anderer Mann nach einem Stück Stoff, das in der schwachen Brandung dümpelte. »Es ist ihr Unterrock, er ist eingerissen, und auch das Band am Bund ist kaputt! Und hier sind auch Blutflecken!« Ein heftiges Murmeln machte sich unter den Männern breit. Schließlich blickten alle hinaus auf die See, die meisten bekreuzigten sich, und einer meinte: »Das Meer birgt schon so viele Geheimnisse in seinem Schoß, es wird auch dieses für sich behalten.«

Die Männer nickten bedeutungsschwer, und einige spuckten aus.

⚓

Zurück an Bord, ließ Turner sofort den Anker lichten. Die Riemen kamen wieder zum Einsatz und brachten das Schiff aus der Moskitobucht und ein gutes Stück auf See hinaus, bevor sie den ersten leichten Windhauch spürten und die Segel setzen konnten. In der Morgendämmerung lag St. Lucia gut achteraus. Lennon setzte den Kurs gut frei von Martinique ab, denn niemand hatte ein Interesse daran, die Bekanntschaft mit der Fregatte zu erneuern. Das Segeln im frischen Passat war eine Wohltat. Das Zwischendeck wurde nochmals mit Essigwasser gescheuert und anschließend intensiv gelüftet. Die Moskitostiche und die daraus resultierenden eiternden Kratzwunden würden nach kurzer Zeit vergessen sein.

Turner hatte ein Problem: Was sollte er mit seinen Gefangenen machen, nachdem er sie befragt hatte? Besonders die Unterbringung der jungen Frau würde Schwierigkeiten bereiten. Aber zunächst ließ er sie von Tom verhören. Als man ihr die Fesseln abgenommen hatte, war sie sofort mit ihren Krallen auf die Männer losgegangen. Daher hatte man ihr Hand- und Fußfesseln anlegen müssen. Das geschah auch zu ihrem eigenen Schutz, denn einer der Männer, dem sie einen langen, blutigen Kratzer im Gesicht zufügte, hatte ihr völlig überrascht und gewiss auch als Reaktion auf den plötzlichen unerwarteten Schmerz eine so heftige Maulschelle verpasst, dass sie zu Boden gestürzt war und sich den blutenden Mund abwischen musste. Jetzt saß sie Tom gegenüber am Tisch in der Staatskabine und blickte sich mit großen Augen um. In einer so vornehmen, gediegenen Umgebung hatte sie sich ganz bestimmt noch nicht oft – falls überhaupt jemals – befunden. Turner hielt sich im Hintergrund und saß an seinem Schreibpult an der Wand. Tom begann das Verhör auf Französisch.

»Entschuldigen Sie, dass der Mann Sie so brutal geschlagen hat, Mademoiselle, aber er ist ein grober Klotz, und seine Hände sind rau und hart von der schweren Arbeit auf See ...«

»Ich weiß, wie sich Hände anfühlen, die schwere Arbeiten leisten müssen«, zischte sie, um dann noch hinzuzufügen, »besonders die von Männern.« Es klang bitter. Sie funkelte ihn mit ihren großen schwarzen Augen wütend an.

»Ich habe mich für ihn entschuldigt«, fuhr Tom milde fort. »Niemand wird Ihnen etwas zuleide tun, Mademoiselle Michelle.« Sie zuckte überrascht zusammen, als sie ihren Namen aus seinem Mund hörte. »Sie könnten uns vielleicht einen Gefallen tun.«

»Was willst du, du ... du schleimiger Köter, der du die Stiefel der Weißen leckst? Soll ich deinem Herrn als Hure dienen? Reicht ihm dein Hintern nicht mehr?«

Thomas Brown wurde bleich, er zog die Augen zu Schlitzen zusammen, dann brüllte er sie sehr schnell und sehr laut in einem afrikanischen Dialekt an. Er war aufgesprungen, stützte sich mit beiden Händen auf der Tischplatte ab und beugte sich drohend zu ihr hinunter. Nun war es an dem Mädchen, erschrocken die Augen aufzureißen, aber sie gab sich nicht geschlagen. Die beiden gifteten sich mit überschlagenden Stimmen eine Weile an, bis Turner dazwischenging. So außer sich hatte er den bedächtigen Thomas noch nie gesehen. »Schluss jetzt! Tom, sage ihr, wenn sie nochmals so eine beleidigende Äußerung über einen Offizier des Königs macht, werde ich sie an ihrem langen Gänsehals an der Rahnock aufhängen lassen, bis sie tot ist – mein Wort drauf.«

Tom übersetzte und Michelle blickte prüfend in die grauen Augen von William Turner, die so kalt waren wie die Nordsee im Januar. Was sie sah, schien ihr zwar nicht zu gefallen, überzeugte sie aber offensichtlich. Sie schluckte schwer. Leise fragte sie: »Was wollen Sie von mir – Herr?«

»Warum wolltest du aus dem Dorf flüchten?«

Wieder huschte dieser kindlich erstaunte Ausdruck über ihr Gesicht. »Ich war nicht freiwillig in dem Dorf. Ich stamme eigentlich aus Martinique. Meine Freundin … und Herrin wollte Verwandte in Souffriére auf St. Lucia besuchen, aber in einem plötzlich aufziehenden schrecklichen Sturm ging unser Schiff unter, und ich wurde an Land gespült. Die Fischer fanden mich halb ertrunken und sahen mich wie alles Strandgut als ihr Eigentum an.« Sie schwieg, als ihr die Erinnerungsbilder wieder vor Augen traten. Mit ihrer rosa Zungenspitze leckte sie sich über die vollen, schön geschwungenen, fast violetten Lippen, dann warf sie den Kopf in den Nacken, richtete sich kerzengerade auf und drückte die Brüste heraus, die sich unter ihrer dünnen Bluse deutlich abzeichneten. Sie blickte Turner herausfordernd an und fuhr fort: »Ich dachte, während der nächtlichen Feier wären alle beschäftigt oder betrunken, und niemand würde auf mich achten, so dass das eine gute Gelegenheit wäre, sich auf den Weg nach Süden zu den Verwandten meiner Freundin zu machen.«

Turner befand es nicht für nötig, ihr zu erklären, dass sie bis zur nächsten menschlichen Ansiedlung einen verdammt langen und mühsamen Fußmarsch vor sich gehabt hätte. Er nickte Tom zu, der sich wieder setzte und die Befragung fortsetzte.

»Was machen die Engländer und Franzosen hier?«

Sie hob uninteressiert die Schultern. »Was weiß ich? Dieser geile weiße Massa mit dem Goldhaar hat dem Patron erzählt, dass bald zwei große französische Flotten hierherkommen und die Beefsteaks von den Inseln jagen würden. Eine Flotte wäre schon aus dem Mittelmeer ausgelaufen, hat er lachend gemeint.« Turner hatte den Sinn ihrer Worte im Großen und Ganzen verstanden. Er saugte lautstark die Luft zwischen den Zähnen ein. Wenn das stimmte, war das eine überaus wichtige Neuigkeit. »Was die Engländer wollen, weiß ich nicht genau. Ich glaube, sie sollen von den Franzosen irgendetwas übernehmen und dann weiter nach Amerika segeln. Aber in eine Gegend, wo es keine Soldaten des englischen Königs gibt, während die Franzosen weiter nach Norden wollen. Und da wollen sich auch die beiden Flotten treffen, glaube ich. Aber ich verstehe nichts von *solchen* Dingen.« Sie blickte Turner provozierend aus halb niedergeschlagenen Augen an und strich sich – wie unbeabsichtigt – mit der rechten Hand über die linke Brust, um sich den linken Ärmel geradezuziehen. Turners Mund wurde trocken. Schnell blickte er zur Seite.

»Ich glaube, das war schon sehr viel, Michelle, du hast uns sehr geholfen. Vielen Dank.« Tom nickte ihr freundlich zu. Er übersetzte ihre Aussage nochmals genau für Turner, dann erkundigte er sich: »Was machen wir nun mit ihr? Ins

Zwischendeck können wir sie ja wohl kaum stecken, Käptum, Zur.«

»Bring sie zu Doc MacKinnon, vielleicht kann der sie zusammen mit seinen Sanitätsgasten zähmen und irgendwie in seinem Lazarett unterbringen.«

Tom nickte zufrieden. »Aye, Zur! Toms Kumpel Jessie ist ein Helfer vom Doc, der ist genau der richtige Mann dafür, er spricht auch unseren Dialekt.« Michelle ließ zu, dass er sie am Arm nahm und zur Tür führte. Mit klappernden Fußfesseln, aber schwingenden Hüften verließ sie die Kabine, nicht ohne sich nochmals aufmerksam und bewundernd in der Kabine umgesehen zu haben.

Turner ließ Dechamp zu sich bitten. Er teilte ihm mit dürren Worten mit, was er von Michelle erfahren hatte, dann ließ er Phillipe Moirée vorführen. Der junge Mann sah ziemlich mitgenommen aus, was nach dem gestrigen turbulenten Abend und der im Knastkäfig unten im Laderaum verbrachten Nacht nicht verwunderlich war. Er war noch immer halbnackt und ohne Schuhe. Sein langes, glattes Haar war wirr und zerzaust. Trotz seines lächerlichen Äußeren begann er sich sofort lautstark zu beschweren: »Ich protestiere gegen diese Behandlung, Messieurs! Ich verlange, sofort wieder auf freien Fuß gesetzt zu werden! Ich bin Untertan Seiner Majestät des Königs von Frankreich und erwarte, dass man mich sofort zurück an Bord meines Schiffes bringt!«

Turner und Dechamp gaben vor, ihn nicht zu sehen. Turner blickte an die Decke und meinte gedehnt: »Mein lieber Dechamp, haben Sie nicht auch manchmal das Gefühl, dass an diesen Geschichten etwas Wahres dran sein könnte, dass sich Tote aus dem Jenseits melden können?«

»Doch, doch, Sir, ich habe das immer für Ammenmärchen gehalten, aber jetzt, da Sie es sagen …« Dechamp schürzte seine Lippen, nickte und mimte den Nachdenklichen.

»Da war doch diese Geschichte mit diesem Mädchenschänder auf St. Lucia, deren Augenzeuge wir leider werden mussten, erinnern Sie sich?«

Moirée blickte mit offenem Mund von einem zum anderen, als ob sie beide verrückt wären.

»Aye, Sir. Das war eine Schweinerei von diesem Kerl. Er soll ja der Erste Steuermann von diesem französischen Freibeuter aus L'Orient gewesen sein. Wie war doch gleich sein Name?«

»Phillipe Moirée von der *Goélette*, dieses Ferkel wollte das arme Mädchen vergewaltigen, aber sie wusste sich gut zu wehren …«

Moirée stotterte verwirrt: »Aber die kleine Nutte hat sich doch nur geziert. Sie wollte unbedingt mit uns nach Martinique …«

Turner seufzte: »Schon wieder diese hohle Stimme aus dem Hades. Ich bin froh, dass Sie sie auch hören, James, sonst würde ich an meinem Verstand zweifeln. Aber dieser miese Kerl hat ja bekommen, was er verdient. Man hat am Morgen die Spuren des Kampfes gefunden. Es war nicht schwer, zu rekonstruieren, was dort nächtens am Strand vorgefallen sein muss. Das tapfere Mädchen hat ihn mit in den Tod genommen.«

»Vielleicht hat auch ein Hai in der Nähe des Strandes gejagt und hat die beiden zerfleischt – brrrr!« Dechamp schüttelte sich angeekelt. »Scheußlicher Tod, Sir.«

Der Franzose war jetzt kreidebleich geworden, ihm wurde langsam klar, welches Spiel hier gespielt wurde. Für den Rest der Welt war er tot! Die Engländer konnten mit ihm machen, was sie wollten, ein Toter genoss keine Privilegien und keinen Rechtsschutz mehr. »Aber sie wollte doch um jeden Preis nach Martinique, dafür war sie zu allem bereit, Messieurs, das müssen Sie mir glauben. Sie wurde erst zickig, als ich ihr sagte, dass mein Schiff zuvor nach Nordamerika segeln würde.«

Turner sah ihn zum ersten Mal direkt an. »Wann wird die Mittelmeerflotte vor Kap May an der Delaware Bay erwartet?«

»Nach meinen Berechnungen müsste sie jeden Tag dort eintreffen.«

»Wer ist der Oberkommandierende?«

»Admiral d'Estaing.«

»Stärke?«

»Ein Dutzend Linienschiffe und drei Fregatten, insgesamt mit …« Moirée brach plötzlich mitten im Satz ab. Er hatte gemerkt, dass er überrumpelt worden war.

»Die genaue Zusammensetzung der Flotte, bitte!«

Moirée presste die Lippen fest aufeinander und schwieg trotzig.

Turner verdrehte die Augen, schaute zur Decke, legte die Fingerspitzen aneinander, lehnte sich bequem in seinem Sessel zurück und seufzte: »Schon wieder ein Held, James. Es ist so langweilig und so sinnlos, finden sie nicht auch? Bis jetzt haben noch alle geredet, die hier auf diesem Schiff, nun ja …, äääh, sagen wir mal, befragt worden sind.«

»Ja, Sir, völlig sinnlos. Manchmal waren die geschwätzigen Kerle in ihrem Redeschwall gar nicht mehr zu bremsen, wenn sie erst einmal die anfängliche, völlig unverständliche Scheu vor einem guten, intensiven Gespräch abgelegt hatten. Wenn ich da an einen Schreiber eines gewissen Herrn von Stand denke, ei, war das eine Plaudertasche, nachdem sich unsere beiden *peaux rouges* etwas mit ihm beschäftigt hatten. Für meinen Geschmack war sein Geplapper danach schon ziemlich ekelhaft unterwürfig und schleimig anbiedernd.«

Moirée wurde grau im Gesicht.

»Nun, James, man kann es sich nicht aussuchen, aber Sie

haben natürlich recht, es war widerlich. Manchmal wünschte ich mir, ich wüsste, womit die Indianer ihn überzeugt haben, dass es besser für ihn wäre zu reden.«

»Ach, Sir, ich weiß nicht, ob wir uns das wirklich antun sollten. Vielleicht wären wir hinterher enttäuscht, denn ich konnte bei dem Kerl keine Verletzungen erkennen, kein Tropfen Blut schien geflossen zu sein. Es muss die wilde animalische Stärke ihres von keiner Zivilisation angekränkelten Willens sein, die so überzeugend wirkt.«

Moirée schien kurz davorzustehen, sich zu übergeben. Er schluckte krampfhaft.

»Möglich, James, sehr gut möglich. Ach, schenken Sie uns doch bitte zwei Gläser von dem Manzanilla aus Sanlúcar de Barrameda ein, der dürfte für diese Tageszeit genau das Richtige sein.« Turner machte eine lässige Handbewegung in Richtung seines Weinschranks. Während Dechamp den Fino auswählte und die Gläser füllte, schlug Turner die Augen nieder und sah interessiert zu, wie die Fingerkuppen seiner Hände aneinandertippten. »Übrigens, James, habe ich Ihnen schon von dem Verhör des Piratenhäuptlings und seiner beiden Spießgesellen erzählt?«

Dechamp reichte ihm ein Glas. »Nein, Sir, aber ist auch nicht nötig. Ich war damals zwar noch nicht an Bord, aber diese denkwürdige Geschichte habe ich schon in verschiedenen Versionen gehört.«

Genüsslich schnupperte Turner an seinem Glas, hob es in Richtung seines Ersten Leutnants, ließ dabei die Sonnenstrahlen durch die fahlgelbe Flüssigkeit fallen, nahm dann einen kleinen Schluck und genoss den typischen, leicht salzigen, zartbitteren Geschmack des Weines.

»Wahrscheinlich waren alle maßlos übertrieben. Allerdings hat es mich selbst überrascht, wie schnell die Vögelchen gesungen haben, schließlich waren diese Schurken doch harte

Brocken, die genau wussten, dass sie hängen würden – was hatten sie noch zu verlieren? Diese Kariben kennen schon wundertätige Mittelchen!«

Der Franzose schwankte, er riss sich aber zusammen, und nur sein ausgeprägter Adamsapfel hüpfte aufgeregt auf und ab.

Dechamp legte den Kopf schief, als würde er dem Abgang des Weines nachlauschen, dann stülpte er die Lippen nach vorn, atmete durch den halb geöffneten Mund ein und stieß ein zufriedenes: »Oooh!« aus. »Wirklich ausgezeichnet dieser Sherry, Sir, ganz ausgezeichnet.«

»Es freut mich, dass er Ihre Zustimmung findet. Aber was machen wir mit unserem Widergänger hier. Ich weiß, dass er reden wird, Sie wissen es, und er selbst weiß es natürlich auch. Was meinen Sie, räumen wir ihm noch eine kurze Schamfrist zum Nachdenken ein, oder schicken wir ihn gleich zusammen mit den Shawnees in den Käfig nach unten. Wissen Sie, James, es widerstrebt mir wirklich, mich hier hinzustellen und wie ein orientalischer Dattelhändler um ein paar Informationen zu feilschen, die uns im Wesentlichen ohnehin bekannt sind.«

»Das kann ich gut verstehen, Sir. Wahrscheinlich denkt unser lebender Leichnam hier, dass wir nicht wüssten, dass sich die Flotte aus Brest erheblich verspätet«, bluffte Dechamp kühn. Turner sah ihn scharf an. Er war überrascht, aber begriff sofort Dechamps Gedankengang. Es lag nahe, dass die Franzosen Flotten aus ihren beiden größten Marinebasen über den Atlantik schicken würden, die sich hier vereinigen sollten. Warum aber jagte man einen Schnellsegler über den großen Teich? Doch nur, wenn es bei einer der Flotten Verzögerungen gab.

Der Franzose zuckte zusammen. »Woher wissen Sie das?«

Turner grinste diabolisch. »Haben Sie noch nie etwas von Nachrichtendiensten gehört, guter Mann?«

Dechamp nutzte die Situation aus. »Einerseits haben Sie selbstverständlich recht, Sir, mit Hilfe der Indianer könnten wir sehr schnell die Informationen verifizieren.« Er blickte den Franzosen mit deutlichem Mitleid an und klopfte ihm aufmunternd auf die Schulter. »Die Rothäute machen ihre Arbeit sehr professionell und ohne es persönlich zu meinen oder eine sadistische Befriedigung daraus zu ziehen, das kann ich Ihnen versichern, Moirée. Aber es bleiben eben doch Wilde ... In ihrer Vorstellungswelt tun sie Ihnen einen Gefallen, wenn sie Ihnen große Schmerzen zufügen, die Sie, mein lieber Phillipe, aber dank Ihrer bewunderungswürdigen Selbstbeherrschung und eisernen Willenskraft klaglos erdulden. Sie werden nach Ihrem schlussendlichen Ableben nur gut von Ihnen reden.« Er machte eine wohldosierte Pause, dann wandte er sich an Turner. »Ich könnte mir vorstellen, Sir, dass unser lieber Gast aus dem Reich der Geister bereitwillig kooperieren würde, wenn Sie ihm in Aussicht stellen würden, dass Sie – wenn Sie denn mit seinen Auskünften zufrieden wären – ihm die Möglichkeit einräumen würden, wieder als normaler Sterblicher unter dem Licht der Sonne wandeln zu dürfen. Er ist zwar ein geiler welscher Bock, aber schließlich ist er doch auch ein Christenmensch.«

Während Turner missmutig etwas vor sich hin brummte, was sich anhörte wie »Gefühlsduselei ... Kerl ist doch schon tot ... Indianer ... Skalp ... und dann über die Kante!«, nickte Phillipe Moirée heftig.

»Ich werde Ihnen alles erzählen, Messieurs, alles, das schwöre ich beim Leben meiner Mutter!« Er bekreuzigte sich.

»Nun gut, aber ich warne Sie, wenn ich Sie bei einer Lüge

ertappe, ist meine Geduld erschöpft! Also, wie ist die Flotte zusammengesetzt?«

Der junge Mann schluckte heftig: »Ein 90er, ein 80er, sechs 74er, drei 64er, ein 50er und – wie schon gesagt – drei, vielleicht auch vier Fregatten. Admiral d'Orvillier wird vermutlich erst Anfang Juli Brest verlassen können. Probleme mit dem Zustand der Schiffe, Mängel an der Ausrüstung und Schwierigkeiten bei der Bemannung der Flotte, Sie verstehen.« Moirée zuckte nach mediterraner Manier mit den Achseln. »Sein Verband wird dann aber wahrscheinlich noch größer sein als der von d'Estaing, aber das kann ich natürlich nicht genau sagen.«

»Wann hat Admiral d'Estaing Toulon verlassen?«

»Am 13. April, Kapitän.«

Turner und Dechamp blickten sich bedeutungsvoll an. Turner wechselte unvermittelt das Thema. »Wohin sollten Sie den Passagier bringen, wenn das Rendezvous mit der englischen Brigantine nicht geklappt hätte?« Der Franzose schwieg verblüfft einen Augenblick. Turner fuhr süffisant fort: »Lassen Sie mich Ihnen auf die Sprünge helfen. Sagen wir Savannah, nein? Dann einigen wir uns auf Charleston.« Auch er hatte mit seinem Bluff Glück.

Moirée nickte schicksalsergeben. »Woher wissen Sie das, Monsieur?«

»Worin besteht die Aufgabe des Gentlemans?«

Moirée zuckte wieder mit den Schultern, schüttelte energisch den Kopf und stieß dann trotzig hervor: »Das weiß ich nicht, Messieurs, und wenn Sie mir von Ihren verfluchten Wilden die Haut in Streifen vom Körper schneiden lassen!«

»Keine schlechte Idee«, fuhr ihn Turner an. »Bei den Mahlzeiten und den Gesprächen an Deck während der langen Überfahrt wird er doch die eine oder andere Bemerkung gemacht haben. Vielleicht hat auch der Kapitän mal ein Wort fallenlassen?«

Dechamp war an Turners Weinschrank getreten und hatte ein Glas mit Rum gefüllt. »Mein lieber Junge, stärken Sie sich erst mal mit einem vorzüglichen Schlückchen. Sie haben ja in den letzten Stunden viel durchgemacht. Wenn Sie sich etwas beruhigt haben, dann wird Ihnen ganz gewiss noch das eine oder andere Gespräch einfallen. Sie sind doch ein helles Köpfchen und haben sich ganz gewiss Gedanken gemacht, nicht wahr, *mon cher ami*. Setzen Sie sich doch.« Dechamp drückte ihm einen Stuhl in die Kniekehlen.

Der junge Mann sah ihn dankbar an, ließ sich nieder, setzte das große Glas an die Lippen und jagte sich den Inhalt schwungvoll durch die Gurgel. Anschließend musste er heftig husten, seine Augen tränten, dann blickte er starr durch die geöffneten Heckfenster hinaus auf das Band des Kielwassers, das in der Ferne vom Seegang verwirbelt und überlagert wurde. »Ist alles Spekulation, *monsieur*, alles nur Spekulation. Habe immer nur Bruchstücke gehört, manchmal, etwa dann, wenn das Skylight des Salons offen stand. Von einem Inselreich, dem alle karibischen Inseln angehören sollen – auch die Großen Antillen. Unter dem Schutz der französischen Krone.« Er kicherte. »Die Drahtzieher denken in großem Maßstab, das sind keine Korinthenkacker. Natürlich werden die spanischen, holländischen und dänischen Besitzungen einbezogen. Wegen der vielen Bewohner aus unterschiedlichen Ländern will man auch keine offizielle französische Kolonie daraus machen, sondern ein selbständiges Inselreich von Kuba bis Trinidad und weiter bis Aruba, vielleicht unter einem französischen Vizekönig. Jedenfalls wissen die Gentlemen, dass sie ohne einen starken Verbündeten nicht auskommen, weil sonst die gierigen Finger der Briten, Yankees und auch der Spanier nicht abzuwehren wären.« Er lachte glucksend in sich hinein und hielt Dechamp sein Glas hin. »*Mon ami*, noch ein Gläschen von diesem himmlischen Stoff. Dann kann ich gleich viel besser denken.«

Dechamp blickte zu seinem Kommandanten hinüber, der nickte stumm. Er füllte das Glas wieder und reichte es dem Franzosen, der die bernsteinfarbene Flüssigkeit tiefsinnig betrachtete. »Zucker, Messieurs, Zucker, darauf soll dieses Reich gegründet werden. Frankreich soll Florida, Georgia und die Carolinas bekommen, damit es für seine Landverluste im Norden entschädigt wird und die Amerikaner auf Distanz gehalten werden. Ein kapitaler Plan, würde ich meinen. Der englische Gentleman wird in Charleston mit einem der Führer dieses Projekts zusammentreffen und ihn der Unterstützung eines Teils der City versichern, Krämerseelen, denen *le gloire* ihres Landes gleichgültig ist, wenn nur die Kasse stimmt. Der Mann in Charleston ist übrigens auch ein Engländer, soll sogar ein Lord sein, fiel aber anscheinend in Ungnade.«

Turner hatte sich aufgerichtet, den Oberkörper nach vorne geneigt und den Kopf vorgereckt wie ein Jagdhund, der die Witterung des Fuchses aufgenommen hat. »Ist ein Name gefallen, Moirée?«

Der Mann trank einen Schluck, und seine Augen wanderten unstet umher. »Weiß ich nicht ... doch, einmal war von einem Durham, Durban oder so die Rede ...«

»Lord Dunbar?«

»Kann sein, *mon capitaine*, kann sein, kann aber auch nicht sein.«

Turner sprang auf und beugte sich über den Tisch, bis sein Kopf nur noch wenige Zentimeter von dem Gesicht des Franzosen entfernt war. Der wich zurück und sah sich hilfesuchend nach Dechamp um.

»Und Hernandez, Mann? Dieser Hundesohn besitzt Plantagen auf verschiedenen Inseln ...«

»*Non*, *non*, Monsieur, aber von einem Strippenzieher auf den Inseln war die Rede, der mit unserer Hilfe die Rebellen in Amerika mit Waffen versorgt und auf vielen spanischen, englischen und französischen Inseln seine Finger im Spiel hat.«

Turner ließ sich wieder auf seinen Sitz fallen und schnaubte zufrieden: »Das ist er! Mit dieser Aussage im Hintergrund müsste es zu schaffen sein, ihn wegen Hochverrats ranzukriegen.«

Dechamp schnaufte zweifelnd und wiegte skeptisch den Kopf.

»Was führt der englische Gentleman an besonderen Ladungsstücken mit?«, lenkte er das Thema wieder auf den eigentlichen Punkt zurück.

»Außer den normalen Gepäckstücken eines Gentlemans nur eine sehr massive und sehr schwere, mit Bandeisen beschlagene Kiste mit mehreren Schlössern.« Der halbbetrunkene Moirée kniff vielsagend ein Auge zu, trank den Rest Rum aus, erhob sich schwankend und murmelte lallend: »Nun weiß ich aber nichts mehr, Indianer hin und Indianer her, ich geh jetzt schlafen.« Er hielt sich eine Hand vor den Mund, rülpste dezent und schwankte zur Tür. Dechamp begleitete ihn und übergab ihn draußen den wartenden Seesoldaten. Zurück blieb ein sehr nachdenklicher William Turner, der jetzt ein echtes Problem hatte. Admiral Howe musste unbedingt gewarnt werden, wenn es dafür nicht schon zu spät war. Die einzige Chance lag darin, dass eine neuformierte Flotte für gewöhnlich einige Zeit brauchte, bis sie reibungslos funktionierte. Aber Turner durfte keine Stunde, keine Minute mehr verlieren. Das bedeutete zwingend, dass er auf dem schnellsten Weg zum Delaware musste. Ein Abstecher nach Antigua, um Elizabeth zu benachrichtigen, war nicht möglich. Wütend schlug er mit der Faust auf die Tischplatte. Der Schmerz brachte ihn wieder zur Besinnung. Er knirschte mit den Zähnen. Mit unbewegtem Gesicht erschien er auf Deck, trat neben den Segelmeister und befahl ihm mit gleichmütiger Stimme: »Wenn Sie bitte so freundlich sein wollen, Mister Lennon, dann setzen Sie doch bitte unverzüglich den Kurs auf die Mona-Passage ab.«

Lennon blickte ihn erstaunt an, erwiderte aber nur: »Aye, aye, Sir.«

KAPITEL 5

Mitte Juni 1778, Auf See; Ende Juni, Delaware Bay

Turner prügelte die *Shark* unerbittlich die vierhundert Meilen durch die Karibik zur Mona-Passage. Jede kleinste Winddrehung wurde mitgenommen, die Segel wurden erst verkleinert, wenn es nicht mehr zu vermeiden war. Aber viel häufiger kam es vor, dass die Leesegel gesetzt wurden, die dann nach kurzer Zeit wegen des ungünstig schralenden Windes wieder weggenommen werden mussten. Unter normalen Umständen hätte die Besatzung vielleicht aufsässig vor sich hin gemurrt, aber der Kommandant hatte die Besatzung durch den Bootsmann wissen lassen, worum es ging. Auch der faulste Jan Maat sah ein, dass Admiral Howe vor dem Eintreffen der Franzosen die Mausefalle der Delaware Bay verlassen musste. Seine Flotte war den Franzosen zahlenmäßig deutlich unterlegen, ihre möglicherweise höhere Kampfkraft konnten die Engländer aber nur ausspielen, wenn sie genügend Seeraum zum Manövrieren zur Verfügung hatten. So fluchten die Männer zwar, wenn sie wieder und wieder zum Trimmen, zum Bergen oder Setzen, zum Ein- oder Ausreffen der Segel gepfiffen wurden, aber sie erledigten die Arbeiten schnell und zuverlässig. William Turner stellte sich säuerlich den langen grünen Bart vor, den sie sicherlich am Unterboden des Achterschiffs nachschleppten. Dorthin waren sie beim Abkratzen des Bewuchses in der Mosquito Bay nicht gekommen, weil das Heck zu tief im Wasser gelegen hatte, aber der Anhang aus Muscheln und Seegras kostete sie jetzt mindestens ein, zwei Knoten Fahrt. Kein Schiff kreuzte ihren Kurs, mit dem sie Verbindung aufnehmen konnten. Im Stillen hatte Turner gehofft, dass vielleicht ein Frachter ihre Route kreuzen würde, der von Jamaika zu den Kleinen Antillen unterwegs war und dem er eine Botschaft an Elizabeth und Smith mitgeben konnte. Tatsächlich sichteten sie auch mehrere Segel, aber die hielten weiten Abstand, und eine zeitraubende Jagd konnten sie sich nicht erlauben. So musste Turner weiter düster vor sich hin brüten. Er war fest davon überzeugt, dass er das Richtige tat, aber zu welchem Preis? Würde ihm Elizabeth jemals verzeihen können?

Eines Abends, die Abendwache hatte gerade begonnen, trat der Segelmeister neben ihn. Lange Zeit schwiegen sie. Zuerst war Turner verstimmt, dass Lennon seine selbstgewählte Isolation auf der privilegierten Luvseite nicht respektierte, aber nach einiger Zeit empfand er seine ruhige, verlässliche Nähe nicht mehr als störend, sondern sogar als tröstlich. Er spürte, dass der alte Seemann seine Seelennöte auch ohne viele Worte verstand. Manchmal war es schwer und tat seinem Gemüt nicht gut, von allen anderen Menschen an Bord abgeschottet und so allein zu sein, wie es seine Position als Kommandant traditionell erforderte. Als Kapitän war er der mächtigste Mann in diesem kleinen, in sich geschlossenen Kosmos, aber diese Macht machte auch verdammt einsam. Auf dem Vorschiff wurde ein Glas angeschlagen. Lennon räusperte sich und flüsterte fast unhörbar vor sich hin: »Die Pflicht kann so entsetzlich gallebitter wie die bitterste Medizin schmecken, aber diese Einsicht macht die Ergebung in die Notwendigkeit nicht einfacher.« Der alte Mann drehte sich um, ging zum Kompasshäuschen zurück, und Turner hörte ihn noch vor sich hin murmeln: »Armer Kerl, es zerreißt ihn fast. Ich weiß nicht, ob ich die Stärke gehabt hätte, das Unumgängliche zu tun.«

›Scheiße!‹, dachte William, ›Notwendigkeit! Dass ich nicht lache. Hätte mich nicht der Hafer gestochen, mal eben einen Blick nach Fort de France hineinzuwerfen, um mich bei Smith nach meinem Blackout auf der Verlobungsfeier wieder einzuschleimen, dann könnte ich schon längst in English Harbour sicher vor Anker liegen und mit Elizabeth die Gästeliste durchgehen und herrlich mit ihr streiten, welchen Wein wir zum pikanten Muschelragout reichen sollen. Das sind Notwendigkeiten! Darum dreht sich die Welt wirklich, wenn man Erfolg hat! Sollte ich Pech haben, laufen wir in die Delaware Bay ein und finden nur noch die rauchenden Trümmer von Howes Flotte am Ufer vor. So, wie ich die hohen Herren von der Admiralität kenne, werden sie dann auch noch versuchen, mir die Schuld an dem Desaster in die Schuhe zu schieben. Der Plebs will ein Opfer haben, und wer eignet sich besser für diese Rolle als der kleine, unbedeutende Leutnant William Turner, dieser Parvenü aus der Fischerkate in Little Hampton. Er vermeinte deutlich die anklagende Stimme des ihn vernehmenden Flaggoffiziers zetern zu hören: ‚Schließlich ist uns bekannt, dass die *Shark* unter günstigen Bedingungen gut und gerne zwölf Knoten laufen kann – und wo sollten die Bedingungen günstiger sein als im Nordostpassat, Sir? Sie haben nicht alles aus Ihrem Schiff herausgeholt, Sir! Das war schlechte Seemannschaft, Sie sind eine Schande für die Navy, Mister Turner! Einige hundert tapfere Seeleute sind gestorben und Hunderte verstümmelt, weil Sie gebummelt haben! Der Rest mit dem heldenhaften Admiral Richard Howe an der Spitze befindet sich in den Gefangenenlagern dieser unzivilisierten Rebellen, wo man die geschlagenen Helden demütigt, sie verhungern und an ihren

Wunden verrecken lässt. Haben Sie den nach Norden setzenden Strom vor der amerikanischen Küste voll ausgenutzt, Sir? Die Lage von General William Howe in Philadelphia ist verzweifelt, er ist vom Nachschub abgeschnitten – wenn er kapitulieren muss, sind die Kolonien für uns verloren, und Sie sind schuld, Sir! Schuldig, so wird der Spruch des Kriegsgerichts lauten, Sir, verlassen Sie sich darauf!‹ Turner spürte, wie sich sein Magen zusammenkrampfte und sein Mund trocken wurde.

»Mister Lennon! Achten Sie bitte darauf, dass jede ungünstige Winddrehung, jeder Rückgang der Fahrt notiert und im Logbuch dokumentiert wird, Sir!«

»Aye, aye, Sir!«, erwiderte die Stimme des Segelmeisters aus der Dunkelheit neben dem Ruder.

Turner blickte nochmals zu den Segeln empor und ging dann unter Deck, um abermals die Karten und Segelanweisungen zu studieren. Wieder und wieder nahm er die Distanzen entlang der verschiedenen möglichen Kurse heraus und verglich sie. Er berücksichtigte den möglichen mitlaufenden Strom vor der Küste, wenn er zuerst einen Schlag zum Festland hinüber machte. Aber der Strom war launisch und der Umweg durch die alte Bahama-Passage erheblich. Nein, er musste Vabanque spielen, den kürzesten Weg zum Kap Hatteras wählen und auf sein Glück vertrauen.

Im Wohndeck wurde wieder einmal gewettet. »Ich setze auf unseren Billy-Bull! Wenn es darauf ankam, hat er noch immer die Nase vorn gehabt, Jungs!«

»Ach, vergiss es – die Froschfresser sind seit dem 13. April auf See, hat mir Quincy, der Steuermannsmaat, gesteckt! In sechs Wochen bringt meine arme, alte Oma so eine Flotte über den Atlantik ... und die gute Frau hat Wasser in den Beinen und sieht kaum noch was!«

»Ach, hör doch auf! Der Quincy mag ja gut rechnen

können, aber sonst hat der dröge Typ wenig Fantasie. Die Frenchies können doch noch schlechter segeln als die Kaasköppe, außerdem müssen sie auf jeder Insel unterwegs nachfragen, wo Amerika liegt. Deine Oma dagegen braucht doch gar nichts zu sehen, die fährt einfach nach Gehör, schließlich kann man Amerika so kaum verfehlen!«

Dröhnendes Gelächter brandete durch das Zwischendeck.

»Ich glaube auch, dass wir es schaffen, wenn mir diese ständige Segeltrimmerei auch ziemlich auf den Sack geht. Aber das muss sein, wir können schließlich unsere Kumpels und ›Black Dick‹ Howe nicht im Stich lassen, denkt dran, wie nett der war, als er uns in New York besucht hat – jedenfalls für einen Admiral.«

»Es geht doch gar nicht darum, jemand im Stich zu lassen, ihr Hornochsen! Die Zeit spricht einfach dagegen, seht das doch ein!«

⚓

Schon kurz nach dem Auslaufen hatte der Schiffsarzt MacKinnon zwei Kranke gemeldet. Er hatte sehr bedrückt dreingeblickt: »Sir, ich fürchte, der Aufenthalt in der Moskitobucht hat doch noch unangenehme Folgen. Die giftigen Dämpfe aus dem Busch haben wohl zu lange auf die Männer eingewirkt. Ian Owens und Lamont Maxwell leiden an Übelkeit, Schüttelfrost und Gliederschmerzen, außerdem haben sie Fieber; alles typische Symptome für den *yellow jack*, Sir, das gelbe Fieber. Ich kann nichts dagegen unternehmen, außer sie zur Ader zu lassen.«

»Wenn das hilft, dann tun Sie das«, erwiderte Turner wenig überzeugt, denn irgendwie erschien es seinem praktischen

Menschenverstand widersinnig, einen schon ermatteten Kranken zusätzlich durch das Abzapfen von Blut zu schwächen. Aber MacKinnon war studierter Mediziner und würde wissen, was er zu tun hatte. »Warum tritt denn die Krankheit erst auf, nachdem wir wieder auf See sind, Doc?«

»Wenn ich das wüsste, Sir, würde ich sofort eine Professur an der medizinischen Fakultät in Edinburgh bekommen. Vielleicht muss sich das Gift erst über eine gewisse Zeit im Körper anreichern, bevor der Ausbruch erfolgt – ich weiß es nicht.«

»Und warum trifft es nur die beiden, schließlich haben wir alle dieselbe verpestete Luft eingeatmet? Die Kundschafter an Land wahrscheinlich sogar noch mehr als die Jungs an Bord.«

MacKinnon stöhnte schmerzlich auf, hob hilflos die Schultern und ließ sie wieder vielsagend fallen: »Ich kann auch diese Frage nicht beantworten. Vielleicht liegt es an der Konstitution des Einzelnen. Äääh, ich muss gestehen, dass bei Owens und Maxwell der langjährige regelmäßige Genuss alkoholischer Getränke bereits eindeutige Spuren hinterlassen hat, Sir.«

Turner musterte ihn scharf. »Was für Spuren, Doc?«

MacKinnon fühlte sich deutlich unbehaglich in seiner Haut; er schlug die Augen nieder, räusperte sich und sagte schließlich: »Ahem – nun, sie haben es an der Leber.«

»Woran erkennt man das, mein lieber Quacksalber?«

»Das Weiß der Augen verfärbt sich gelb, die Haut ebenfalls, aber das ist bei unseren von der Tropensonne gebräunten Jantjes natürlich nicht zu erkennen.«

Turner schob den Kopf nach vorn, um einen Blick in die Augen des Arztes zu werfen, aber der drehte den Kopf zur Seite und betrachtete scheinbar interessiert die Bücher im Regal über dem Schreibplatz des Kapitäns. William Turner verkniff sich ein hämisches Grinsen. »Falls Sie mal eine Diagnose bezüglich Ihrer Leber benötigen sollten, fragen Sie einfach mich«, schlug er dem Schiffsarzt stattdessen boshaft vor.

»Danke, Sir, bemühen Sie sich nicht, das schaffe ich gerade noch alleine«, giftete der kleine Schotte zurück und strich sich fahrig mit einer Hand über die hohe Stirn.

In den nächsten Tagen erkrankten schnell hintereinander weitere zehn Seeleute, und auch Phillipe Moirée, ihr französischer Gefangner, wurde von Fieberschauern geschüttelt. Erstaunlich für Turner war die Tatsache, dass es der Hälfte der erkrankten Männer nach ein paar Tagen wieder deutlich besserging, MacKinnon berichtete ihm sogar, dass einige Männer weiterarbeiteten, obwohl auch sie die Symptome in abgeschwächter Form durchlitten. Leider bekamen die anderen nach einer kurzen Phase der Erholung wieder hohes Fieber und Schüttelfrost, erholten sich aber schließlich doch wieder sehr langsam. Aber drei erbrachen schließlich schwarzes Blut, verfielen ins Delirium und krepierten nach einem kurzen Aufflackern der Lebensgeister elendig.

Selbst Thomas Brown, dessen medizinische Fähigkeiten Turner schon des Öfteren am eigenen Leib kennen- und schätzen gelernt hatte, kannte keine wirksame Medizin gegen diese Krankheit. Er druckste etwas herum, schließlich rückte er damit heraus, er habe darüber auch mit dem Mädchen gesprochen, weil die schwarzen Frauen traditionell mehr über diese Krankheiten und ihre Heilung wüssten. Er hatte dabei seltsam furchtsam oder doch zumindest sehr beeindruckt ausgesehen. Michelle hatte ihm versichert, dass es nur eine Möglichkeit gab, sich gegen diese Krankheit dauerhaft zu schützen. Tom hatte sich über das krause Haar gestrichen, unsicher gegrinst und ihn dann verlegen lachend gefragt:

»Wissen Sie, was man tun muss, damit einem *yellow jack* nichts anhaben kann, Käptum, Zur?«

»Natürlich weiß ich es nicht, Tom! Los, raus damit!«

»Man muss die Krankheit einmal überleben, Zur! Hat die kleine Hexe gesagt, Käptum, Zur.«

Turner wollte schon zornig aufbrausen, besann sich dann aber eines Besseren und machte nur eine geringschätzig entlassende Handbewegung. Tom flüchtete feixend in seine winzige Pantry und murmelte dabei vor sich hin: »Der Käptum versteht die Weisheit der Weiber nicht. Tom ist froh, dass die Mambo* dem Käptum wohlgesinnt ist ...«

Später erzählte Turner Ian MacKinnon belustigt von seinem Gespräch mit Tom. Wider Erwarten machte sich der Arzt, den wie so oft eine leichte Rumfahne umwehte, nicht über diese scheinbar platte afrikanische Weisheit lustig, wie es sonst seine Art war, sondern rieb sich die müden roten Augen und nickte dann. »Das Mädchen könnte recht haben, vielleicht sogar in einem größeren Ausmaß, als ihm selbst klar ist, Sir.«

»Doc, ich warne Sie, treiben Sie in diesem Punkt keine Scherze mit mir! Zwei gute Männer von mir sind bereits tot und mit einer Kugel an ihren Füßen auf dem Weg zum Grund des Meeres.«

MacKinnon schüttelte energisch den Kopf. »Nein, Sir, das ist kein Scherz. Ich habe mich während der letzten Tage in der Besatzung umgehört. Die Männer, die schon seit Jahren in den tropischen Gewässern Amerikas und Afrikas unterwegs sind, erinnern sich fast alle daran, dass sie irgendwann mal die bekannten Symptome hatten. Einige nur sehr schwach, bei anderen war der Verlauf etwas heftiger, aber bei allen war die Krankheit nach wenigen Tagen vorbei, und – jetzt

---

* Voodoo-Priesterin

kommt's – sie hatten nie wieder unter ihr zu leiden, Sir. Genau so, wie das Mädchen gesagt hat: Man muss einmal überleben, dann war es das! Toll, was?« Turner brabbelte etwas in seinen Bart, das wie ›Zufall‹ und ›Aberglaube‹ klang, aber schließlich nickte er und meinte: »Nun ja, mag sein, schließlich bekommt man ja die sogenannten typischen Kinderkrankheiten als Erwachsener auch nicht ein zweites oder drittes Mal.«

»Richtig, Sir. Aber ein paar kindliche Angewohnheiten konservieren wir Männer nur zu gerne ...«, griente der Schiffsarzt.

Turner hob fragend die Augenbrauen.

»Nun, es bleibt immer der Drang, uns an einer drallen Frauenbrust zu delektieren – oder ersatzweise an einer Flasche zu nuckeln.«

»Sie können wegtreten, Sir!«, schnarrte Turner unwirsch, dem bei MacKinnons Worten die Erinnerung an den weißen Busen von Elizabeth sehr plastisch vor Augen gekommen war.

Von den zwölf erkrankten Männern starben drei, darunter auch der Erste Steuermann des französischen Schnellseglers *Goélette* aus L'Orient, Phillipe Moirée. Sein Tod ging niemandem an Bord so recht nahe, als er unter der Flagge der Bourbonen hindurch über die Planke in die See rutschte, denn während der Stunden, die er am Tage auf dem Deck verbringen durfte, hatte er sich immer sehr hochnäsig und abweisend verhalten. Allerdings hätte Turner wetten können, dass bei der Trauerfeier ein gefährlich zufriedenes Lächeln über die Züge von Michelle huschte, so als habe sie dem jungen Mann persönlich den Odem des Todes in die Lungen geblasen. Er musste an Toms Worte denken. ›Hexe!‹, hatte er gesagt und irgendwie hatte William Turner das Gefühl, dass er diesen Ausdruck sehr bewusst gebraucht hatte. Er schaute die hübsche junge Frau scharf an, das Lächeln war verschwunden, ihre schwarzen glühenden Augen bohrten sich in die seinen. Ihn fröstelte.

⚓

Der Wettergott war ihnen gnädig, der Wind wehte beständig aus Ost, und wenn die über viele Jahre gesammelten Beobachtungen in den persönlichen Segelanweisungen der Kapitäne recht hatten, dann setzte zusätzlich ein schwacher Strom nach Westen ein, folglich kamen sie gut voran. Je näher sie dem amerikanischen Festland kamen, desto mehr drehte der Wind rechts. Sie passierten Cape Hatteras in gebührendem Abstand, und erst nördlich davon, bei Cape Henry und Cape Charles, wurde der Wind wieder launisch, was für die Wachen ständige Aufmerksamkeit bedeutete, um für den richtigen Stand der Segel zu sorgen. Sie loteten sich mit einem nordöstlichen Kurs unter Land an der fünfzig Fadenlinie entlang, und bei der Ansteuerung von Cape Henlopen auf Nordwestkurs wehte es wieder aus Südost. Turner ließ die Segelfläche verkleinern, um nicht in der Dunkelheit vor der Einfahrt zu stehen und dort im schlimmsten Falle über eine französische Fregatte zu stolpern, die die Einfahrt absicherte. Als die Sonne gegen drei Glasen im Osten aufging, zeichnete sich tatsächlich weit draußen an der Kimm ein Segel gegen das Morgenrot ab, aber natürlich konnten sie nicht ausmachen, um was für ein Schiff es sich handelte, geschweige denn, unter was für einer Flagge es segelte.

Alle Männer standen in höchster Anspannung schweigend auf ihren Gefechtsstationen, als sie auf der Seite von Cape Henlopen in die Delaware Bay einliefen, weil dort das tiefere Wasser zu finden war, in dem sie jederzeit manövrieren konnten. Über der Befestigung auf dem Kap stieg eine weißgraue Wolke in die Höhe, und kurz darauf erreichte sie der dumpfe Knall des Warnschusses. Turner setzte sein Teleskop ans Auge, konnte aber nicht erkennen, welche Flagge dort drüben wehte. Wahrscheinlich keine, denn es war noch vor sechs Uhr am Morgen, und Flaggenparade war traditionell erst um acht Uhr.

»Mister Starke, lassen Sie die Kriegsflagge und unser Erkennungssignal setzen! Mister Dechamp, Mister Armstrong, Geschützpforten noch geschlossen lassen!«

»Aye, aye, Sir! Signalgast, die Flagge setzen! Etwas Beeilung, bitte!«

Der Warnschuss wurde drüben auf dem zehn Meilen entfernten Cape May erwidert. Die Flaggen stiegen hoch, entfalteten sich aber in der achterlichen Brise nur unlustig.

»An Deck! Ein Strich an Backbord, Abstand etwa zwei Seemeilen, drei Schiffe vor Anker!«

Tatsächlich auch von seinem Platz unten an Deck sichtbar, zeichneten sich vor dem dunklen Hintergrund der Küste im Okular des starken Fernglases die hohen Masten und vielfältigen Spieren von Kriegsschiffen ab.

»An Deck! Zwei Schiffe setzen Segel und haben ihre Moorings geslippt!«

»Unser Begrüßungskomitee, Mister Lennon! Fragt sich nur, was mein Aufklarer vorbereiten soll, um dem Anlass gerecht zu werden: französischen Champagner oder den Rum des Zahlmeisters?«

Lennon schaute scharfäugig durch seinen Kieker und meinte dann: »Champagner wäre angesagt, Sir! Aber nicht, weil das da drüben Froschfresser wären, sondern weil es eben gerade *keine* sind! Wir sind rechtzeitig gekommen, Sir, ich gratuliere aufrichtig!«

»Danke, Sir! Aber Sie haben völlig recht, Mister Lennon,

das ist tatsächlich ein Anlass, um eine Pulle Champagner zu köpfen! Tom!«

Die beiden Schiffe verlegten ihnen mit geöffneten Geschützpforten und ausgerannten Kanonen den Weg. Es handelte sich um den Kutter *Weasel* und den Schoner *Viper*. Sie nahmen die *Shark* in die Mitte, nachdem sie die schlaff herabhängenden Flaggen identifiziert hatten. Der Kutter näherte sich ihnen bis auf wenige Yards; ein ältlicher Leutnant sprang auf die Verschanzung und hielt sich an den Wanten fest. Ohne eine Flüstertüte zu benutzen, rief er herüber: »Leutnant Springer. Was treibt Sie zu uns, Sir? Wir sind gerade dabei, Philadelphia besenrein dem Mister Washington zu überlassen.«

»Leutnant Turner. Wichtige Nachrichten für Admiral Howe, Sir. Wo finde ich sein Flaggschiff?«

»Immer geradeaus, Sir, Sie können die Flotte keinesfalls verfehlen, wenn Sie vor lauter Schiffen kein Wasser mehr sehen können, dann haben Sie sie gefunden. Aber der Admiral dürfte mit seinem Flaggschiff vor New Castle liegen. Den Fluss hinauf kann es hin und wieder aus dem Unterholz am Ufer krachen, wenn Sie verstehen, was ich meine …«

Turner hörte, wie Lennon hinter seinem Rücken feststellte: »Das ist doch unsere alte Freundin, die *Phoenix*, die dort ankert. Hat eine Spring auf das Ankerkabel gesteckt, um das Fahrwasser beliebig bestreichen zu können.« Es erklang ein lautes *Plopp*, und ein Korken flog in einer weiten Kurve über die Verschanzung, dann folgte ein Gluckern, als Gläser vollgeschenkt wurden. Turner streckte seine Hand nach hinten aus, packte sein Glas, hob es zuerst in Richtung von Leutnant Springer, dann zu seinen Offizieren. »Prost, Gentlemen! Auf den Sieg unserer Waffen, und möge das Glück immer auf unserer Seite sein.« Er trank das Glas durstig aus. Der Champagner erschien ihm von der Temperatur her genau richtig zu sein, das Prickeln war angenehm, allerdings empfand er den Geschmack wie immer als etwas zu süß – besonders jetzt am frühen Morgen. Nun, vielleicht würde es den welschen Winzern demnächst auch noch gelingen, eine trockenere Version zu kreieren. Er sah, dass Leutnant Springer verblüfft herüberblickte.

»Man scheint auf der *Shark* nicht schlecht zu leben, Sir, wenn ich das mal so sagen darf. Champagner bei vier Glasen auf der Morgenwache, nobel geht die Welt zugrunde!«

Der Wein beflügelte Turners Witz, er spürte, dass ihn die kleinen Kobolde provozierend anstachelten. »Nun, Sir, wir sind immer so froh, wenn wir weniger als fünf Versuche brauchen, um unseren Landfall an der richtigen Stelle zu machen, dass uns das schon etwas wert ist. Und richten Sie bitte dem hochverehrten Kapitän Cubbage meine untertänigsten Grüße aus. Ich hoffe, er hat seine alte tropische Erkrankung gut überstanden, Sir?«

»Der Suff hat dafür gesorgt, dass ihn Admiral Howe zum Schweinehüten in seine Heimat Yorkshire geschickt hat. Er muss sich oben im Norden etwas erlaubt haben, was ihm ›Black Dick‹ nicht durchgehen lassen konnte. Kapitän Mullham ist sein Nachfolger.«

»Ein guter Mann! Grüßen Sie ihn bitte ganz herzlich von mir, Sir. Und richten Sie ihm aus, dass er scharfen Ausguck halten soll! Das ist keine Floskel, Sir, aus Osten kann stündlich ein schweres Unwetter aufziehen, wenn Sie verstehen, was ich meine.«

»Ich denke schon. Gute Fahrt, Sir, und danke für den Tipp!«

»Gern geschehen, Herr Kamerad. Einen guten Tag noch.« Turner drehte sich um, überließ Dechamp und Lennon das Deck und ging hinunter in seine Kabine, um sich von Tom rasieren zu lassen. Vorher warf er noch einen schnellen Blick auf die Karte. Bis New Castle waren es noch etwa fünfzig Seemeilen, aber bis die Ufer näher an das Fahrwasser heranrückten, mussten sie erst mal dreißig Seemeilen zurücklegen, das Schiff musste also nicht die ganze Zeit in voller Gefechtsbereitschaft bleiben. Sie würden noch ein paar Stunden mit dem Flutstrom laufen, und falls der Wind weiter achterlich einfiel, dann sollten sie am Nachmittag bei der Flotte ankommen, er konnte also seine Vorbereitungen für den Besuch beim Admiral in aller Ruhe treffen.

⚓

Sie hatten den größten Teil der Flotte in der Bucht verankert vorgefunden, setzten aber ihren Weg zum Flaggschiff auf dem immer schmaler werdenden Delaware River fort.

Nachdem der Anker gefallen war und das Schiff eingetörnt hatte, bestieg Turner seine Gig und machte sich auf den Weg zum Flaggschiff. Die Zahl der Schiffe, die Admiral Howe hier südlich von Pea Patch Island zusammengezogen hatte, war nur noch klein. Allerdings handelte es sich bei ihnen fast nur noch um Transporter, denn die meisten der neun Schlachtschiffe, die zusammen über 534 Kanonen verfügten, sicherten die Schiffe in der Bay ab. Die Transporter schienen schon voll mit Menschen belegt zu sein, aber Turner hatte während der Annäherung nur wenige Uniformen gesehen. Zwischen den Schiffen und dem Land in Richtung New Castle herrschte noch ein mäßiger Bootsverkehr. Es musste ein gefährliches Unternehmen gewesen sein, die loyalen Anhänger des Königs, die wohl nicht ganz zu Unrecht befürchtet hatten, beim Einmarsch von Washington in Philadelphia als Verräter gehängt zu werden, die vierzig Meilen über Land sicher bis nach New Castle zu bringen. Mit einem leichten

Bums legte die Gig an der Bordwand des Linienschiffes an, die wie eine gigantische Festungsmauer neben ihnen aufragte. Turner erhob sich, rückte seinen Degen zurecht, drückte den Hut nochmals fest, packte die Handläufer und stieg die Stufen zur Eingangspforte empor. Oben erwartete ihn die obligatorische Ehrenwache und Flaggleutnant Edward Augustus Rullingston, der zackig salutierte und ihn erfreut anlächelte.

»Sehr erfreut, Sie wiederzusehen, Sir. Ihr Anblick wird hoffentlich die schwarze Wolke, die die Laune unseres Gebieters verdüstert, wieder etwas aufhellen, hoffentlich bringen Sie eine gute Nachricht.«

Turner verzog keine Miene. »Das zu beurteilen, überlasse ich lieber dem Admiral.«

»Hört sich nicht gut an«, stellte Rullingston fest, schob enttäuscht schmollend die Unterlippe vor und wackelte pessimistisch mit dem Kopf. Er führte Turner bei dem langen Weg durch die Decks zur Staatskabine des Admirals. »Wie geht es meinem lieben alten Kumpel ›Stud‹ Dechamp, Sir?«

»Er hat keinen Grund, sich über Langeweile zu beklagen, wie gewisse andere Herren in der Marine unseres Königs, Mister Rullingston.«

»Sie haben mein Maulen über das langweilige Leben in New York nicht vergessen, Sir, alle Achtung! Aber es stimmt, etwas mehr Kampf und Aufregung wären mir ganz recht.«

»Das könnte sich bald ändern, hoffentlich wird es Ihnen dann nicht zu viel.«

Sie hatten den Vorraum von Howes Suite erreicht, wo sie schon ein blasser Schreiber erwartete und hineinwinkte. Admiral Howe kam ihnen entgegen. Er sah erschöpft aus, lächelte müde und streckte Turner die Hand entgegen. »Einen guten Tag, junger Freund, kommen Sie, reichen Sie mir Ihre Hand! Sie sind in diesem Chaos für mich seit Tagen der erste

Lichtblick! Bitte, nehmen Sie Platz. Rullingston, ich will Sie nicht länger von ihren Pflichten abhalten«, schnarrte Howe weiter und blickte den Flaggleutnant scharf an. Der schaute zwar säuerlich drein, verabschiedete sich aber dann.

»Darf ich Ihnen etwas anbieten, Mister Turner, vielleicht ein Gläschen Port? Die Sonne hat fast die Großsegelrah erreicht.«

»Nein, vielen Dank, Sir, auch bin ich mir nicht sicher, ob Ihnen die Nachricht, die Ihnen überbringen muss, viel Freude machen wird.«

»Nun, heraus damit!«

»Admiral d'Estaing ist am 13. April mit zwölf Linienschiffen und vier Fregatten aus Toulon ausgelaufen.« Turner machte eine Pause, um seine Worte einsinken zu lassen. »Er ist jetzt also schon fast zweieinhalb Monate unterwegs, was bedeutet, er kann praktisch jede Minute unten vor der Mündung auftauchen und sie blockieren.«

Falls Turner erwartet hatte, dass Admiral Howe jetzt erregt aufspringen und hektische Aktivitäten ergreifen würde, so sah er sich getäuscht. Er läutete mit einem silbernen Glöckchen, worauf sofort sein Steward im Raum stand.

»Wellesby, bringen Sie uns bitte eine Karaffe mit dem 42er Tawny, dazu Nüsse und Käse!«

Der Steward hob verwundert eine Augenbraue, hatte sich aber sofort wieder in der Gewalt und erwiderte mit ausdrucksloser Stimme: »Eine Karaffe von Ihrem besten Port, Nüsse und Käse, aye, Sir. Wenn ich mir den Vorschlag erlauben darf, Sir: vielleicht noch ein paar Biskuits?«

»In Ordnung, Wellesby, ab dafür!« Der Steward verschwand, und Howe setzte sich in seinem Sessel zurecht. »Wissen Sie, Mister Turner, ich bin ganz froh, dass die Karten jetzt offen auf dem Tisch liegen. Wie Ihnen bekannt ist, bin ich um meine Ablösung eingekommen, weil man mich bei der Zusammensetzung der Verhandlungsdelegation nicht berücksichtigt hat. Diese Carlisle-Delegation ist im Übrigen grandios gescheitert, und ich habe die zweifelhafte Ehre, die Herren hier heil rausbringen zu dürfen. Hätte man meinem Bruder und mir vor zwei Jahren erlaubt, dieselben Zugeständnisse zu machen, die jetzt dem Kongress angeboten worden sind, wäre diese ganze leidige Angelegenheit hier in den Kolonien bei einem Glas Wein im Nu beendet gewesen, und das hässliche Wort Unabhängigkeit wäre nie gefallen. Aber wie schon gesagt, jetzt wissen wir, woran wir sind: Die Yankees gebärden sich so frech, weil die Franzosen auf dem Kriegspfad sind.« Er seufzte tief auf, schüttelte den Kopf und fuhr dann mürrisch fort: »Das ist alles so eine verdammt unnötige Verschwendung von Menschenleben, Ressourcen und Geld! Nun denn, mag mein Nachfolger das Beste daraus machen. Es war natürlich damit zu rechnen, schließlich war es nur eine Frage der Zeit, wann die Franzosen eingreifen und hier auftauchen würden.«

Der Steward erschien, glitt lautlos durch den Raum und servierte den Käse und die Biskuits. Dann stellte er die schön geschliffene Karaffe mit den dazu passenden Gläsern und Schälchen mit geknackten Nüssen vor sie hin, abschließend schenkte er den Wein ein. Howe hob sein Glas, schnüffelte genießerisch, dann prostete er Turner zu: »Sie haben mir einen sehr großen Gefallen getan, Sir. Ich habe diese Ungewissheit kaum noch ertragen.«

Auch Turner hob sein Glas. »Auf guten Wind, Sir, den werden Sie dringend brauchen.« Er probierte den Wein, der viele Tannine, aber auch ausdrucksvolle Fruchtnoten enthielt, aber da war noch etwas ... Er kaute nachdenklich auf dem Wein herum. Er konnte diese Geschmacksnuance nicht recht einordnen.

»Sie haben recht, Mister Turner, im Augenblick habe ich

keine Chance, mit den schwerfälligen Eimern den Delaware hinabzukreuzen und die Kaps zu passieren. Übrigens, was Sie an dem Geschmack des Weines irritiert, dürfte der Hauch von Minze sein. Interessant, nicht wahr …?«

Er nahm einen genießerischen Schluck aus seinem Glas und fuhr dann fort: »Was das Heer angeht, so hat Generalleutnant Henry Clinton Philadelphia geräumt. Ach, das können Sie ja noch gar nicht wissen. Mein Bruder ist am 24. Mai von Clinton abgelöst worden. Man kann nicht behaupten, dass William das Kommando schweren Herzens niedergelegt hat.« Er blickte zur Decke auf und lächelte bei der Erinnerung verträumt. »Seine Offiziere haben ihm zu Ehren am 18. Mai eine sensationelle *Mischianza** gegeben; die Kerle haben für das Fest die erkleckliche Summe von 3312 Guineen aus ihren Privatschatullen aufgebracht, ganz beachtlich, nicht wahr? Die beiden Organisatoren, John André und John Montresor, haben für das Geld aber auch wirklich etwas auf die Beine gestellt. Und auch die, äh, gute Bekannte von Major André, eine gewisse Peggy Shippen, hat viele gute Ideen beigesteuert.« Turner schluckte heftig. Peggy! Die süße, wilde Peggy! Er konnte sich lebhaft vorstellen, dass diese glänzende Veranstaltung genau nach ihrem Geschmack gewesen war. Howe fuhr gedankenverloren fort: »Der Tag begann mit einer Ruderregatta auf dem Delaware River, die von drei Kapellen untermalt und von einem 17-Schuss-Salut der anwesenden Kriegsschiffe eingeleitet wurde. Dann folgte ein mittelalterliches Turnier, auf dem Ritter Zweikämpfe für ihre edlen Damen ausfochten, daran schlossen sich ein Bankett und ein Ball an, und den krönenden Abschluss bildete ein Feuerwerk. Eine wahrhaft gelungene Veranstaltung für

---

* Aus dem Italienischen: Mischung, Potpourri; hier: feierliche Veranstaltung mit mehreren Teilen

jemanden, der – unter uns gesagt – durch sein halbherziges Agieren diesen Feldzug verloren hat. Mir ist der dumme Verdacht gekommen, hätten wir den beiden Gentlemen vom Festkomitee die Planung des Feldzugs übertragen, so hätten die meisten Yankees nach vier Wochen darum gebettelt, bei uns mitmachen zu dürfen. Die wenigen unverbesserlichen Unruhestifter hätten die beiden Tausendsassas zu Paaren treiben lassen, und der Rest wäre in einer Staubwolke in den fernen Westen verschwunden.« Howe lachte bei der Vorstellung glucksend in sich hinein. »Das muss uns erst mal einer nachmachen, eine schlimme strategische Niederlage mit einem rauschenden Fest zu feiern!«

Er schüttelte ungläubig des Kopf. »Nun, General Clinton hatte gar keine andere Wahl, als Philadelphia aufzugeben. Er soll sofort von seinen rund 10 000 Soldaten 5000 nach Westindien schicken und weitere 3000 nach Florida. Mit dem Rest soll er über See nach New York gebracht werden, um zusammen mit der dortigen Garnison New York zu halten. Aber wie der Rückzug letztlich auch ausgehen wird, mit den Truppen, die ihm verbleiben, kann er hier im Norden keine entscheidenden Operationen mehr durchführen.« Howe knabberte ein paar Nüsse und spülte mit dem Wein nach. Turner versuchte den orangefarbenen Cheddar, der vorzüglich zu dem schweren Wein und den Nüssen passte. »Leider kann ich seine Truppen nicht auf dem Wasserweg nach New York bringen, dafür fehlt mir einfach der Transportraum, besonders für die 3000 Pferde. Daher muss er sich über Land durchschlagen. Aber er hat hervorragende Einheiten unter seinem Kommando, unter anderem Grenadiere, Black Watch Highlander, Coldstream Guards, Light Dragoons und Queen's Rangers, dazu die Hessen mit ihren tapferen Grenadieren. Wenn ich Washington wäre, ich würde es mir zweimal überlegen, mich mit diesen Truppenteilen anzulegen.«

»Sir, wenn ich mir die Frage erlauben darf, da Sie anscheinend keine Truppen transportieren, wer bevölkert dann die Transporter? Mir erschien es, als ob die meisten schwarz von Menschen wären, so dass ich mich an Ameisenhügel erinnert fühlte.«

Howe seufzte, knabberte an einem der leichten, krossen Biskuits und goss die Gläser wieder voll. »Das ist eine ziemlich tragische Geschichte, mein lieber Turner. Der größte Teil der Passagiere besteht aus dreitausend Loyalisten, die um ihr Leben oder doch zumindest um ihre Gesundheit fürchten – und um das ihrer Angehörigen –, sobald die ›Befreier‹ in die Stadt einrücken. Die zweite Gruppe, die den Platz auf den Transportern belegt, sind Verwundete und hessische Truppenteile. Ihnen war der beschwerliche Marsch über Land bei diesen sommerlichen Temperaturen und in diesem Gelände nicht zuzumuten. Zudem hat bei den Deutschen in letzter Zeit die Zahl der Deserteure erheblich zugenommen. Es sind zwar nur etwa einhundertzehn Landmeilen, aber ich beneide die Stoppelhopser wahrlich nicht. Aber was mich übrigens schon die ganze Zeit beschäftigt, Mister Turner, wie sind Sie an diese Informationen gekommen? Ich weiß, das steht sicher alles in Ihrem Bericht, aber erzählen Sie es mir kurz. Waren Sie wieder mal im Auftrag der professionellen Schnüffler unterwegs?«

»Nein, Sir, eigentlich nicht. Das kam so …« Turner gab Howe einen kurzen Bericht über seine Mission in Barbados, über das Gefecht bei Diamond Rock und die Entführung des französischen Steuermanns, wobei er allerdings die Einzelheiten über die Pläne Dunbars und Hernandez' für die Karibischen Inseln überging. Howe hörte gespannt zu.

»Soso, Charleston. Es könnte gut möglich sein, dass sich der Krieg in die südlichen Provinzen verlagert. Mein Bruder William hat schon so etwas angedeutet. Aber was soll das jetzt? Wir haben andere Probleme an der Hand, die dringend gelöst werden müssen.

Mein lieber Turner, ich muss jetzt unaufschiebbaren Geschäften nachgehen, Befehle für die Flotte müssen formuliert werden, na, Sie wissen schon … Darf ich Sie und Ihren Ersten Leutnant, wie hieß er doch gleich, ach ja, Dechamp, heute Abend zu acht Glasen auf der letzten Hundewache bei mir zum Dinner einladen? Sie würden mir eine große Freude machen.«

»Es ist mir eine Ehre, Sir.«

»Nun, dann sehen wir uns später, Sir.« Howe sprang auf, rief nach seinem Sekretär, schüttelte Turner kurz die Hand und übergab ihn seinem Flaggleutnant, der plötzlich auch wieder im Raum stand.

Rullingston begleitete ihn zur Pforte in der Bordwand des Schiffes. »Ich freue mich, den alten ›Stud‹ wiederzusehen. Kennen Sie übrigens den Unterschied zwischen einem Offizier der Blue Guards und einem schweren Gewitterschauer, Sir?«

»Oh nein, Mister Rullingston, nicht schon wieder!«

»Nun, Sir«, fuhr der Leutnant ungerührt fort, »es gibt keinen, denn wenn sie sich nähern, geschieht das mit bombastischem Getöse, wenn sie da sind, fühlt sich jeder unbehaglich, aber wenn sie weg sind, kann der Tag noch sehr schön werden.« Der junge Offizier grinste spitzbübisch, als Turner die Augen verdrehte und eine wegwerfende Handbewegung machte, dabei aber ein Schmunzeln nicht unterdrücken konnte. Dann begannen die Pfeifen der Bootsmannsmaaten zu zwitschern, die Seesoldaten präsentierten ihre Musketen, und die Schiffsjungen umklammerten das weißlackierte Tau und starrten ihn mit weit aufgerissenen Augen neugierig an. Mochte der Teufel wissen, was ihnen dieser Filou von einem Flaggleutnant über Turner in die Ohren geblasen hatte.

»Bis heute Abend, Sir.« Rullingston legte eine zackige Ehrenbezeugung wie aus dem Lehrbuch hin.

»Aye, Mister Rullingston.« Eigentlich hatte Turner nur seine Vorräte ergänzen wollen, um dann schleunigst wieder auszulaufen, aber die Einladung eines kommandierenden Admirals zum Dinner auszuschlagen war schlicht unmöglich.

⚓

Es wurde ein interessanter Abend mit exzellenten Speisen, ausgesuchten Weinen und guten Gesprächen. Nachdem man das Tischtuch weggezogen hatte, brachte der jüngste anwesende Midshipman mit roten Ohren den Toast auf den König aus. Es folgte der übliche Mittwochstoast: »Auf uns!« Turner hörte, wie sein Tischnachbar, der Sechste Leutnant Grinsby, leise den alten ergänzenden Spruch vor sich hin murmelte: »Weil sich wahrscheinlich niemand sonst um unser Wohlergehen kümmert.« Er hatte während des Essens schon allerlei Neuigkeiten von dem Mann erfahren, so beispielsweise, dass der Congress am 4. Mai den Vertrag mit Frankreich ratifiziert hatte. Das war zwar zu erwarten gewesen, aber machte natürlich alle weiteren Verhandlungen für eine gütliche Lösung obsolet. Als er von John Paul Jones' Taten mit seiner Kriegssloop *Ranger* vor den Britischen Inseln hörte, traf ihn das tief. Der schottische Abtrünnige hatte die HMS *Drake* niedergekämpft, nun ja, deren Besatzung war gerade mit sechzig ahnungslosen Landratten aufgefüllt worden, und wichtige Führungspersönlichkeiten fehlten – so war der Erste Leutnant zwei Tage vorher gestorben, und auch der Kapitän war krank – aber trotzdem! Und dann noch der Überfall auf den Hafen von Whitehaven, das war zu viel, dem Kerl musste man das Handwerk legen. Aber es gab auch positive Neuigkeiten. So hatte am 30. April John Simcoe mit seinen Queen's Rangers und Abercrombys Leuten einen Ausfall gemacht. General Washington hatte den jungen Generalleutnant Lacey damit beauftragt, das Land nördlich von Philadelphia zwischen dem Delaware und dem Schuylkill River abzusichern und zu verhindern, dass die Bauern ihre Produkte nach Philadelphia brachten, wo sie von den Briten zu höheren Preisen aufgekauft wurden, als die Amerikaner zu zahlen bereit waren. Und außerdem zahlten die Briten in Gold und nicht mit den fast wertlosen Papierdollar des Kongresses.

Major Simcoe erreichte Crook Billet. Die Aufklärung hatte diesen Ort als Sammelpunkt für Lacey's Brigade ausgemacht, am 1. Mai bei Tagesanbruch. Einheimische Loyalisten hatten ihn geführt. Er plante einen klassischen Zangenangriff. Seine Männer sollten von Norden und Osten und die Infanteristen und Dragoner von Oberstleutnant Abercromby von Süden und Westen angreifen. Lacey hatte zwar, wie es sich gehörte, Posten aufgestellt, die es aber ängstlich versäumten, Warnschüsse abzugeben, weil sie sich wegen der in nächster Nähe befindlichen Engländer nicht selbst in Gefahr bringen wollten. So wurden die fünfhundert Yankees überrascht und ohne große Gegenwehr aufgerieben. Sie verschwanden unter Zurücklassung ihrer gesamten Ausrüstung und Vorräte in den Wäldern. Auf dem Gefechtsfeld blieben ungefähr einhundert gefallene Rebellen zurück, und zwischen fünfzig und sechzig wurden gefangen genommen. Die Zahl der Verwundeten, die geflohen waren, konnte aus naheliegenden Gründen nicht festgestellt werden. Die Briten hatten nur sieben Verwundete und zwei tote Pferde zu beklagen. Als Beute konnten sie zehn Fuhrwerke, die mit Mehl, Salz, Whiskey und anderen Nachschubgütern beladen waren, nach Philadelphia einbringen.

»Das müssen Sie sich vorstellen, innerhalb von kürzester

Zeit hat dieser Lacey über zwanzig Prozent seiner Streitmacht verloren. Aber jetzt kommt's, Sir, die Yankees waren natürlich ziemlich wütend über diese Niederlage. Da sie diese nicht schönreden konnten, wollten sie zumindest unsere tapferen Soldaten in den Dreck ziehen und setzten das Gerücht in Umlauf, dass die Unseren Gefangene ermordet oder zur Erlangung von Informationen gefoltert und Verwundete in Lagerfeuern grausam verbrannt hätten. Es ist immer dasselbe. Damals haben sie nach dem Nachtgefecht bei der Paoli-Taverne auch sofort herausposaunt: Massaker! Dabei war das ein mustergültiger Nachtangriff, wie mir Major John André berichtet hat, der dabei war. Ein sicher verlässlicher Zeuge, Sir.«

»Ja, das denke ich auch. Ich kenne den Gentleman von meinem letzten Aufenthalt im Winter her, aber darüber haben wir nicht geredet. Es ging mehr um, äääh ... gesellschaftliche Kontakte.« Vor Turners innerem Auge erschien das Bild der reizenden Peggy Shippen, und unbewusst leckte er sich die Lippen.

»Ach ja, interessant«, aber Leutnant Grinsbey hatte sich in Fahrt geredet. »Generalmajor Charles Grey hatte von Loyalisten den Aufenthaltsort von Generalmajor ›Mad‹ Anthony Wayne und seinen zweitausendfünfhundert Kämpfern erfahren. Der bildete nach der Schlacht am Brandywine die Nachhut von Washingtons Armee und sollte den Vormarsch der Briten auf Philadelphia aufhalten oder zumindest behindern. In der Nacht vom 20. auf den 21. September führte Grey seine eintausendzweihundert Soldaten der Second Light Infantry heran, deren Kern von den Regimentern der 42nd und 44th Foot gebildet wurde. Er hatte vorher die Feuersteine aus den Musketenschlössern entfernen lassen. So konnte sich kein unbeabsichtigter Schuss lösen, und jeder Schatten, der schoss, musste zwangsläufig ein Feind sein. Es sollte ein

Angriff mit kaltem Stahl werden. Ein loyaler amerikanischer Schmied lotste unsere Männer unentdeckt bis zu den Posten. Glücklicherweise war es uns auch gelungen, in den Besitz der Parole der Rebellen für jene Nacht zu kommen, die sinnigerweise lautete: ›Here we are, there they go!‹ So konnten wir die Rebellen überraschen. Die leichte Infanterie brach in zwei Wellen über die verschlafenen Amerikaner herein. Die erste machte von den Bajonetten Gebrauch, die zweite zündete die Hütten an, was die Verwirrung nur noch steigerte. Am Morgen wurden dann dreiundfünfzig Tote und einundsiebzig Gefangene gezählt. Bei so vielen Gefangenen kann man wohl kaum davon sprechen, dass unsere Männer über das Lager hergefallen wären und jeden Gegner niedergemacht hätten, ohne Pardon zu gewähren. Dass die Verwundeten hässliche Wunden davongetragen hatten und die Toten nicht besonders ansprechend aussahen, liegt in der Natur der Sache, das Bajonett ist eine dreckige Waffe. Aber das kennen wir doch, Sir, wer mit einem Entermesser bearbeitet worden ist, sieht auch nicht mehr so niedlich aus wie zuvor, nicht wahr?«

»Das kann man wohl sagen«, stimmte ihm Turner bereitwillig zu. Er fragte sich jedoch, ob der junge Mann wirklich schon so viele im Nahkampf verunstaltete Männer gesehen hatte, wie er jetzt vorgab. Ihn selbst jedenfalls quälten oft nächtliche Alpträume, in denen er von den grässlich verstümmelten Leichen jener Männer heimgesucht wurde, die er mit eigenen Händen ins Jenseits befördert oder die ihm nahegestanden hatten. »Wirklich schrecklich, wenn man so einem Kerl die Hirnschale spaltet und ihm der Brägen über das Gesicht läuft …«

Grinsby erbleichte, schluckte heftig, griff nach seinem Glas, leerte es in einem Zug und fuhr dann aber unbeirrt, ja entrüstet fort: »Das Beste kommt jetzt, Sir. Ein paar Einheiten der Yankees haben unseren bei dem Angriff beteiligten Truppenteilen bittere Rache geschworen, was auch immer das heißen soll. Die Männer des 44. Regiments zu Fuß haben, als sie davon hörten, ihre weißen Hutfedern in Blut getaucht, damit die Yankees sie in Zukunft auch ganz sicher erkennen. Das ist die richtige Einstellung, nicht wahr, Sir? Und Charles Grey hat sich einen *nomme de guerre* verdient, man nennt ihn jetzt ›No Flint Grey‹.«

Turner nickte geistesabwesend. Er war müde, der Tag war lang gewesen. Auf der anderen Tischseite unterhielten sich Dechamp und Rullingston angeregt. Worüber mochten die beiden tratschen? Über alte Zeiten, ihre damaligen Eroberungen bei den jungen Damen in Eton oder über ihre jetzigen Lebensumstände, die unterschiedlicher nicht sein konnten. Während James Dechamp die Seemannschaft bei den Einsätzen und Gefechten der *Shark* sowie als Prisenkommandant auf dem harten Weg erlernte, führte Edward A. Rullingston das vergleichsweise ruhige, luxuriöse Leben eines Flaggleutnants. Wahrscheinlich war auch sein Leben voller Abenteuer, aber die Gegner waren die schönen Damen der Gesellschaft, und die größte Gefahr stellte der gehörnte Gatte oder der wütende, auf die Ehre seiner Tochter bedachte Vater dar – oder eine Geschlechtskrankheit.

Admiral Howe erhob sich: »Gentlemen, für heute wollen wir unser Beisammensein beenden, denn morgen gibt es viel für uns zu tun. Eine gute Nacht, Ihnen allen zusammen. Äääh, Mister Turner, wenn Sie bitte noch einen Augenblick bleiben würden!« Howe nahm ihn zur Seite, während sich die anderen Herren präsentabel machten und mit einem kurzen Dank und Gruß der Tür zustrebten. »Mister Turner, wie ich schon zum Ausdruck gebracht habe, schätze ich Sie sehr, besonders für Ihre Eigeninitiative, die Sie auch diesmal wieder unter Beweis gestellt haben. Immerhin sind Sie, ohne Befehl und ohne Ihren, na ja, sagen wir mal, Vorgesetzten zu informieren, direkt hierhergeeilt, um mich zu warnen. Die meisten Offiziere unter meinem Kommando hätten müde abgewinkt und mit einem Hinweis in ihrem Loggbuch auf die Unmöglichkeit, die Warnung noch rechtzcitig zu überbringen, mit ihren Routineaufgaben weitergemacht. Leider kann ich Ihre Karriere nicht direkt befördern, weil Sie nicht unter meinem Kommando stehen, und nach meiner Ablösung werde ich in London zumindest eine Zeitlang keinen großen Einfluss haben. Trotzdem bitte ich Sie, mir noch einen Gefallen zu tun.« Ein kommandierender Admiral bat ihn um einen Gefallen – eigentlich musste jetzt sofort der Himmel einstürzen, auf der Stelle! Wenn ihm Howe einen Befehl geben würde, bliebe ihm auch nichts anderes übrig, als ihn mit einem zackigen »aye, aye, Sir« zu quittieren. Trotzdem fluchte Turner innerlich sehr unfein vor sich hin, denn er konnte sich denken, was kommen würde. Der Admiral wollte ihn mit einem besonderen Auftrag irgendwo hinschicken – aber ganz gewiss nicht nach auf dem direkten Weg nach Antigua. Laut sagte er: »Jederzeit, Sir, wenn es dem Wohl der Flotte dient.«

»Die Schiffe hier sind morgen, spätestens übermorgen zum Auslaufen bereit. Wir werden mit dem Ebbstrom, mit Schleppunterstützung durch die Boote und notfalls auch mit Verwarpen versuchen, uns den Fluss hinunter in die Bucht zu verholen, um dann mit der ersten günstigen Brise die hohe See zu gewinnen. Die sichere Durchfahrt zwischen den Kaps ist zwar ungefähr drei Meilen breit, aber Sie können sich sicher vorstellen, was das für ein mordsmäßiges Chaos gibt, wenn die gesamte Flotte unter Vollzeug durch dieses Nadelöhr hinauskreuzen muss. Ich brauche meine kleinen Schiffe unbedingt hier für die Aufklärung nach See zu und um Schiffe, die in Schwierigkeiten geraten, abzuschleppen.« Er machte eine bedeutungsvolle Pause. »Ich beabsichtige, die Kriegsschiffe nicht in den Hafen von New York hineinzubringen, weil der wegen seiner schmalen Einfahrt mit schwachen Kräften wirkungsvoll blockiert werden kann, sondern bei Sandy Hook zu verankern.« Wieder eine längere Pause. Der Admiral hatte die Arme hinter dem Rücken verschränkt und wippte auf den Ballen; dann machte er seinem Steward, der das Aufräumen der Kabine überwachte, ein Zeichen, worauf dieser die Gläser von Howe und Turner wieder füllte und ihnen reichte. Der Admiral nahm einen kleinen Schluck, dann fuhr er fort: »Da kommen Sie ins Spiel. Offiziell führen Sie doch im Auftrag der Admiralität hydrographische und kartographische Untersuchungen durch.« Er lächelte ironisch. »Daher möchte ich Sie, äh, bitten, für mich die Reede von Sandy Hook zu vermessen. Ich muss sicher wissen, ob sie ausreichend Platz für meine Linienschiffe hat und ob die Barre uns sicheren Schutz vor den Franzosen bietet. Meine Berater behaupten das zwar, aber ich möchte gerne sichergehen und nicht als der Volltrottel in die Marinegeschichte eingehen, der seine unterlegene Flotte den Froschfressern auf einem silbernen Tablett präsentiert hat, Sir.«

»Aye, aye, Sir. Sobald ich meine Vorräte aufgefüllt habe, kann ich auslaufen.«

»Aye. Schicken Sie mir Ihre Anforderungsliste sofort an Bord, wenn Sie Ihnen vorliegt! Sie werden umgehend beliefert.«

Turner verabschiedete sich und machte sich zusammen mit dem draußen wartenden Dechamp auf den Rückweg zur *Shark*. Sie waren jetzt schon ungefähr sechs Wochen in Antigua überfällig! Elizabeth würde sich die Augen ausweinen, denn nach so einer langen Zeit musste ihm nach menschlichem Ermessen einfach etwas zugestoßen sein. Aber was hätte er machen sollen? Man konnte zu einem Admiral nicht einfach sagen: ›Sir, ich habe volles Verständnis für Ihre Probleme, aber es tut mir aufrichtig leid, ich muss nach

Hause, meine zukünftige Frau wartet!‹ Und zu einem Mann wie »Black Dick« Howe schon gar nicht. Vielleicht würde ihm Elizabeth verzeihen, wenn er ihr erklärte, wie wichtig Howe für seine Kariere werden konnte. Howe war bekannt dafür, dass er nichts vergaß, keine Nachlässigkeiten und Fehler, aber auch keine guten Dienste – und er war ein Mann mit großem Einfluss. Falls ihn die undurchsichtigen Herren vom Geheimdienst aus irgendeinem Grund mal fallenlassen sollten, konnte Howe sein Rettungsanker werden. Immerhin war es ein höflicher Zug von Howe gewesen, ihn zu bitten, die Aufgabe zu übernehmen, und ihm nicht einfach einen Befehl zu geben.

Dechamp saß im Boot neben ihm und musterte seinen Kapitän verstohlen von der Seite. Natürlich war er neugierig, was der Admiral von ihm gewollt hatte, aber Turner war so verschlossen wie eine Auster, an der eine hungrige Möwe pickt, und starrte nur düster vor sich hin. Also unterließ Dechamp jeden Versuch, Konversation zu machen. Er kannte Turner inzwischen gut genug, um zu wissen, dass er sich dabei nur eine bissige Bemerkung eingefangen hätte.

⚓

Früh am nächsten Morgen wurde die Anforderungsliste zum Flaggschiff hinübergerudert, und die Decksbauern gedachten den Tag mit leichten Routinearbeiten über die Runden zu schaukeln, denn ihrer Meinung nach würde sicher mindestens ein Tag vergehen, bevor der Nachschub eintraf. Aber weit gefehlt, noch vor acht Glasen auf der Vormittagswache näherten sich zwei große Boote des Flaggschiffs mit Salzfleischfässern, Hartkäse, Rum und Schiffszwieback, später kamen zwei Pinassen von anderen Schlachtschiffen hinzu, die die leeren Wasserfässer übernahmen, an einer sauberen Quelle füllten und zurück an Bord brachten. Mehrere Kutter lieferten Brennholz für die Kombüse, Ausrüstung für den Bootsmann und sogar Reservespieren und Holz für den Zimmermann an. Turner war sich sicher, dass jetzt auf zwei oder drei Schiffen die Ersten Leutnants finster über das Wasser zur *Shark* hinüberstarrten und ihr, ihrem Kommandanten und ihrer Besatzung alles nur denkbar Schlechte wünschten, weil sie ihre Vorräte hatten plündern müssen. Jedenfalls waren die Seeleute an Deck der *Shark* bis nach Einbruch der Dunkelheit damit beschäftigt, den Proviant und die Ausrüstung an Bord zu hieven und sachgemäß unter der Aufsicht des alten Weißkopfseeadlers, Paul Lennon, zu verstauen. Besonders bei der Übernahme der Rumfässer schien der alte Fahrensmann einen siebenten Sinn dafür zu haben, wo die dunklen Ecken waren, in denen es den Jantjes möglich erschien, ein Fass unauffällig anzubohren, um etwas von seinem trostspendenden hochprozentigen Inhalt abzuzapfen. Aber immer, wenn gerade der Bohrer angesetzt wurde, tauchte er selbst oder einer seiner Maaten auf und trieb die Männer zur Arbeit an.

»Der Kerl muss Adleraugen haben!«, schimpfte einer der Matrosen.

»Das wissen wir ja, aber es ist viel schlimmer! Er kann durch dicke Schotte kieken, das ist so wahr, wie das Salzfleisch mehr Seemeilen auf dem Buckel hat wie wir alle zusammen.«

»Na, glaubst du etwa, der Speckschneider auf dem Flaggschiff hat seine besten Fässer rausgerückt? Der wird die ältesten Fässer ausgesucht haben, an die die Kumpels ohne großes Umstauen rankommen konnten!«

»Also Vorsicht, Jungs. Einer sollte mal nachschauen, ob die Fässer vielleicht noch aus der Zeit der jungfräulichen Queen Bess stammen!«

»Sehr witzig, wirklich sehr witzig! Mann, wir müssen das Zeug fressen, verstehst du!«

»Blas' dich doch nicht so auf! Du stopfst dir doch alles in deinen gierigen Rachen. Hauptsache, es ist fettig!«

»Ich fass' es nicht, jetzt quatschen die Kerle schon wieder vom Fressen, dabei wollten wir uns doch ein paar Pülleken Rum abzapfen!«

»Können vor Lachen, mein Lieber! Der Segelmeister hat seine Augen überall ...«

Es blieb bei dem Vorsatz.

Am nächsten Morgen beim ersten Büchsenlicht, aber noch eine gute Stunde vor dem Einsetzen des Ebbstroms, lichtete die *Shark* den Anker und machte sich daran, gegen den leichten abnehmenden Strom und den Wind den Delaware River hinabzukreuzen. Aber bald kamen sie mit Unterstützung durch den Strom gut voran, obwohl sie alle naselang wenden mussten. Der Admiral hatte ihnen einen Lotsen, einen Mister Walter, an Bord geschickt, der sie bis Sandy Hook begleiten und dort auch beraten sollte. Offensichtlich fiel das Ufer auf dem größten Teil der Strecke an der Westseite im Wasser wesentlich steiler ab als auf der östlichen, denn dort konnten sie ihre Schläge bis dicht unter Land ziehen. Der Lotse hatte Turner empfohlen, das Schiff gefechtsklar zu machen und die Kanonen auszurennen. »Da, wo wir dicht ans Ufer kommen, könnte es sein, dass die gottvergessenen Hochverräter über Nacht ein paar Feldschlangen aufgebaut haben und nur darauf lauern, uns einzuheizen.«

»Es wird mir ein Vergnügen sein, ihnen das aus der Armenkasse mit Zins und Zinseszins zurückzuzahlen, Lotse.«

Der Mann, ein Küstenschiffer und treuer Anhänger des Königs, blickte ihn zweifelnd an, doch dann schaute er sich die dicken schwarzen Monster an Deck genauer an und breitete die Arme aus. »Solche plumpen Ungetüme habe ich noch nie an Bord eines Schiffes gesehen – und die können richtig schießen, Herr Kapitän?«

»Jedenfalls machen sie einen Heidenlärm!«, erwiderte Turner trocken. Er beorderte die beiden Indianer und die Waldläufer mit ihren langen Flinten auf das Vorschiff, mit dem Befehl, ein scharfes Auge auf das Ufer zu haben. Als sie wieder einmal auf das Ostufer zuhielten, kam Brokenwing nach achtern geeilt und deutete auf eine Baumgruppe am Ufer, die nahezu vorauslag. »Versteck für große Donnerohre, Sir!« Turner blickte durch sein Fernglas, konnte aber nichts Verdächtiges entdecken. »Büsche passen nicht zu Bäumen, Sir, Büsche sind trocken.« Turner zuckte mit den Schultern, rief aber Dechamp, dem Befehlshaber der Steuerbordbatterie, zu: »Achtung, Dechamp! In dem Buschwerk unterhalb der Baumgruppe voraus sollen sich Kanonen befinden! Feuer frei, wenn Ziel aufgefasst!«

»Aye, aye, Sir!«

»Klar zur Wende!«, rief der Lotse.

»Schoten sind klar!«, meldete der Bootsmann.

»Rhe!«

»Ruder nach Lee!«, bestätigte der Quartermaster.

Das Schiff drehte an und verlor an Fahrt. Aus dem Gebüsch ragten plötzlich Rohre heraus, und im gleichen Augenblick rief Dechamp »Feuer!«, und dabei ließ er seine rechte Hand nach unten sausen. Die mit Traubengeschossen und Kartätschen doppelt geladenen Karronaden brüllten nahezu gleichzeitig auf. Blattwerk und menschliche Glieder flogen durch die Luft. Eine der Feldschlangen stieß einen Feuerstrahl aus, und die andere kippte samt ihrer Lafette um. Das trockene Gebüsch fing Feuer. Eine Stichflamme zuckte in die Höhe, und der Donnerschlag der Explosion machte die Männer auf dem Deck fast taub. Dann stieg eine Rauchsäule in die Höhe: Ein Munitionswagen musste in die Luft geflogen sein.

Schmerzensschreie hallten vom Ufer herüber, allerlei dunkle Brocken flogen hoch in die Luft, und jetzt standen sogar die Bäume in Flammen. Auch die langen Musketen der Waldläufer und Indianer fanden noch ihre Ziele, und flüchtende Männer überschlugen sich wie getroffene Hasen, sobald sie von den schweren Bleikugeln getroffen wurden.

Die *Shark* lag auf dem neuen Bug, und Mister Walter, der Lotse, meinte mit heiserer Stimme: »Diese Dinger machen mehr als nur Krach, Sir!«

»Soll wohl sein, Lotse, das soll wohl so sein!«, nickte Turner grimmig und schaute auf das Loch, das eine Kugel drei Fuß oberhalb des Baumes in das Schonersegel gestanzt hatte. »Bootsmann, der Segelmacher soll einen provisorischen Flicken über das Loch setzen, damit es nicht weiter ausreißt!«

»Aye, Sir!«

Kapitel 6

Monmouth Courthouse, New Jersey, 26. bis 28. Juni 1778

Major John André, Generaladjutant beim Stab von Sir Henry Clinton, Generalleutnant und Oberkommandierender der britischen Streitkräfte in Nordamerika, richtete sich in den Steigbügeln gerade auf und bog den Rücken nach vorne durch. Dann ließ er sich wieder auf den Sattel fallen, rückte sich zurecht und stützte die Hände mit den Zügeln vorne ab. Er ließ seinen Blick düster und auch ein wenig mitleidig über die langen, staubigen Kolonnen wandern, die sich langsam auf der tiefen Sandstraße voranschleppten. Seine Leute, ein Sergeant und vier ausgesuchte Männer, warteten respektvoll schweigend hinter ihm. Es war wieder so ein heißer Tag mit bis neunzig Grad Fahrenheit* gewesen, trotzdem hatten sie heute immerhin neunzehn Landmeilen zurückgelegt. Aber der Marsch nach New York, oder besser nach Sandy Hook, blieb ein mühsames Geschäft, was auch an ihrem Tross lag, der sich alleine im Verlauf eines Marschtages auf über zwölf Meilen auseinanderzog. Die Kampftruppen waren je etwa zur Hälfte auf die Vor- und Nachhut verteilt, der verwundbare Train bildete die Mitte. Die Wege als Straßen zu bezeichnen war eine grandiose Übertreibung. Zusätzlich hatten die Rebellen alle

---

* 32–33 Grad Celsius

Brücken zerstört, und da, wo es möglich war, versperrten gefällte Bäume den Weg. Und dann diese gnadenlose Hitze, die besonders den Hessen in ihren dicken Winteruniformen zu schaffen machte. Dazu kam die ständige Bedrohung durch die regulären amerikanischen Truppen und die mit ihnen zusammen operierenden Milizen. Washingtons Armee marschierte parallel zu ihnen etwa fünf Meilen entfernt im Norden und konnte ihnen jederzeit in die Flanke fallen. Die beiden Armeen waren mit jeweils zehntausend Mann etwa gleichstark, aber Washington hatte die besseren Ortskenntnisse und keine Wagenkolonne, die ihn behinderte. Major André fragte sich, warum der Yankee nicht schon längst angegriffen hatte, denn die Briten konnten hier keinerlei Hilfe erwarten. In der ersten Woche hatten sie mit ihrem fußkranken Lindwurm lediglich vierzig Landmeilen zurückgelegt. Zum Glück hatten sie rechtzeitig erfahren, dass noch eine weitere Bedrohung auf sie zukam: Der amerikanische General Gates näherte sich aus Norden vom Hudson, um ihnen den Zugang nach New York zu versperren. Um ihm auszuweichen, hatten sie bei Allentown die Hauptstraße verlassen und waren auf den Weg nach Monmouth ausgewichen, der sie dann weiter nach Sandy Hook bringen würde. Wenn alles gutging, dachte John André. Die Spitze der nächsten Einheit näherte sich; André grüßte den an der Spitze reitenden Kommandeur und nickte einem seiner Reiter zu, der sein Pferd mit einem Schnalzen der Zunge und einem sanften Schenkeldruck antrieb und den kleinen Hügel hinabritt. Er holte aus der Stulpe seines Uniformrocks einen Umschlag, den er dem Offizier übergab. Die Soldaten würden alles andere als begeistert sein, dass nach dem langen, anstrengenden Marschtag jetzt von ihnen obendrein noch Schanzdienst verlangt wurde. Aber General Clinton war sich sicher, dass Washington bald zuschlagen musste, wenn er die Briten nicht entwischen lassen wollte. Allerdings wusste der britische Kommandeur auch genau, dass seine Männer dringend einen Ruhetag brauchten, daher ließ er umfangreiche Verteidigungsstellungen westlich, entlang der Straße nach Norden, ausbauen.

Später, nach der Schlacht, erstellte Major John André die folgenden Aufzeichnungen, in der er die Ereignisse zusammenfasste, die sich vor und während der Kämpfe ereignet hatten, wobei er sich auf die Aussagen von Kriegsgefangenen stützte, wenn es um die Abläufe auf der Seite der Yankees ging. Selbstverständlich zeichnen sie ein höchst subjektives Bild aus der Perspektive des jungen Majors dieser höchst merkwürdigen Schlacht, die in die Geschichte eingehen würde als die letzte offene Feldschlacht des Amerikanischen Unabhängigkeitskriegs, an der die beiden Hauptarmeen mit starken Kräften beteiligt waren. Die eigenen Eindrücke hatte John André in den kurzen Kampfpausen auf Meldezetteln notiert. Wir können dem in der Schweiz erzogenen André wohl genug kritischen Sachverstand und fachliche Objektivität unterstellen, dass er den Verlauf der Schlacht nicht bewusst verfälscht hat.*

Beschreibung der Ereignisse vor, während und nach der Schlacht beim Monmouth Courthouse NJ

26. Juni 1778

»Der junge General Lafayette führt die Vorhut von Washingtons Armee heran. Sie umfasst etwa die Hälfte der Gesamtstärke von dessen Armee. Damit soll er uns angreifen, sobald

* Major John André hat, um die Gleichzeitigkeit vieler Aktionen deutlich zu machen, auf der linken Seite seiner Aufzeichnungen die Aktionen der Amerikaner geschildert, auf der rechten die der Briten. Hier sind die Ereignisse auf der amerikanischen Seite kursiv gedruckt.

wir Manmouth räumen. Ursprünglich hat man General Lee das Kommando angeboten, der es aber ausgeschlagen hat, da er, wie übrigens die Mehrzahl der bei dem Kriegsrat anwesenden Offiziere, von offenen Feldschlachten gegen unsere gut gedrillten britischen Berufssoldaten nichts hielt. Er ist ein Mann der Überfälle aus dem Hinterhalt, zudem ist er sehr skeptisch, was Steubens Exzerziermethoden nach preußischem Muster während des Winters in Valley Forge für die Kampfkraft der Amerikaner gebracht haben. Aber als er erfährt, welche Stärke die jetzt für den Angriff vorgesehene Truppe hat, erwacht seine Eifersucht, und er übernimmt bei Englishtown fünf Meilen von unseren Linien entfernt das Kommando. Washington zieht den Hauptteil seiner Kräfte drei Meilen westlich hinter Lee und acht Meilen von den britischen Truppen entfernt zusammen. Zugleich schickt er General Dickinson mit dessen eintausend Milizionären aus New Jersey als Aufklärungstruppe in die Nordwestflanke der Briten. Die Falle wird aufgebaut.

27. Juni 1778

Oberst Morgan bewegt sich mit sechshundert Musketenschützen der Miliz in unsere Südostflanke, während Oberst Moylans Kavallerieregiment die Rückzugsstraßen weiter nach Osten absucht, um eventuell neue Aufklärungsberichte zu liefern. Die Falle wird scharfgemacht.

Lee informiert seine Offiziere darüber, dass er vorhat, bei einer unklaren Nachrichtenlage »freihändig« zu operieren.

Unser Oberkommandierender, General Sir Clinton, legt den Abmarsch nach Sandy Hook auf den nächsten Morgen um 04.00 Uhr fest. Er ist der Meinung, dass uns nur ein verhältnismäßig kleiner Teil von Washingtons Armee direkt im Nacken sitzt und unsere Nachhut bedroht, daher legt er Wert darauf, dass die Stellungen so angelegt werden, dass man sie außer zur Verteidigung auch gut als Ausgangspunkt für einen Angriff nutzen kann, um mit einem unerwarteten Ausfall die lästigen Plagegeister zu vertreiben.

Also werden die befestigten Stellungen ständig weiter verstärkt; ihr Hauptzweck bleibt aber selbstverständlich, dass ihre Besatzungen den Feind aufhalten können, während die anderen Einheiten nach und nach abrücken. Ich reite die Stellungen mehrfach ab, bespreche mit den Befehlshabern mögliche Verbesserungen und erkundige mich nach der Stimmung der Truppe. Bei unseren früher so tapferen deutschen Verbündeten ist die Stimmung ungewöhnlich schlecht. Die Hessen und Franken leiden entsetzlich unter der Hitze, sie hatten schon einige Tote durch Hitzschlag. Zudem scheint eine auf sie zugeschnittene Propagandakampagne der Yankees einen gewissen Erfolg zu zeitigen. Auf Flugblättern in deutscher Sprache, in die häufig auch noch Tabakpäckchen eingerollt sind, wird Überläufern kostenloses Siedlungsland versprochen. Ich konnte einige dieser Pamphlete in Augenschein nehmen. Sie sind durchaus geschickt verfasst und können auf die schlichten Gemüter der einfachen Soldaten Eindruck machen. So werden jedem einfachen Soldaten fünfzig *acres** Land versprochen, jedem Hauptmann aber, der vierzig Mann mitbringt, achthundert *acres* Land, vier Ochsen, ein Bulle, zwei Kühe und vier Schweine. Ein wahrhaft großzügiges Angebot, besonders in den Augen der Deutschen, die von zu Hause nur bäuerliche Gehöfte mit sehr kleinen eigenen Anbauflächen kennen. Auch passieren wir auf unserem Marsch häufig Ortschaften, in denen deutsche Familien leben. Diese machen sich an die Soldaten heran und

* etwas über 20 ha

versuchen sie zu beschwatzen, die Truppe zu verlassen. Es werden sogar die eigenen Töchter zur Heirat feilgeboten, um die braven Männer ihren Fahneneid vergessen zu lassen! In der Tat sind schon ein paar hundert Männer abgängig – vermutlich desertiert …

Monmouth, 28. Juni 1778

Um 04:00 Uhr macht sich General Wilhelm Reichsfreiherr zu Innhausen und Knyphausen befehlsgemäß mit seiner Einheit und dem Versorgungstrain sowie dem Gepäcktross nach Middletown auf den Weg. Er wird fast sofort von General Dickinsons Spähern entdeckt, der Washington informieren lässt.

General Clinton zieht die Truppen von General Cornwallis an sich, um über eine schlagkräftige Verteidigungstruppe zu verfügen.

Mit fünf Stunden Verspätung, also um 06:00 Uhr statt um 01:00 Uhr, beginnt General Lee Informationen über die Vormarschroute und die feindlichen Stellungen einzuholen. Oberst William Grayson wird mit vier Geschützen und sechshundert Männern gegen die Briten in Marsch gesetzt, und um 07:00 Uhr setzt sich die Hauptstreitmacht langsam in Bewegung.

Ebenfalls um 07:00 Uhr trifft Dickinsons Truppe auf eine britische Aufklärungspatrouille, welche sie sofort angreift, worauf sich Dickinson über das sumpfige Terrain des East Ravine zurückzieht. Dort trifft er auf Graysons Leute, zusammen machen sie sich daran, verlorenes Terrain wiedergutzumachen.

Bald darauf erscheint General Lee auf dem Plan, aber er erhält unterschiedliche Auskünfte darüber, ob wir unseren

Abzug bereits begonnen haben oder nicht. Er gerät darüber in einen heftigen Streit mit Dickinson. General Anthony Wayne wird nach vorne beordert, um die Truppen von Oberst Grayson zu übernehmen. Lee bezieht mit seinen Truppen eine Stellung zwischen dem East Ravine und unseren befestigten Stellungen der Nachhut.

Um 08:00 Uhr beginnen wir mit dem Abzug unserer Einheiten vom Monmouth Courtyard unter der Deckung starker Truppenteile. Ich spüre die Nähe des Gegners. General Clinton beordert mich auf den rechten Flügel zu den 17th Light Dragoons, die im Norden auf der anderen Seite des East Ravine postiert sind. Er erwartet, dass die Yankees dort angreifen werden, um unsere Hauptstreitmacht zu binden und mit einem Zangenangriff von der anderen Seite über den Tross herzufallen. Es geht los. Es wird ein in jeder Beziehung heißer Tag werden!«

Und der Tag wird heiß, am frühen Vormittag werden schon Temperaturen von über 85 °F erreicht, die Luft wird zunehmend schwül. Im Nachhinein kann ich vermelden, dass wir Höchsttemperaturen von über 100 °F erreichten. Gewitter liegen in der Luft. Bei General Lee rächt sich jetzt seine verspätete und unvollkommene Aufklärung. Er ist sich nicht klar darüber, wo die britischen Hauptkräfte stehen und ob sie aus ihren Stellungen abziehen oder sich darauf vorbereiten, ihn anzugreifen. Gegen zehn Uhr am Vormittag befiehlt er General Wayne einen Scheinangriff auf die britischen Stellungen östlich der Straße nach Middletown.

Gegen 10:00 Uhr. Die Reiter der 17ten Leichten Dragoner sind abgesessen und warten westlich der Straße und nördlich des East Ravine weitere Befehle ab. Die kleinen, schlanken

Männer in ihren dunklen Uniformröcken sehen bedrohlich aus, vorne an ihren Mützen und Hüten prangte als Regimentsabzeichen ein Totenkopf und darunter das Motto: »Tod oder Ruhm«. Einige überprüfen ihre Gewehre und Äxte, andere kümmern sich um ihre kleinen, wendigen Pferde. Ich bewundere bei den Kerlen immer wieder, wie sicher sie vom Rücken ihrer Pferde aus mit dem Karabiner schießen oder mit dem aufgepflanzten Bajonett kämpfen. Sie selbst und ihre Pferde sind auf ein Höchstmaß von Beweglichkeit und Wendigkeit trainiert. Mit ihrem Kommandeur und seinem Adjutanten bin ich auf eine kleine Anhöhe geritten. Dort versuchen wir mit unseren Fernrohren die feindlichen Stellungen in dem mit Baumgruppen und Gebüsch bestandenen Gelände auszumachen.

»Bei Gott, Sir! Wenn ich richtig interpretiere, was ich da hinten sehe, dann meint es Washington diesmal ernst, denn das da unten entlang der Straße dürften sicher ein paar tausend Mann sein«, bemerke ich beeindruckt.

»Könnte stimmen«, gibt mir wortkarg Oberst Preston recht. Wir zucken zusammen, als plötzlich im Süden heftiges Kanonen- und Musketenfeuer aufflammt.

»Sie greifen an!« bemerkt der Adjutant, Leutnant Watson, völlig überflüssigerweise.

»Ich denke, wir sollten einen Melder zum General schicken und ihn über die Stärke der angreifenden Truppen informieren. Es dürfte besser sein, wenn er nicht zu viele unserer Kampfeinheiten abmarschieren lässt, bis die Lage hier geklärt ist. Höchstwahrscheinlich warten hinter dieser ersten Angriffswelle noch eine zweite und dritte in Richtung Englishtown gestaffelt. Das ist dann, verdammt, die ganze dreimal verfluchte Congress Army!« Ich schätzte es für gewöhnlich nicht, zu fluchen, aber diesmal tat es mir ausgesprochen gut. Der Oberst nickt zustimmend und ich winke mit einem unguten Gefühl im Magen einen Melder heran. Hoffentlich, hoffentlich hatten noch nicht zu viele Kampftruppen die Stellungen verlassen. Ich kritzele schnell ein paar Zeilen auf einen Zettel, lese sie dem Mann langsam und betont vor, damit der sie sich einprägen kann, dann schicke ich ihn los.

Wieder blicken wir gespannt durch unsere Teleskope. »Seltsam, wirklich seltsam«, murmelt Watson irritiert nach einer Weile. Sein Oberst knurrt etwas Unverständliches.

»Sie haben recht, Gentlemen, es ist wirklich sehr eigenartig, was da hinten abläuft. Die Amerikaner greifen nicht auf breiter Front an, sondern jeder scheint das zu machen, was ihm gerade in den Sinn kommt.« Ich schweige und blicke überlegend empor zu den sich aufplusternden Haufenwolken, aus denen sich weiße Türmchen in die Höhe schrauben, meine Gedanken überschlagen sich. Wer befehligt diese Armee da vorne? Der hervorragend geschulte, angriffslustige Lafayett oder der zwar erfahrene, aber einer offenen Feldschlacht abholde Lee? Washington selber? Nein, der würde den Eröffnungszug dieser Partie nicht selber leiten. Falls es Lafayett ist, dann versucht er, uns eine Falle zu stellen, uns zu verwirren – aber danach sieht es eigentlich gar nicht aus. Außerdem steht Lee in der militärischen Hierarchie ein gutes Stück über Lafayett, Washington kann ihn unmöglich übergehen, ohne sich jede Menge Ärger einzuhandeln. In derartigen Dingen sind Generäle empfindlich wie Backfische, wenn es um den richtigen Tischherrn geht. »Wenn ich einen Erklärungsversuch anbieten darf, Gentlemen?« Ich warte aber keine Antwort ab, sondern fahre gleich fort: »Bei unseren Gegnern herrscht ein gewisses Maß an Verwirrung, ich würde sie auf schlechte Kommunikation zurückführen. Ahem«, räuspere ich mich, »äh, ich würde denken, dass man diese Verwirrung durch einen Flankenangriff nur verstärken kann! Was meinen Sie, Sir?«

Der Oberst nickt, zieht den Kinnriemen fest und schnarrt kurz angebunden: »Wie immer: *Death or Glory*!« Mit einem Schenkeldruck setzt er sein Pferd in Bewegung und trabt zu seinen Leuten zurück, Watson und ich folgen ihm. Oberstleutnant Samuel Birch und die anderen Offiziere erwarten uns bereits. Preston erläutert ihnen seinen Angriffsplan, der von einer erstaunlichen Schlichtheit ist und dem jeder kapriziöse taktische Schnörkel fremd ist: »Gentlemen, wir werden den Yankees da vor uns in die Flanke fallen und sie ins Laufen bringen. Das Weitere ergibt sich dann schon. Noch Fragen, Sirs?« Es gibt keine Fragen. »Dann frisch ans Werk, Gentlemen ...«

Die Männer sitzen auf, formieren sich, Oberst Preston nimmt seinen Ehrenplatz vor der Front ein und zieht seinen Säbel. Nachdem wir den Bach überquert haben, erhöhen wir das Tempo. Erschrockene Gesichter tauchen vor uns auf. Das sind Dickinsons Reiter, die sich ihrerseits gerade daranmachen wollen, die Flanke der Briten zu attackieren.

»Trompeter! Attacke!«

Die Büchsen der Dragoner krachen, drüben fallen Reiter von ihren Reittieren, Pferde wiehern schmerzvoll und voller Panik auf, stürzen mit schlagenden Hufen zu Boden. Als die Dragoner laut brüllend mit ihren aufgepflanzten Seitengewehren und Äxten über sie kommen, verlässt die Amerikaner der Mut, sie wenden sich zur Flucht.

Ich bin mittendrin im Gewühl und haue mit meinem Degen auf die Gegner ein, blocke meinerseits heftige Säbelhiebe ab, die mir den Schädel spalten sollen. Kugeln pfeifen an meinem Kopf vorbei. Als der Feind in voller Karriere die Flucht ergreift, pariere ich mein Pferd durch und sehe mich um. Die jenseits der Straße in den Stellungen liegenden britischen Regimenter sind inzwischen ebenfalls zum Angriff angetreten und rücken schnell vor, sie versuchen, die vorgestoßenen Truppen von General Wayne zu überflügeln, aber auch diese sehen die Aussichtslosigkeit ihrer Position ein und geben Fersengeld. Es dauert nicht lange, bis die gesamte Armee von Lee auf der Flucht ist.

Nach 12:00 Uhr. Die Amerikaner rennen drei Meilen wie die Hasen und überqueren den Middle Ravine. Dort kommt ihnen ein wutschnaubender General Washington entgegen, der sie energisch auffordert, stehenzubleiben und den Kampf wiederaufzunehmen. Wie ich später von einem Gefangenen erfahre, ist Washington, wie man in der Soldatensprache sagte, mit Lee Schlitten gefahren. Er hat ihn überaus heftig angefahren, und – wie der Mann fast verschämt aussagte – dabei hat Washington sogar geflucht. »Sie verdammter Feigling!«, hat er wörtlich gebrüllt, Sir. Ich habe es genau gehört, weil ich nur ein paar Yards abseits stand! Und noch viele andere sehr schlimme Flüche hat er benutzt, Sir! »Der Yankee hat dabei ein so verdutztes Gesicht gezogen, als wäre er Zeuge eines unerhörten Geschehens geworden, wie etwa eines in der Sakristei kopulierenden Priesters. General Lee habe nur völlig konsterniert stottern können: »Sir – Sir! Sir – Sir!« Er habe hilflos mit den Armen in der Luft herumgefuchtelt. »Unsere Leute können den Briten nicht standhalten!« Washington habe ihn aber sofort scharf zurechtgewiesen: »Doch, Sir, das können sie und das werden sie!« Dann schickt er Lee nach hinten in die Etappe, übernimmt selbst das Kommando und beginnt damit, eine erste notdürftige Auffangstellung zu errichten. Er stellt als Erstes die letzten intakten Regimenter von Lee beiderseits der Straße nach Monmouth auf, um den britischen Vorstoß aufzuhalten, bis seine eigenen Verbände heran sind.

Die leichten Dragoner gehen der Lieblingsbeschäftigung aller Kavalleristen nach, nämlich flüchtende Infanteristen niederzumachen. Durch mein Fernglas beobachte ich, dass der Schwung der Flucht plötzlich langsamer wird, die Yankees drehen uns wieder die Brust zu, formieren sich unter der Aufsicht ihrer Offiziere zu Linien. Feldgeschütze werden abgeprotzt und auf uns gerichtet. Ich suche und finde die Standarte der Dragoner, trabe hinüber, denn dort befindet sich ganz gewiss Oberst Preston mit seinem Adjutanten. Preston erscheint mir ungewöhnlich gesprächig zu sein, denn mit einem breiten Lächeln verkündet er: »Wirklich eine feine Hasenjagd heute, Sir. Gefällt mir ausnehmend gut, sehr gut sogar.«

»Man soll den Tag nicht vor dem Abend loben, Sir! Wie es scheint, formieren sich die feindlichen Truppen in dem Dreieck neu, das von der Middle Ravine, der West Ravine und dem Wemrock Brook am Fuße des Comb's Hill gebildet wird. Sie gehen auf beiden Seiten der Straße in Stellung. Ich muss Sie bitten, Ihre Männer zu sammeln und auf die Straße im Norden zurückzufallen und sie abzusichern. Sie wissen, die Straße, über die die Yankees vorgerückt sind. Falls sie über diese Straße Truppen nachziehen, stehen die plötzlich in unserem Rücken, und wir ...«

»... stehen im Hemd da, ich verstehe, Sir. Aber ein Spielverderber sind Sie trotzdem! Trompeter: Signal zum Sammeln!«

Das Abwehrfeuer wird stärker, und unser Angriff kommt ins Stocken. Die Feldgeschütze werden in Feuerstellung gebracht, und es kommt zu einem wütenden Artillerieduell, über dem Schlachtfeld wabern die grauen, stinkenden Wolken des verbrannten Schießpulvers. Unsere Regimenter stürmen immer wieder aufs Neue vorwärts, können auch Geländegewinne erzielen, müssen sich aber angesichts des heftigen Abwehrfeuers der geordnet zurückweichenden Feinde wieder und wieder zurückziehen. Immer mehr rote Punkte bleiben bewegungslos auf dem Kampfplatz liegen. Die Verwundeten werden an meinem Beobachtungsplatz vorbei nach hinten geschafft. Einige der braven Jungs sind fürchterlich zugerichtet und werden wohl den morgigen Tag nicht erleben.

Auch die Kanonenrohre einer Artillerieeinheit aus Pennsylvania glühen. Aber anders als auf unserer Seite haben die Amerikaner Wasserträgerinnen, die Kübel um Kübel mit Wasser heranschaffen, damit die Rohre nass ausgewischt werden können. Eine gewisse Mary Ludwig Hays, die von den Soldaten nur Molly Picher genannt wird, kommt gerade wieder in ihrem langen gestreiften Rock mit einem Eimer Wasser heran, als ihr Mann William an seiner Kanone wegen Hitzschlags ausfällt. Die restliche Bedienungsmannschaft ist zu klein, um das Geschütz weiter bedienen zu können, es soll nach hinten gebracht werden. Ohne lange zu überlegen, übernimmt die resolute Deutsche die Aufgaben ihres Mannes und wischt unter Feuer nach jedem Schuss das Rohr aus. Ihr Vorbild stärkt die Moral der Amerikaner, wie mir die Gefangenen versichern, die sie selbstbewusst auf dem Schlachtfeld haben agieren sehen. Für stark übertrieben halte ich allerdings die Geschichte, welche mir die Yankees noch als Draufgabe serviert haben. Danach ist ihr während der Schlacht eine unserer Kanonenkugeln zwischen den Beinen hindurchgeflogen und hat ihren halben Unterrock mitgenommen, ohne sie selbst zu verletzen! Wenn die Kerle von einer Musketenkugel geredet hätten, hätte ich ihnen möglicherweise die Geschichte abgekauft, aber eine Kanonenkugel …

Später Nachmittag. Die Wolken sind inzwischen zu mächtigen Gebirgen angewachsen, die mich an überdimensionierte Blumenkohlköpfe erinnern. Es ist brütend heiß und unerträglich schwül. Kaum noch sind Donnergrollen und Kanonendonner auseinanderzuhalten. Die endgültige Entscheidung fällt, als die Yankees es schaffen, Geschütze auf dem Comb's Hill zu postieren, die von der beherrschenden Höhe aus unsere Flanke bestreichen können. Die Verluste unserer inzwischen auch müden und erschöpften Einheiten steigen, und es ist klar, dass wir diese Stellung nicht werden halten können – von einem weiteren Vorstoß und einem Überrennen der Continental Army ganz zu schweigen. General Washington hat die Wende erzwungen.

Gegen 18.00 Uhr. General Clinton zieht die ersten Verbände aus der Front zurück. Rings um uns herum toben heftige Gewitter. Das Feuer verebbt. Die Nachhut löst sich vom Feind, ohne dass der nachsetzt. Kein Wunder, denn auch die Amerikaner müssen völlig erschöpft und am Ende ihrer Kräfte sein.

Zurück in Monmouth Courthouse, ziehen wir eine erste Bilanz. Wir haben 65 Gefallene zu beklagen, 59 Männer sind an einem Hitzschlag verstorben, dazu kommen 170 Verwundete, 50 Mann gerieten in Gefangenschaft (zumeist Verwundete) und 14 Vermisste. Nach meinen Beobachtungen dürften die Verluste der Amerikaner in einer vergleichbaren Größenordnung liegen, allerdings haben wir mehr Gefangene gemacht.

Unser strategisches Ziel, nämlich die Armee Washingtons vernichtend zu schlagen und in alle Winde zu zerstreuen, haben wir wieder nicht erreicht, dafür war der von Washington geleitete Abwehrkampf zu heftig und gut organisiert. Man muss zudem den Yankees konzedieren, dass sie ihre Grundkenntnisse des Infanteriedienstes auf dem Schlachtfeld seit dem letzten Jahr wesentlich verbessert haben. Die Ausbildung durch diesen dubiosen preußischen General von Steuben, vor dem uns im Winter dieser schneidige Marineleutnant Turner gewarnt hat, scheint leider Früchte zu tragen.

Taktisch ist der Plan meines Generals aufgegangen: Der Tross ist unbehelligt entkommen, und bis Sandy Hook sollte ihm auch nichts mehr passieren. Die Vernichtung der Continental Army hat Clinton wohl auch nie ernstlich in Erwägung gezogen.

Um 22.00 Uhr beginnen wir mit dem Abmarsch, und um 23.00 Uhr, als der Mond untergegangen ist, rückt die gesamte Nachhut ab. Falls Washington sich vorgenommen hat, morgen die Schlacht zu erneuern, dann wird er ins Leere stoßen.

Der Versuch, Pennsylvania und New Jersey wieder unter britische Herrschaft zu zwingen, dürfte für lange Zeit gescheitert sein. Falls wir ungerupft New York erreichen, dann ist der Status wiederhergestellt, der vor der so überaus aufwendigen Philadelphia-Expedition herrschte – nur, dass die Amerikaner jetzt eine wesentlich bessere Position haben, weil ihnen nun die französische Flotte den Rücken zur See hin freihält und sie bei Monmouth bewiesen haben, dass sie unseren Truppen in einer offenen Felsschlacht Paroli bieten können.

Hier endet der Bericht von Major John André. In der Tat erreicht die Armee ohne weitere Zwischenfälle Sandy Hook. Von dort soll sie von den Schiffen Admiral Howes übernommen und sicher nach New York gebracht werden. Wenn, ja, wenn Admiral Howe es inzwischen geschafft hat, die Mausefalle des Delaware zu verlassen und Sandy Hook erreicht, ohne Admiral d'Estaing vor den Bug zu laufen.

⚓

Unter Lotsenberatung segelte die *Shark* dicht unter der Küste nach Norden. Über dem Land türmten sich gewaltige Wolkengebirge auf, die ständig ihre Form veränderten. An der Spitze vieler Wolken weit hinten über Land konnte man einen Amboss herauswachsen sehen, dessen flachc obere Fläche nach Lee auswehte. Von Ferne hörte man dumpfes Donnergrollen, man hätte es auch für Geschützfeuer halten können. Der alte Weißkopfseeadler hatte die Wache und unterhielt sich angeregt mit dem Lotsen. William Turner schaute mit verkniffenem Gesicht zum Land hinüber. Verdammt, was machte er eigentlich hier? Er sollte in English Harbour sein, um Elizabeth Parker und ihre drei Plantagen zu heiraten und sich in Ruhe auf die Geburt ihres ersten Kindes vorzubereiten. Aber nein, er segelte an einer langweiligen Küste entlang, um für einen Admiral, der bald abgelöst werden würde, einen sicheren Ankerplatz zu erkunden. Vermutlich würde Admiral Howe nach seinem freiwilligen Rückzug aus diesem Krieg nie wieder ein Kommando übertragen bekommen, auch wenn er im Unterhaus noch so wortgewaltig gegen die Regierung wettern würde. Ziegenködel in der Pillendose, fluchte er grimmig vor sich hin. Höchstens vielleicht noch als Hafenadmiral in Falmouth, damit er ganz weit weg von London war. Wahrscheinlich war es ohnehin das Beste, was William tun konnte, wenn er sofort nach dem Einlaufen in English Harbour beim Admiral seinen Abschied einreichte und Smith seine Demission aus den Diensten des obskuren Firmenkonsortiums von Hermes übergab. Sollten die sich darum kümmern, wie es mit der *Shark* weiterging! Niemand konnte ihn zwingen, dem König weiter zu dienen. Und mit seinem angeheirateten Reichtum in der Hinterhand konnten ihm die hohen Herren im Mondschein begegnen!

Schließlich hatten selbst die beiden sehr ehrenwerten Howes die Brocken hingeworfen. Er würde Dechamp als seinen Nachfolger empfehlen, und mit den Beziehungen, über die James und sein Vater verfügten, würde man ihn wohl auch akzeptieren müssen. Ach, es würde herrlich sein, in bequemen leichten Anzügen mit einer offenen Kutsche durch die Stadt und über Land zu fahren, mit Geschäftspartnern einen Drink in einem Club zu nehmen und schlau über diesen scheußlichen Krieg zu reden. Es würde ihm ein Genuss sein, in einem der schattigen Vorgärten der zahlreichen Gasthäuser an der Wasserseite mit einem guten Gläschen Wein zu sitzen und sich über die verunglückten Manöver der verehrten Exkollegen das Maul zu zerreißen. Schadenfroh würde er den auslaufenden Schiffen nachschauen, deren Besatzungen sich für ein paar Pennys und die Ehre draußen auf See in Stücke schießen lassen durften. Natürlich würde er auch arbeiten! Er würde mit finsterem Gesicht die Bücher prüfen oder zusammen mit dem jeweiligen Chefaufseher über die Plantagen reiten und schlaue Fragen stellen. Aber die meiste Zeit würde er mit seiner zauberhaften Frau zusammen sein. Und mit seinem Stammhalter. Denn natürlich würde es ein Junge werden. Er seufzte. Hoffentlich ging es Elizabeth gut. Selbstverständlich hatte sie die beste medizinische Versorgung, die man auf Antigua bekommen konnte, aber es konnte ja so viel passieren. Verdammt, verdammt, verdammt …!

»Sir, mit Verlaub, aber wir nähern uns der Nordspitze von Sandy Hook, und der Lotse hat ein paar sehr interessante Informationen für uns. Ich dachte, dass Sie sich diese persönlich anhören möchten.«

Sein erster Impuls war, den alten Paul Lennon zum Teufel zu schicken. Sollte der sich um die navigatorischen Probleme kümmern, das war schließlich sein Job. Aber dann besann er sich eines Besseren, denn das wäre unfair gewesen, der Mann meinte es nur gut. Er nickte, seufzte missmutig und brummte dann: »Danke, Mister Lennon, es ist völlig richtig, dass Sie mich davon in Kenntnis setzen.« Zusammen gingen sie zum Ruder hinüber, neben dem der Lotse stand.

»Was gibt es, Lotse?«

»Sehr trickreiches Gewässer das hier, Sir. Viele Sandbänke, viele, starke Strömungen. Nicht einfach zu befahren.«

»Nun, Sir, der Admiral hat Sie mir doch mitgegeben, weil Sie sich hier auskennen. Ich vertraue darauf, dass Sie mein Schiff sicher an den Ankerplatz bringen, Mister!«

»Das geht schon klar, Sir. Diese Ecke kenne ich wie meine Hosentasche, vielleicht sogar besser«, grinste Mister Walter breit. »Aber schauen Sie mal nach Steuerbord, Herr Kapitän. Wir laufen hier in einem etwa drei Kabellängen breiten Fahrwasser, das bis dicht unter das Ufer reicht. Auf der anderen Seite erstreckt sich eine ungefähr sieben Kabellängen breite Bank nach Osten, über der bei Springniedrigwasser je nach Windrichtung etwa fünfzehn Fuß Wasser steht. Weiter im Norden vor der Huk nimmt die Tiefe noch weiter ab. Sie können dort drüben sehr schön die Stromverwirbelungen an der Kante sehen.«

»Und hier will der Admiral ankern?« erkundigte sich Turner zweifelnd, dem diese Reede doch sehr ungastlich erschien, denn bei Ostwind mochte zwar die Barre den Wellen die Kraft nehmen, aber die Leeküste lag dafür zum Greifen nah. Außerdem konnte sich die französische Flotte auf die andere Seite der Bank legen und die hier verankerten Schiffe aus einer Entfernung von unter einer Seemeile beschießen. Vielleicht würden sie die britischen Schiffe bei diesem Abstand nicht versenken, aber sie konnten ihre Riggs mit Ketten- und Stangenkugeln so schwer beschädigen, dass sie einer zeitaufwendigen Überholung bedurften. Während dieser

Zeit würde Admiral d'Estaing freie Hand für Operationen entlang der Küste haben.

»Nein, Herr Kapitän, natürlich nicht. Er hat sich ein gemütliches, kuscheliges Nest hinter der Huk ausgesucht. Sie werden gleich sehen. Er deutete auf seine Karte. »Wir stehen hier, Sir. Große Schiffe mit viel Tiefgang können unser Fahrwasser um die Huk herum nicht benutzen. Sie müssen hier außen entlangsegeln. Wenn Sie die Barre – hier –«, er deutete auf einen Punkt in der Seekarte, »passieren wollen, um die Häfen an der Raritan Bay anzulaufen, dürfen Sie nicht mehr als zwanzig, einundzwanzig Fuß Tiefgang haben – für normale Handelsschiffe kein Problem, aber ein unüberwindliches für mächtige Schlachtschiffe. Und die Franzosen sollen Schiffe der Zweiten Klasse dabeihaben, die kommen da nie und nimmer rüber. Folglich liegt unser Admiral mit seinen kleineren Schiffen hier friedlich und sicher wie in Abrahams Schoß, Sir.«

William Turner nickte anerkennend. Wenn die Karte stimmte, dann konnte Admiral Howe hinter Sandy Hook wirklich in Ruhe abwarten, was den Franzosen so einfiel, um ihn aus seinem Schlupfloch zu locken. Immer vorausgesetzt, sie hatten ihn nicht schon im Delaware oder davor massakriert.

Sie rundeten die Huk und ankerten im Schutz des Landes. Danach besprachen sie noch mals die vorbereiteten Formblätter für die Lotungen, die Turner, Dechamp, Lennon und Walter zusammen erstellt hatten. Sie enthielten Spalten für Uhrzeit, Kurs, Lotungen, Bodenbeschaffenheit, Peilungen und sonstige Beobachtungen, wie Stromkabbelungen oder eventuelle Unterwasserhindernisse.

Über dem Land tobten immer noch heftige Gewitter, während sie die Boote für den morgigen Tag vorbereiteten und die Mannschaften einteilten. Segelmeister Lennon würde zusammen mit Midshipman Starke die Pinasse führen, der Lotse, Mister Walter, zusammen mit Midshipman Armstrong den einen Kutter und Leutnant Dechamp zusammen mit Steuermannsmaat Quincy den anderen. Die Gig mit Steuermannsmaat Carter und dem Bootssteuerer Tom Brown hatte die Aufgabe, die Fünfzehn-Fuß-Linie der Reede auszuloten, um sich dann anschließend an der Vermessung der Barre zu beteiligen.

Es folgten zwei anstrengende Tage für die Bootsbesatzungen, aber danach war sich Turner gewiss, dass er Admiral Howe mit gesicherten Fakten unter die Augen würde treten können, und tatsächlich erschien am 1. Juni die Flotte vor Sandy Hook und legte sich an dem von Walter bezeichneten Ort in Kiellinie vor Anker; die Formation verlief von der Huk nordwestlich in die Bucht hinein. Die Truppentransporter segelten gleich weiter nach New York. Auch an Land kam Bewegung auf, die Truppen General Clintons hatten mit ihrem Tross Sandy Hook – mehr oder weniger – wohlbehalten erreicht.

Turner wurde auf das Flaggschiff gerufen und präsentierte dort sein Material. »Black Dick« Howe war nach einem kurzen Blick auf die neu angefertigten Karten offensichtlich mit Turners Arbeit zufrieden, er ließ sich sogar dazu hinreißen, ihm wohlwollend auf die Schulter zu klopfen. Flaggleutnant Edward Augustus Rullingston, überzeugter Verächter der Königlichen Gardekavallerie, fiel ob dieser Ungeheuerlichkeit die Kinnlade herunter, was ihm zu einem nicht übermäßig intelligenten Gesichtsausdruck verhalf.

»Rullingston, gucken Sie nicht so blöd, bewegen Sie Ihren Hintern an Deck und überzeugen Sie sich, wie weit die Vorbereitungen zum Einschiffen der Truppen gediehen sind! Ab dafür, Sir!«, grollte Howe.

Als Rullingston beleidigt gegangen war, kniff Howe verschwörerisch ein Auge zusammen. »Man muss diesem jungen Hüpfer immer mal wieder Feuer unter dem Achtersteven machen, mein lieber Turner.« Der Admiral gab seinem Steward ein Zeichen und bat Turner, Platz zu nehmen. »Ahem«, räusperte sich Howe umständlich und sah tatsächlich ein wenig verlegen aus, was für William eine völlig neue Erfahrung war, denn bis jetzt war immer er es gewesen, der sich in der Gegenwart eines Admirals unbehaglich gefühlt hatte. »Herr Kapitän Turner, mein geschwätziger Flaggleutnant hat mir nach Ihrem Auslaufen aus Philadelphia gesteckt, was für eine Zumutung mein Befehl für Sie war, diesen Ankerplatz für mich zu überprüfen. Ich hatte natürlich keine Ahnung, dass auf Antigua die Hochzeitsglocken für Sie auf Stand-by stehen und dass demnächst ein kleiner Turner zum Stapellauf ansteht. Sie dürfen mir glauben, Sir, wenn ich das gewusst hätte, hätte ich Sie nicht für diesen Job schanghait. Seien Sie versichert, dass ich Ihnen Ihren selbstlosen Einsatz nicht vergessen werde.« Der Steward erschien mit dem dekantierten Portwein und servierte auch wieder den vorzüglichen Käse und die knackigen Nüsse. »Auf Ihr Wohl, Turner, das Ihrer zukünftigen Gattin und Ihres Kindes.« Der Admiral erhob sein Glas. »Ich bedaure, dass ich nicht die Patenschaft für das Kind übernehmen kann.« Turner verschluckte sich beinahe. Puh, das wäre ein Volltreffer gewesen! Seine Gedanken überschlugen sich. Spontan hatte er eine Vision – doch, ja, damit konnte er bei Elizabeth bestimmt viele Pluspunkte sammeln. »Sir, darf ich mir erlauben, Ihnen eine quasi geistige Patenschaft anzutragen? Ich weiß, die formalen Voraussetzungen sind nicht erfüllt, da Sie nicht *coram publico* vor dem Vertreter des HERRN und der Gemeinde *in persona* die Verpflichtung als Pate übernehmen können, aber ich wäre sehr glücklich und äh, meine, äh …, zukünftige Gattin auch, wenn Sie mir mit ein paar Zeilen bestätigen würden, dass ich meinen Sohn Ihnen zu Ehren Richard nennen darf. Wissen Sie, wenn ich nach Antigua komme, äh …, dann, äh …« Er brach ab. Howe hatte ihn vollkommen verstanden und lachte polternd. Er leerte sein Glas und schenkte ihnen nach. »Ich verstehe, zu Hause werden die Kanonen mit Kartätschen geladen sein, und die Entermesser sind scharf geschliffen!« Er lachte nochmals laut auf. »Oh ja, das kann ich mir sehr gut vorstellen, Sir. Das ist ein Schlachtfeld, auf dem wir Männer nur verlieren können, mein lieber Turner. Andererseits haben wir Ihrer Gattin auch ungewöhnlich viel zugemutet.« Turner war ihm dankbar, dass er *wir* gesagt hatte. »Sie bekommen den Brief von mir, Sir, gar keine Frage, das ist Ehrensache und das Mindeste, was ich für Sie tun kann.« Er lächelte plötzlich weich, sein tiefgebräuntes Gesicht, das sonst meist abweisend und finster aussah, veränderte sich völlig, als er versonnen zu den Decksbalken emporblickte. »Außerdem freue ich mich darauf, einen Patensohn zu bekommen. Richard Turner – klingt nicht schlecht. Wie Sie vielleicht wissen, habe ich nur zwei Töchter, aber das ist eine andere Geschichte.« Er seufzte, hob sein Glas und sagte feierlich: »Möge Richard so mutig und pflichtbewusst wie sein Vater, so geduldig und verständnisvoll wie seine Mutter und so einflussreich und bösartig wie sein Pate werden! Darauf trinke ich, Sir!« Er leerte sein Glas in einem Zug. William zog nach, auch wenn er über das Wörtchen *bösartig* etwas verwundert war. Howe schien das zu spüren und zog seine buschigen Augenbrauen belustigt in die Höhe. »Ja, Turner, so ist das, wenn Sie über großen Einfluss und etwas Kleingeld verfügen, dürfen Sie auch bösartig sein. Wissen Sie, meiner Erfahrung nach begegnet man sich immer zweimal im Leben, und wenn Ihnen jemand bei der ersten Begegnung auf die Füße getreten ist, dann sollten Sie die zweite Chance nutzen, um ihn kräftig in den Hintern – oder sonst wohin, zu treten. Damit werden

Sie zwar kein Allerweltsliebling, aber dem verdammten Hurensohn wird es eine Lehre sein, mein Wort darauf!«

»Aye, Sir«, nickte Turner nachdenklich. Es war gut, wenn man diesen Mann nicht zum Feind hatte. Genüsslich knabberte er an dem würzigen Käse und schlürfte den bräunlichroten schweren Wein. Er spürte, dass ihm der Alkohol langsam zu Kopf stieg.

»Nun, dann ist es an der Zeit, sich zu verabschieden, mein lieber Turner. Das gemeinsame Diner holen wir nach, wenn Sie zurück in London sind und mir erzählen können, was der kleine Dick alles anstellt. Brauchen Sie noch Proviant oder irgendetwas anderes, was ich Ihnen aus den Vorräten der Flotte zur Verfügung stellen kann? Schicken Sie mir einfach eine Anforderung herüber, Rullinston wird umgehend für die Erledigung sorgen, Sir.« Admiral Howe erhob sich und wollte ihn schon entlassen, als er bemerkte, dass Turner zögerte.

»Was ist, Mann? Ihnen liegt doch noch etwas auf der Seele, Sir. Raus damit!«

»Nun ja, Sir. Sie haben sich die Karten nur flüchtig angeschaut. Einer meiner Steuermannsmaaten kennt sich in dieser Gegend gut aus und hat mir gemeldet, dass seiner Meinung nach in diesem Bereich hier«, Turner zog eine Karte zu sich heran und deutete mit dem Kartenzirkel auf zwei dünne Bleistiftstriche, die schräg über die Barre verliefen, »bei Springhochwasser und entsprechenden Windverhältnissen die Barre auch von Schiffen der Zweiten Klase passiert werden kann, Sir, weil dann dort bis zu knapp dreißig Fuß Wasser zu finden sind! Vorausgesetzt man kennt diese Auswaschungen, die wir gelotet haben!«

Howe war zusammengezuckt, packte ein Vergrößerungsglas und untersuchte die Tiefenangaben in dem besagten Bereich genau. Dann schnaufte er verstimmt. Brummig erkundigte er sich: »Was ist das für ein Mann, Turner?«

»Ein sehr guter Seemann, Sir. Yankee. War Steuermann auf einem, nun ja, Freihändler in der Karibik. Hat sich bei mir an Bord hervorragend bewährt. Absolut verlässlich.«

»Wer weiß davon, Sir?«

»Nun, nur der Steuermannsmaat, mein Segelmeister und ich, Sir. Ich habe alle beide zum absoluten Stillschweigen verpflichtet. Noch nicht einmal mein Erster Leutnant, Mister Dechamp, ist eingeweiht.«

»Was ist mit dem Lotsen, den ich Ihnen mitgegeben habe?«

»Mister Walter war auf einem anderen Boot, die Lotungen in seinem Bereich stimmten mit seinen Erfahrungen völlig überein. Ich habe es nicht für opportun gehalten, ihn einzuweihen, Sir.«

Howe nickte zufrieden. »Das war weise, sehr weise, Sir. Benötigen Sie irgendetwas wirklich ganz dringend?« Turner schüttelte den Kopf; er wusste, was kommen würde. »Sehr gut! Dann machen Sie sich umgehend klar zum Auslaufen. Ich schicke Ihnen den bewussten Brief und auch noch Korrespondenz für den Admiral und den Gouverneur von Antigua an Bord. Nach dem Erhalt machen Sie sich unverzüglich – das heißt *ohne jede Verzögerung* – auf den Weg.« Admiral Howe betonte jedes Wort und blickte wieder so furchteinflößend, wie man es von ihm gewohnt war. Turner war völlig klar, was für ein Kuckucksei er ihm ins Nest gelegt hatte. Admiral d'Estaing würde alles daransetzen, die britische Flotte auszuschalten, bevor Verstärkung aus England eintraf. Ohne mit der Wimper zu zucken, würde er einem Lotsen, der ihm seine großen Linienschiffe über die Barre brachte, ein Vermögen zahlen.

Turner salutierte zackig. »Aye, aye, Sir!« Er drehte sich um und schritt zur Tür.

»Ach, Turner«, rief ihm Howe hinterher, »nur für das Logbuch, wir befinden uns jetzt auch ganz offiziell mit Frankreich im Krieg!«

Turner drehte sich um, zuckte mit den Schultern und erwiderte: »Schön zu wissen, Sir.«

Howe nickte ihm zu. »Guten Wind und Rauschefahrt, Sir!«

Der Flaggleutnant begleitete ihn zur Relingspforte. Er hörte, dass Rullingston Luft holte und etwas sagen wollte. Schnell kam er ihm zuvor: »Nein, Mister Rullingston, ich weiß es nicht und ich will auch nicht wissen, was diesmal mit den armen *Blue Guards* ist!«

Rullingston schniefte beleidigt und schaute ihn aus tieftraurigen Dackelaugen an. Irgendwie erinnerte er Turner an ein Kind, dem man sein liebstes Spielzeug weggenommen hat. Mit seinem affektierten Etonakzent näselte der Leutnant arrogant: »Wenn ich Ihnen verspreche, niemals wieder Witze über die *Blues* zu machen, nehmen Sie mich dann mit an Bord der *Shark*, Sir?«

Turner zuckte zusammen, das hätte ihm gerade noch gefehlt. »Mister Rullingston, Sie wissen so gut wie ich, dass ich keine freie Koje für Sie habe.«

»Nun gut, dann eben nicht, aber dann müssen Sie mir die folgende Frage beantworten: Welche Person passt nicht in diese Aufzählung? Das naive Rotkäppchen, der katholische Papst, ein schlauer Offizier der *Blues* oder die gute Fee?«

Turner grinste in sich hinein, dieser Rullingston war ein verdammt gerissener Hund, geschickt hatte er die Kurve hin zu seinem Witzchen gekriegt. Als guter Verlierer zog er fragend die Schultern in die Höhe.

»Nun, das ist doch klar, Sir, der Papst natürlich, denn er ist die einzig real existierende Person, alle anderen sind reine Fantasiegestalten!« Der Flaggleutnant grinste wieder jugendlich übermütig. »Aber Sie denken daran, Sir, sobald Sie einen

Platz frei haben, holen Sie mich an Bord, nicht wahr? Versprochen?« Er hielt ihm die Hand hin. Zögernd schlug Turner ein. Na ja, da hat die Admiralität noch ein gewichtiges Wörtchen mitzureden – und außerdem würde er in Antigua den Dienst quittieren, da konnte er diesem jungen Schnösel versprechen, was immer der wollte ...

Der Leutnant drückte fest seine Hand. »Nun ist es mit einem Händedruck besiegelt, Sir, bis dahin grüßen Sie bitte meinen guten Freund James von mir.«

»Ach, übrigens, Mister Rullingston, wie war Ihr Spitzname doch gleich? Ach ja, ich erinnere mich, *Buck*. Bei unseren Einsätzen sind wir viel auf See und bewegen uns an Land meist in feindlicher Umgebung, da gibt es für einen Rammler wenig zu tun. So viele kuschelige *Bunnies* wie in Philadelphia oder hier in New York werden Sie wohl nie wieder auf einem Haufen finden. Wie ich ihn kenne, scharrt Ihr Freund, *Stud*, sicherlich schon ganz nervös mit den Hufen, um endlich mal wieder zu den rossigen Stuten in der Karibik zu kommen.«

Rullingston blieb stehen und sah ihn betroffen an. »Sir, Sie nehmen mich nicht ernst. Ich bin doch nicht zur Navy gegangen, um meinen Geschlechtstrieb auszuleben. Zugegeben, ich bin ganz und gar kein Heiliger, denn wie sagt mein Onkel, der Viscount, immer so richtig: ›Wenn es gut gemacht wird und dabei gelacht wird, dann klingelt im Himmel ein Glöcklein fein ...‹, aber in erster Linie will ich meinen Beruf richtig erlernen und meinem König gut dienen. Glauben Sie vielleicht, ich weiß nicht, warum der Admiral mich verachtet und mich für so nützlich wie ein durchlöchertes Segel hält und warum er Sie so schätzt? Sie sind ein hundertprozentiger Profi, dem er jederzeit das Kommando über eine Fregatte anvertrauen würde. Ich dagegen kann noch nicht mal einen Schiffskutter gegen den Wind an die Pier bringen, wenn nicht der Bootssteurer die Kommandos gibt. Sir, Sie wissen es genauso gut wie ich, dank meiner Beziehungen werde ich trotzdem eher früher als später Vollkapitän werden …« Er lächelte schief. »Wahrscheinlich sogar früher als Sie. Aber es widerstrebt mir, einer dieser Kommandanten zu sein, die am Anfang der Reise Ihren Ersten Leutnant, einen alten Muschelrücken mit Pfoten wie gusseiserne Pfannen, und den Segelmeister, einen Blauwassersegler wie Ihren alten ›Weißkopfseeadler‹, zu sich in die Staatskabine rufen lassen, gewichtig auf die Karte deuten und schnarrend zu befehlen: ›Dort ist Antigua, Sirs! Bringen Sie mich und mein Schiff auf dem schnellsten Weg dorthin. Hurtig, hurtig, Gentlemen, äh …, ja, das war's, Sie können gehen!‹ Ist doch peinlich, nicht wahr, Sir?«

»Ahem«, räusperte sich Turner konsterniert. »Ja, Mister Rullingston, ziemlich peinlich, würde ich meinen.« Er musste an Kapitän Balthasar Pendyke, Gott sei seiner armen Seele gnädig, von der *Ajax* und Kapitän Cubbage auf der *Phoenix* denken, wobei sich der Erste mangels eigener seemännischer Kenntnisse immer von den dummen Sprüchen des unfähigen und feigen Ersten Leutnants Cordinghouse einwickeln ließ, und der Zweite vermutlich in die Flasche gefallen war, weil auch ihm die Diskrepanz zwischen seinem Rang und seinem Können zu schaffen gemacht hatte. Aber Rullingston hatte recht, jetzt, wo der Krieg offen erklärt war, würde die Navy wieder schnell wachsen. Man würde Kapitäne brauchen, und da bekamen auch Männer ohne jeden Schimmer von der Seefahrt, aber mit besten Beziehungen ein Kommando. Die Strippenzieher im Hintergrund sorgten sogar dafür, dass sie gute Untergebene bekamen, die den Dienstbetrieb im Griff hatten, um nicht selbst wegen der offensichtlichen Unfähigkeit ihrer Günstlinge in die Schusslinie zu geraten. Die Nutznießer des Nepotismus allerdings hatten häufig genug Probleme mit ihrer Stellung an Bord. Selbstzweifel quälte sie, überall witterten sie Verschwörungen und sahen sich als wohlfeile Zielscheiben heimlichen Spotts. Häufig wurden diese wandelnden Kleiderständer in der Uniform eines Vollkapitäns zu Tyrannen, die ihre Besatzungen im wahrsten Sinne des Wortes bis aufs Blut schikanierten. »Ich verstehe Ihre Motive vollkommen, Mister Rullingston, sie sind aller Ehren wert. Falls Sie sich ernsthaft für den harten Weg entschieden haben, müssen Sie aber auch bereit sein, einiges einzustecken. Ich weiß nicht, was Ihnen James erzählt hat, kann Ihnen aber verraten, dass es für ihn kein Zuckerlecken war. Meine Besatzung besteht zu hundert Prozent aus Profis, die Autorität nur anerkennen, wenn sie fachlich und menschlich fundiert ist. Und unter uns gesagt, James ist ein geborener Menschenführer und verwegener Kämpfer, das hat ihm sehr geholfen. Das hat den Männern imponiert und hat sie über manche Unsicherheiten in seiner Seemannschaft hinwegsehen lassen, besonders weil sie gemerkt haben, dass er jeden Tag dazugelernt hat.« Er blickte Rullingston gerade in die Augen. »Der Weg ist steinig und hart, Sir, sehr hart …«

»Ich danke Ihnen für Ihre offenen Worte, Sir. Aber ich erwarte auch gar nicht, dass man mich mit Samthandschuhen anfasst, ich kann einen derben Stoß vertragen, wenn er nötig und berechtigt ist …« Sie gingen schweigend weiter. Kurz vor der Ehrenwache reichte Turner dem jungen Mann die Hand: »Ich möchte mich bei Ihnen entschuldigen, Mister Rullingston. Sie hatten recht, ich habe Sie falsch eingeschätzt. Es tut mir leid.« Dann drehte er sich um und schritt unter dem Schrillen der Bootsmannspfeifen zur Pforte.

Der Flaggleutnant schaute ihm hinterher und murmelte leise vor sich hin: »Er hat sich bei mir entschuldigt! Wofür? James hat recht, der Mann ist etwas Besonderes!«

Auf der *Shark* herrschte fröhliche Aufbruchstimmung. Es hatte sich in Windeseile herumgesprochen, dass es in Richtung »Heimat« ging. Das Ankerkabel schien viel schneller als sonst durch die Klüse binnenbords zu kommen, als der Anker kurzstags gehievt wurde. Die Segel waren im Nu klar zum Setzen. Das letzte Boot wurde gerade eingesetzt, als sich ein Kutter vom Flaggschiff näherte. Es schor schwungvoll längsseits. Rullingston sprang an Deck, ließ sich eine Ledertasche hochreichen und sprach kurz mit dem Bootsmann. Der gab ein paar Matrosen ein Zeichen und fierte einen Tampen hinunter. Aber selbst mit ihrer Hilfe musste Horseshoe Baxter kräftig ziehen, um die Last an Bord zu hieven.

In der Kabine übergab Rullingston gegen Quittung die Briefe für die Offiziellen in Antigua und reichte ihm dann einen dicken Umschlag mit der Aufschrift: »Erst auf See zu öffnen!«

Turner schenkte dem jungen Mann ein Gläschen von seinem Rum »Sailor's Delight« ein, den der mit der erforderlichen Andacht schlürfte. »Nun gut, Sir, meinen besten Dank an den Herrn Admiral für das, was auch immer es ist, was in diesem Umschlag steckt.« Er blickte den Leutnant scharf an, aber der zuckte mit keiner Wimper. »Verabschieden Sie sich von Ihrem Freund, Sir, und dann von Bord mit Ihnen, sonst muss ich Sie doch noch mitnehmen ... Ich wüsste auch schon einen schönen Schlafplatz für Sie. Der Doktor vermietet neuerdings sein Lazarett an überzählige Passagiere.« Er grinste amüsiert in sich hinein. Rullingston wusste natürlich nicht, warum, daher machte er ein etwas dümmliches Gesicht. Turner wusste, dass es unfair war, aber fand die Vorstellung einfach köstlich, wie das ablaufen würde, wenn sich dieser feine Gentlemen aus den vornehmsten gesellschaftlichen Kreisen Englands mit der schönen, wehrhaften Kratzbürste arrangieren würde, sobald sie auf engstem Raum nebeneinander leben müssten. Er konnte ein albernes Kichern nicht unterdrücken. Der Seesoldat draußen vor der Tür knallte den Kolben seiner Muskete auf das Deck und brüllte: »Drei Matrosen, Sir, mit Ladung!«

Die Tür flog auf, und ein Matrose wankte mit einer großen, flachen Kiste, die er schräg durch die Tür bugsieren musste, herein. Bevor er sie erleichtert auf das tadellos gescheuerte Deck knallen konnte, kam Tom aus der winzigen Pantry gehechtet und fasste mit an. Gemeinsam setzten sie die Kiste vorsichtig ab. Die zwei anderen Matrosen stellten eine offensichtlich ebenfalls recht schwere Kiste daneben. »Danke, Männer. Gut gemacht«, verabschiedete Turner sie. Sie grüßten und schoben sich schlurfend hinaus. Einer meinte flüsternd zu seinem Kumpel: »Muss ein verdammt feiner Stoff sein, der da drin is, Macker. Kommt direkt aus der Vorratslast des Admirals, haben die Jungs im Boot gesagt. Damit möcht ich auch mal gurgeln.« Sein Kamerad schnaufte abschätzig: »Du würdest doch gar keinen Unterschied zu dem Niggerrum am Strand hinterm Hafen schmecken. Bei dir zählt doch nur, dass es schnell duhnt!« Die Tür wurde geschlossen. »Mister Rullingston, können Sie mir erklären, was das hier …« Der Flaggleutnant konnte nichts erklären, er hatte sich in dem Durcheinander grußlos verdrückt.

Tom beugte sich über die Kisten und studierte die Aufschriften. »Hier ist Käse drin, Käptum, Zur. Cheddar. Ein ganzes Rad, gut konserviert.« Er leckte sich unwillkürlich die Lippen. »Und in der anderen hier, sind vierundzwanzig Flaschen mit bestem Portwein aus Pinhão im Departement Alijó. Er deutete auf die mit einem Brenneisen schwarz eingebrannte Herkunftsbezeichung. Wenn mich meine Erinnerung nicht trügt, ein echter gealterter Tawny von wirklich allererster Qualität. Er schnalzte mit der Zunge. Dreißig Jahre im Fass gereift, *mon dieu*«, flüsterte er ehrfurchtsvoll. »Nun ja, kein Vintage, aber immerhin …«

»Ja«, stimmte ihm Turner gelassen zu, »in der Tat ein ganz trinkbares Tröpfchen.«

Tom schniefte indigniert und murrte vor sich hin: »Ein ganz trinkbares Tröpfchen, meint mein Käptum! Pah, das muss eine Offenbarung sein, *parbleu*!«

»Dann würde ich vorschlagen, dass du das Kistchen gut und sicher verstaust, Tom, und zwar so sicher, dass es garantiert keinen Bruch gibt, haben wir zwei Pastorentöchter uns verstanden?«

Tom schluckte nervös. Es war wieder geschehen! Der Käptum hatte seine Gedanken gelesen! Gerade hatte er überlegt, dass er doch gut und gerne eine Flasche für sich abzweigen und nach dem nächsten Sturm dem Käptum die zerbrochene Flasche unterjubeln könnte. »Kein Bruch, Zur! Nein, Käptum, Zur! Tom wird die kleinen Lieblinge wie seine Babys behandeln und sie so verstauen, dass sie noch nicht mal einen Kratzer abbekommen können, selbst wenn das Schiff querschlägt und flach auf dem Wasser liegt.«

»Beschrei es nicht, Tom ...« Turner ging an Deck, denn er hatte gehört, dass die Palle des Ankerspills schneller klackerten. Es war Zeit, unter Segel zu gehen.

Nachdem sie die Reede hinter sich gelassen und die Barre überquert hatten, legte Segelmeister Lennon das Schiff auf einen Kurs voll und bei am Wind, und sie machten sich auf den langen Schlag von rund eintausendfünfhundert Seemeilen nach Antigua.

Nach einem letzten Rundumblick und einem kurzen Schnuppern in den Wind ging Turner wieder unter Deck und öffnete den sich ausbeulenden Briefumschlag. Als er den Briefbogen herauszog, rutschte ein längliches Etui heraus. Er klappte es auf und nahm eine schwere Halskette, die einem Ankerkabel nachempfunden war, mit einem runden Anhänger heraus. Auf der Vorderseite des goldenen Schmuckstücks war der heilige Georg abgebildet, der gerade mit seiner Lanze den Drachen durchbohrt. Über seinem Kopf wehte ein Wimpel mit dem Sankt-Georgs-Kreuz. Auf der Rückseite befand sich das Wappen des Earl Howe mit seinem Namen und Titel. Es handelte sich – natürlich – um eine meisterliche Goldschmiedearbeit. In dem in schönster schwungvoller Kanzleischrift verfassten Schreiben übernahm der Admiral eine De-facto-Patenschaft für den ersten männlichen Spross der Turners. Einwendungen dagegen von jedweder Person oder Institution wegen formaler Fehler oder Mängel sollten keine rechtlichen Konsequenzen haben. Einzige Bedingung war, dass der Junge auf den Namen Richard getauft werden musste. Als Taufgeschenk sollte ihm die Kette mit dem Anhänger übereignet werden. Turner war tief gerührt. Was er heute Nachmittag noch dem Überschwang der endlich doch noch sicheren Ankunft und dem Genuss des starken Portweins zugeschrieben hatte, erwies sich jetzt als Realität. Der Mann war zu großen Gesten fähig. Sein Sohn, der Enkel eines kleinen Fischers – und Schmugglers – aus dem gottvergessenen Nest Little Hampton an der englischen Südküste, hatte als Paten den berühmten Lord Howe, der wiederum ein Sohn der Halbschwester von König Georg I. war. Turner atmete tief durch. Vielleicht sollte er sich die Sache mit dem Abschied von der Navy doch noch mal in Ruhe überlegen. Bei so einem einflussreichen Mann einen Stein im Brett zu haben war ein Glücksfall, der sich nicht beliebig oft wiederholen würde. Darauf jedenfalls würde er seinen letzten Penny wetten! *Parbleu*, wie Tom zu sagen pflegte.

Kapitel 7

English Harbour, 12. Juli 1778

Nach einer gottlob ereignislosen Reise schlich sich die *Shark* am frühen Vormittag des 12. Juli langsam auf ihren gewohnten Liegeplatz in der geschützten Bucht von English Harbour. Der Donner des Saluts für die Flagge des Admirals verhallte, der Bug drehte in den Wind, und der Anker klatschte spritzend in das klare grüne Wasser. Die wegen der schwachen Brise mit den Bullentaljen back gestellten Gaffelsegel drückten das Schiff achteraus, das Ankerkabel polterte durch die Klüse, wurde abgestoppt, damit sich der Anker eingraben konnte, und dann nochmals so lange gefiert, bis der Segelmeister zufrieden war. Noch während die Segel hafenfein aufgetucht wurden, legte ein Boot längsseits an. Turner war gerade in seiner Kabine mit der Hilfe von Tom dabei, seiner besten Uniform den letzten Schliff zu geben, um sich beim Admiral, dem Gouverneur und später natürlich auch bei Smith von *Hermes Worldwide Enterprises* zu melden. Er fasste nochmals an seine Brusttasche, wo sich das Etui mit Howes Geschenk befand, und wollte gerade nach dem schweren Säbel greifen, der einmal dem grausamen Piratenkapitän Swiney von der *Hellfire* gehört hatte, um ihn in das Wehrgehänge einzuklinken, als der Seesoldat lautstark meldete: »Midshipman Starke mit einem Besucher, Sööör!«

»Sollen reinkommen!«

Die Tür wurde geöffnet, und Smith trat gefolgt von Midshipman Starke ein. Der junge Mann salutierte und wollte etwas sagen, aber Turner machte eine entlassende Handbewegung.

Smith, der wie üblich als Wasserclerk getarnt in einem zerknitterten, verschwitzten weißen Leinenanzug an Bord gekommen war, nahm seinen weißen Hut mit dem vom Schweiß dunklen cremefarbenen Band ab und musterte Turner mit seinen ausdruckslosen eisblauen Fischaugen nachdenklich, aber sehr genau – so als wollte er sicher sein, dass er es tatsächlich mit einer Person aus Fleisch und Blut zu tun hatte und nicht mit einem Besucher aus dem Jenseits.

»Wo kommen Sie denn her, Sir?« erkundigte er sich dann mit einem recht unfreundlichen Unterton in der Stimme.

Turner schwoll bereits wieder der Kamm, etwas freundlicher hatte er sich den Empfang schon vorgestellt. »Zuerst einmal einen guten Tag, Sir, so viel Zeit muss sein, selbst wenn man sich – so wie ich – äääh ... etwas verspätet hat ...«

Smith unterbrach ihn scharf: »Etwas verspätet, ich höre wohl nicht richtig, Sir! Sie sind seit zwei Monaten überfällig! Jeder hier weiß, dass auf See immer etwas Unvorhergesehenes geschehen kann – aber zwei Monate, ich bitte Sie! Sie sollten besser eine verdammt gute Erklärung für Ihr Verschwinden haben, sonst könnten Sie sich schneller vor einem Kriegsgericht wiederfinden, als Sie ›piep‹ sagen können!«

Hitzig fauchte Turner: »Meine guten Gründe stehen ausführlich erläutert in meinem Bericht für Sie ... *Sir*! Lesen Sie ihn, dann können wir weiterreden. Ich muss jetzt zuerst zum Admiral auf das Flaggschiff und dann an Land zum Gouverneur. Ich habe den sehr ehrenwerten Gentlemen Depeschen von Admiral Howe zu überbringen, *Mister* Smith.«

»Soso, Admiral Howe. Sehr interessant! Liegt der neuerdings mit seiner Flotte in Barbados?«, fragte Smith scheinheilig. »Sie gehen vorerst nirgendwohin, Mister Turner! Zunächst erstatten Sie mir einen kurzen mündlichen Bericht, Sir! Verstanden!« Die beiden Männer funkelten sich mit harten Augen an. Schließlich sah Turner ein, dass Smith die besseren Karten hatte. Auch wenn er darauf brannte, endlich an Land zu kommen, um zu Elizabeth zu eilen, musste der Pflicht Genüge getan werden. Vorerst tröstete er sich damit, dass Elizabeth sicher schon erfahren hatte, dass die *Shark* wieder wohlbehalten eingelaufen war. Mit kurzen Worten gab er Smith einen nüchternen Bericht über seine Aktivitäten seit dem Auslaufen von Antigua. Als die Rede auf das englische Schiff kam, das nach Charleston bestimmt war, wirkte der Agentenführer wie eine gespannte Stahlfeder. Offensichtlich hätte er Turner am liebsten sofort unterbrochen, ließ ihn dann aber seinen Bericht beenden, obwohl ihn die dramatische Rettung der englischen Flotte durch Turner kaum zu interessieren schien. Kaum schwieg Turner, da blaffte er auch schon ungehalten los: »Da segelt doch dieses Stück Malheur von einem einfältigen Leutnant tatsächlich bis Philadelphia, um einem der fähigsten englischen Admirale zu stecken, dass er mit dem Eintreffen einer französischen Flotte rechnen muss – ich fasse es nicht! Was meinen Sie, worüber sich Howe die ganze Zeit vor Ihrem Eintreffen Sorgen gemacht hat, Sir? Sind seine Befürchtungen durch Ihre Informationen auch nur um ein Jota kleiner geworden? Bullenkacke, Mister! Schiere, dampfende Bullenkacke! Admiral Howe musste bei der Evakuierung von Philadelphia seine Pflicht tun, dass er dann anschließend, als er auslaufen wollte, Pech mit ungünstigen Winden hatte, ist eine andere Sache, aber damit musste er rechnen. Er ist ein harter Hund, der mit allen Wassern gewaschen ist. Und ich bin mir sicher, dass er den Froschfressern einiges zum Nachdenken gegeben hätte, wenn sie ihn im Delaware gestellt hätten, verdammt!«

»Ich hielt es für meine Pflicht, Sir!«, knurrte Turner steif. »Glauben Sie nicht, dass es mir leichtgefallen wäre …«

»Pflicht! Pah, dass ich nicht lache! Ihre verdammte Pflicht wäre es gewesen, das englische Schiff mit dem dubiosen Gentlemans und der Kiste abzufangen. Hätten sich aus dem Inhalt dieser Kiste und einer intensiven Befragung des Gentlemans interessante Folgerungen ergeben, dann hätten Sie sogar nach Charleston segeln müssen, um die Spur weiter zu verfolgen, Sir! *Das* wäre Ihre Pflicht gewesen!« Smith war puterrot angelaufen, er schnaufte laut und fischte ein großes weißes Taschentuch aus seiner zerknautschten weißen Leinenjacke, mit dem er sich Stirn und Nacken abwischte. »Und was heißt hier: Es ist mir nicht leichtgefallen! Sie sind ein Offizier des Königs, und für Sie hat immer und stets der Dienst für den König an erster Stelle zu stehen, dann kommt noch mal der König, dann eine ganze Weile gar nichts und dann ihre privaten Befindlichkeiten.« Smith zuckte erschrocken zusammen, als würde er sich plötzlich an etwas erinnern, das ihm im Trubel ihrer Auseinandersetzung entfallen war. Der untersetzte, dickliche Mann räusperte sich, wischte sich nochmals den Schweiß ab und zog einen Stuhl zu sich heran, auf den er sich schwer fallen ließ. Dann herrschte er Turner an: »Nun setzen Sie sich doch, Mann. Es hat keinen Zweck, vergossener Milch nachzuweinen. Sie haben Eigeninitiative gezeigt, das war gut. Sie haben die falschen Prioritäten gesetzt, das war schlecht, ist aber wahrscheinlich mit Ihrer Erziehung als Marineoffizier zu erklären und deshalb entschuldbar. Wie es scheint, sind Sie doch keine so große Gefahr für meinen Sessel, wie ich gelegentlich vermutet habe.« Er versuchte krampfhaft, witzig zu sein. »Sie denken nicht in nachrichtendienstlichen Kategorien.« Er räusperte sich umständlich und fühlte sich ganz offensichtlich nicht wohl in seiner Haut. »Ahem, Sir, ich muss Ihnen leider eine sehr unangenehme Nachricht überbringen, Mister Turner. Das ist auch der Grund, warum ich mich sofort zu Ihrem Schiff habe herausrudern lassen. Äh …«

Turner wurde unter seiner tiefgebräunten Haut leichenblass. »Ist etwas mit Elizabeth, Sir?«, stieß er hastig hervor.

Smith nickte stumm. »Sie ist von der Insel verschwunden.« Der Agent hob energisch abwehrend die Hand, als Turner aufsprang, sich über den Tisch beugte, ihn am Kragen packen und anbrüllen wollte. »Verdammt, setzten Sie sich, Turner. Das Ganze ist eine verdammt mysteriöse Angelegenheit. Lassen Sie mich versuchen, das völlig verwirrte Knäuel für Sie etwas zu ordnen.« Er seufzte und rieb sich umständlich das kurze, stoppelige weiße Haar mit dem inzwischen völlig durchnässten Tuch ab.

»Als Sie zu Ihrem Hochzeitstermin nicht erschienen, war das natürlich ein gefundenes Fressen für die Klatschmäuler der Gesellschaft. Ihre Mistress Parker hat diese Demütigungen aber in einer vollendet gefassten Haltung durchgestanden, meine Hochachtung hat diese Lady übrigens, und nur verlauten lassen, dass jeder, der auch nur ein wenig von der Seefahrt verstünde, ganz gewiss wüsste, dass es dort draußen auf dem launischen Meer immer wieder zu nicht vorhersehbaren Zwischenfällen und damit zu Verspätungen kommen könne.

Eine Woche später war sie dann von einem Tag auf den anderen urplötzlich verschwunden. Zuerst war es nur ein Gerücht, aber dann tauchte ein Brief auf, in dem sie einer guten Bekannten mitteilte, sie sei es leid, auf diesen unzuverlässigen Windhund Turner zu warten, und habe stattdessen beschlossen, dem ehrlichen, hartnäckigen Werben ihres Nachbarn und langjährigen guten Freundes Hernandez nachzugeben. Sie beabsichtige gemeinsam mit ihm nach Martinique zu reisen, wo der Bräutigam einen sehr großen Grundbesitz sein Eigen nennt, um dort den heiligen Bund der Ehe zu schließen. Natürlich hat die besagte Freundin dafür gesorgt, dass der Inhalt des Briefes ausführlich in den Gazetten diskutiert wurde.«

Während Smith sprach, hatte Turner starr und steif auf seinem Stuhl gesessen, obwohl er sich innerlich wie unter Folter wand. Doch jetzt hielt es ihn nicht mehr auf seinem Stuhl. Er sprang auf, riss sich den Uniformrock vom Leib, schleuderte ihn in eine Ecke und stampfte vor den Heckfenstern auf und ab. »Lüge, alles Lüge!«, keuchte er. »Elizabeth konnte dieses fiese alte Ekel überhaupt nicht ausstehen. Es war ihr schon zuwider, dem Kerl zum Gruß die Hand geben zu müssen!« In seinem Kopf drehte sich alles, er konnte keinen klaren Gedanken fassen. Wo war Elizabeth? Wo waren die beiden, Elizabeth und auch sein ungeborenes Kind? »Elizabeth und diesen traurigen Hanswurst heiraten? Unmöglich! Eher steht die Jungfrau von Orléans wieder auf und heiratet unseren König Georg!«

»Ein ziemlich gewagter Vergleich, Mister Turner, würde ich meinen und nicht gerade schmeichelhaft für Seine Majestät«, bemerkte Smith trocken, »zum Glück hat ihn niemand vom Geheimdienst Seiner Majestät gehört. Aber Sie haben natürlich in der Sache recht, Sir. Ich habe Ihnen mal versprochen, dass wir uns um unsere Leute kümmern, und das gilt natürlich auch in diesem Fall. Die Sache hatte für mich von Anfang an einen fatalen *haut goût*, oder kurz gesagt, sie stank zum Himmel, zumal Hernandez seine schmierigen Pfoten drinstecken hatte. Daher habe ich ein paar meiner besten Männer darauf angesetzt und meine Spitzel angewiesen, die Ohren weit aufzusperren. Nach meinen Nachforschungen steht fest, dass Mistress Parker ihr Haus auf der Rainbow-Plantage nicht aus freien Stücken verlassen hat. Sie hatte sich mit ihren engsten Vertrauten aus der Dienerschaft dorthin zurückgezogen, um den neugierigen, Mitleid heuchelnden Klatschbasen in der Stadt für ein paar Tage zu entfliehen. Wie meine Männer herausgefunden haben, muss es im Haus einen Kampf gegeben haben, man hat Blutspuren gefunden.« Turner zuckte erschrocken zusammen. »Höchstwahrscheinlich stammt das Blut vom Kutscher und Leibwächter der Mrs. Parker, denn wir haben später seinen blutverschmierten Dolch gefunden, der unter einen Sessel gerutscht war. Von dem Mann fehlt allerdings jede Spur. Außerdem ist die Zofe von Mrs. Parker abgängig. Wie es aussieht, hat die Lady aber so gut wie nichts von ihrer Garderobe mitgenommen.« Smith räusperte sich diskret. »Ahem, und ja, einer meiner Spezialisten hat ihren Schmuck im Stadthaus kontrolliert. Er ist ebenfalls fast vollständig vorhanden, soweit wir das beurteilen können.«

»Aber ihren Schmuck bewahrt Elizabeth doch in einem Tresor auf«, warf Turner ein, »wie ...?«

Smith blickte ihn mit schiefgelegtem Kopf an und nickte bedeutungsvoll vor sich hin. »Aus diesem Grund war ja auch der Einsatz des Spezialisten erforderlich, Sir. Keine Sorge, der Mann ist zuverlässig. Übrigens ist auch in dem Stadthaus nach unserer Meinung kaum Garderobe eingepackt worden. Bis auf die wenigen Kleidungsstücke, die zur Plantage mit hinausgenommen wurden. Sie kennen Mrs. Parker besser, würde sie ohne entsprechendes Gepäck auf eine längere Reise gehen?«

»Eher segelt ein Linienschiff ohne Segel hart am Wind, als dass eine verwöhnte Frau wie sie ohne ihre Lieblingskleider und was sonst noch dazugehört ihr Heim verlässt. Nicht freiwillig, jedenfalls!«

»Das sehen wir auch so. Bleibt die Frage, was will der Entführer erreichen?«

»Wenn dieser Hernandez dahintersteckt, bringe ich das Schwein um!«, grollte Turner dumpf, ohne auf die Frage einzugehen.

»Keine schlechte Idee! Sie tun damit der Welt einen großen Gefallen. Aber nun mal langsam mit den jungen Pferden. Warum setzt der Mann so einen Plan in Szene und versucht, Ihnen die Schuld nach dem einfachen Strickmuster in die Schuhe zu schieben: Die arme Mrs. Parker wird von ihrem treulosen Liebhaber geschwängert sitzengelassen. Da naht der edelmütige weiße Ritter, der sie vor der Schande bewahrt, heiratet und gibt dem Kind einen ehrlichen Namen.«

»Eher betet der Beelzebub das Ave Maria, als dass mein Sohn Hernandez heißt!«, fauchte Turner wild, und die Augen traten ihm vor Wut aus den Höhlen. Sein Herz raste, und seine Fäuste waren so fest zusammengeballt, dass die Knöchel weiß hervortraten.

»Sachte, Mister Turner, ich verstehe Ihre Wut vollkommen, aber nur mit klarem Kopf kommen wir diesem durchtriebenen Schwein auf die Schliche, Sir.«

Turner schluckte, ging an den Weinschrank und schenkte ihnen einen Rum ein. Er stürzte den Inhalt seines Glases in einem Zug hinunter. »Elizabeth hat einmal erwähnt, dass Hernandez hinter ihren Plantagen her ist. Sie würden seinen Besitz auf Antigua großartig abrunden, meinte sie.«

»Wenn das so ist, dann muss er hier wieder erscheinen, um die Besitzrechte geltend zu machen«, überlegte Smith laut. »Erst dann kann er die Plantagen offiziell verwalten.« Er schwieg nachdenklich. »Aber das Eigentum an den Immobilien bleibt nach englischem Recht bei der Ehefrau, hmm. Aber er heiratet auf Martinique, keine Ahnung, was die französischen Gesetze dazu sagen ... Aber wie auch immer, das gefällt mir gar nicht.« Er erläuterte nicht weiter, was ihm nicht gefiel, aber schlagartig wurde Turner klar, was er meinte. Erst wenn Hernandez den Grundbesitz *erbte*, konnte er als Eigentümer darüber verfügen.

»Das Leben von Elizabeth ist in Gefahr, nicht wahr?«, stieß er leise hervor.

Smith blickte ihm in die Augen und nickte langsam: »Ich fürchte, ja.«

Turner ließ sich schwer auf seinen Stuhl fallen, stützte den Kopf in beide Hände und verspürte das dringende Bedürfnis, sich zu übergeben. Er hatte schon während der letzten Tage der Überfahrt unter einer zunehmenden Nervosität gelitten, hatte wenig und unregelmäßig gegessen und schlecht geschlafen. Häufig war er des Nachts auf dem Achterdeck erschienen und stundenlang von finsteren Visionen geplagt auf der Luvseite mit gesenktem Kopf und hinter dem Rücken verschränkten Armen auf und ab marschiert. Je näher sie Antigua kamen, desto nichtiger erschienen ihm seine Entschuldigungsgründe für sein langes Fortbleiben und für das Versäumen seines Hochzeitstermins. Oder war das alles schon eine Vorahnung auf das gewesen, was ihm Smith jetzt offenbart hatte? Wenn er sich vorstellte, dass diese hinterhältige, lächerliche Kreatur seine geliebte, hochschwangere Elizabeth in den Klauen hatte, wurde ihm übel. Er schluckte heftig, um den stoßartig aufsteigenden Mageninhalt bei sich zu behalten. Smith schob ihm sein Glas mit dem Rum zu, das er nicht angerührt hatte. Turner nahm einen Schluck, aber der machte alles nur noch schlimmer. Er sprang auf, war mit einem Satz an der Heckbank, kniete sich darauf, steckte den Kopf durch das geöffnete Fenster und übergab sich hemmungslos, bis ihm der Kopf zu platzen drohte und sein Magen nicht mehr den kleinsten Krümel Schiffszwieback hergab. Das Wasser lief ihm vor Anstrengung in Bächen aus den Augen. Jemand reichte ihm ein Tuch und hielt ihn an den Schultern fest, denn er hing schon gefährlich weit aus dem Fenster heraus. Turner wischte sich Mund und Gesicht ab, dann hievte er sich schwerfällig wieder in die Kabine und brach wie ein Häufchen Elend auf der Heckbank zusammen. Smith sah ihn mitleidig an. Dieses missgünstige alte Reptil war also tatsächlich doch zu menschlichen Gefühlen fähig, konstatierte Turner trotz seines misslichen Zustandes. Er war bisher immer der Meinung gewesen, dass Smith an Stelle eines Herzens einen Aktenschrank in der Brust hatte, in dem er alle Verfehlungen seiner Mitmenschen sorgfältig sammelte, um sie damit zu erpressen, wenn ihm das zum Erreichen seiner Ziele opportun erschien.

»Mister Turner, ich glaube, wir lassen es für heute genug sein. Sie haben mir mit Ihren Hinweisen schon ein gutes Stück weitergeholfen. Ich werde meine Männer auf diese neue Spur ansetzen. Natürlich interessiert mich das Schicksal von Mrs. Parker in erster Linie aus rein beruflichen Gründen. Sie wissen doch, die Waffenlieferungen aus Frankreich von diesem Monsieur Bonmarchais, bei denen nach unserer Überzeugung auch dieser Hernandez seine dreckigen Finger im Spiel hat, und dann noch diese irren Pläne eines unabhängigen westindischen Inselreichs! Dass die Lady Ihre Herzdame ist, ist reiner Zufall, Turner.«

»Natürlich, Sir«, stöhnte Turner schwach.

»Ruhen Sie sich aus und schicken Sie Ihren Ersten mit den Depeschen zum Admiral. Ich nehme an, dass Sie nicht scharf auf die überaus intelligenten Bemerkungen unseres … wie haben Sie es einmal so treffend formuliert: uninspirierten Oberkommandierenden sein werden, der bekanntlich so taktvoll wie ein Fuhrkutscher ist. Und auch die Floskeln seines scharfzüngigen Flaggleutnants würden Ihnen keine Freude bereiten. In Ihrem augenblicklichen Zustand könnte das gut und gerne auf ein Duell hinauslaufen«, setzte er mit einem nachdenklichen Blick auf Turner hinzu. »Ich werde in der Stadt das Gerücht in Umlauf setzen, dass Befehle von höchster Stelle, deren Übermittlung von entscheidender Bedeutung für das Empire waren, Sie am rechtzeitigen Erscheinen vor dem Altar gehindert haben.« Er konnte sich ein kleines ironisches Grinsen nicht verkneifen. »Die Storys Ihrer Crew werden das Ihrige tun. Das wird den ratschenden Weibern und intriganten Schürzenjägern, die stets eifersüchtig auf Sie waren, fürs Erste das Maul stopfen. Außerdem werde ich Sie beim Gouverneur entschuldigen und die Depeschen für Sie persönlich abliefern.«

»Danke, aber quittieren Sie mir bitte den Empfang, Sir.«

»Tse, tse, kein Vertrauen zu mir, Sir?« Smith lächelte dünn und unterschrieb die Quittung. »Sie lernen schnell dazu, Turner, vielleicht sägen Sie ja doch schon heimlich an meinem Sessel.«

Turner grunzte etwas Unverständliches vor sich hin; dieser Smith ging ihm sogar mächtig auf die Nerven, wenn er gewisse menschliche Züge erkennen ließ, aber er war froh, dass er nicht an Land fahren musste.

»Einen guten Tag werde ich Ihnen nicht wünschen, Herr Kapitän, weil ich weiß, dass Sie den ganz gewiss nicht haben werden. Wir werden morgen weiterdiskutieren, vielleicht habe ich dann schon mehr erfahren.« Smith erhob sich, drückte Turner ungewöhnlich lange und fest die Hand und verließ die Kabine.

Im Übrigen hatte er natürlich recht, William Turner durchlebte wirklich keinen guten Tag und auch keine gute Nacht.

⚓

Die Nachricht von dem Unglück, das ihrem Kapitän widerfahren war, hatte sich natürlich wie ein Lauffeuer auf den Decks herumgesprochen. Die Männer waren ehrlich betroffen, und wenn er sich an Deck zeigte, fehlte es nicht an kurzen Bemerkungen, die von einem rauen: »Tut mir leid, Sir!« bis zu einem salbungsvollen, aber ehrlich gemeinten »Alles wird gut werden, Sir, Gott unser gnädiger Herr und guter Hirte wird dafür sorgen!« reichten.

Turner hatte Dechamp und Lennon von Elizabeths Verschwinden informiert und auch durchblicken lassen, dass sie wahrscheinlich entführt worden war. Allerdings hatte er den Namen des verdächtigen Hernandez nicht genannt, um keine wilden Spekulationen anzuheizen. Bei der Niederschrift eines langen Briefes an seine Mutter hatte er etwas Ruhe gefunden. Die Gedanken an seine Familie und das Wissen, dass in Little Hampton alle mit ihm fühlen würden, hatten ihm geholfen, den ersten Schock zu überwinden. Aber der bohrende Schmerz und das wie Säure ätzende Gefühl, etwas falsch gemacht zu haben, saßen tief.

Später am Abend hatte er sich dann längere Zeit mit Tom unterhalten. Nach einer Schilderung der wesentlichen Fakten, die er von Smith erfahren hatte, fragte er ihn: »Wenn du so eine Entführung planen solltest, wie würdest du vorgehen, Tom?«

Der große, schlanke Mann mit dem hellen olivefarbenen Teint zupfte sich am Ohrläppchen und blickte angestrengt aus dem Heckfenster. Er schwieg eine geraume Zeit, bevor er langsam und stockend zu sprechen begann. »Ich würde mir ein Fuhrwerk besorgen – mit einer Abdeckung aus Planen, damit man nicht sehen kann, was auf der Ladefläche liegt. Mit vier schweren Pferden, damit ich auf jeden Fall zu meinem Ziel fahren kann, selbst wenn aus dem einen oder anderen Grund ein oder zwei Pferde ausfallen ... Ich würde am Tag, aye, am Nachmittag vor dem Herrenhaus erscheinen – dann sind alle Sklaven und Aufseher auf den Feldern bei der Arbeit, und im Haus befinden sich nur die wenigen Bediensteten. Und wer nicht arbeiten muss, der ruht. Wie viele Hausangestellte gab es bei der Lady, Käptum, Zur?«

Tom überlegte. Da Elizabeth nur für ein paar Tage dem Trubel der Stadt entfliehen wollte, hatte sie sicherlich nur wenig Personal mitgenommen: ganz gewiss ihre Kammerzofe, ach richtig, die war ja ebenfalls verschwunden, hatte Smith berichtet, dann bestimmt noch ein zweites Dienstmädchen und ihren Kutscher. Dazu gab es auf der Plantage vermutlich noch die Wirtschafterin, die Köchin und ein oder zwei Küchenhilfen. »Sieben Personen, denke ich, Tom. Wobei das Küchenpersonal weit von den Aufenthaltsräumen der Lady entfernt tätig war. In ihrer unmittelbaren Umgebung dürften sich nur drei Frauen und ein Mann befunden haben.«

Tom nickte langsam. »Hmm, genau wie Tom dachte.« Mit monotoner Stimme schilderte er den Ablauf der Entführung so plastisch, dass man den Eindruck bekommen konnte, er sei bei der Entführung dabei gewesen. »Ein Planwagen hält vor dem Haupthaus, ein weißer Mann, ja, wahrscheinlich war es ein Weißer, steigt von seinem Platz neben dem Kutscher herab und geht mit einem Papier in der Hand ins Haus. Dort verlangt er die Lady zu sprechen. Inzwischen springt ein halbes Dutzend schwarzer Männer von der Ladefläche und klappt das Heckbord herunter. Schwitzend und schnaufend tragen sie zwei anscheinend sehr schwere Kisten in die Halle. Dort sind inzwischen die Lady, ihre Zofe und der Kutscher anwesend. Wo sich die Wirtschafterin aufhält und wo das Zimmermädchen ist, wissen wir nicht – vielleicht sind sie in der Küche, vielleicht arbeiten sie in irgendeinem weit entfernten Zimmer, wer weiß? Es kommt zu einem kurzen Streit über die Kisten, deren Annahme die Lady verweigert.

Auf ein Zeichen des Anführers hin werden die beiden Frauen gepackt und am Schreien gehindert, der Kutscher wird von den sich in der Überzahl befindenden Männern getötet oder doch erheblich verletzt. Die Frauen werden geknebelt und gefesselt, anschließend in die leeren Kisten gelegt und hinaus auf das Fuhrwerk getragen. Wahrscheinlich hat sich einer der Entführer die Livree des Kutschers angezogen, damit für einen zufälligen Beobachter alles ganz natürlich ausschaut. Er palavert mit den Männern, beschimpft sie wegen der falschen Lieferung, ruft etwas, möglicherweise: ›Die Hochzeit findet erst später statt!‹ Wie man allerdings den Körper des Leibwächters unauffällig aus dem Haus entfernen konnte, weiß Tom nicht. Dann geht der Mann wieder ins Haus, wahrscheinlich, um mit dem Weißen mögliche verräterische Spuren zu verwischen. Dann kommt er ohne Livree, die er irgendwo in aller Eile versteckt haben muss, wieder heraus. Beide steigen auf den Wagen, und los geht es ... aber nicht zu schnell, ohne auffällige Hast. Das Ziel ist eine Bucht, zu der ein verhältnismäßig guter Fahrweg führen muss und in der ein seetüchtiges, ziemlich großes und schnelles Schiff – wir haben schließlich Hurrikansaison – sicher ankern kann.«

Mit gerunzelter Stirn blickte Turner nachdenklich vor sich hin. So musste es gewesen sein, so konnte es gewesen sein. »Teppich«, murmelte er. Elizabeths Faible für schöne Teppiche kam ihm in den Sinn. »Sie könnten den Mann und die auffällige Livree in einen Teppich gewickelt haben.«

Tom nickte heftig. »Aye, Zur, das ist eine gute Lösung.«

Turner überlegte, dabei rieb er sich anhaltend den Hinterkopf. »Sprich mit deinen farbigen Kumpels, Tom, sie sollen sich bei ihren Leuten in den Siedlungen am Stadtrand umhören, ob die etwas von der Entführung wissen. Ich denke, dass es da bestimmt Mitwisser gibt, besonders wenn deine Annahme stimmt, dass es überwiegend Schwarze waren, die an der

Entführung beteiligt waren. Du kannst durchblicken lassen, dass mir eine wichtige Information ein Goldstück wert ist. Weiter möchte ich, dass wir morgen zur Rainbow-Plantage hinausreiten, um nach Spuren zu suchen. Wir nehmen zwei unserer Trapper mit oder, noch besser, die beiden Indianer, damit deren Fähigkeiten im Spurenlesen nicht einrosten.«

Tom nickte, und obwohl ihm das Herz schwer war, weil er den Schmerz seines Kapitäns spürte und keinen Weg sah, wie er ihn trösten könnte, musste er doch ein wenig lächeln, wenn er sich vorstellte, was für eine Wirkung der Anblick der beiden Indianer wohl auf die schwarze Bevölkerung im Binnenland haben würde.

⚓

Beim Dinner am Abend in der Offiziersmesse erzählte Leutnant James Dechamp seinen Messekameraden, dem Segelmeister, dem Schiffsarzt und dem Zahlmeister, von seinem Besuch auf dem Flaggschiff. Der Flaggleutnant Forthingworth hatte ihn äußerst ungnädig an der Relingspforte empfangen.

»Ist es Ihrer werten Aufmerksamkeit entgangen, dass das Signal ›Kommandant an Bord melden!‹ schon seit einer geschlagenen Stunde an der Signalrah weht?«

Dechamp hatte erstaunt nach oben geblickt. Natürlich waren die Signalflaggen inzwischen weggenommen worden. »Mein lieber Forthingworth, ich sehe da oben zwar nichts, aber wenn Sie die schlappen Wischlappen meinen, die man dort vor einiger Zeit hochgezogen hat, die haben wir sehr wohl gesehen. Wir haben uns überlegt, wie lange es wohl dauert, bis sie bei dem nicht vorhandenen Wind und der extrem hohen Luftfeuchtigkeit getrocknet sind …«

Forthingworth knirschte mit den Zähnen. Er kannte Dechamp schon lange und hatte ihn während der Zeit, als dieser auf einem Schiff des hiesigen Geschwaders gedient hatte, als scharfzüngigen Gesprächspartner kennengelernt. Vor allem aber wusste er über den gesellschaftlichen Hintergrund des Leutnants und seine einflussreichen Verbindungen Bescheid. Verbissen knurrte er: »Der Admiral wollte schon einen 24-Pfünder abschießen lassen, um den Lahmärschen auf dem verlotterten Schlickrutscher Mores zu lehren, wie er sich auszudrücken pflegte.«

»Hoffentlich wäre dabei niemand zu Schaden gekommen, Sir.« Vielsagend blickte er auf die tadellos geschwärzten Kanonen mit den rot gepönten Schildzapfen und den mit weißem Pfeifenton eingefärbten Brooktauen. Alles Anzeichen dafür, dass diese Geschütze seit langem nicht mehr abgefeuert worden waren. »Nun ist ja einer der Oberlahmärsche da, mein Freund, also was soll der Zauber?«

»Das Signal besagte: ›*Kommandant* an Bord melden‹, Sir! Hat dieser ehrvergessene Herr Leutnant Turner nicht genug Mumm in den Knochen, um sich vor seinem Admiral für sein unentschuldbares Verhalten zu rechtfertigen? Er hat Schande über die ganze Navy gebracht, der Herr! Skandalös, wirklich skandalös!«

Sie hatten fast die Staatskabine des Admirals erreicht, waren aber noch außer Hör- und Sichtweite des Postens vor der Tür. »Nun hören Sie mal gut zu, Sie schielendes Äffchen, und kommen Sie von Ihrer Palme runter«, fauchte Dechamp und schob seinen großen Rüssel bis auf einen Zoll an das Gesicht des erschrocken zurückweichenden Forthingworth heran. »Wenn ich noch einmal eine derartig ehrabschneidende Bemerkung aus Ihrem Munde über meinen Kommandanten höre, dann werde ich es schweren Herzens auf mich nehmen, mir die Hände schmutzig zu machen, und Ihnen in aller Öffentlichkeit an Deck eine Maulschelle verpassen.« Er schwieg kurz, aber bedeutungsschwer, schob sein Gesicht noch etwas näher und stieß wütend die Luft aus seinen Nüstern in Forthingworth's Antlitz, der nicht weiter zurückweichen konnte, weil er schon mit dem Rücken an einem Schott stand, und zischte ihn drohend an: »Sie haben dann die Wahl der Waffen, Sir!« Er drehte sich auf dem Absatz um und marschierte energisch weiter. Forthingworth folgte ihm bleich; er schien etwas unsicher auf den Beinen zu sein. Über Dechamps Fertigkeit im Umgang mit Degen und Duellpistole kreisten in den Offiziersmessen der Flotte viele Gerüchte und Geschichten. Mochten sie auch übertrieben sein, so verspürte der junge Flaggleutnant überhaupt keine Lust, sie am eigenen Leib auf ihren Wahrheitsgehalt zu überprüfen.

Der Posten der Marineinfanterie stieß den Kolben der Muskete auf die Gräting und röhrte: »Der Flaggleutnant und ein Besucher, Sööör!«

»Herein!«, donnerte es von drinnen.

Dechamp stieß die Tür auf, marschierte schneidig bis vor den Schreibtisch, salutierte zackig und meldete laut und deutlich: »Leutnant Dechamp, Erster Leutnant auf Seiner Majestät Kriegsslup *Shark* mit Depeschen von Admiral Howe!« Er blickte sich um, entdeckte am Schott zwei Schritte entfernt einen Stuhl, machte dem Flaggleutnant ein Zeichen, dass man ihm die Sitzgelegenheit bringen solle. Forthingworth gehorchte widerspruchslos. Dechamp reichte Forthingworth seinen Hut, setzte sich, stellte die Tasche mit den Depeschen neben sich ab und begann sich umständlich die dünnen weißen Lederhandschuhe auszuziehen. Dabei musterte er kritisch deren Innenseiten, als ob er befürchtete, dass er sie bei seinem Gang durch das Schiff beschmutzt haben könnte. Konteradmiral Sir Samuel Blake hatte ihn die ganze Zeit fassungslos beobachtet. Zwischen seinen aufgeworfenen

Schmollllippen quollen kleine Speichelbläschen hervor, die wässrigen blauen Augen waren unter den hochgezogenen buschigen weißen Augenbrauen erstaunt aufgerissen. Die hochrote Gesichtsfarbe verriet, dass sein cholerisches Temperament eine gute Betriebstemperatur erreicht hatte. Er begann zu schnaufen wie ein Bulle beim Bespringen einer Kuh, dann schlug er mit der Faust auf die Schreibtischplatte; dadurch verrutschte seine Perücke ein wenig, was seinem Aussehen keineswegs förderlich war. »Was soll denn das? Bin ich denn ein Hanswurst? Wo ist dieser Kerl, dieser Leutnant Turner?« Er stockte. Ein hoffnungsfrohes Lächeln zog über sein Gesicht: »Ist dieser Schandfleck der Navy vielleicht endlich auf dem Feld der Ehre verblichen, Sir?« Er verdrehte die Augen zur Kabinendecke, seufzte scheinheilig tief auf und faltete die Hände vor dem Bauch. »›*De mortuis nil nisi bene*‹, pflegten wohl die alten Römer zu sagen, nicht wahr, Forthingworth, dann soll es wohl so sein, auch wenn es mir sehr schwer fällt, etwas Positives an diesem Individuum zu finden.«

»›*De mortuis nil nisi bonum dicendum est*‹, wäre das genaue Zitat, wenn ich mich richtig erinnere, Milord, äh, Chilos von Sparta, nicht wahr, aber gelegentlich hört man auch, dass eigentlich Solon der Urheber dieser Weisheit ist«, näselte Dechamp affektiert und blickte gelangweilt auf seine tadellos manikürten Fingernägel. »Aber ich kann Sie beruhigen, Sir Samuel, mein Kommandant, Leutnant William Turner, erfreut sich guter Gesundheit, ist allerdings augenblicklich verhindert. Dringende dienstliche Geschäfte beanspruchen zur Zeit seine ganze Aufmerksamkeit, Sie kennen das ja, Milord, eine Konferenz mit einem hochrangigen Vertreter der Regierung will gut vorbereitet sein, so dass er sich nicht selbst das Vergnügen machen konnte, die Bekanntschaft mit Ihnen zu erneuern. Aber um sicherzustellen, dass Sie die Depeschen von Admiral Howe ungehend in die Hände bekommen, hat er entschieden, dass ich sie Ihnen überbringe.«

Der Admiral stieß einen zischenden Ton aus, der ganz sicher seine tiefempfundene Enttäuschung über Turners Gesundheitszustand kundtun sollte. Noch bevor er etwas sagen konnte, fuhr Dechamp fort: »Dass wir uns jetzt auch offiziell im Kriegszustand mit Frankreich befinden, wissen Sie ja sicherlich schon. Und dass eine starke, feindliche Flotte unter Admiral d'Estaing oben vor der amerikanischen Küste ihr Unwesen treibt, pfeifen sicherlich auch schon alle Spatzen von den Dächern«, sagte er leichthin. »Eine zweite, noch mächtigere Armada ist von Brest aus auf dem Weg, falls es Admiral Augustus Keppel mit seinen schwimmenden Särgen nicht gelungen ist, sie abzufangen und zu zerstören. Aber damit kann man wohl – wenn man Realist ist – kaum rechnen. Was hat mein Herr Vater seit Jahren seinem alten Kumpel Johnny nicht schon in den Ohren gelegen! ›Johnny‹, hat er ihn wieder und wieder beschworen, wenn sie im Club beisammensaßen, ›Johnny, mach die Flotte stark. Bring die Schiffe in Schuss. Daran dürfen wir nicht sparen, denn ohne eine schlagkräftige Flotte machen die Franzosen unseren Handel kaputt! Und ohne Handel haben wir kein Geld in den Kassen, um uns zu verteidigen!‹ Aber der liebe John Montagu, 4th Earl of Sandwich, Erster Lord der Admiralität, war auf dem Ohr immer etwas harthörig. Jetzt haben wir die Bescherung. Um ehrlich zu sein, Mylord, bin ich persönlich der Meinung, dass Montagu auf seinem Posten leicht überfordert ist. Sobald es den Franzosen da oben vor Nordamerika zu kalt wird und hier die Hurrikansaison vorbei ist, werden sie in die sonnige Karibik kommen und hier für Abwechslung sorgen. Aber hier wachen ja Sie, Sir. Viel Verstärkung wird Ihnen Johnny aber nicht schicken können. Nun ja, Mylord, viel Feind, viel Ehr.«

Der Admiral schluckte schwer. Er wusste am besten, dass er mit seiner Handvoll veralteter Schiffe den Franzosen nicht Paroli bieten konnte und dass Dechamps Informationen tatsächlich aus den höchsten Regierungskreisen stammten. Plötzlich begann er zu lächeln; es sah aus, als ob die Sonne aus einer Nebelbank auftauchen würde. »Es tut mir leid, Sir, aber ich werde zu meinem größten Bedauern meinen bescheidenen Beitrag zur Verteidigung unserer karibischen Besitzungen nicht leisten können, denn demnächst läuft meine Bestallung als Oberkommandierender dieser Station aus. Aber ganz gewiss wird mein Nachfolger eine schlagkräftige Flotte mitbringen. Ich hoffe, nach einem angemessenen Urlaub in den heimatlichen Gewässern eine neue anspruchsvolle Verwendung zu finden ...«

»Das hoffe ich auch«, säuselte Dechamp honigsüß. »Meinen Sie nicht, wir sollten auf Ihre baldige Ablösung und Ihre weitere Verwendung ein Gläschen trinken, Sir? Ich möchte Sie wirklich nicht an Ihre Pflichten als Gastgeber erinnern müssen, aber ...«

Das Lächeln verschwand wie weggewischt vom Gesicht Blakes. Was erlaubte sich dieser junge, freche Schnösel? Bevor er sich zu einer barschen Zurechtweisung aufraffen konnte, klingelte in seinem Hinterkopf eine Alarmglocke. Das war kein normaler, dahergelaufener kleiner Leutnant, der Kerl konnte ihm ernsthaft Ärger bereiten, konnte in London dafür sorgen, dass er kein Kommando mehr bekam. Er verzog schmerzhaft das Gesicht, wenn er daran dachte, dass er dann Tag für Tag, Woche für Woche, Monat für Monat, Jahr für Jahr mit seiner zänkischen Gattin, deren geschwätziger Schwester und der alten, allem Anschein nach unsterblichen, Gift versprühenden Schwiegermutter auf seinem Landgut in Mittelengland zusammenleben müsste, sich mit ihnen über die Preise von Getreide, Rüben und Kohlköpfen unterhalten dürfte und nach dem zweiten Brandy am Abend Alkoholverbot bekam. Ganz zu schweigen von den zahlreichen Freundinnen seiner Damen, die ihn durch ihre Kneifer wie einen lästigen Eindringling betrachteten, wenn er sich in seinem Haus aufhielt. Der einzige Trost war das Wirtshaus im Dorf und die gutgefüllten Weinkeller von ein paar Nachbarn, die entweder glücklich verwitwet oder gleich fröhliche Junggesellen geblieben waren. Er läutete. Nachdem sein Steward aus der Pantry aufgetaucht war, bestellte er nach einem fragenden Blick auf den scheinbar mit halbgeschlossenen Augenlidern vor sich hin dösenden, pferdegesichtigen Leutnant eine Flasche Sherry, die prompt serviert wurde. Nachdem sie ein Glas des nussigen, mahagonifarbenen Amontillado geleert hatten, öffnete Dechamp seine Tasche und schob ihm die Depeschen samt Quittung über den Schreibtisch zu. Er hielt Forthingworth sein Glas zum Auffüllen hin.

»Bevor ich gehe, darf ich mir noch erlauben, eine Empfehlung auszusprechen, Mylord. Es ist mir ein aufrichtiges Bedürfnis, dass man von meinem Kommandanten auch zu Lebzeiten nur Gutes spricht, er hat sich durch sein vorbildliches, pflichtbewusstes Verhalten meinen höchsten Respekt verdient – und übrigens auch den Ihren! Leider kann und darf ich Ihnen die Einzelheiten jetzt nicht detailliert darstellen, sonst würden Sie für den Mann Salut schießen lassen!«

Sir Blake sah ob dieses Ansinnens sehr skeptisch drein, war aber schlau genug, nicht zu widersprechen. Schnell trank er sein zweites Glas aus.

»Ein recht ordentlicher Tropfen«, bestätigte Dechamp, »so etwas bekommt man auf den äußeren Hebriden nur ganz selten, Mylord. Übrigens eine sehr interessante Gegend, vielleicht ein wenig viel Nebel, etwas stürmisch für manchen Geschmack, ziemlich viel Regen, dazu trickreiche starke Strömungen, navigatorisch sehr anspruchsvoll, kurz gesagt:

genau das Richtige für einen alten, erfahrenen Salzbuckel, der sich bei der Jagd auf Freibeuter, Schmuggler, irische und schottische Querköpfe auszeichnen will, Mylord. Allerdings wirklich ein wenig sehr abgelegen …« Gedankenverloren blickte Dechamp in sein Glas, nahm einen kleinen Schluck, um dann leise, fast, als spräche er nur mit sich selber, fortzufahren: »Ich bin sicher, dass Sie Ihr gesamtes Offizierskorps von der Integrität Kapitän Turners und der Ehrenhaftigkeit seines Handels überzeugen werden!« Er schien zu zögern, nickte dann ernsthaft vor sich hin und fuhr dann fort: »Aber ja, doch, doch, da bin ich mir ganz sicher!« Er trank aus, sprang energisch auf, reichte Blake die Hand, zog seine Handschuhe an, nahm seine Tasche, ließ sich von Forthingworth seinen Hut geben und verschwand nach einem gemurmelten Gruß mit dem Flaggleutnant im Schlepptau. Als sich die Tür hinter ihnen geschlossen hatte, hörten sie drinnen am Schott scheppernd Glas zerbrechen. Dechamp verzog keine Miene. Forthingworth schaute ihn von der Seite an; ihn fröstelte in der feuchtheißen tropischen Luft zwischen den Decks, als er den energisch zusammengepressten Mund und die kalten Augen des Mannes sah, den er bislang immer für einen leicht dekadenten, aber harmlosen Spross des alten englischen Adels gehalten hatte. Ebendieser Mann hatte sich während der kurzen Zeit, die er sich an Bord aufhielt, in der Staatskabine aufgeführt, als wäre er dort der Hausherr. Er hatte dem Admiral kaum verblümt mit einem Kommando am Arsch der Welt gedroht und ihm selbst ein Duell in Aussicht gestellt. Und das Schlimmste war, dass es keinen Grund gab, daran zu zweifeln, dass er seine Drohungen, ohne mit der Wimper zu zucken, auch wahr machen würde.

Nach einer schrecklichen, durchwachten Nacht schickte Turner früh am nächsten Morgen seinen Burschen mit einer Botschaft zu Smith, dass er erst am Abend zum Dinner wieder an Bord sein werde. Gestern Abend waren schon die anderen Kariben an Land gegangen, um im Hafenviertel bei ihnen bekannten farbigen Dienstboten im Ort und in den ärmlichen Hütten am Stadtrand Erkundigungen über die Entführung einzuziehen. Turner war sich sicher, dass es da Informationskanäle gab, zu denen auch Smith und seine Zuträger nur beschränkt Zugang hatten. Tom hatte den Kapitän vorsichtig gefragt, ob auch das Mädchen Michelle an Land gehen dürfe. Zwar hatte ihr Doc MacKinnon Männerunterwäsche, eine Drillichhose und ein gestreiftes Arbeitshemd aus der Slopkiste des Zahlmeisters besorgt, aber die junge Frau brauchte dringend neue Kleidung. Wie Spötter zu berichten wussten, war MacKinnon vorwiegend deshalb aktiv geworden, weil ihn der Anblick ihrer fast unverhüllten straffen Brüste von dem ungetrübten Genuss der Medizin aus der Flasche ablenkte. Andere hielten dagegen, da sich bei dem Doktor wegen seines ständigen Alkoholgenusses in der Hose ohnehin nichts mehr regen würde, hätte er sich zu der mildtätigen Tat nur deshalb hinreißen lassen, weil seine Sanitätsgasten nicht mehr richtig zum Arbeiten kamen und an einer chronischen Augenstarre erkrankten, wenn ihnen Michelle beim Salbenrühren und Zubereiten von Tinkturen half. Selbst MacKinnon musste zugeben, dass sie auf diesem Bereich über erstaunliche Kenntnisse und Fähigkeiten verfügte. Turner hatte sich Toms Vorschlag lange überlegt. Die Frau war genaugenommen keine Gefangene, sondern als Gast auf der *Shark*, warum sollte sie dann nicht an Land gehen dürfen? Ein ausgesprochen bösartiger Gedanke war ihm durch den Kopf geschossen: Da sie keine notariell gesiegelte Freilassungsbescheinigung bei sich hatte, konnte es passieren, dass ein gewissenloser Sklavenhändler sie rechtswidrig einfing und verkaufte oder ein Plantagenbesitzer sie in seine Dienste zwang. Damit wäre Turner ein leidiges Problem losgeworden. Als ihm Tom erklärte, dass Michelle als Frau womöglich sogar besseren Zugang zu den Informationen, die zwischen den Weibern kursierten, bekommen könnte, gab er seine Einwilligung. Tom sorgte dafür, dass sie an Land von seinem Kumpel Jessie begleitet und beschützt wurde. Sicherlich würde man etwas Geduld aufbringen müssen, bis aus diesen Quellen Informationen tröpfeln würden – wenn überhaupt.

Nachdem Tom seine Nachricht, ohne auf eine Antwort zu warten, in der Green Lane Nr. 10 abgeliefert hatte, begab er sich in einen Mietstall und suchte dort sechs kräftige, aber nicht zu temperamentvolle Pferde aus. Der weiße Pferdeknecht hatte ihm seine ältesten und klapprigsten Mähren andrehen wollen, denn was konnte ein Seemann, und noch dazu ein schwarzer, schon von Pferden verstehen, auch wenn der in seiner kurzen blauen Jacke mit den Goldknöpfen und dem aus Knochen geschnitzten weißen Hai auf den Kragenspiegeln, dem weißen Rüschenhemd, den modischen hessischen Reitstiefeln und dem schwarzen Hut mit dem breiten Band so aussah, als ob er es an Bord seines Schiffes schon zu etwas gebracht hatte. Tom hatte ihn von oben herab angeblickt und kühl bemerkt: »Das war ein Versuch, mein Junge, aber kein guter. Ich und mein Käptum, wir stellen uns vor, dass die Tiere uns heute Abend wieder hierhertragen sollen, und nicht wir die Gäule.« Dann hatte er die Pferde ausgewählt, die Hufeisen kontrolliert, die Rücken und Flanken auf Scheuerstellen oder Verletzungen durch Sporen untersucht und an den empfindlichen Mäulern nach Wunden gefahndet. Anschließend musste der Pferdeknecht jedes Tier einmal im Kreis um den Hof führen, wonach ein eigentlich sehr hübscher Falbe durch einen großen grauen Wallach ersetzt wurde, weil er auf der linken Hinterhand ein wenig hinkte. Vier der Reittiere wurden gesattelt, zwei bekamen zur Verwunderung des Stallburschen nur Decken übergelegt. Nach kurzem Feilschen bezahlte Tom den Mietpreis. Als er schon aufgesessen war, beugte er sich nochmals zu dem Stallburschen hinunter. »Kann man bei dir auch Planwagen und schwere Zugpferde mieten?«

»Nee, Seemann, wir haben zwar zwei Kutschen, aber die vermieten wir nur mit Kutscher und spannen normale Pferde vor. Aber falls du etwas für schwere Lasten suchst, drüben beim alten Moore kannst du Fuhrwerke mieten, allerdings nur mit Maultieren.«

Tom grinste erfreut, fischte in seiner Jackentasche nach einer Münze, warf sie dem Mann zu und bedankte sich: »Das ist ein guter Tipp, mein Freund. Ich werde ihn mir gut merken, danke.« Der Pferdepfleger blickte erstaunt auf die Silbermünze und tippte mit dem Zeigefinger an seine Mütze. »Keine Ursache, Seemann, jederzeit zu Diensten«, dann spuckte er einen dicken Strahl brauner Priembrühe aus einer Zahnlücke auf den Hof. Was waren das für Zeiten, in denen ein dreckiger, dahergelaufener Nigger ihn seinen Freund nannte und ihm eine Silbermünze Trinkgeld gab!, überlegte er düster.

Eilig machte sich Tom auf den Weg zum Bootsanleger. »Maultiere, natürlich, das war es, denn die sind in diesem Gelände beweglicher, trittsicherer als Pferde und kommen auch mit dem heißen Klima besser klar«, murmelte er leise vor sich hin. William Turner, Mark »Snake« Taylor, Nat Moose, Brokenwing und Thunderingwater erwarteten ihn schon ungeduldig im Kutter, der mit gekreuzten Riemen etwa fünfzig Yards von der Pier entfernt trieb. Als man dort Toms mit seinen Reittieren ansichtig wurde, kam wieder Bewegung in die Kutterbesatzung, und das Boot legte an den Steinstufen an. Es war schwer zu sagen, wer mehr von den müßigen Gaffern angestarrt wurde, Leutnant William Turner oder die beiden Shawnees mit ihren Adlerfedern im Haar. In der schnell anwachsenden Menschenmenge wurde heftig gezischelt und geraunt. Turner überhörte alle auf ihn gemünzten beleidigenden Bemerkungen, zog den Sattelgurt nach, schwang sich auf den grauen Wallach, und im Nu war die kleine Kavalkade im Gassengewirr verschwunden. Zuerst führte Turner sie hinauf zum Stadthaus von Elizabeth. Im geschützten Hof hinter dem Haus saßen die Männer ab. Turner winkte Tom, ihm zu folgen, und betrat durch die Seitentür das Haus. Er stieg aber nicht die Treppe hoch ins Obergeschoss, wo er mit Elizabeth so viele schöne Stunden verlebt hatte, sondern in den kühlen Keller hinab, wo die Wirtschaftsräume lagen. Zwei dunkle Gestalten kamen in dem fast lichtlosen Gang mit langen, blitzenden Messern auf sie zu. Tom atmete tief ein und zog sein Entermesser. »Es ist alles in Ordnung, Tom. Das sind die guten Geister des Hauses«, beruhigte ihn Turner, der aufrichtig hoffte, dass er recht hatte, denn bei dieser Beleuchtung sah tatsächlich für ihn ein Neger wie der andere aus.

»Massa, oh, Massa! Sie sind es, welch ein Glück! Es ist der gnädige Herr«, kreischten die beiden schwarzen Schatten unisono los, kamen messerschwingend auf ihn losgestürmt und warfen sich vor ihm auf den Boden. Nachdem sich die beiden Frauen beruhigt hatten, schickte er sie mit Tom in die Küche, wo er sie befragen wollte, dann holte er die anderen Männer ins Haus und erklärte ihnen, wonach sie suchen sollten: nach Spuren von gewaltsamen Eindringlingen. Er nahm zwar nicht an, dass Hernandez' Männer hier gewesen waren, aber eine Untersuchung konnte nicht schaden. Er selbst ging hinauf ins Büro, wo er sich eine Karte der Rainbow-Plantage heraussuchte. Er hatte schon in der Nacht über der

Seekarte gebrütet, um herauszufinden, welche Buchten sich für die Entführung anboten. Aber eine Seekarte war eben eine Seekarte, und sie enthielt kaum Informationen über das Straßennetz, geschweige denn über die Wirtschaftswege einer Plantage. Er faltete den Plan zusammen und vermied es, einen Blick in das Schlafzimmer zu werfen, aber dennoch hatte er das Gefühl, dass Elizabeth jeden Augenblick durch eine der Türen kommen und ihm um den Hals fallen würde. Der feine Duft ihres Parfüms schwebte noch immer in der Luft, und die Aura ihrer Persönlichkeit war allgegenwärtig. Er schluckte heftig und verließ eilig das Zimmer; in der Küche traf er auf Tom, der verneinend die Schultern hob, bedauernd den Kopf schüttelte und die leeren Handflächen nach außen drehte. Wir zu erwarten gewesen war, wusste das Gesinde nichts Neues zu berichten.

Turner befahl allen Bediensteten, mit ihren Arbeiten wie gewöhnlich fortzufahren und alles so in Schuss zu halten, als würde ihre Herrin in einer Stunde wieder eintreffen. Außerdem wies er die Haushälterin an, zusätzlich zwei junge, starke Männer einzustellen, die sich um die Pferde, die Kutschen und die Sicherheit kümmern sollten. Er würde sich die Männer anschauen, sobald er etwas mehr Zeit hätte. Keinesfalls, so schärfte er der resoluten Frau ein, solle sie den Befehlen eines anderen Mannes gehorchen, ganz gleich, was man ihr erzählte oder was für Papiere man ihr zeigte. Er untersagte ihr strengstens, irgendjemand außer ihm Schlüssel auszuhändigen, Papiere oder Sklaven zu übergeben. Er würde ihr in den nächsten Tagen die Adresse eines Rechtsanwalts mitteilen, den sie in derartigen Fällen sofort benachrichtigen sollte. Nach und nach kamen die anderen Männer hinzu und schüttelten wortlos ihre Köpfe. Turner hob resignierend die Schultern und gab den Befehl zum Aufbruch.

Sie verließen schnell die Stadt und erreichten kurz vor Mittag die Paradise-Plantage. Obwohl Turner nur dem Namen nach bekannt war, wurden sie nach anfänglich feindseligen Blicken freundlich aufgenommen, nachdem Tom den Frauen erklärt hatte, dass ein Befehl des großen Königs Käptum Turner daran gehindert habe, rechtzeitig zur Hochzeit auf Antigua zu sein.

»Wenn dieser Big Daddy König auf Rainbow kommt, ich werde ihn mit meinem größten Kochlöffel prügeln, König hin oder König her! Hat er mein kleines Täubchen, die süße Lissy, doll zum Weinen gebracht. Ganz rote und geschwollene Augen hat meine kleine Liebling gehabt. Pfui, so etwas darf auch Big Daddy König nich machen, nee! Und nuu ist sie weg …« Sie brach in lautes Wehklagen aus, die anderen Weiber fielen in das Lamento ein.

Bei der Durchsuchung der Räume fanden die Spurenleser in der Bibliothek schnell die Stelle, an der eine Brücke fehlte. Auf dem darunterliegenden Teppich zeichnete sich ihr Umriss durch die um einige Nuancen dunkleren Farben ab. Die Wirtschafterin bestätigte etwas indigniert das Fehlen; ihr war der Verlust noch gar nicht aufgefallen, was bei der Vielzahl von Bodenbelägen vielleicht eine lässliche Sünde war, zumal die Bibliothek wahrscheinlich der Raum in dem großen Haus war, der am seltensten frequentiert wurde, selbst zu den Zeiten, an denen Elizabeth hier weilte. Vom Personal hatte niemand etwas gesehen, aber eines der Küchenmädchen gab an, in der fraglichen Zeit ein Maultier schreien gehört zu haben, worauf Tom zustimmend nickte. Turner blickte ihn fragend an.

»In der Stadt kann man Planwagen mit Maultieren mieten, Käptum, Zur.«

»Was macht dich so sicher, dass die Entführer den Wagen gemietet und nicht irgendein Fuhrwerk von Hernandez' Plantagen benutzt haben?«

»Auf den Plantagen gibt es immer zu viele neugierige Augen und Ohren, Zur. Man hätte den Wagen mit vier Maultieren wegfahren sehen. Wenn die schlechten Kerle auf Widerstand stoßen, hätte es passieren können, dass ein oder zwei Tiere verletzt oder getötet werden, da wäre es bei der Rückkehr nur schwer zu erklären gewesen, wo die abgängigen Tiere geblieben sind. Gerüchte entstehen schnell, Zur! Außerdem wären die Konstabler gekommen und hätten unangenehme Fragen gestellt, wenn man die toten Mulis gefunden und sie das Brandzeichen von Hernandez getragen hätten.« Er schlug sich plötzlich mit der flachen Hand vor die Stirn. »Dabei fällt mir noch etwas ein. Wir haben eine Gruppe mit sehr neugierigen Augen vergessen, Käptum! Die kleinen Kinder, die noch nicht arbeiten müssen! Die meisten werden mit ihren Müttern auf den Feldern gewesen sein, aber es gibt immer ein paar, die lieber in der Gegend herumstreifen.«

Turner wiegte sein Haupt. »Da könnte was dran sein. Versuche es, Tom, vielleicht hat einer der Steppkes wirklich etwas beobachtet. Wir reiten weiter und suchen die Bucht, in der das Schiff gewartet hat. Auf dem Rückweg holen wir dich ab.«

Nach der langen Zeit, die seit der Entführung vergangen war, und den ergiebigen Niederschlägen, die inzwischen gefallen waren, wäre es sinnlos gewesen, auf der Hauptstraße nach den Spuren des Wagens und der Mulis zu suchen, aber nach Turners Überzeugung kamen nur drei Buchten in Betracht. Die Entführer hatten gefahrlos keine weiten Wege zurücklegen können, denn bei der augenblicklichen Kriegshysterie in der Kolonie mussten sie überall mit Kontrollen durch die Miliz rechnen. Die erste Bucht, die er herausgesucht hatte, erwies sich als Niete, denn der Weg, der zum Strand hinabführte, war für ein schweres Fuhrwerk nicht geeignet. Er war zu schmal und zu steil. Selbst zu Fuß war er nur schwer begehbar. Natürlich bestand die Möglichkeit, dass man die Gefangenen in den Kisten heruntergetragen hatte, und natürlich konnte man auch ... Turner verdrängte diese Gedanken, sie waren jetzt nicht hilfreich. An der zweiten Abzweigung wären sie beinahe vorbeigeritten, erst ein Ruf von Brokenwing ließ sie anhalten. Der Indianer deutete auf den Boden, dann auf die Lücke im Unterholz. Turner konnte nichts Auffälliges erkennen. »Hier sind doch überhaupt keine Spuren, was soll das?«, fragte er missmutig.

»Das ist ja gerade, was unserem Freund auffällt, Sir. Es gibt keinerlei Anzeichen dafür, dass hier jemals ein Wagen gefahren ist, aber an den Büschen sieht man geknickte Zweige und abgebrochene, vertrocknete Äste liegen auf dem Boden, aber hier an der Straße, nichts ... keine Spurrillen, nichts! Hier hat jemand Spuren verwischt, gründlich, vielleicht zu gründlich!«, erklärte ihm Mark Taylor und grinste. Hintereinander tauchten sie in das grüne Dämmerlicht und die bleierne Feuchte des Dschungels ein. Der Weg war breit aus dem Busch herausgehauen worden und führte stetig bergab. Brokenwing, der an der Spitze ritt, hob plötzlich die Hand und zügelte sein Pferd; geschmeidig glitt er von dem Pferderücken herab, packte seinen Tomahawk und verschwand im Unterholz. Vögel flogen auf. Kurz darauf hörten sie ihn rufen. Thunderingwater und die beiden Waldläufer folgten ihm in den Busch. Turner stellte sich in den Steigbügeln auf, weniger, um einen Blick auf das zu erhaschen, was sich hinter den dichten Büschen abspielte, sondern mehr, um seinen schmerzenden Hintern zu entlasten. Das Gestrüpp teilte sich wieder, und die vier Männer schleppten in ihrer Mitte etwas heraus, das wie ein morscher Baumstamm aussah. Sie ließen ihre Last auf dem Weg fallen und streiften sich allerlei krabbelndes Getier von den Händen und Armen. Es war ein zusammengerollter Teppich, der schon am Verrotten war. Tiere hatten ihn an einigen Stellen durchgebissen und zerrissen, Ameisen, Käfer und Würmer tummelten sich darauf. Mit weit aufgerissen Augen starrte Turner auf die sauber abgenagten Knochen, die aus einem der Löcher ragten. Mit unbewegten Gesichtern packten die beiden Shawnees die Ecken des Teppichs und zogen daran, so dass er sich aufrollte und seinen grausigen Inhalt völlig freigab. Niemand würde den halb skelettierten Leichnam identifizieren können, aber Turner hatte keinen Zweifel, dass es sich um den verschwundenen Kutscher handelte, denn über seinem Brustkorb lag eine ihm gut bekannte Livree: weiß, mit roten Aufschlägen und goldenen Tressen, und auch sie war im Bereich der Blutflecke bereits angenagt. Dem Mann konnte nicht mehr geholfen werden, er hatte seine Treue zu seiner Herrin mit dem Leben bezahlt.

⚓

Zurück in der Stadt, besuchten sie noch den Mietstall von Mister Moore. Der alte Mann beäugte die seltsame Gesellschaft misstrauisch, und als ihn Turner dann noch fragte, an wen er vor einem Monat einen Planwagen mit Maultieren vermietet habe, fing er an, grässlich zu fluchen.

»Himmelherrgottsakrament, der Teufel soll den Kerl mit Haut und Haaren holen. Habt Ihr eine Ahnung, wo mein Wagen mit den Tieren steckt, Herr? Wisst Ihr überhaupt, was so ein solide gebautes Fuhrwerk kostet? Und vier meiner besten Mulis, alles kräftige, gesunde Maultiere, ich bin ruiniert! Dieser Schurke! Aber ich bin ja selber schuld! Was hat mein alter Vater, Gott erbarm sich des alten Säufers, immer gesagt? Trau niemals einem Nigger nich – und wenn er noch so fein herausgeputzt daherstolziert kommt. ›Ich bezahl drei

Tage im Voraus‹, hat der Fatzke gesagt und mir die Münzen in die Hand gedrückt, aber das war vor fünf Wochen!«

Thomas Brown musterte ihn kühl, runzelte die Stirn, schwieg aber. Turner fragte weiter: »Kannten Sie ihn?«

»Wenn ich seinen Namen wüsste oder eine Ahnung hätte, wo er wohnt, dann säße er jetzt schon im Knast oder baumelte am Galgen – hoffentlich, denn so schlampig, wie die Konstabler heutzutage arbeiten, kann man sich darauf ja auch nicht mehr verlassen. Er hat etwas von einer Lieferung gefaselt, die er auf eine Plantage bringen müsse.«

»Hat er den Namen erwähnt?«

»Na, ich wollte nicht unhöflich sein und habe gefragt, ob es denn weit wäre, da hat dieser Hundesohn nur breit gegrinst und etwas von montikühl örö gebrabbelt. Keine Ahnung, was das bedeuten sollte. Ging mich ja auch nichts an – dachte ich damals. Wissen Sie, wo ich mein Fuhrwerk finden kann, Sir? Und meine schönen Tiere?«

»Nein«, log Turner, denn zumindest wo der Wagen war, wusste er genau. Thunderingwater war am Ufer der Bucht flink wie ein Eichkater auf einen Baum geklettert, um sich einen Überblick zu verschaffen. Von seinem erhöhten Aussichtspunkt hatte er im klaren, ruhigen Wasser etwas entdeckt, was nur auf den ersten flüchtigen Blick wie ein großer Unterwasserfelsen aussah. Tom und Mark waren schnell die zwanzig Yards hinausgeschwommen und hatten das Fuhrwerk identifiziert, das ohne Plane, aber mit Steinen beschwert auf dem Grund stand. Sollte sich Smith um die Bergung des Wagens kümmern, wenn er meinte, dass das erforderlich war, hatte Turner entschieden. Von den Maultieren hatten sie keine Spur entdeckt. Vermutlich hatten sie den Speiseplan der Schiffsbesatzung aufgebessert. Es war aber auch denkbar, dass der Mann, der das Unternehmen geplant hatte, sehr vorausschauend gedacht und die Tiere mit an Bord genommen hatte, um den Frauen, besonders der schwangeren Elizabeth einen längeren strapaziösen Fußmarsch am Zielort zu ersparen. Eine Sänfte zu bauen, die von zwei Mulis getragen wurde, bedeutete für erfinderische Seeleute keine echte Schwierigkeit. Er wendete sich wieder dem erbosten Mietstallbesitzer zu. »Können Sie uns den Kerl beschreiben, der Sie so schamlos betrogen hat, Sir? Vielleicht können wir ja doch noch dafür sorgen, dass ihm am Galgen der Hals langgezogen wird.«

»Nach fünf Wochen? Pah!« Der Mann schüttelte ungläubig seine verfilzten grauen Locken, die unter der Krempe seines speckigen Hutes heraushingen.

»Es sind Ihre Mulis und Ihr Wagen, Mister Moore ...«

»Schon recht, Sör. Wie schon gesagt, es war ein Nigger, nee, kein ganz schwarzer, ein Mulatte, würde ich sagen. Ziemlich groß, schlank, aber kräftig, mit breiten Schultern und schmalen Hüften. Er hatte einen blauen Zylinder mit einem silberfarbenen Band auf dem Kopf, trug einen pflaumenblauen Frack mit Goldknöpfen, nun ja, möglicherweise waren die auch aus Messing, eine Weste mit einem bunten Blumenmuster, dazu ein weißes Hemd und weiße Kniebundhosen, keine Strümpfe. Ach ja, und eine breite gelbe Bauchbinde, in der er, den Ausbuchtungen nach zu schließen, mehrere Waffen zu stecken hatte. Sehr eigenwillig waren seine Schuhe!«, grinste der Mann. »Schwarze Schuhe mit Tombakschnallen, an denen man vorne die Spitzen abgeschnitten hatte, damit er seine riesigen Füße unterbringen konnte. Sah schon sehr seltsam aus, würde ich meinen!« Er musste bei der Vorstellung kichern. »Ja, und noch etwas, Sör. Ich schätze, dass Englisch nicht seine Muttersprache war, würde eher auf das Gequake der Froschfresser tippen.«

Turner schaute seine Männer vielsagend an, und Tom nickte bestätigend. Bei seiner geduldigen Befragung der

Kinder war er auf zwei kleine aufgeweckte Jungs gestoßen, die die Vorgänge auf dem Vorplatz des Haupthauses an dem fraglichen Tag aus einem Versteck beobachtet hatten. Eigentlich hatten sie im Busch Früchte sammeln sollen, aber sie hatten lieber faul im Schatten eines der luftigen Lagerhäuser gehockt und Zuckerrohr gekaut. Interessiert hatten sie die Ankunft des Wagens, das Hin und Her mit den Kisten und das abschließende laute Palaver verfolgt. Der Anführer, und hier hatte sich Tom bei seinem Entwurf der Szenerie geirrt, war ein großer Schwarzer gewesen, der nach Meinung der Jungen äußerst elegant gekleidet gewesen war. Tom hatte ihnen angesehen, dass sie den Mann glühend um seine Kleidung beneidet hatten – gegen einen blauen Zylinder, einen pflaumenfarbenen Frack und eine breite gelbe Bauchbinde kam er mit seiner blauen Jacke mit den goldenen Knöpfen natürlich nicht an.

Nachdem sie die Pferde zurückgegeben hatten, gingen sie im letzten Licht des Tages zum Anleger hinunter. Turner stellte verwundert fest, dass ihn auf den belebten Straßen einige Gentlemen erstaunlich freundlich grüßten, zwei Marineleutnants salutierten zackig und riefen ihm im Vorbeigehen zu: »Gut gemacht, Sir! Wir stehen zu Ihnen!« Sogar ein paar schmallippige Ladys lächelten ihn an und nickten ihm aufmunternd zu. Wie es schien, hatte Smith sein Versprechen wahr gemacht und ein positives Gerücht über ihn in Umlauf gebracht. Turner war erstaunt, wie schnell und wie einfach man die Stimmung der Menschen beeinflussen konnte, wenn man wusste, an welchen Strippen man ziehen musste. Der Kutter mit Midshipman Armstrong wartete schon am Kai auf sie. Glücklicherweise war Smith noch nicht an Bord eingetroffen, so dass Turner noch ein erfrischendes Bad in der Bucht nehmen konnte. Allerdings brannte sein Achtersteven bei der Berührung mit dem Seewasser höllisch. Mochte sich Howes Flaggleutnant Rullingston noch so sehr über die mangelnden Geisteskräfte der Offiziere von den Blue Guards das Maul zerreißen, was die Widerstandsfähigkeit ihrer Hintern anging, hatten sie ihm offensichtlich etwas voraus. Kaum saß er erfrischt an seinem Tisch, um die Ergebnisse seiner Recherche niederzuschreiben, wurde ihm die Ankunft von Smith gemeldet. Der Agentenführer sah aus, als ob er auf eine saure Zitrone gebissen hätte.

»Sir, ich versteh zwar Ihren Schmerz, aber was schnüffeln Sie und Ihre schwarzen Männer in meinem Hinterhof herum. Meine Spitzel melden mir, dass Sie überall Staub aufwirbeln. Glauben Sie, dass ich meinen Job nicht verstehe, Mister Turner?«

»Keineswegs, Sir, ich bin sogar überzeugt, dass Sie Ihre Arbeit hervorragend verstehen, aber ich werde vor Sorge um meine Frau und mein Kind fast wahnsinnig und kann hier nicht untätig herumsitzen. Dafür werden Sie sicher Verständnis haben, Sir. Außerdem bin ich beim Staubwegpusten auf ein paar Informationen gestoßen, die mir, äh ..., Ihnen sicher weiterhelfen können. Er las Smith vor, was sie herausgefunden hatten. Smith hörte mit geschlossenen Augen konzentriert zu, am Ende nickte er und gestand freimütig: »Das war saubere Arbeit, Sir. Anscheinend hat sich bei mir doch schon ein wenig viel Routine eingeschlichen. Wir haben natürlich auch alle Mietställe überprüft, bei denen man *Kutschen* mieten kann, auf die Idee, dass der Abtransport mit einem Fuhrwerk durchgeführt worden ist, bin ich nicht gekommen. Übrigens war ich ohnehin überzeugt, dass man eine Kutsche aus dem Fuhrpark von Hernandez benutzt hat, weil sich der Mann in seinem Größenwahn für unantastbar hält. Dass meine Leute den fehlenden Teppich übersehen haben, ist unentschuldbar ... und wer denkt schon an die neugierigen Kinder, wenn nach Zeugen gesucht wird!«

Draußen wurde gemurmelt, dann röhrte der Seesoldat: »Ihr Bursche, Sööör, mit, ääääh, Besuch ...!«

»Herein!«

Tom schob Michelle durch die Tür. Das Mädchen hatte sich an Land neu eingekleidet und sah in der weißen Bauernbluse und dem weiten schwingenden bunten Rock sehr anziehend aus. Sie machte einen kurzen, höflichen Knicks vor Smith und beugte sich vor Turner so tief nieder, dass der den Ansatz ihrer dunklen Brüste in dem weiten Ausschnitt gar nicht übersehen konnte. Dabei blickte sie ihn aus ihren großen, dunklen Rehaugen unter den langen Wimpern so schmachtend an, dass ihm zu jedem anderen Zeitpunkt der Mund trocken geworden wäre.

»Michelle hat mit ein paar, äh, Mädchen gesprochen«, Tom schien sich nicht ganz wohl in seiner Haut zu fühlen.

»Mit *putains, mon capitaine,* in eine *bordel*«, zwitscherte Michelle unbefangen in ihrem niedlichen Sprachmischmasch. Es war erstaunlich, wie viele englische Vokabeln sie in der kurzen Zeit gelernt hatte. Tom unterbrach sie grob. »Um genau zu sein, Käptum, Zur, war sie zusammen mit Jessie in einem halben Dutzend solcher Etablissements.« Er sah missbilligend drein. »Aber sie müssen die richtigen Fragen gestellt haben, denn in dem besagten, äh, Puff, konnte man sich an ein halbes Dutzend Seeleute erinnern, die zwar gut Englisch sprachen, aber sofort ins Französische verfielen, wenn sie sich unbelauscht wähnten. Und jetzt kommt's! Unser spezieller Freund, der Paradiesvogel, war ebenfalls zwei- oder dreimal zusammen mit ihnen dort.«

»*Non, non, non*, so einfach war das nicht, *mon ami*! Michelle musste erst zwei von diese *putains* gesund machen, bevor sie reden! *Vous comprendrez, messieurs*? Eine Frau 'atte Wunde von eine Schlag mit *bouteille*, die andere Schmerzen in die *lolos.*« Sie strich sich veranschaulichend über die

Brüste. Aber ich 'abe gemacht gesund, wenn alles ist gut, sie zwitschern wie Vögelein.« Michelle imitierte mit den Fingern der rechten Hand einen tirilierenden Vogel.

Smith wurde es zu viel. »Nun gut, Mademoiselle, das haben Sie sehr gut gemacht«, er blickte fragend zu Turner hinüber, der ihm müde zunickte, »aber lassen Sie uns jetzt bitte wieder allein. Uns wird schon etwas einfallen, wie wir Sie wieder nach Martinique zu Ihren Leuten heimschaffen.«

Ihr Gesicht verdüsterte sich. »Große Tonne voll Scheiße! Meine Freundin ist tot, wer wartet dort schon noch auf die arme kleine Michelle?« Es war nicht zu überhören, dass Michelles Wortschatz eindeutig von der farbigen Sprache des Zwischendecks geprägt worden war.

Turner gab Tom ein Zeichen. »Nochmals vielen Dank, Michelle, du warst uns eine große Hilfe.«

Nachdem die beiden gegangen waren, erkundigte sich Smith ungläubig: »Habe ich da richtig gehört, das Mädchen hat die Huren geheilt? Das ist doch bestimmt so ein Niggeraberglaube mit viel spritzendem Hahnenblut, Sprühnebel aus Rum und dumpfen Trommelschlag!«

»Da wäre ich mir nicht so sicher, Sir. Tom, der seine medizinischen Kenntnisse übrigens schon erfolgreich an mir erprobt hat«, Turner deutete auf die weiße Narbe an seinem linken Unterarm, »ist sicher, dass Michelle eine Mambo ist, irgend so eine Mischung aus Priesterin und Heilerin, wie sie häufig in den afrikanischen Religionen vorkommen. Mein Schiffsarzt hat sie schon mehrfach ertappt, dass sie seine Mörser und andere medizinische Gerätschaften heimlich benutzt hat, um Salben oder Tinkturen herzustellen, mit denen sie kleine und größere Wehwehchen der Matrosen erfolgreich behandelt hat. Was ihn besonders gekränkt hat, ist, dass seine Behandlungsmethoden bei weitem nicht so erfolgreich sind, und dabei ist MacKinnon beileibe kein schlechter Arzt.

Er säuft zwar ganz munter, aber ist in seinem Fach durchaus auf der Höhe der Zeit. Leider rückt das Mädchen nicht mit den Rezepturen heraus. Hat irgendetwas von Tabu oder so gemurmelt und ist auf diesem Ohr völlig taub. Nur mit den Indianern hat sie mal gemeinsam etwas zusammengebraut, als einer der Männer unter stinkenden eitrigen Geschwüren litt. Der Kerl war nach einer Woche wieder fit, man glaubt es nicht.«

Smith schüttelte ungläubig den Kopf, dann richtete er sich energisch auf, stemmte die Arme auf den Tisch und sagte entschlossen: »Jetzt zurück zum Geschäft, Sir. Wir wissen jetzt, wie die Entführung abgelaufen ist, und haben die Beschreibung eines der Haupttäter, aber wir haben keinen Beweis dafür, dass Hernandez dahintersteckt, solange er hier nicht auftaucht und die Verwaltung der Plantagen übernehmen will. Selbst dann werden wir ihm nicht beweisen können, dass er die Entführung befohlen hat. Wenn er mit einer gültigen Heiratsurkunde vor Gericht erscheint, wird man ihn als Ehemann anerkennen und ihm das Verfügungsrecht zugestehen müssen.« Turner knurrte wie ein gereizter Tiger. »Es sei denn, Mrs. Parker taucht wieder auf und klagt ihn wegen Entführung an – oder wir finden Zeugen, die beschwören, dass sie gegen ihren Willen fortgeschafft und auf, nun ja, wahrscheinlich Martinique gefangen gehalten wird.«

»Ich werde nach Martinique segeln und mich dort umschauen.«

»Sie werden gar nichts, mein lieber Turner! Die *Shark* geht übermorgen in die Werft. Die behelfsmäßig ausgebesserten Schäden müssen richtig repariert werden, und der Bewuchs muss runter vom Boden. Danach sehen wir weiter. Bis dahin sollten Sie den Verwalter von Mrs. Parkers Latifundien darauf einschwören, dass er keinen rostigen Kragenknopf ohne eine gerichtliche Verfügung herausrückt. Mister Salomon

Goldman ist ein harter Knochen und hat Mrs. Parker stets verehrt; er wird voll auf Ihrer Seite stehen, zumal Sie ja wohl als Rumfabrikant der Arbeitgeber seines Sohnes Abraham sind.« Es war nicht zu übersehen, dass Turner diese aufgezwungene Untätigkeit nicht passte. Er blickte angestrengt zu den Decksbalken empor. Da war doch noch etwas, was nicht geklärt worden war. Er kramte in seiner Erinnerung. Es fiel ihm nicht ein, zumal jetzt Tom hereinkam und ihnen frisch gegrillte Dorade und Yam mit gehackten Zwiebeln und roten Peperonistücken servierte. Aber als Tom den Frankenwein einschenkte, sinnierte Turner vor sich hin: ›Was hat dieser schwarze Stutzer nur gemeint, als ihn Moore gefragt hat, wohin er die Ladung bringen müsse. Wie war das noch, was hat er gesagt?‹ Halblaut murmelte er: »Montikühl örö, so war es wohl.«

Tom erwiderte wie aus der Pistole geschossen: »Glücklicher Hügel, Käptum, Zur, was meinen Sie damit?« Dann erinnerte auch er sich. »*Monticule heureux*, der Kerl hat sich über den alten Moore lustig gemacht, er wusste ganz genau, dass der kein Französisch versteht. Aber was soll das für eine Ortsbezeichnung sein?«

Smith entfernte die große Mittelgräte und nahm einen Schluck Wein, dann meinte er nachdenklich: »Bei so verrückten Namen denke ich sonst immer zuerst an Schiffe, aber hier würde ich eher auf ein Haus, ein Gut, eine Plantage tippen. Ich werde morgen feststellen lassen, ob es ein Anwesen mit diesem Namen auf Antigua gibt. Würden Sie mir bitte noch mals den köstlichen Palmenherzensalat mit den Avocadostückchen reichen, Mister Turner ...« Ihm entging der schnelle Blick, den Turner Tom zuwarf, und dessen langsames Nicken.

Zum Abschluss servierte Tom den Rest des Käserades, das sich Turner mit der Offiziers- und Unteroffiziersmesse geteilt hatte, und eine Karaffe Portwein. Turner konnte der Versuchung nicht widerstehen und fragte den sanft vor sich hin schmatzenden Smith scheinheilig: »Schmeckt es Ihnen, Sir?«

»Ausgezeichnet, Sir, ganz ausgezeichnet. Wie kommen Sie nur immer an derartige Leckerbissen?«

»Ach, das ist nur ein kleines Dankeschön von Lord Howe für geleistete Dienste, Sir.« Tom hatte den Eindruck, dass Smith der Wein von diesem Augenblick an sauer schmeckte.

Nachdem Smith gegangen war, ließ William Turner trotz der späten Stunde Michelle von Tom in seine Kabine holen.

Als sie mit leuchtenden Augen und feuchten, leicht geöffneten Lippen vor ihm stand, sah er sie nur kurz an und entschuldigte sich dann: »Es tut mir leid, Michelle, dass ich dich noch so spät stören muss, aber ich habe eine wichtige Frage.«

»*Oui, mon capitaine*«, hauchte sie; ihre rosa Zungenspitze zuckte vor und fuhr aufgeregt über die Lippen, und ihre weit geblähten Nasenlöcher bebten erregt.

»Gibt es auf Martinique eine Plantage mit dem Namen *Monticule Heureux*?«

Ihr Gesichtsausdruck versteinerte. Turner wollte seine Frage schon wiederholen, als sie sich zusammenriss und kühl antwortete: »*Mais, oui, monsieur*. Sie ist gehörig eine schlimme Mann, pah, keine Mann, eine *cochon*, wie sagt man? Eine Dreckschwein, aye! Ein *Anglais* mit spanische Namen: Ernadez ... Ist noch was, *monsieur*? Michelle ist müde. Sehr müde!«

»Nein, nein! Vielen Dank, du warst mir eine große Hilfe.«

Sie knickste leicht und verließ mit rauschenden Röcken und schwingendem Achtersteven den Raum.

Tom grinste, behielt aber seine freche Bemerkung für sich,

dass Michelle bestimmt viel lieber William auf eine ganz andere, sehr persönliche Art geholfen hätte, als dieser sie zurzeit im Kopf hatte. Puh, die Kleine war auf den Käptum so heiß wie ein glühender Lavabrocken. Alle sahen das, nur Turner nicht, der hatte ausnahmsweise mal andere Sachen im Kopf.

»Ich fürchte, Tom, dass wir einen Ausflug nach Martinique machen müssen. Leider wird das ohne die *Shark* etwas beschwerlich werden, verdammt!«

Kapitel 8

Antigua, Montserrat, Mitte Juli 1778

Die Nacht wollte kein Ende nehmen. Turner wälzte sich in der Hängekoje seiner engen Schlafkammer unruhig hin und her. Immer wieder sah er das herzförmige Gesicht von Elizabeth unter dem dichten flammendroten Haarschopf vor sich, blickte in ihre leicht schräggestellten grünen Augen, die so spöttisch funkeln, aber auch so leidenschaftlich strahlen konnten. Er vermeinte ihre vollen sanften Lippen auf seiner Haut zu spüren und ihre scharfen kleinen Zähne, die aufreizend an ihm nagten. Er war schweißgebadet, obwohl die Heckfenster weit offen standen und das Skylight halb aufgeklappt war. Nachdem er dann doch kurz in das schwarze Loch eines tiefen, traumlosen Schlafs gesunken war, riss ihn nach kurzer Zeit ihre dunkle, gurrende Stimme wieder in die wirre Schemenwelt zwischen Traum und Wirklichkeit zurück. »Wo bleibst du denn, mein Geliebter? Ich warte doch schon so lange auf dich. Komm doch ... komm, hol mich ...« Erschrocken sprang er aus der Koje, riss sich das durchgeschwitzte Hemd vom Leib und rieb sich mit einem Handtuch ab. Dann ging er zu dem im Luftzug hängenden, mit feuchten Tüchern behängten Tonkrug und schenkte sich einen kühlen Becher Weißwein ein und setzte er sich damit auf die Heckbank. Er blickte hinaus über die friedliche, dunkle Bucht, das schwarze Wasser kräuselte sich nur leicht, gelegentlich sprang ein Fisch und fiel dann laut klatschend ins Wasser zurück, kleine Wellen breiteten sich ringförmig um die Stelle aus. Hier und da war an Land ein schwacher roter Lichtschein zu erkennen. Oben an Deck hörte er das leise Gemurmel der Wache. Was würde Elizabeth bei diesem Hernandez durchmachen? Hatte sie schon entbunden, war dabei alles gutgegangen? Elizabeth war eine gesunde, starke Frau, aber unter diesen Umständen ... Wer konnte da unbesorgt sein? Bestimmt sorgte Hernandez für einen guten Arzt und eine erfahrene Hebamme. Aber die Aufregung der Entführung und die Strapazen der unerwarteten Seereise würden sich bestimmt nicht förderlich auswirken. Immerhin hatte es in der fraglichen Zeit keinen dieser gefährlichen Hurrikane gegeben. Sein Kopf sank ihm auf die Brust, die Augen fielen ihm zu. »Ja, mein Liebling, ich komme ja, aber dafür brauche ich ein Schiff ...«

⚓

»Wir machen uns alle große Sorgen um die verehrungswürdige Mrs. Parker, Mister Turner, und um ehrlich zu sein, hätte ich auch keinen halben Penny darauf gesetzt, dass ich Sie noch mal wohlbehalten vor mir sehen würde. Wer möcht' schon versäumen seine eigene Hochzeit? Aber was die ganzen meschuggene Leit in die Stadt über Sie hinter der vorgehaltenen Hand geflüstert haben, habe ich natürlich nie geglaubt, Sir.«

»Natürlich nicht, Mister Goldman, natürlich nicht«, murmelte Turner ironisch und winkte resigniert ab.

Abi Goldman zuckte zusammen und schaute ihn sichtlich verletzt an: »Nein, nicht, Sir! Wir haben gute, ehrliche Gespräche miteinander geführt, ich kenne Sie und weiß, dass Sie ein Gentleman sind.«

»Danke, Mister Goldman, ich wollte Sie nicht beleidigen, aber ich war doch etwas betroffen, wie schnell die Leute bereit sind, das Schlechteste von einem zu denken, besonders wenn man sich nicht verteidigen kann. Aber kommen wir wieder zum Geschäft. Ihr Herr Vater lässt mir also ausrichten, dass Elizabeth bei ihm eine beglaubigte Vollmacht hinterlegt hat, in der sie für den Fall, dass sie zeitweise oder dauerhaft daran gehindert sein sollte, die notwendigen Entscheidungen zu treffen, mir die Vertretungsmacht für die laufenden Geschäfte übertragen hat. Folglich kann vorläufig niemand über ihr Vermögen und die Immobilien verfügen, richtig?«

»Richtig, Sir. Erst wenn sich der Rechtsstatus von Mistress Parker verändert, würde diese Vollmacht erlöschen. Das wäre bei Heirat oder Tod der Fall – oder bei Widerruf der Vollmacht. Aber, ei wei, wie ich meinen Tate kenne, wird ihm ein bloßes Stückchen Papier nicht reichen, um seinen Kasten aufzuschließen, nein, es wird das Siegel eines Vertreters des Königs tragen müssen. Bis dahin können Sie vermögensrechtlich fast alles mit den drei Plantagen machen – nur verkaufen dürfen Sie sie nicht. Mein Tate rät Ihnen, sich mit dem Rechtsanwalt Robin Raven in Verbindung zu setzen. Der ist zwar meines Erachtens ein etwas merkwürdiger Kauz, aber wahrscheinlich ist er der fähigste Jurist hier auf den Inseln, über denen die britische Flagge weht. Sogar unser Kronanwalt Peach, der ja nun wirklich durch beide Ohren geschlitzt ist, wird nervös, wenn Raven sein Gegner vor Gericht ist. Man sagt, dass er in London sogar Barrister* gewesen wäre.

* Rechtsanwalt mit höheren Weihen, der einen Klienten vor einem britischen Obergericht vertreten darf. Er hat keinen direkten Kontakt zum Klienten, sondern nur über einen Solicitor (eine Art RA-Referendar), der den Fall bearbeitet und den Prozess vorbereitet.

Warum er auf die Inseln gekommen ist, weiß niemand genau, aber interessiert uns das? Nein!« Abi Goldmann zwinkerte ihm zu, beugte sich vor und flüsterte vertraulich: »Nu ja, ist schon interessant, er soll im Duell einen Mann getötet haben!« Er legte mit verschwörerischer Miene einen Zeigefinger vor die Lippen. »Sie bleiben die nächste Zeit an Land, Sir? Wie ich gehört habe, wird Ihr Schiff in der Werft überholt ...« Das war keine Frage, sondern eine Feststellung.

Turner räusperte sich umständlich: »Ahem, äh, was ich Ihnen jetzt sage, muss absolut unter uns bleiben, denn der Chef von *Hermes Worldwide Enterprises* darf davon nichts, ich wiederhole *nichts*, erfahren, und wie sie wissen, hat diese Firma lange Ohren – und zwar überall!« Er blickte Goldman durchdringend an. Abi Goldman schluckte und nickte dann. »Ich brauche ein Schiff, Mister Goldman, ich muss einen kleinen Ausflug zu einer anderen Insel machen, um, äh, bestimmte Dinge herauszufinden, verstehen Sie?«

Goldman grinste wie ein Schuljunge beim Kirschenklauen. »Selbstverständlich, Sir, Sie suchen auf eigene Faust nach Mrs. Parker, fantastisch.« Er rieb sich voller freudiger Aufregung die Hände.

»Bullenpisse im Champagnerglas, Mister Goldman«, stellte Turner mit säuerlichem Gesichtsausdruck prosaisch fest, »es ist schlichter Wahnsinn. Wenn mich die Franzmänner schnappen, hängen sie mich als Spion auf, komme ich wider Erwarten heil zurück, hatte aber keinen Erfolg, macht mich Smith fertig.«

»Ist es auch Wahnsinn, so hat es doch Methode«, deklamierte Goldman feierlich, dann ließ er sich nach hinten in seinen Sessel sinken und erkundigte sich nach kurzem Nachdenken: »Welche Anforderungen soll das Schiff erfüllen, Sir?«

»Es sollte schnell, seetüchtig und gut bewaffnet sein, damit mich nicht jeder kleiner Küstenwachkutter der Frenchies hopsnehmen kann. Schön wäre es, wenn es aussähe wie ein Neutraler, aber auch ein Yankeeschoner wäre mir sehr recht. Die nötigen Papiere für eine passende Flagge kann man doch wahrscheinlich, äh, besorgen, nicht wahr?«

»Fälschen, meinen Sie? Möglich ist alles, Sir. Lassen Sie mich nachdenken.« Er schloss die Augen, richtete sich kerzengerade auf und begann sich schaukelnd vor- und zurückzubewegen. Nach einigen Minuten klatschte er in die Hände und beugte sich erfreut nach vorne. »Sir, ich habe genau das Richtige für Sie. Einen absoluten Glückstreffer, würde ich meinen, aber das müssen Sie natürlich selbst entscheiden. Oben im Norden, im Hafen von Saint John's, liegt ein holländisches Schiff, äh, wenn ich mich richtig erinnere, wurde es als Galiot bezeichnet, das von St. Eustasius nach Curaçao unterwegs war. Kurz nach dem Auslaufen aus Oranjestadt brach das gelbe Fieber aus. Der Kapitän starb als einer der Ersten, aber auch ein Großteil der Mannschaft erlag dem Fieber oder war nicht mehr arbeitsfähig. Nun, Sie wissen das ja besser als ich, diese Frachter haben keine so starken Mannschaften wie die Kriegsschiffe, also lief der Steuermann mit den letzten noch einsatzfähigen Männern Saint John's an, dort ist er dann auch verstorben, und die Männer, die noch gehen oder schon wieder krauchen konnten, haben das verseuchte Schiff fluchtartig verlassen. Jetzt befindet sich nur noch die Witwe des Kapitäns, der gleichzeitig auch Eigner war, mit dem Bootsmann und zwei Schiffsjungen an Bord. Sie möchte das Schiff verkaufen, weil sie keine Mannschaft findet, aber die örtlichen Haie an der Wasserfront wollen es am liebsten geschenkt haben und machen ihr das Leben schwer. Wir haben uns bis jetzt nicht dafür interessiert, aber wenn Sie wollen, kann ich diskrete Nachforschungen anstellen lassen.« Goldmann blickte Turner erwartungsvoll an.

›Nu, Freude sieht anders aus‹, dachte er, als er Williams säuerliche Miene sah, der die Bilder der plumpen holländischen Tjalken, Smakken und Kuffen mit den Seitschwertern vor Augen hatte, die er vom Ärmelkanal her kannte.

»Ja, tun Sie das, aber Geheimhaltung ist oberstes Gebot, Sir! Wie viele Masten hat das Schiff? Ist noch Ladung an Bord? Wie sieht es mit der Bewaffnung und der Ausrüstung aus?«

»Ladung ist kaum an Bord, Mister Turner. Was von Holland nach Curaçao bestimmt war, hat die geschäftstüchtige Witwe bereits verhökert. An Rückladung sind nur kleinere Partien Rum und Melasse in St. Eustasius an Bord genommen worden.«

Turner rieb sich den Hinterkopf. »Nochmals, Mister Goldman, äußerste Diskretion, bitte! Und noch etwas: Könnten Sie mir eine Landkarte von Martinique besorgen, in der die Straßen und Plantagen eingezeichnet sind?«

Abi Goldman runzelte die Stirn. »Nu, warum sollt ich das nicht können, wird nur dauern ein wenig Zeit und kosten a bisserl Bares.«

Turner bedankte sich und stand gleich darauf nachdenklich am Kai und blickte über die Bucht. Er hatte das Gefühl, dass er dringend einen Bootsausflug machen musste.

⚓

Die Pinasse machte unter Vollzeug gute Fahrt. Sie mussten jetzt querab der Galley Bay stehen, und Turner schätzte, dass sie noch vor dem Mittagsschuss St. John's erreicht haben würden. Er musterte seine kleine Besatzung, die es sich auf den Duchten oder den Bodenbrettern bequem gemacht hatte. Paul Lennon war mit dabei, weil er mit Abstand die meiste Erfahrung mit Handelsschiffen hatte, Steuermannsmaat Carl Carter aus demselben Grund, dazu noch Quartermaster Shultz, der zwar nicht holländisch aber immerhin deutsch sprechen konnte, darüber hinaus Midshipman Armstrong und ein halbes Dutzend Matrosen, die aber keine Ahnung hatten, worum es bei diesem Ausflug ging, und natürlich Tom. Alle Männer trugen zwar Räuberzivil, aber Turner gab sich nicht der Illusion hin, dass man sie nach einem scharfen Blick nicht richtig als Kriegsschiffmatrosen einschätzen würde. William hatte sich aus Rücksicht auf seinen noch leicht wunden Hintern entschieden, die zwanzig Seemeilen nach St. John's lieber mit dem Boot zurückzulegen als auf dem Pferderücken. Um sechs Glasen auf der Vormittagswache hatten sie Ford St. James hinter sich gelassen, überquerten die große, geschützte Reede und hielten auf den Kai zu. Unter den Ankerliegern hatten sie kein Schiff erkennen können, auf das die Beschreibung gepasst hätte. Sie ließen die Pinasse mit den Matrosen unter der Aufsicht von Midshipman Armstrong zurück. Turner setzte sich mit Lennon zusammen unter den schattenspendenden Baum eines Wirtshauses, während Carter, Shultz und Tom nach der Galiot fahndeten. Es dauerte gar nicht lange, da kamen die drei auf sie zugesteuert. Turner lud sie ein, Platz zu nehmen. Noch bevor er etwas sagen konnte, sprudelte Carter los: »Sir, das ist ein tolles Schiff! Die Behörden haben es in die hinterste Ecke des Hafens verbannt. Es handelt sich um eine Galiot mit Briggtakelung.«

»Die Kaasköppe nennen sie ›Haardlooper‹, Schnellläufer, Sir. Sie haben sie zuerst bei der Ostindienkompanie zur Nachrichtenübermittlung eingesetzt, die größeren auch mit drei vollgetakelten Masten. Diese Schiffe haben schon eine erhebliche Aufkimmung und sind vorn und achtern im Unterwasserschiffbereich scharf geschnitten, daher brauchen sie keine Seitenschwerter mehr, um gegen den Wind aufkreuzen zu können«, mischte sich Shultz ein.

»Die Galiot dürfte etwa fünfundsiebzig bis achtzig Fuß über Deck messen und etwas unter dreißig Fuß breit sein. Eine Besonderheit ist, dass sie an allen Masten nur über eine Stenge verfügt, wobei aber die Doppelung zwischen Eselshaupt und Mars sehr lang ist«, ergänzte Carter, der Shultz einen bösen Blick zuwarf. »Sie könnte insgesamt zwölf Stücke tragen, schließlich sollte sie sich als Aviso gegen die Piraten im Indischen Ozean wirksam wehren können. Seitdem sie ein Packesel ist, hat sie aber nur jeweils drei Vierpfünder auf jeder Seite des Decks zu stehen.« Er schwieg. Jeder wusste, dass die scharf kalkulierenden holländischen Kaufleute lieber Ladung transportierten als schwere Kanonen mit dem dazugehörigen Schießbedarf.

Turner erhob sich. »Mister Lennon, wir sollten uns das Prachtstück mal anschauen. Ihr bleibt zwanzig Yards hinter uns!«

Sie gingen auf die andere Seite des kleinen, abgelegenen Hafenbeckens, dessen Wasseroberfläche mit allerlei stinkendem Unrat bedeckt war. Von dort hatten sie einen guten Ausblick auf die Galiot. Turner setzte sich wie ein gelangweilter Müßiggänger auf einen Steinpoller und schaute über das Treibgut aus Stauholzabfällen, zerbrochenem Kistenholz, modernden Palmenblättern, leeren Flaschen und toten Ratten auf das Schiff. Was er sah, gefiel ihm. Die Begutachtung durch Lennon fiel ebenfalls grundsätzlich positiv aus, auch wenn der alte Weißkopfseeadler natürlich mehrere Punkte fand, die er kritisieren musste. Aber das Schiff, das ohne Beanstandung von Lennon abgenommen würde, musste ganz sicher erst noch gebaut werden. Turner missfiel natürlich grundsätzlich die Rahtakelung und das damit verbundene Unvermögen, gegen den Wind viel Höhe herauszuholen, aber dafür würde das Schiff auf raumen Kursen sicherlich eine gute Geschwindigkeit laufen, und sein verhältnismäßig geringer Tiefgang würde es ihm erlauben, dicht unter der Küste entlangzuschleichen und über Untiefen hinwegzusegeln, um die andere Schiffe einen Umweg segeln mussten. Allerdings waren solche Hindernisse hier zwischen den Leewardinseln nur recht selten zu finden.

Schließlich schickte Turner seine drei Spezialisten an Bord, wo sie sich zuerst eine geraume Weile mit dem Bootsmann unterhielten, der auf der Luke mit den Schiffsjungen am Spleißen war. Einer der Jungen wurde dann nach achtern geschickt, um die Eignerin zu informieren. Als der Junge zurückkam, verschwand Lennon mit Shultz achtern im Deckshaus, während Carter aufenterte und das Rigg aus der Nähe in Augenschein nahm. Die Zeit verging. Nach einer halben Stunde schickte Turner Tom mit der Anweisung zurück zu Armstrong, das Boot dichter an den Liegeplatz der Galiot zu verholen. Nachdem sie einen Liegeplatz in der Nähe gefunden hatten, warteten die Männer geduldig ab und verspeisten ihre mitgebrachten Rationen. Einmal fuhr Turner hoch, als Lennon mit Shultz wieder an Deck erschien, diesen aber dort verabschiedete und sich mit dem Bootsmann zusammen in den Laderaum begab. Carter war inzwischen fast mit der Inspektion des Großmasts fertig. Shultz schlenderte den Kai herunter und sprang dann leichtfüßig in das Boot. Er roch nach Genever. Sein Zwischenbericht wurde mit Spannung erwartet. Die Witwe konnte sich gut auf Englisch verständlich machen, und sie war ein harter Verhandlungsgegner mit erstaunlich guten Kenntnissen, was die Schwachstellen, aber auch die Vorteile ihres Schiffes anging. »Die Dame lässt sich nicht die Butter vom Brot nehmen, Sir, aber das nun wiederum fordert den Ehrgeiz des Segelmeisters so richtig heraus.« Er grinste breit und nahm einen langen Schluck aus einem

Wasserschlauch. Carter beendete nach einer weiteren Stunde seine Untersuchung und setzte sich zu den beiden jungen Holländern auf die Luke. Bald war er damit beschäftigt, ihnen bei ihren seemännischen Handarbeiten zu helfen. Der Bootsmann und Lennon waren unterdessen wieder aus dem Laderaum aufgetaucht, aber nur, um erneut in anderen Gelassen zu verschwinden. Endlich schien der alte Segelmeister auch die letzte Schiffsratte gezählt zu haben, schüttelte dem Bootsmann dankend die Hand und betrat wieder das Deckshaus.

Die Erste Hundewache hatte begonnen, als Lennon in Begleitung einer drallen blonden Frau wieder das Deck betrat, sich mit einer tiefen Verbeugung von ihr verabschiedete und zusammen mit Carter auf die Kaimauer kletterte. Als die beiden Männer an Bord waren, legte die Pinasse ab und machte sich auf den Rückweg nach English Harbour. Der Segelmeister, der ebenfalls in eine Wolke von Geneverdunst gehüllt war, wischte sich die Stirn ab und schnaufte: »Herr im Himmel, was für ein Prachtweib, und schlucken kann die wie ein polnischer Getreidedrescher. Noch eine halbe Stunde länger und die gute Frau hätte das Aufgebot bestellt und mir das Schiff als Morgengabe geschenkt!«

⚓

»Mister Goldman, ich beabsichtige die *Platvis* zu kaufen. Wickeln Sie bitte das Geschäft diskret ab und achten Sie darauf, dass wir die Originalschiffspapiere in die Hand bekommen, und tragen Sie mich als Setzschiffer* in die Musterrolle ein.

* Auf diesen kleinen Frachtern war es üblich, dass der Schiffseigner zugleich Kapitän war. Blieb er dagegen zu Hause, um von dort aus das Reedereigeschäft zu betreiben, setzte er einen Schiffer auf seinem Frachter ein: den Setzschiffer.

Machen Sie der Frau einen angemessenen Preis und sorgen Sie dafür, dass sie mit dem nächsten Postschiff umgehend nach Europa abreist.«

»Wird erledigt, Sir. Was noch?«

»Heuern Sie über einen Strohmann etwa zwei Dutzend Seeleute an, die das Schiff für einen Monat ausrüsten sollen. Hier ist die Liste. Sie werden vermutlich nicht gerade die Elite des seemännischen Berufsstandes auftreiben können, also geben Sie den Kerls keinen Vorschuss, vernünftig einkleiden – soweit notwendig – sollen sie sich aus der Slopkiste. Mister Armstrong und Mister Carter werden in St. John's als Steuerleute fungieren, der Schiffer ist, ääh, noch in Geschäften unterwegs.«

Nach seinem Gespräch hatte Turner noch eine Verabredung mit dem Rechtsanwalt Robin Raven. Wie hatte ihn Abi Goldman beschrieben – ein etwas merkwürdiger Kauz –, und damit hatte er voll ins Schwarze getroffen. Der Mann, der ihn in seiner durch Sonnenblenden abgedunkelten Kanzlei empfing, war groß und schlank, und sein schwarzer Anzug schlotterte um seinen knochigen Körper. Wie viele große Menschen hatte er sich einen leicht nach vorne gebeugten Gang angewöhnt. Der Teint seines schmalen, langen Gesichts war bleich, so als würde er nur selten an die Sonne kommen. Es wurde von intensiv leuchtenden schwarzen Augen beherrscht, die Turner scharf aus tiefen Höhlen musterten. Er hatte ein Taschentuch in der Hand, mit dem er sich ständig seine lange, scharfgratige, tropfende Nase betupfte. Ein fahler Strich, der von zwei blutleeren schmalen Lippen gebildet wurde, zeigte an, wo man seinen Mund vermuten durfte. Die Ellenbogen des schwarzen Gehrocks glänzten, Flecken auf seinem nachlässig gebundenen Halstuch und dem Revers zeigten auf, dass er nicht immer rechtzeitig mit dem Taschentuch zur Hand war.

»Also Sie sind der berühmte Kapitän Turner, der Schrecken aller Piraten, Freibeuter und Franzosen in diesem Teil der Karibik, den Bahamas und den abtrünnigen Kolonien.« Turner wusste nicht recht, ob der Mann ihn verspottete oder ob er es ehrlich meinte.

»Also Sie sind der berühmte Anwalt Raven, der Schrecken aller gegnerischen Anwälte vor den Schranken aller englischen Gerichte«, erwiderte er.

Raven zuckte leicht zusammen und verzog dann amüsiert den Mund, so dass man seine gelben, fast braunen, schiefen Zähne sehen konnte. »Sie sind nicht nur schnell mit dem Degen, Sir, sondern auch mit dem Mund! Das gefällt mir. Wie mich Mister Goldman informiert hat, soll ich wie ein Adler der irdischen Gerechtigkeit darauf achten, dass sich niemand an dem Eigentum Ihrer, nun ja, äh, Verlobten, Mistress Parker, vergreift und jedweden in diese Richtung zielenden Versuch mit der mächtigen Pranke des Löwen, dem Hüter ebendieses Rechts, vereiteln. Was für schöne Metaphern, Sir, für eine Tätigkeit, die hauptsächlich darin besteht, dicke, staubige Bücher zu wälzen und unverständliche Schriftsätze für debile Richter und unfähige Kollegen zu verfassen. Damit ich meine Pflicht tun kann, müssen Sie vorne bei meinem Kanzleischreiber eine Prozessvollmacht unterschreiben, Sir.«

»Das werde ich gerne tun, Sir. Was glauben Sie, Sir, wie wird der vermutliche Entführer vorgehen?«

»Dieser dubiose Hernandez? Nun, wenn er schlau ist, wird er einem hier ansässigen Anwalt eine beglaubigte Heiratsurkunde schicken und ihn beauftragen, ihn – Hernandez – als Verwalter des Eigentums von Mistress Elizabeth Hernandez einsetzen zu lassen.« Turner zuckte zusammen, als er ihren Vornamen mit diesem Namenszusatz hörte. Raven fuhr ungerührt fort: »Wir haben dann einige Möglichkeiten, das zu verhindern. Erstens können wir die Echtheit der Urkunde anzweifeln, oder besser gesagt, wir müssen den Richter dazu bringen, dies zu tun. Dann müsste der widerliche Kerl die Echtheit der Unterschriften der Eheschließenden, des Priesters und der Trauzeugen beweisen. In Kriegszeiten dürfte das von Martinique aus nicht ganz einfach, aber auf lange Sicht doch möglich sein. Zweitens können wir behaupten, dass die Ehe unter Zwang geschlossen wurde und damit nichtig ist. Das könnte er am wirkungsvollsten widerlegen, indem er mit der Lady hier vor Gericht erscheint. Sollte er das tatsächlich machen, muss Electra Trauer tragen, dann haben wir unseren Fall verloren, Sir, und Sie dürften um viele Illusionen ärmer sein. Aber ich glaube nicht, dass es so weit kommen wird.«

»Warum nicht?«

»Wenn diese ganze, so fein gesponnene Geschichte nicht einen gewaltigen Haken für Hernandez hätte, dann hätte er die Lady hier in der Hauptkirche mit allem Pomp geheiratet, und die ganze Chose wäre problemlos für ihn in trockenen Tüchern gewesen! Also warum dieser ganze Zauber mit einer Reise während der Hurrikansaison und in Kriegszeiten mit einer hochschwangeren Frau? Nur um mit seinem Besitz auf Martinique zu prahlen? Pah!«

Turner nickte langsam. »Vielleicht sollte man sich mal mit dem Priester und den Trauzeugen unterhalten ...«

»Vergessen Sie die Trauzeugen. Wenn die Geschichte getürkt ist, dann finden Sie die nie im Leben wieder. Es sind Chimären, nur Unterschriften. Aber die Frage ist doch, wie viele Pastoren der anglikanischen Kirche gibt es auf Martinique, denn meines Wissens sind sowohl Ihre Verlobte als auch Hernandez Mitglieder dieser Glaubensgemeinschaft.«

»Sie könnten auf Martinique zum Katholizismus konvertiert sein, Sir.«

»Möglich. Aber das erfordert nach den Regeln Roms eine

lange Unterweisung durch einen Priester mit anschließender feierlicher Aufnahme in die Gemeinde. Aber es ist natürlich möglich, dass so ein einflussreicher, wohlhabender Mann wie Hernandez da vieles beschleunigen kann.« Raven sah ihn interessiert an. »Sollte das Paar von einem katholischen Priester getraut worden sein, dann muss Hernandez auch die beiden Taufscheine vorlegen, Sir. Darf ich im Übrigen Ihren Worten entnehmen, dass Sie eine kleine Reise planen, Sir? Was immer Sie tun, denken Sie daran, uns reicht *ein* unwiderlegbarer Beweis, *eine* beschworene Aussage eines Zeugen, dass eine Formvorschrift nicht eingehalten wurde, oder die Erklärung der Lady, dass sie zur Ehe gezwungen wurde – und sei es auch nur verbal, durch Androhung eines empfindlichen Übels, das ihr oder einer ihr nahestehenden Person widerfahren könne, und Hernandez fällt mit seinen Forderungen hinten runter, weil dann die Ehe nichtig wäre.« Raven hob bei seinen Ausführungen nicht die Stimme, er klang genauso unbeteiligt wie die ganze Zeit zuvor.

Turner wurde kreideweiß, als ihm klar wurde, was Raven da eben so en passant angedeutet hatte. Natürlich war Elizabeth erpressbar. Für das Wohlergehen ihres Kindes würde sie alles tun, selbst dieses widerliche Monster heiraten! Er musste nach Martinique, und das so schnell wie irgend möglich.

⚓

Es war schon stockdunkel, als der Skipper der *Platvis,* zusammen mit ein paar Männern, an Bord ging. Die Galiot hatte man inzwischen hinaus auf die Reede verholt. Unverzüglich wurde seeklar gemacht, der Anker wurde gehievt, und nachdem neun der siebzehn neu angemusterten Matrosen wegen Unfähigkeit, Aufsässigkeit oder Faulheit an

Land zurückgebracht worden waren, lief das Schiff mit dem schwachen, langsam einsetzenden Landwind aus.

Bootsmannsmaat Peter Rattle, der während dieser Reise auf der *Platvis* als Bootsmann fungieren würde, grinste in sich hinein, als er an die ungläubigen Gesichter und die finsteren Flüche der geschassten miesen Typen dachte.

»Was, ihr paar traurigen Gestalten wollt mit dem ganzen Rigg klarkommen?«, hatten die Kerls gehöhnt.

»Wenn ich euch nicht dauernd in den Arsch treten muss, weil ihr faul im Weg rumsteht, schaffen wir das mit links!«, hatte er geantwortet.

»Wir wollen unsere volle Monatsheuer!«, hatten sie getönt. Einer der Bagaluten hatte ihm sogar ans Leder gehen wollen, aber dem hatte er mit seinem Starter die ihm nach Rattles Meinung nach zustehende volle Heuer ausgezahlt und auch noch eine Prämie. Seine Kumpane hatten den Mistkerl an Land wegtragen müssen. Als die anderen nach ihren Messern greifen wollten, hatten ein paar der achtern und vorne im Boot sitzenden Männer, die mit dem Skipper an Bord gekommen waren, plötzlich Blunderbüchsen in der Hand gehabt. Quartermaster O'Hara an der Pinne hatte in seinem kehligen irischen Singsang gemeint: »Nur zu, Jungs. Auf diese Entfernung sind diese Bleischleudern am wirkungsvollsten. Und meine Leute zielen tief, dahin, wo es richtig wehtut, versteht ihr?«

Sie hatten verstanden! Zwar hatten sie weiter leise gemault, waren aber gezwungenermaßen friedlich geblieben. Als sie auf dem Kai standen, hatten einige geräuschvoll ausgespuckt, bevor sie sich schimpfend getrollt hatten.

In den frühen Morgenstunden des nächsten Tages, noch vor Sonnenaufgang und nach dem Abbrennen eines Blaufeuers, trafen sie auf die Pinasse und die beiden Kutter, die vollgepackt mit Männern der *Shark* waren. Turner hatte

Dechamp angewiesen, nur Freiwillige zu schicken und diese ausdrücklich darauf hinzuweisen, dass man höheren Orts ihr Verhalten mit einiger Berechtigung als Fahnenflucht ansehen konnte und dass die Franzosen sie auf Martinique, ohne sich große Umstände zu machen, als Spione aufhängen würden, wenn man sie fasste. Trotzdem hatte keiner der Männer gezögert, sich zu melden. Die Gig, mit der Turner und ein paar ausgesuchte Männer zur *Platvis* gefahren waren, blieb im Schlepp, die Pinasse und die beiden Kutter kehrten nach English Harbour zurück.

Turner stand auf dem Achterdeck und musste an das letzte Gespräch denken, das er gestern mit Smith geführt hatte. Der Mann hatte ihn aus seinen blauen Schweinsäuglein lauernd unter den blonden Augenbrauenborsten angeblickt und dann, wie nebenbei, einen längeren Monolog gehalten. »Ach, übrigens, Herr Kapitän, meine Spitzel haben mir gemeldet, dass in St. John's ein handiges Schiff zum Verkauf steht. Wie man hört, soll es auch dafür auch schon ernsthafte Interessenten geben. Ja, in der Tat munkelt man sogar, dass jemand dort eine Besichtigung durchgeführt hat, der eine fatale Ähnlichkeit mit Ihrem Segelmeister hat.« Turners Hals wurde eng. »Aber das ist natürlich pure Einbildung, was soll der alte Mann mit einem eigenen Schiff und vor allem, wie sollte er es bezahlen? Nun, man könnte meinen, dass er in den letzten Jahren reichlich Prisengeld auf die Seite legen konnte, aber ob das reicht?« Turner schluckte. Worauf wollte dieser Mistkerl hinaus. Machte er sich einen Spaß daraus, ihn erst über dem offenen Feuer zu grillen, bevor er ihm den Gnadenstoß versetzte und ihn in Ketten abführen ließ? »Verwundert hat mich auch, dass man das Schiff nur für einen Monat ausgerüstet hat. Das lässt auf einen kurzen Ausflug schließen oder einen scharf rechnenden Schiffer, dem unsere Preise hier zu hoch sind. Wer will das schon wissen.«

Er zuckte mit den Achseln. »Ich bin nur froh, dass Sie damit nichts zu tun haben, denn nach Ihrem Geschmack ist das Schiffchen doch eindeutig zu schwach bewaffnet. Sechs Vierpfünder, pah, dass ich nicht lache, damit kann man keinem Franzmann imponieren, nicht wahr, Sir?« Turner blickte starr aus dem Fenster, presste die Lippen aufeinander, denn das war wirklich seine Achillesferse. Er grunzte gequält: »Nein, Sir.« Smith wedelte mit einem großen Taschentuch in der Luft herum. Falls er auf diese Art beabsichtigte, das Tuch zu trocknen, dann war das ein untauglicher Versuch. »Kennen Sie übrigens Montserrat aus der Nähe, Mister Turner? Ein kleiner Fliegendreck auf der Seekarte, aber höchst gefährlich. Aktive Vulkane, scheußlich. Völlig unberechenbar. Hat auch ständig Veränderungen im Unterwasserbereich zur Folge, daher gibt es keine verlässlichen Seekarten.« Smith blickte gelangweilt vor sich hin, nahm einen Schluck seines Drinks und gab sich den Anschein, als würde er nichts lieber tun, als stundenlang freundlich Smalltalk zu betreiben. Turner schnaubte innerlich vor Wut. Smith, dieser fanatische Sammler von Fakten, und belangloses Geplauder, diese Vorstellung war zum Lachen! »Das muss auch einer kleinen französischen Sloop zum Verhängnis geworden sein, die neugierig vor Antigua herumgeschnüffelt hat. Sie wurde aber von einer unserer Fregatten entdeckt, nach Westen abgedrängt und verfolgt. Der Franzose hat sich in seiner Not in die Küstengewässer von Montserrat gerettet. Das war einerseits ein kluger Schachzug, denn der Kommandant des britischen Schiffes ist ihm nicht gefolgt, anderseits erwies er sich doch nicht als so gut, weil er unter der Küste etwa anderthalb Seemeilen südöstlich von Plymouth auf die Steine gegangen ist. Die Mannschaft hat sich dann irgendwann mit den Schiffsbooten und an Land gestohlenen Fischerbooten davongemacht. Das Kriegsschiff hat anschließend das

Wrack untersucht und abgeborgen, was mit den Booten zu transportieren war. In der Nacht wurden sie dabei von der Landbevölkerung tatkräftig unterstützt, denn aus Sicherheitsgründen kehrten die Boote am Abend immer zu ihrem draußen beiliegendem Schiff zurück. Die weiße Bevölkerung der Insel besteht zum größten Teil aus Iren, die bekanntlich erfahrene Strandräuber sind. Nur die Kanonen, ein Dutzend guter französische Sechspfünder, konnten sie nicht bewegen. Eigentlich schade drum, finden sie nicht auch?« Smith blickte ihn unschuldig an. Turner nickte unbeteiligt, obwohl ihm das Herz bis in den Hals schlug. »Auch Kugeln und Kettengeschosse liegen noch reichlich im Schiff herum. Sie passen leider nicht in unsere Geschütze, schade. Auch die Insulaner hatten dafür keine rechte Verwendung – und so werden die schönen Bronzestücke samt Futter wohl nach dem nächsten Hurrikan für immer auf dem Meeresgrund ruhen.« Nach ein paar weiteren belanglosen Sätzen waren sie nach einem freundlichen Händedruck auseinandergegangen. Turner hatte fassungslos den Kopf geschüttelt; da hatte ihm doch eben Smith, der ihm offiziell verboten hatte, nach Martinique zu segeln, einen Tipp gegeben, wie er seine schwächelnde Artillerie entscheidend verstärken konnte. Montserrat lag fast genau am Weg nach Martinique, und über der Insel wehte die britische Flagge! Wenn da nur nicht die unsicheren Wassertiefen gewesen wären. Aber das Problem würden sie schon in den Griff bekommen.

⚓

»So ein holländischer Dwarslöpper hat doch ganz offensichtlich auch seine Vorteile«, meinte Quartermaster Shultz grinsend zum Rudergänger, nachdem er prüfend über die

Kante gepliert und deutlich unter sich die schwarzen Lavabrocken auf dem Meeresgrund gesehen hatte. Drüben auf dem Wrack winkte Midshipman Armstrong. Er war mit der Gig vorausgefahren, hatte den Weg zu dem aufgelaufenen Schiff ausgelotet und dann mit seinen Männern untersucht, ob längsseits genug Wasser für die *Platvis* vorhanden war.

»Ruder hart Steuerbord!«, befahl der Steuermannsmaat Carter, der als Segelmeister auf der *Platvis* fungierte. »Bootsmann, die Segel bergen!«

»Ruder liegt hart nach Steuerbord über, Sir.«

»Die Segel bergen, aye, Sir!«

Langsam drehte sich die *Platvis*, der Klüverbaum zeigte auf das französische Schiff, wanderte weiter nach vorne aus und kam zum Stillstand. Turner zog die Nase kraus. Hatte sich Carter verschätzt, schließlich kannte er diesen Schiffstyp nicht so gut wie seine heimischen Schoner? Würden sie ein paar Yards vor ihrem Ziel verhungern? Vom Vorschiff flogen zwei Wurfleinen zur Sloop hinüber; die daran angesteckten Festmacherleinen wurden schnell hinübergezogen und belegt, und langsam klappte das Heck an die Bordwand heran.

»Sehr schön, Mister Carter«, lobte Turner seinen diensttuenden Segelmeister, obwohl der alte Salzbuckel natürlich selbst ganz genau wusste, wann er gut gewesen und wann ihm ein Manöver nicht so hundertprozentig gelungen war.

Das französische Schiff zu finden war schwieriger gewesen, als sich das Turner vorgestellt hatte. Sie hatten zuerst einen respektvollen Abstand zur Küste eingehalten und nach aufragenden Masten gesucht, diese waren aber nicht auszumachen gewesen. Wie sich später herausstellte, waren die Masten beim Auflaufen über die Seite gegangen und dann später entweder von der Besatzung der Fregatte oder den Strandräubern mitsamt den Spieren, dem Tauwerk und den Segeln geborgen worden. Auch sonst schien es kaum noch etwas Brauchbares auf dem Schiff zu geben. Die Kanonen und Lafetten waren wahrscheinlich nur deshalb zurückgeblieben, weil die kleinen Boote der Insulaner untergegangen wären, hätte man die schwarzen Ungetüme in sie hinabgefiert. Da die Masten und die Rahen fehlten, wäre das Unternehmen, sie zu bergen, schon daran gescheitert, dass es keine massiven Spieren gab, an denen man die dafür benötigen Flaschenzüge hätte anschlagen können. Dasselbe galt für die Boote der Fregatte – und diese konnte es mit ihrem Tiefgang nicht mal annähernd wagen, sich dem Wrack zu nähern. Für die kleine *Platvis* mit ihrer großen Breite und dem daraus resultierenden geringeren Tiefgang reichte das Wasser längsseits noch gut aus. Mit schweren Flaschenzügen an den Rahen war das Umsetzen der Geschütze in der Tat kein Problem für die eingespielte Besatzung. Es zeigte sich, dass das Schiff in seiner Zeit als Kriegsschiff bei der V.O.C.* eine entsprechende Bewaffnung geführt haben musste, denn die Richt- und Ausrenntaljen sowie die Brooktaue passten nahezu perfekt. Es waren nur wenige Änderungen erforderlich. Die Vierpfünder – lächerliche Erbsenschleudern – hatte sie der Stückmeistersmaat genannt, wurden unten im Laderaum verstaut.

»Jetzt brauchen wir nur noch die entsprechenden Kugeln«, stieß Turner fast fröhlich hervor und rieb sich zufrieden die Hände. Noch drei, vier Stunden, dann konnten sie sich auf den Weg nach Martinique begeben, um Elizabeth und seinen Sohn ausfindig zu machen und sie zu befreien.

»Das wird etwas problematisch, Sir«, dämpfte Bootsmannsmaat Rattle seinen Optimismus. »Der Boden des Schiffes ist von den Felsen eingedrückt worden, worauf natürlich die Luke und alle tiefgelegenen Stauräume ein gutes Stück weit abgesoffen sind, darunter auch die Kugellast.«

---

* Vereenigde Oostindische Compagnie

»Ziegenködel im Pillendöschen!«, fluchte Turner und schlug mit der Faust auf die Verschanzung. ›Kann denn nicht ein Mal alles glatt gehen?‹, haderte er mit dem Schicksal. »Kommen Sie, Rattle, zeigen Sie mir, wo es langgeht!«

Zusammen gingen sie über das seltsam leer und aufgeräumt wirkende Deck. Der Bootsmannsmaat deutete in den vorderen Niedergang hinab, sogar die Türen des Niedergangs mitsamt der Scharniere hatte jemand gebrauchen können und abgebaut. Turner stieg die Stufen hinunter ins Zwischendeck, das ebenfalls völlig ausgeräumt worden war. Als er die seitwärts aus der Mittschiffslinie versetzte Treppe weiter hinabsteigen wollte, blickte er auf einen schwarzen Spiegel, in den die Stufen hineinführten. Er ballte enttäuscht die Fäuste. Jetzt hatte er ein Dutzend wunderbarer Sechspfünder an Deck zu stehen, aber wie es aussah, konnte er die als Ballast in seine Luke stauen und die Erbsenschleudern wieder aktivieren, mit denen man höchstens Möwen erschrecken konnte. Es war zum Auswachsen! Er rieb sich intensiv den Hinterkopf. Die Kugellast konnte sich lediglich ein paar Yards, vielleicht auch nur wenige Fuß vom Niedergang entfernt befinden. War es möglich, dahin zu schwimmen? Ohne lange zu überlegen, streifte er seine Kleider ab, und ohne auf den erstaunten Schnaufer des Bootsmannsmaaten zu achten, stieg er die ersten über dem Wasser befindlichen Stufen hinab und ließ sich in das salzige Nass hinabgleiten. Hier fiel nur wenig Licht hinein, und er verließ sich ganz auf seinen Tastsinn. Er konnte den Kopf zum Atmen über der Wasseroberfläche halten, und schon nach zwei, drei zaghaften Schwimmstößen stieß er gegen ein Querschott. Er tastete es nach einer Tür ab, fand aber nur eine Klappe; daraufhin widmete er seine Aufmerksamkeit der Backbordseite. Erschrocken zuckte er zusammen, als er in etwas griff, das sich wie der Pelz eines Bären anfühlte. Schnell beruhigte er sich wieder; das war die Felldecke, die den Zugang zur Pulverkammer vor Funkenflug absichern sollte. Geschickt drehte er sich auf der Stelle um und gelangte mit einem kräftigen Schwimmstoß auf die andere Seite. Dort fand er die gesuchte Tür, dahinter mussten die Kugeln lagern. ›Trottel!‹, schalt er sich, ›da hättest du auch gleich drauf kommen können!‹ Natürlich lag der Kugellocker in der Kiellinie, denn der Konstrukteur hatte selbstverständlich keine großen Gewichte so anordnen wollen, dass sie eine Schlagseite verursachten. Er tastete nach dem Griff, und die Tür ließ sich leicht öffnen. Er holte tief Luft und tauchte durch den Eingang. Auf der anderen Seite kam er wieder hoch, und Panik erfasste ihn. Es war stockdunkel. Er hielt sich an einem Regal fest und atmete tief durch. Die Luft hier drinnen roch abgestanden und muffig. Er beruhigte seine flatternden Nerven wieder und fing an, in dem Regal herumzutasten. Seine Hände glitten über runde, harte Bälle. Kanonenkugeln! Erleichtert grinste er in der Finsternis vor sich hin. So, jetzt schnell wieder raus hier! Wo war diese verdammte Tür? Mit den Füßen tastete er herum und orientierte sich. Noch einen letzten langen Atemzug dieser fauligen Luft und mit einem kräftigen Stoß durch die Tür zurück in den Vorraum!

»Käpt'n, Sir, wo sind Sie? Melden sie sich!«, hörte er Rattle rufen. Der Kerl machte sich doch tatsächlich Sorgen um seinen Kommandanten. Wo war bloß der verdammte Niedergang? Ein grauer Lichtschimmer wies ihm den Weg. Wie der Froschkönig persönlich entstieg er prustend und tropfend dem nassen Element, schüttelte sich oben wie ein Hund und trocknete sich mit seinem Hemd ab. Während er sich anzog, wies er Rattle an: »Holen Sie bitte den Bootssteurer!« Er musste nicht lange warten.

»Da unten liegen die Kugeln, die wir brauchen, Tom. Aber ich fürchte, dass wir sie ziemlich mühselig aus dem Locker heraustauchen müssen, doch das sollte für dich und die anderen geübten Schwimmer eigentlich kein großes Problem darstellen, würde ich meinen. Aber es wird uns eine Menge Zeit kosten.« Tom sah sich im Zwielicht des Wohndecks um, zog sich aus, und schon war er auf dem Niedergang nach unten verschwunden. Turner hörte ein paar schlagende Geräusche der Füße auf der Wasseroberfläche, dann herrschte Stille. Nach einigen Minuten war unten wieder das Plätschern von Wasser zu vernehmen, und Tom erschien auf der Treppe. Beim Anziehen überlegte er kurz und meinte dann: »Wie wäre es, Käptum, Zur, wenn Sie die Haube über dem Niedergang abbrechen ließen, dann fällt hier mehr Licht rein, und wir können die Kugeln mit einer Lastentalje an Deck hieven. Außerdem könnten wir vielleicht das Deck über der Kugellast durchhacken, dann hätten die Männer in der Last Licht und könnten außerdem die Kugeln direkt ins Zwischendeck hinaufziehen lassen, wo sie dann in eine Netzbrook gestaut und mit der Talje aufs Hauptdeck gehievt werden könnten.«

Leutnant William Turner stand vor Erstaunen der Mund weit offen, zum Glück konnte das bei den herrschenden Lichtverhältnissen niemand sehen. »Ahem, Tom, äh, das ist wirklich eine brillante Idee«, krächzte er bewundernd. ›Verdammt will ich sein, warum bin ich nicht auf das Nächstliegende gekommen!‹, tadelte er sich selbst.

Bald schallte der Klang der Äxte über die See, und ein Dreibein aus Reservespieren wurde über der großen Öffnung des Niedergangs aufgestellt, an dem eine Talje aufgeriggt wurde. Noch vor Sonnenuntergang hatten sie ein paar Hieven mit Kugeln, Stangengeschossen und den bei den Franzosen so beliebten Kettenkugeln auf das Oberdeck geholt, die Brooken unter die Großrahnock der *Platvis* gezogen, dann unter dem Einsatz anderer Taljen über den Laderaum ihres Schiffes bugsiert und sie schließlich in die Kugellast verstaut.

Obwohl Turner die Zeit unter den Nägeln brannte, ließ er während der Dunkelheit die Arbeit einstellen; es war einfach zu gefährlich, mit so schweren Gewichten zu hantieren, wenn man nichts oder nur sehr wenig sah.

Voll mit selbstquälerischem Zweifel marschierte Turner in der Dunkelheit des Achterdecks auf und ab und fragte sich, ob er die richtige Entscheidung getroffen hatte, den Umweg über Montserrat zu wählen, um die Feuerkraft seines kleinen Schiffes zu erhöhen. Die Zeit zerrann ihm zwischen den Fingern, und die Ungewissheit zermürbte ihn. Wäre es richtiger gewesen, auf dem kürzesten Weg nach Martinique zu eilen, um Gewissheit über Elizabeths Schicksal zu bekommen? Aber mit der lächerlichen Bewaffnung wäre er eine zu leichte Beute für jedes auch noch so kleine französische Kriegsschiff gewesen. Er musste einfach damit rechnen, dass die Franzosen ihre Flottenpräsenz in der Karibik verstärkt hatten, und sei es auch nur durch Schiffe, die durch Stürme oder andere unvorhersehbare Umstände den Kontakt zu ihren Flotten verloren hatten und zunächst einmal in der Flottenbasis von Martinique Unterschlupf suchten. Hatte er vielleicht das völlig falsche Schiff für sein irrwitziges Unternehmen ausgesucht? Auf der *Platvis* befand sich immerhin fast die Hälfte der Besatzung der *Shark*. Er brachte bei diesem Einsatz, der ganz seinen ureigenen Zielen diente, eine Menge Männer leichtfertig in Gefahr. Wären nicht ein Fischerboot und ein halbes Dutzend Männer völlig ausreichend gewesen? Schließlich war er sich noch keineswegs sicher, wie er vorgehen sollte, wenn er erst mal Martinique erreicht hatte. Schließlich konnte er nicht die ganze verdammte Insel besetzen. Er konnte nur sehr vorsichtig Informationen sammeln oder, besser gesagt, sammeln lassen. Bei seinem schauderhaften Akzent sollte er lieber den Mund halten und anderen das Parlieren überlassen. Verdammt, ihn beschlich das ungute Gefühl, dass er in seinem Ungestüm mal wieder auf das falsche Blatt gesetzt hatte. An Land grollte der Vulkan und spuckte eine Ladung Lava aus. Die dunkle Qualmwolke über dem Krater wurde von unten rot angestrahlt, und glühende Gesteinsbrocken flogen in hohem Bogen durch die Luft; andere polterten laut an der Flanke des Berges hinunter, um schließlich zischend unter einer weißen Dampfwolke in der See zu versinken. Die Szenerie passte perfekt zu seinem Gemütszustand. Die Sorge um Elizabeth und die Befürchtung, zwar das Richtige gewollt, aber das Falsche gemacht zu haben, brachte ihn fast um den Verstand. Schließlich ließ er sich achtern erschöpft auf eine Backskiste fallen, warf den Kopf in den Nacken und starrte in den mit Sternen übersäten tropischen Nachthimmel. Eine Sternschnuppe glühte auf und verlosch wieder. Turner nahm das als ein positives Omen und ging müde zur Tür des Deckshauses, um sich in seine Kabine zurückzuziehen. Aber die schwarzen Gedanken folgten ihm.

Kapitel 9

Martinique, Mitte Juli 1778

Später in der Nacht, gegen sechs Glasen auf der Mitternachtswache, wurde Turner vom Midshipman Armstrong unsanft aus einem unruhigen Schlaf geweckt. »Sir, mit den besten Empfehlungen von Mister Carter, aber wir bekommen Besuch. Die Rothäute hören Boote.«

Verstohlen näherten sich dem Wrack und damit auch der *Platvis* ein paar Boote, die sich alle Mühe gaben, keine Geräusche zu verursachen; selbst die Riemenblätter hatte man mit Stoff umwickelt. Ganz offensichtlich waren die irischen Bewohner der Insel nicht damit einverstanden, dass ihnen das nach Recht und Sitte zustehende Strandgut von einem holländischen Schiff vor der Nase weggeschnappt wurde. Wenn sie auch nicht wussten, wie sie die schweren Stücke bergen sollten, so waren sie doch auch nicht bereit, sie so einfach herzugeben. Da sie die Galiot für einen Frachter hielten, rechneten sie mit keiner starken Besatzung. Zwar hatte Turner am Tage keine Flagge setzen lassen, aber die Bauart des Schiffes ließ sich nicht verleugnen. Er hatte auch erwogen, die britische Flagge setzen zu lassen, hatte dann aber darauf verzichtet, weil er vermutlich zu Recht annahm, dass man das lediglich für eine plumpe Kriegslist halten würde.

William schlüpfte in seine Hose und warf sich ein Hemd

über, packte seinen schweren Säbel und eilte an Deck. Vorsichtshalber hatten sie am Abend die Drehbassen der *Platvis*, immerhin hatte der sonst so geizige holländische Kapitän davon ein volles Dutzend an Bord, auf beiden Schiffen in Stellung gebracht und mit gehacktem Blei geladen. Die Mannschaft war bereits gepurrt worden und bewaffnete sich in aller Eile mit Entermessern und Pistolen.

»Mister Armstrong, lassen Sie bitte zwei der Drehbassen nacheinander hoch über die Boote feuern. Wir wollen unsere papistischen Landsleute zwar nicht umbringen, aber es schadet nichts, wenn das Blei von oben in ihre Boote klatscht und ihnen den tiefen Sinn des Bibelwortes ›Alles Gute kommt von oben!‹ anschaulich klarmacht.«

Turner hätte wetten können, dass der Midshipman breit grinste, als er zackig bestätigte: »Aye, aye, Sir!« Armstrong war zwar bei theoretischen Prüfungsaufgaben ein totaler Versager, aber die Praxis beherrschte er besser als manch ein altgedienter Leutnant auf einem Linienschiff. Turner war sicher, dass einige Männer in den Booten in wenigen Sekunden in einem höchst ungemütlichen Hagelschauer aus Bleistücken sitzen würden. Er sah zu, wie der dunkle, massige Umriss von Armstrong an einer der Drehbassen hantierte; das Rohr wanderte in die Höhe, und eine Lunte glimmte rot auf, als sie angeblasen wurde. Dann folgte ein Mündungsblitz, und Turner fluchte halblaut vor sich hin: »Du bist ein völlig hirnrissiger Trottel, Turner! Jedes zehnjährige Pulveräffchen weiß, dass man des Nachts vor dem Abschuss einer Kanone die Augen schließen muss, wenn man nicht anschließend ewig lange geblendet sein will – aber der ach so schlaue Mister Turner reißt natürlich seine Guckerchen weit auf, und was sieht er jetzt? Nichts, verflucht!« Aber er hörte die erschrockenen Ausrufe, in die sich auch ein paar Schmerzensschreie mischten. Dann krachte die zweite Drehbasse und verstärkte die Panik auf den Booten. Langsam kehrte sein Sehvermögen wieder zurück. Die Boote wendeten eilig; zwei kollidierten dabei und kamen in der Hektik kaum noch voneinander klar. Wenn Turner ernst gemacht hätte, wäre es ein Blutbad geworden, aber so verschwanden die schwarzen Schemen der Boote eilig in der Dunkelheit, und es kehrte wieder Ruhe ein.

»Mister Carter, machen Sie weiter, Sir.«

»Aye, Sir!«, gluckste Carter vergnügt. Nun ja, dachte Turner, man konnte seinen Befehl selbstverständlich so oder so auslegen …

Am Morgen machten sie mit der Übernahme der Munition weiter, gegen Mittag warfen sie die Leinen los, tasteten sich hinaus ins tiefe Wasser und überließen das Wrack seinem Schicksal. Entweder würde ein Vulkanausbruch sein Ende besiegeln, oder der nächste Hurrikan würde es in seinem Prokrustesbett aus schwarzem, scharfkantigem Gestein zermalmen.

⚓

Aus Sicherheitsgründen zog Turner es vor, nicht innerhalb des Inselgürtels nach Süden zu laufen, sondern durch die Straße von Dominica nach Osten zu kreuzen, um dann draußen auf dem Atlantik den Kurs zu ändern und auf sein Ziel an der Ostküste von Martinique zuzuhalten. Das bedeutete aber zunächst ein mühsames Pressen von Höhe. Obwohl die *Platvis* besser am Wind segelte, als er zu hoffen gewagt hatte, sehnte er sich doch schon bald nach der *Shark*, denn mit der wäre er in zwei Schlägen durch die Passage gerauscht. Mit der Briggtakelung und dem – bedingt durch die große Breite – verhältnismäßig kleinen Lateralplan verbrachten sie den Rest dieses Tages, die Nacht, den Vormittag und den halben Nachmittag des nächsten damit, den Pointe de la Grande Vigie querzulaufen. Dann endlich konnten sie etwas abfallen, einen Schrick in die Schoten geben und dreißig Seemeilen gut voll und bei am Wind laufen. Nach Einbruch der Dunkelheit standen sie querab der kleinen Insel La Désirade Les Galets östlich von Guadeloupe. Der Kurs wurde auf Süd-zu-Ost geändert, und die *Platvis* konnte auf den nächsten knapp hundert Seemeilen ihre Vorzüge als Raumschotsläufer voll ausspielen.

Turner hatte sich schon stundenlang über der Karte den Kopf zerbrochen, wo er das Schiff verstecken sollte, während seine Spione Nachrichten über den Verbleib von Elizabeth sammelten. Zwar war die Ostküste von Martinique stark zerklüftet, wies eine Vielzahl von großen und kleinen geschützten Buchten sowie vorgelagerten Inseln und Inselchen auf, aber je weiter er sich in eine der tief ins Landesinnere einschneidenden Buchten hineinwagte, desto größer war die Gefahr, dass man ihn dort blockierte und dann mit kleinen Booten ausräucherte. Wieder kam ihm der Gedanke, dass er das falsche Fahrzeug für das Unternehmen ausgesucht hatte. Ein Kutter oder sogar ein einheimisches Fischerboot wären besser geeignet gewesen; dafür hätte es Hunderte von Plätzen gegeben, an denen man sie hätte verstecken können, ohne dass ein neugieriges Auge sie entdeckt hätte – es sein denn, der vorwitzige Schnüffler würde zufällig in das Boot hineinstolpern, aber das wäre dann auch das Letzte, was er gesehen hätte. Je länger er sich die Karte ansah, desto mehr kam er zu der Überzeugung, dass es nicht klug war, die *Platvis* an der Küste zu verstecken. Martinique war verhältnismäßig dicht besiedelt, und wo viele neugierige Augen wachten, entstanden schnell Gerüchte, die zwangsläufig auch den weißen Herren auf den Plantagen und damit auch den offiziellen

Stellen zu Ohren kämen. Er besprach das Problem mit Tom, der zwar aus Guadeloupe stammte, aber ihm einen Matrosen nennen konnte, der von Martinique stammte. Wie er selber war es ein ehemaliger Sklave, der als Jüngling entlaufen war und dann irgendwie den Weg in die Royal Navy gefunden hatte. Der Matrose kannte zwar ein oder zwei Verstecke, die er für völlig sicher hielt, musste aber auf Nachfrage eingestehen, dass diese Schlupfwinkel zwar nicht regelmäßig, aber doch immer wieder mal von den örtlichen Fischern genutzt wurden. Aber ein Fischerboot, da war er sich gewiss, konnte man so verstecken, dass es schon mit dem Teufel zugehen musste, wenn irgendjemand es zufällig fand. Der Gedanke an das Fischerboot ließ William nicht los. Er konnte natürlich seine Spürnasen mit der Gig oder dem Schiffsboot an Land bringen lassen, aber die würden aufgrund ihrer Bauart sofort auffallen. So kam es, dass die *Platvis* im Morgengrauen des nächsten Tages entgegen dem ursprünglichen Plan dicht unter der Ostküste von Martinique stand. Ein paar Fischerboote strebten der Küste zu und verschwanden in einer Bucht, aber ein Boot befand sich noch weiter draußen und war augenscheinlich noch damit beschäftigt, seinen Fang zu bergen. Die *Platvis* hielt darauf zu; auf ihrem Vorschiff stand ein Seemann und schwenkte ostentativ eine Pütz hoch in der Luft. Das war ein Zeichen, das überall verstanden wurde, nämlich dass der Schiffer frischen Fisch kaufen wollte. Die Schoten wurden kontrolliert gefiert, um den Winddruck weitgehend aus den Segeln zu nehmen, und das Boot kam von ein paar kräftigen Paddelschlägen angetrieben längsseits. Die Besatzung machte erschrocken große Augen und protestierte völlig zu Recht sehr lautstark, als man sie mit vorgehaltenen Musketen und Pistolen zum Aussteigen veranlasste. Während die *Platvis* das Boot in Schlepp nahm, ihre Segel wieder trimmte und die Reise fortsetzte, blickte

Turner auf seine Taschenuhr. Das Manöver hatte keine fünf Minuten gedauert. Wenn jemand von Land aus den Vorfall beobachtet hatte, dann musste er den Eindruck gewinnen, dass ein holländisches Schiff – aus was für einem Grund auch immer – ein einheimisches Fischerboot gekapert hatte und dann anschließend seinen Kurs in Richtung Barbados abgesetzt hatte.

Aufmerksam musterte Turner die vier dunkelhäutigen Fischer. Ein etwa fünfzigjähriger Mann, dessen krauses Haar bereits silbrig schimmerte, war offensichtlich der Schiffer, neben ihm standen zwei junge, kräftige Kerle, die eindeutig Brüder waren, dazu kam noch eine jüngere Ausgabe der beiden, die vierzehn oder fünfzehn Jahre alt sein mochte. Der alte Fischer starrte Turner mit vortretenden schwarzen Augen wütend an und überschüttete ihn mit einem französischen Wortschwall, jedenfalls meinte William französische Wortfetzen zu verstehen.

Tom grinst seinen Kommandanten an: »Er spricht ein grausiges Patois, Sir, ich vermute, dass man hier geboren sein muss, um alle Ausdrücke zu verstehen. Nun, jedenfalls nennt er Sie einen hinterlistigen Dieb, einen …, ääh, das übersetze ich besser nicht …!«

Turner brachte den Mann mit einer energischen Handbewegung zum Schweigen, holte aus seiner Rocktasche einen kleinen, aber prallen Lederbeutel und wog ihn bedächtig in seiner rechten Hand. »Sage ihm, dass ich hier in meiner Hand die Miete für sein Boot halte. Wir werden ihm und seiner Besatzung nichts tun, würden es aber sehr begrüßen, wenn sie uns bei unserem Unternehmen helfen würden.«

Während Tom übersetzte, beobachtete William scharf den Gesichtsausdruck des Mannes. Er schien sich etwas zu entspannen, ließ dabei aber den Beutel keine Sekunde aus den Augen. Auch die beiden jüngeren Männer blickten begehrlich, und einer leckte sich gierig die Lippen. Nur den Jungen interessierte das Geld nicht, er stand mit weit aufgerissenen Augen da und schaute sich neugierig auf dem Deck um. Wahrscheinlich befand er sich zum ersten Mal auf so einem großen Seeschiff.

»Er fragt, was er tun soll?«

»Gibt es unterhalb der Plantage *Monticule Heureux* ein gutes Versteck für das Boot?«

Die Miene des Skippers und auch die der anderen drei Fischer veränderte sich schlagartig. Während der Alte Turner wieder feindselig und abweisend anstarrte und die Arme vor der Brust kreuzte, blickten die beiden älteren Brüder irgendwie beschämt auf das Deck und drehten sich zur Seite weg; der Junge riss angstvoll weit die Augen auf und schaute sich um wie ein gehetztes Tier, das in eine Falle gelaufen ist. Der Alte stieß zwischen den zusammengepressten Zähnen knurrend einen kurzen, sehr ablehnend klingenden Satz hervor.

»Er bedauert, aber er kann uns nicht helfen, Käptum, Zur!«

»Er will nicht! Ich möchte wissen, warum nicht. Frag ihn!«

Tom redete auf den Fischer ein, der anscheinend völlig desinteressiert über die See blickte. Offenbar musste Tom seine ganze Überredungskunst aufbieten, um den Mann aus seiner feindseligen Haltung herauszulocken. Erst nach und nach schien er wieder aufzutauen und sein tiefes Misstrauen zu verlieren, als ihm Tom offensichtlich bruchstückhaft etwas über den Hintergrund ihrer Anwesenheit hier erzählte. Nachdem dieser seine Erklärung beendet hatte, schwieg der alte Mann eine gute Weile, ehe er langsam zu erzählen begann; dabei blickte er einige Male traurig auf den Jungen. Tom lauschte gespannt und übersetzte dann.

»Der Patron der Plantage, dieser Hernandez, kommt zum

Glück nur selten auf die Insel, aber während seiner Anwesenheit macht er vielen Menschen das Leben zur Hölle. Besonders den halbwüchsigen Jungen und Mädchen.« Tom schluckte, räusperte sich und spuckte über die Reling aus.

Turner fielen wieder die auf Hernandez gemünzten Worte von Michelle ein: ›Eine schlimme Mann, pah, keine Mann, eine *cochon*, wie sagt man? Eine Dreckschwein, aye!‹ Genauso hatte sie es ausgedrückt. Er hatte ihrer Aussage damals keine allzu große Bedeutung beigemessen, denn es war allgemein üblich – und zwar völlig unabhängig davon, welche Flagge über dem Land wehte –, dass der Eigentümer einer Plantage seinen sexuellen Appetit mit den jungen Sklavinnen stillte und mit ihnen eine Vielzahl von Bastarden in die Welt setzte. Auf den Abendgesellschaften der Herrschaften wurde das Thema nicht problematisiert, und wenn es dann und wann wirklich einmal angesprochen wurde, dann galt es als ausgemacht, dass die Negerinnen sich nur zu gerne ihren Herren hingaben, um von ihnen bestimmte Vergünstigungen zu erhalten. Ein älterer Commander hatte Turner bei solch einer Gelegenheit einmal vertraulich zugezwinkert und dann halblaut geflüstert: »Das ist doch eine wunderbare Regelung, die alle zufriedenstellt, Sir. Der Hausherr bekommt frisches Fleisch in seine Koje; dass es schwarz ist, sieht er ohnehin nicht, denn erstens ist es in einem anständigen englischen Schlafzimmer beim Geschlechtsverkehr dunkel, und zweitens ist er, wie immer, um diese Zeit fast volltrunken. Seine Gattin hat ihre verdiente Ruhe vor den überaus lästigen fleischlichen Lustattacken ihres alten Suffkopfs. Die Mätresse bekommt Stoff für ein paar neue Kleider und wird mit leichten Arbeiten im Haus beschäftigt – solange es dauert.« William hatte mechanisch genickt und verwirrt geschwiegen. Seine Welt war das nicht. Aber bei Hernandez schien die Sache noch andere Dimensionen zu haben. Anscheinend zog es ihn besonders zu den Heranwachsenden beiderlei Geschlechts hin.

Tom fuhr fort: »Er sucht sich bei seinen Ausritten über seinen Besitz besonders schöne Mädchen und Knaben aus und veranlasst, dass sie von seinen Aufsehern auf die Plantage gebracht werden. Dort lässt er sie zuerst reichlich bewirten und gibt sich generös, aber dann missbraucht er sie brutal. Wobei die Mädchen den Schmerz und die Demütigung, äh, doppelt erleiden müssen, Zur. Wenn sie sich zu sehr wehren, macht er sie mit Schlägen gefügig. Der Kerl ist ein widerliches Schwein, Käptum, Zur!«

»Wird der Alte uns helfen, dieses Miststück der Gerechtigkeit zuzuführen, Tom?«

»Er zögert, weil er der Auffassung ist, dass Hernandez zu mächtig ist, um von der irdischen Justiz bestraft zu werden. Er diniert mit dem Gouverneur in dessen Residenz, und der General der Garnison und der Hafenadmiral sind regelmäßig seine Gäste, wenn er auf der Insel ist. Vom Richter und den anderen hohen Beamten gar nicht zu reden, die ihm alle die Schuhe küssen!«

Turner stieß seinen Kopf nach vorne, hob die rechte Hand mit den Schwurfingern und fauchte böse: »Ich schwöre einen heiligen Eid, dass Hernandez, wenn ich mit ihm fertig bin, keinem Menschen, egal ob jung oder alt, noch ein Leid zufügen kann!« Das schien den Alten zu überzeugen, wenn er auch den Wortlaut von Turners Ausbruch nicht verstanden hatte. Er nickte langsam, drehte sich zu seinen Leuten um und sprach kurz mit ihnen. Auch sie nickten bestätigend und brachten sogar so etwas wie ein leichtes Lächeln zustande. Der Skipper verbeugte sich leicht und stellte sich vor: »Elias.« Er deutete auf die beiden größeren Männer: »Absalom und Aaron.« Zuletzt kam der Junge dran: »Benjamin.«

Die *Plattvis* änderte ihren Kurs hinaus auf die offene See.

Draußen lagen sie bei, und Turner schmiedete mit seinen »Agenten« Pläne, wer wo was herausfinden sollte. Nachdem die Aufgaben verteilt waren, schlichen sie sich in der Dunkelheit wieder an die Küste heran. Elias würde die *Platvis* in der Morgendämmerung zwischen ein paar kleine vorgelagerte Inseln lotsen, wo sie in aller Ruhe auf die Rückkehr der Späher warten konnte. Die Inseln lagen zwischen gefährlichen Untiefen, die dafür sorgten, dass größere Schiffe einen weiten Abstand von ihnen hielten, und sie wurden von niemand besucht, weil es auf ihnen nichts zu holen gab – kein Frischwasser, keine verwilderten Ziegen oder Schweine, noch nicht einmal Brennholz. Die Inselchen mit den hochaufragenden Klippen bildeten ein kleines, geschütztes Bassin, in dem die *Platvis* unsichtbar von der See und von der Küste abwarten konnte. Und Turner konnte in dem warmen Wasser seine Schwimm- und Tauchkünste weiter vervollkommnen, sofern er es nicht vorzog, unruhig wie ein gefangener Tiger auf dem Achterdeck hin- und herzulaufen.

⚓

Der Wildwechsel durch den Busch war eng, gewunden und niedrig. Tom musste sich häufig bücken, um nicht hängenzubleiben. Er staunte, wie elegant sich Michelle in diesem schwierigen Gelände bewegte und leichtfüßig dem Waldläufer »Beaver« an der Spitze folgte. Hinter Tom ging Yves, der Seemann aus Martinique. Die Nachhut bildeten »Moose« und Blackwood. Zwei- oder dreihundert Yards vor ihnen sicherten die beiden Indianer den Weg ab und zeigten mit abgebrochenen Ästen an, welchem Pfad sie folgen mussten. »Snake« war als Einsatzreserve für alle Fälle an Bord geblieben. Der Pfad führte stetig aufwärts. Es war heiß, feucht und stickig im Dschungel. Ein fauliger, süßlicher Verwesungsgeruch umgab sie. Erst als sie die Zuckerrohrpflanzungen in einem langgestreckten Tal erreichten, wurde es etwas luftiger.

Vom Rand des Urwalds blickten sie auf ein kleines Dorf, das an einem rasch fließenden Bach lag; ein paar Frauen knieten am Ufer, schlugen Wäschestücke laut klatschend auf flache Steine, spülten sie in dem klaren Wasser oder wrangen sie mit ihren kräftigen Armen und Händen aus, bevor sie sie in große Körbe warfen. Andere Frauen in bunten Kattunkleidern arbeiteten in den kleinen Gärten. Sie hackten oder rissen Unkräuter aus, ernteten die reifen Feldfrüchte oder setzten neue Sämlinge in vorbereitete Beete ein. Alte Männer saßen im Schatten, rauchten und schwatzten, andere kümmerten sich um die Feuer, über denen dampfende Kessel hingen. Aus verschiedenen Werkstätten erklangen laute Arbeitsgeräusche. Kinder spielten in den engen Gassen. Bald würde die Sonne hinter den Bergen im Westen untergehen, und die Männer würden von den Feldern zu ihren Hütten heimkehren.

Etliche hundert Yards weiter bergaufwärts lag das Gutshaus mit seinen Nebengebäuden. Ein wahrhaft beeindruckender hochherrschaftlicher Besitz. Das makellos weißgetünchte Haupthaus war nach Süden ausgerichtet; es verfügte über eine umlaufende Veranda im ersten Stock, die wie das Dach von schlanken, geschnitzten Säulen getragen wurde. Die Ostseite lag bereits im Schatten. Zum Haupteingang führte eine breite Zufahrt aus weißem Kies, die vor den Stufen zur unteren Terrasse kreisförmig angelegt war. Die dadurch entstehende Insel war mit üppig blühenden tropischen Blumen bepflanzt, und in der Mitte stieg aus einem Wasserbecken, das von allegorischen Figuren aus weißem Marmor gehalten wurde, eine Fontäne zehn bis zwölf Fuß in die Höhe. Tom pfiff leise anerkennend durch die Zähne. Aber seltsam, weder auf dem Vorplatz noch auf der Terrasse war ein Zeichen einer lebenden Kreatur zu beobachten.

Moose deutete auf die Idylle und sagte zu den Kariben: »Jetzt seid ihr an der Reihe, wir halten uns im Hintergrund, aber wenn die Luft brennt, werden wir zur Stelle sein, Kumpels.« Als er sah, dass Michelle missbilligend eine Augenbraue in die Höhe zog, fügte er schnell hinzu: »... und, äh, Madam.« Michelle lächelte spöttisch, sagte aber nichts.

Tom musste an die Unterhaltung denken, die sie während einer längeren Pause des Marsches auf einer winzigen Lichtung an einer Quelle geführt hatten. Er hatte sie direkt und ohne Umschweife gefragt: »Du magst den Käptum sehr, nicht wahr?« Sie hatte ihn mit ihren großen, unergründlichen dunklen Augen lange nachdenklich von unten her gemustert und schließlich ohne jede falsche Koketterie geantwortet: »Ja. Er ist ein interessanter Mann mit einer starken Ausstrahlung – und er ist unglücklich. Seine Augen sind voll mit ungeweinten Tränen. So etwas wirkt auf Frauen wie eine Honigwabe auf Bienen.« Sie hatte gezögert und dann noch hinzugefügt: »Es weckt vermutlich unsere mütterlichen Beschützerinstinkte.« Sie hatte ihre Knie dicht vor die Brust gezogen und ihr Kinn darauf gestützt; die vollen Lippen waren leicht geöffnet gewesen, die Nasenlöcher hatten gebebt, und ihr Blick war sehnsuchtsvoll durch Tom hindurchgegangen. Tom hatte plötzlich ein Gefühl verspürt, das ihn verdammt an Eifersucht erinnerte, und leise vor sich hin gemurrt: »So wahr die Sonne im Osten aufgeht, ich wette, dass da nicht nur Beschützerinstinkte im Spiel sind.« Obwohl seine Worte fast unhörbar gewesen waren, musste sie ihn verstanden haben, denn sie musterte ihn mit diesem unendlich hochmütigen, vernichtenden Blick, mit dem sie jeden gestandenen Mann in einen kleinen Hosenscheißer verwandelte, der gerade von seiner Mami beim Klauen der Kollekte ertappt wird. Nach einem kurzen, peinlichen Schweigen hatte sie traurig gemeint: »Das Schlimme ist, dass der Käptum allen Grund hat, traurig zu sein, denn seine liebe Misses ist tot.« Tom war zusammengefahren; er hatte das Gefühl, dass ihn ein Blitz aus heiterem Himmel getroffen hatte. »Was sagst du da, Girlie …? Woher willst du das wissen? Wir versuchen doch gerade erst herauszubekommen, was mit Mistress Parker passiert ist!« Wieder dieser hochmütige Blick. »Ich habe mit unseren Leuten im Jenseits gesprochen. Sie haben es mir gesagt, und sie irren sich nie, dummer Tomboy, das solltest selbst *du* wissen.« Ein kalter Schauer war Tom über den Rücken gelaufen. Selbstverständlich wusste er es, denn seine Großmutter und seine Mam hatten ihm oft genug klargemacht, dass eine Mambo Dinge vermochte, die weit über das hinausgingen, was der Priester in der Kirche am Sonntag während der Messe vorführen konnte. Er hatte abgrundtief geseufzt, und unendliches Mitleid mit seinem Käptum hatte ihn übermannt. Schließlich hatte er sich zögernd zu einer Frage aufgerafft: »Und das Kind?« Sie hatte unsicher die Achseln nach oben gezogen. »Der Sohn lebt, aber es ist seltsam, ich konnte ihn nicht deutlich sehen, es war, als würde er auf einer Wolke in einer Nebelwand verschwinden. Ich bin mir nicht sicher, was mir die Schatten damit mitteilen wollen.« Tom hatte missmutig gestöhnt, aber dann hatte »Beaver« auf den Weitermarsch gedrängt, und sie waren wieder schwitzend und leise fluchend in den Busch eingetaucht.

Als es völlig finster geworden war, waren die drei Kariben ins Dorf gegangen, wo ihr Auftauchen zuerst für einige Unruhe sorgte, aber nachdem sie ihre Herkunft geklärt hatten, herrschte schnell wieder Ruhe. Das war das Gute an so einer kleinen Insel wie Martinique; dort kannte jeder jeden.

So konnten sich genug Leute daran erinnern, dass sie von der Flucht des jungen Yves gehört hatten, und auch das ungewisse Schicksal von Michelle war bekannt. Man bestürmte die beiden nach Einzelheiten ihrer Erlebnisse. Beide entledigten sich dieser Pflicht mit viel Geschick, und unterdessen nötigte man ihnen Teller voller Leckerbissen auf. Auch Tom bekam seinen Teil ab, denn Michelle hatte ihn kurzerhand als ihren Mann vorgestellt, was ihr eine Menge neidischer Blicke von ihren Geschlechtsgenossinnen einbrachte. Das war wahrer Balsam für Toms verletzten männlichen Stolz. Nach und nach brachten sie dann vorsichtig das Gespräch auf das Geschehen, das sie hierhergebracht hatte. Wie immer versteinerten die Mienen, als der Name Hernandez erwähnt wurde. Aber eine alte Frau, zwischen der und Michelle sehr rasch ein unerklärliches Gefühl der Zusammenhörigkeit entstanden war, wiegelte schnell ab: »In diesem Dorf wohnen fast ausschließlich Freie und ein paar Handwerker, die eigentlich nur noch nach den Buchstaben des Gesetzes Sklaven sind. Sie verdienen selbständig ihr Geld und bezahlen dem Herrn am Jahresende einen Teil ihres verdienten Lohns als Ausgleich dafür, dass sie nicht für ihn gearbeitet haben. Der Herr lässt uns in Ruhe, dafür beliefern wir ihn mit frischem Gemüse und Früchten. Was seine, äh, schlimmen Gelüste angeht, so sind wir schlau. Sobald der Herr oben anwesend ist, bringen wir die Jungen und Mädchen, die ihm, ääh, gefallen könnten, in ein Versteck. Er findet genug andere ... Opfer«, schloss sie kurz, und um ihren Mund herum gruben sich tiefe missbilligende Falten.

»Hat er nicht kürzlich geheiratet?«, erkundigte sich Tom vorlaut. Alle blickten ihn misstrauisch an.

»Wie wir von oben erfahren haben«, die Alte machte eine Kopfbewegung in Richtung des Gutshauses, »ist er mit einer weißen Frau mit einem Flammenkopf und einem dicken

Bauch angekommen. Und ja, eine Dienerin war auch noch dabei. Es sind dann viele Kutschen oben vorgefahren …«

»Wer hat dringesessen, alte Frau?«, bedrängte sie Tom.

Die Alte blickte ihn strafend an und schüttelte missbilligend den Kopf. Michelles Augen durchbohrten ihn wie Dolche, aber schließlich ließ sich die Alte dazu herab, fortzufahren: »Wer hat wohl dringesessen, Jungchen? Mal ein Priester, mal ein Monsieur mit einer langen Perücke, mal ein anderer Priester, dann eine Hebamme aus der Stadt, als ob wir uns auf das Geschäft hier nicht auch verstehen würden!« Sie klang beleidigt. Allem Anschein nach war ihr ein lukratives Geschäft entgangen. »Und dann noch dieser und jener. Weißt du, Jungchen, es nicht gut, wenn wir uns zu sehr darum kümmern, was da oben vorgeht.«

Tom, der sich nicht wieder in die Nesseln setzen wollte, beugte sich zu Michelle hinüber und flüsterte ihr zu: »Frag sie, wer vom Hauspersonal vertrauenswürdig und gut informiert ist.« Er überlegte und setzte noch hinzu: »Frage sie auch, ob sie weiß, wo sich Hernandez heute Abend aufhält. Einen Empfang scheint er heute jedenfalls nicht zu geben.«

Michelle tuschelte eine Weile mit der Alten, dann schaute sie Tom aus großen Augen an: »Hernandez ist da, wo der Wind ist, er hat die Insel verlassen.« Tom hatte das Gefühl, ihm hätte jemand die Füße unter dem Körper weggeschlagen. Hernandez fort! Wohin war er unterwegs? War Elizabeth bei ihm? Und was war mit dem Neugeborenen? Was sollte er seinem Käptum berichten? In seinem Kopf drehte sich alles. Michelle legte ihm beruhigend eine Hand auf den Arm. »Wir sollen oben in der Hütte der Girlies hinter dem Haupthaus nach dem Zimmermädchen Mirabelle fragen und ihr einen Gruß von ihrer Tante ausrichten. *Allez, mon cher!*«

Sie gingen nicht über den Hauptweg nach oben, sondern benutzten einen schmalen, steil in die Höhe führenden Pfad, der ihnen von einem halbwüchsigen Jungen gezeigt wurde. Yves blieb im Dorf zurück, denn er hatte einen Cousin unter den Dorfbewohnern entdeckt und löcherte ihn mit Fragen nach seiner Familie. Oben angekommen, wies ihnen der Junge den Weg zu der langgestreckten Hütte, in der die ledigen Hausmädchen untergebracht waren, die nicht bei ihrer Familie wohnen konnten. Vor der Hütte brannte ein Feuer, um das eine Reihe von jungen Frauen, aber auch ein paar junge Männer saßen. Der Junge deutete auf ein Mädchen, das ein buntes Kopftuch trug, etwas Essbares auf einen Holzstab gespießt hatte und es in den Flammen garte. »Das ist Mirabelle«, flüsterte er, »den Namen hat ihr der Herr gegeben«, fügte er entschuldigend hinzu.

»Ich denke, ich werde alleine hinübergehen«, meinte Michelle, »die Anwesenheit von Männern kompliziert alles nur, wenn sich Frauen unterhalten wollen.« Ohne auf Einwände zu warten, trat sie auf den Platz hinaus und ging zum Feuer hinüber. Als sie in den Lichtschein trat, verstummten sofort die Gespräche. Wie selbstverständlich nahm sie neben Mirabelle Platz und begann sich mit ihr zu unterhalten. Die anderen merkten schnell, dass sie von der Insel stammte; sie verloren das Interesse und widmeten sich wieder ihren eigenen Geschäften. Die beiden jungen Frauen schienen sich gut zu verstehen, denn bald kicherten sie beide hinter vorgehaltenen Händen und flüsterten sich von Zeit zu Zeit etwas ins Ohr, worauf sie wieder losgackerten. Nach einer Viertelstunde schien das Gespräch ernster zu werden, und Mirabelle schaute sich des Öfteren vorsichtig um, bevor sie Michelle leise etwas zuraunte. Eine knappe Stunde später küsste Michelle sie auf die Wange und erhob sich. Der Platz um das Feuer hatte sich geleert, und nur noch eine Handvoll Mädchen und Jungen hockte dort. Auch Mirabelle stand auf, streckte sich und verschwand in der Hütte. Langsam schlenderte Michelle auf den Waldrand zu; ein junger Mann, der sie schon seit einiger Zeit mit hungrigen Augen beobachtet hatte, folgte ihr in ein paar Yards Abstand. Sie drückte sich an Tom vorbei und begann den schmalen Pfad zum Dorf hinabzusteigen. Der junge Mann beschleunigte seine Schritte und streckte eine Hand aus, um sie an der Schulter zu packen. Mit einem erschrockenen Aufschrei blieb er wie angewurzelt stehen, als er die Spitze eines Entermessers auf seiner Brust spürte. »Aber Jungchen, dieser Weg ist doch viel zu gefährlich für dich«, ermahnte ihn Tom mit sanfter Stimme und drückte etwas stärker mit der Klinge zu, »fahr eine Halse und leg dich auf deinem Liegeplatz vor Anker, *mon ami*!« Der junge Mann krächzte: »Ich verstehe nicht …«, aber als der Druck der Spitze stärker wurde, nickte er stumm, machte kehrt und gab Fersengeld. Zurück im Dorf, das inzwischen dunkel und schlafend dalag, rief sie die Stimme des alten Weibes an eine etwas abseits stehende, recht große Hütte heran. »Ihr könnt heute Nacht in meiner Hütte schlafen, ich habe zwei Hängematten für euch aufgespannt.« Michelle und Tom bedankten sich, rollten sich in einem Nebenraum der dunklen Hütte in die Hängematten und waren nach den Mühen des langen, anstrengenden Tages bald tief und fest eingeschlafen.

⚓

Elizabeth war tot! Dieser Satz wirbelte wieder und wieder durch Turners Kopf. Elizabeth war tot, tot, tot! Gestorben im Kindbett – und er, er ganz allein war schuld! Sein Sohn wurde jetzt gerade von diesem Mistkerl Hernandez mit unbekanntem Ziel verschleppt. Er hatte mit versteinertem Gesicht und leeren Augen den Bericht von Tom und Michelle angehört. Es hatte den Anschein gehabt, als könne er nicht glauben, was sie ihm erzählten. Erst nachdem er die beiden aus der Staatskabine verabschiedet hatte, war er über der Tischplatte zusammengebrochen. Er war schuldig! Vielleicht nicht vor den Menschen, aber vor Gott! War es wirklich seine unabdingbare Pflicht gewesen, Admiral Howe zu warnen? War es nicht vielmehr sein verdammter Ehrgeiz gewesen, der ihn angetrieben hatte? War es nicht die verlockende Aussicht gewesen, sich in der Anerkennung des großen Mannes zu sonnen, die ihn zu der fatalen Entscheidung bewogen hatte, nach Norden zu segeln? Der mit scharfen Widerhaken versehene Stachel des bitteren Zweifels steckte tief in seiner wunden Seele. Sein Kopf schmerzte zum Zerspringen. Er wusste nicht, wie lange er so dagesessen hatte. Nach zwei oder drei Stunden – möglicherweise war auch noch mehr Zeit vergangen – hatte es leise an der Tür gepocht. Während dieses Sondereinsatzes stand kein Posten vor seiner Tür, weil die Marineinfanteristen in English Harbour hatten bleiben müssen. Er hatte das Klopfen ignoriert, aber Michelle war ohne Aufforderung leise hereingeschlüpft. Sie hatte sich, ohne dazu aufgefordert zu sein, auf den Stuhl ihm gegenüber gesetzt und seine Hände ergriffen. Er hatte sie ihr sofort wieder entziehen wollen, aber sie hatte sie mit erstaunlicher Kraft festgehalten und ihm schweigend gerade in die Augen geblickt. In ihm war das Gefühl aufgestiegen, dass ihm die großen, glühenden Augen bis in die tiefsten Winkel seiner Seele blicken konnten, dass er vor dieser Frau keine Geheimnisse bewahren konnte, und mysteriöse Kräfte schienen von ihr auf ihn überzugehen. Der Eispanzer, der sich um sein Herz gelegt und ihn zur lethargischen Trägheit verdammt hatte, begann, wenn schon nicht zu schmelzen, so doch zumindest Risse zu bekommen. Die selbstquälerischen Vorwürfe erschienen ihm nach und nach weniger stichhaltig. Plötzlich löste sie den festen Griff, und verblüfft stellte er fest, dass er das zutiefst bedauerte. Er versuchte, nach ihren Händen zu greifen, aber sie sprang federnd auf, ging um den Tisch herum, stellte sich hinter seinen Stuhl und zog seinen Kopf nach hinten an ihre Brust. Mit den Fingerspitzen begann sie, seine Schläfen mit kreisenden Bewegungen zu massieren. Dann fing sie an zu reden. »Käptum, Sör, du musst den Willen des Allmächtigen annehmen, dem es gefallen hat, deine Misses zu ihren Ahnen zu versammeln. Ich weiß, dass du sie geliebt hast, aber frage dich jetzt: Weißt du, was sie zu dir sagen würde, wenn sie hier sein könnte? Würde sie dich auffordern, wie ein hilfloses Baby in deiner prunkvollen Kammer vor dich hin zu jammern? Würde sie wollen, dass euer Kind in den Händen dieses Hernandez ist? Würde sie wollen, dass ihr Tod ungesühnt bleibt? Antworte mir, Käptum, Sör!«

William Turner schluckte trocken, er kannte die Antwort auf alle ihre Fragen nur zu gut. Eine große Ruhe überkam ihn. »Ich werde dieses Schwein jagen und an den Galgen bringen, und ich werde meinen Sohn finden, so wahr mir Gott helfe!«

»Dann handle so, Käptum, Sör!« Ein letzter sanfter Druck auf Stirn und Schläfen, und schon war sie fort.

Das Mädchen hatte gut reden! Was sollte er denn machen? Er rieb sich den Hinterkopf. Zuerst musste er eine Ordnung in den Bericht von Tom und Michelle bringen. Wer war wann auf der Plantage gewesen? Der Report der beiden war in diesem Punkt einigermaßen verwirrend gewesen.

Turner holte sich ein Blatt Papier und begann zu schreiben. Nach einer Stunde, in der er mehrfach nach Tom und Michelle geschickt hatte, um sie nochmals intensiv zu befragen, meinte er, eine ziemlich vollständige Liste der Besucher vorliegen zu haben. Wenn er die offiziellen Besucher wegstrich, ergab sich, dass zuerst ein Doktor Berthier regelmäßig auf dem Gut gewesen war. Bald war in seiner Kutsche eine gewisse Madame Dulapin, die Hebamme, mitgefahren. Schon nach dem zweiten oder dritten Tag war auch der katholische Priester, Abbé Picard aus Robert, einer kleinen Nachbargemeinde der Plantage, mehrfach zu Gast gewesen, der dann aber einem Pfarrer der anglikanischen Kirche hatte weichen müssen. Turner machte ein dickes Ausrufezeichen hinter dem Namen Reverend Keen. Wie kam der Mann hier nach Martinique? Was hatte er auf der Plantage gemacht? Und noch erstaunlicher war: Nach dem Zwischenspiel mit dem Reverend hatte Hernandez erneut den katholischen Priester empfangen. Wie passte das zusammen?

⚓

In der folgenden Nacht bekam der geistliche Hirte der kleinen Fischergemeinde von Robert in seinem Studierzimmer unerwarteten Besuch. Seine schwarze Haushälterin öffnete grummelnd die Tür, als es so spät noch klopfte. Eine junge Mischlingsfrau, in einen dunklen Kapuzenumhang gehüllt, bat um Einlass. Als sich die alte Frau abweisend gab, zischte die Besucherin ihr ein paar Sätze in einem afrikanischen Dialekt zu, worauf die Frau unter ihrer dunklen Hautfarbe grau wurde, auf die Knie fiel und den Saum des Umhangs küsste – Katholikin hin oder her. Dann eilte sie in die Küche und betete zitternd den Rosenkranz, daher sah sie auch nicht die beiden Männer, die in der Studierstube des Herrn Pfarrers verschwanden.

Der Herr Pastor war zuerst recht verschlossen und wortkarg. Erst nachdem Turner und sein Dolmetscher Tom ihm klarmachten, dass sie aus ihm keine Beichtgeheimnisse herauspressen, sondern nur ein paar Auskünfte haben wollten, wurde er zugänglicher. Als Tom ihn auf die verderbten sexuellen Neigungen von Hernandez hinwies und meinte, dass man dem doch ein Ende machen müsse, nickte er traurig und bekreuzigte sich. Bei der Schilderung von Elizabeths Entführung wurde er blass und flüsterte: »Das mit der Entführung kann und darf ich nicht bestätigen, Messieurs, Sie verstehen, das Beichtgeheimnis! Im Übrigen war die Lady sehr standhaft in ihrem Glauben. Sosehr ich es bedauert habe, dass es mir nicht geglückt ist, sie zum wahren Glauben zu bekehren und sie in den Schoß unserer allein seligmachenden Mutter Kirche heimzuholen, so sehr habe ich ihre Charakterstärke bewundert. Es hat mich sehr erstaunt, dass mich Monsieur Hernandez gebeten hat, ihren Tod zu bescheinigen, obwohl ich ihr doch nicht den Trost des Sterbesakraments spenden konnte. Aber ich habe das Kreuz über sie geschlagen, ein stilles Gebet gesprochen und – mein Bischof möge mir verzeihen – sie gesegnet. Als Monsieur Hernandez dann einen Spiegel vor ihre Lippen gehalten und festgestellt hat, dass sie friedlich eingeschlafen war, ist er laut schluchzend über ihrem Leichnam zusammengebrochen. Sie war noch im Tod eine wunderschöne Frau, Monsieur, das leuchtend rote Haar, der vornehme weiße Teint, die edlen Züge …« Er seufzte tief auf. »Die Bitterkeit, die ich bei meinen ersten Besuchen zu spüren vermeinte, war verflogen.«

»Haben Sie Ihren Puls gefühlt, als Hernandez Sie an das Totenbett geführt hat? War das Zimmer hell beleuchtet, Abbé?«

»Nein, die Sonnenblenden waren geschlossen und die Vorhänge zugezogen. Es brannten nur zwei kleine Kerzen.«

»Also hätte Mrs. Parker schon vor Ihrem Eintreffen tot sein können?«

Der Priester zuckte nach südländischer Manier mit den Schultern und nickte. »Theoretisch ja, aber wem hätte das nützen sollen?«

Das wusste Turner auch nicht zu sagen, aber er bat ihn, seinen Besuch schriftlich festzuhalten. Ohne sich lange bitten zu lassen, stellte sich der katholische Geistliche an sein Stehpult und verfasste einen genauen Bericht seiner Aktivitäten auf dem Gut, unterschrieb und siegelte ihn.

»Fast hätte ich es vergessen, Monsieur, ich habe dann auf Bitten von Monsieur Hernandez das Kind getauft.«

Turner zuckte zusammen und presste die Lippen aufeinander.

»Der Junge heißt Louis Washington«, der Priester schien sich nicht ganz wohl in seiner Haut zu fühlen. »Monsieur Hernandez bestand auf dieser Kombination, weil sie ein so schönes Symbol für den Freiheitskampf der amerikanischen Nation wäre.«

⚓

Es schlug schon fast Mitternacht, als Doktor Berthier in der nächsten Nacht mit erheblicher Schlagseite seinem Haus zustrebte. Seine Sklaven schliefen bereits oben im Dachgeschoss. Schwankend und leise vor sich hin summend warf er im Salon seinen Rock über einen Stuhl, ließ sich schwer auf ein Kanapee fallen, zog sich stöhnend die Stiefel aus und warf sie polternd quer über den Fußboden. Ein röhrender Rülpser entfuhr ihm. »Eine verdammt saure Jauche schenkt dieser Halunke im *Coque d'Or* gegen gutes Geld aus«, schimpfte er halblaut. Unsicher kam er wieder auf die Füße und wankte zur Anrichte, auf der ein Tablett mit einer Karaffe Cognac und mehreren Gläsern stand. Er zog den geschliffenen Verschluss heraus und schenkte sich ein Glas voll. Er hob es hoch und schnupperte genießerisch an der braunen Flüssigkeit. Das Glas fiel polternd zu Boden und zerbrach, als eine Stimme ruhig hinter ihm bemerkte: »*Pour moi aussi une verre, monsieur docteur, s'il vous plaît.*« Beim Umdrehen verlor er beinahe das Gleichgewicht, und mit schreckgeweiteten Augen und halboffenem Mund glotzte er seine ungebetenen Gäste an. Ein großer, sehr hellhäutiger Farbiger schob ihn zur Seite und goss drei Gläser voll. Neben ihm stand ein kräftig gebauter Weißer in Zivil und blickte ihn aus kühlen grauen Augen abschätzend an. Die Spitze seines Degens zeigte schräg nach unten, konnte ihn aber jederzeit empfindlich verletzen. Der große Quadrone reichte ihm ein Glas, gab dem Weißen das zweite und nahm sich das letzte. »*A votre, mon cher docteur!*«, meinte der Mann mit den grauen Augen und hob das Glas. Monsieur Berthier nahm auf den Schreck einen großen Schluck, hustete und stotterte dann: »Wa ... was ... was wollen Sie, Messieurs?«

»Die Wahrheit und nichts als die Wahrheit, Monsieur Berthier, über die Ereignisse auf der Plantage des Monsieur Hernandez.« Die Degenspitze war plötzlich nur noch Zentimeter von seinem beachtlichen Embonpoint entfernt. Das zweite Glas zerbarst klirrend auf dem Boden. »Erzählen Sie, *monsieur docteur*, dann wird Ihnen nichts geschehen, aber halten Sie sich strikt an die Wahrheit!«

Nachdem er seinen Bericht begonnen hatte, war der gute Doktor nicht mehr zu bremsen. Er schilderte seine Besuche in dem Herrenhaus sehr bildhaft und ausführlich.

»Die schwangere Dame war während der ersten Tage nach ihrer Ankunft schwach und leidend, erholte sich aber sehr schnell wieder. Sie hatte eine gute Konstitution, und im Herrenhaus wurde alles getan, damit sie wieder zu Kräften kam. Auch die Hebamme, Madame Dulapin, war der festen Überzeugung, dass die Geburt zum richtigen Zeitpunkt ohne Komplikationen ablaufen würde. Aber wer kann das hier in diesem mörderischen Klima schon wirklich garantieren?

Überraschend setzten dann doch viel zu früh die Wehen ein, und der kleine Kerl erblickte vorzeitig das Licht der Welt. Leider hat sich seine Mutter nicht wieder erholt; sie hat noch einige Zeit vom Delirium geschüttelt gelitten. Nur selten konnte sie zwischen den Fieberattacken einen klaren Gedanken fassen. In den raren Momenten hat sie sich immer nach ihrem Kind erkundigt, aber sie versank dann schnell wieder in ihren Fantasien und redete dann wirr von einem wilden Bullen. Es war dann eine Erlösung, als der Tod sie von uns nahm. Der Junge hat sich in der Obhut seiner Amme prächtig entwickelt und war bei der Abreise zusammen mit Hernandez ein richtiger Wonneproppen.«

»Waren Sie zur Hochzeit eingeladen, Monsieur Berthier?«

»Nein, die Trauzeremonie wurde anscheinend in aller Stille vollzogen. Hernandez wollte seiner Gattin anscheinend jede Aufregung ersparen.« Berthier räusperte sich missbilligend. »Ahem, außerdem wurde die Ehe ja auch wohl vor einem, äh, nichtkatholischen Geistlichen geschlossen.«

»Können Sie sich an das genaue Datum erinnern, *cher docteur*?«

»Nein, genau kann ich es Ihnen nicht sagen; ich habe davon auch erst durch den üblichen Klatsch erfahren, aber es muss unmittelbar vor der Geburt des Kindes gewesen sein. Sehr wahrscheinlich war das alles einfach zu viel für die arme Frau!«

Nachdem er geendet hatte, baten ihn seine ungeladenen Gäste sehr nachdrücklich darum, seinen Report in kondensierter Form schriftlich zu fixieren. So geschah es.

⚓

Die Männer, die William Turner zusammengerufen hatte, um mit ihnen Kriegsrat zu halten, blickten sich unsicher an. Keiner hatte eine Patentlösung für das Problem anzubieten, das sie zu bewältigen hatten. Turner grinste schief: »Das kann doch nicht so schwer sein, Männer. Schließlich wollen wir nur einen anglikanischen Pfarrer aus einer der stärksten Festungen der Karibik befreien.« Er zuckte leichthin mit den Schultern. Aber alle schwiegen beredt. Turner murrte: »Meine Herren, reden Sie bitte nicht alle auf einmal. Immer nur ein Vorschlag nach dem anderen.« Es war Galgenhumor. Ihm war klar, dass die Aussage des englischen Pfarrers, der auf der Festung in Kriegsgefangenschaft saß, wahrscheinlich von entscheidender Wichtigkeit war. Turner sprang auf, und sein Stuhl fiel polternd um; er ging nach achtern und starrte aus dem Heckfenster. Mit einem Kommandounternehmen, mit Booten von der Seeseite aus, würden sie keinen Erfolg haben, dafür waren der Hafen und die Festung zu gut bewacht. Ein Gedanke nistete sich hinten in seinem Kopf ein. Falls die Franzosen so dachten wie er, dann ... Er hatte aus alter Gewohnheit sofort an einen Angriff von See gedacht. Alle Kanonen der Festung und das Hauptaugenmerk der Wachen würden dorthin gerichtet sein. Die Wachschiffe achteten ohnehin nur auf Schiffe und Boote. Die Rückseite des Forts hingegen würde nur schwach gesichert sein. Wenn man nun ... Es würde einer gewissen Vorbereitung bedürfen, aber dann könnte es klappen!

Schon am nächsten Tag kursierten wilde Gerüchte in der Stadt. Ein starkes britisches Geschwader näherte sich der Insel, um den Kriegshafen zu zerstören, wussten die einen zu berichten. Nein, hielten die anderen dagegen, die Briten wollten auf der gegenüberliegenden Seite des Hafens, südlich von Kap Salomon in der Grande Anse d'Arlet, starke Infanterieeinheiten an Land setzen, um die gesamte Insel zu erobern. Am Nachmittag verließen zwei Bataillone Infanterie, eine Schwadron Chasseurs und zwei bespannte Batterien das Fort und zogen hinab zum Hafen, wo sie mit Prähmen auf die andere Seite der Bucht gebracht wurden. Bei Einbruch der Dunkelheit glich die Stadt einem Ameisenhaufen. Menschen eilten durch die Straßen, starke Militärpatrouillen sicherten die Hauptwege und errichteten Kontrollpunkte im Hafenviertel. Plötzlich blieben alle Passanten wie auf einen geheimen Befehl hin stehen und lauschten in die Nacht. Von Ferne aus den Bergen im Westen und Süden erklang dumpfes Dröhnen. Das war nicht der Donner des abendlichen Gewitters – das waren die großen Trommeln der Medizinmänner, die nur geschlagen wurden, wenn Blut – das Blut der Weißen – fließen sollte. Viele Einwohner verrammelten voller Panik ihre Häuser, stellten geladene Musketen bereit und bereiteten sich auf das Schlimmste vor. Schüsse krachten irgendwo auf den Straßen, und mehrere schwere Explosionen ließen die Erde erbeben. Auf den verankerten Schiffen und den Wällen der Forts herrschte gespannte Wachsamkeit. Die Kanonen waren geladen und ausgerannt. Tausende Augenpaare starrten über die schwarze Wasserfläche hinaus die Dunkelheit. Schweißtropfen liefen salzig in brennende Augen und wurden mit Uniformärmeln abgewischt; die Linsen von Ferngläsern beschlugen und mussten wieder und wieder blankgeputzt werden. In den Kohlebecken brannten Feuer, um die Kugeln rotglühend zu machen, die dem Feind im wahrsten Sinne des Wortes einen heißen Empfang bereiten sollten. Das Pulver auf den Zündpfannen der Musketen wurde mit zunehmender Wartezeit langsam feucht, die Augen fingen an zu zwinkern, und das eine oder andere fiel auch für ein paar Minuten zu. In den Kirchen wurde inbrünstig gebetet und gebeichtet, aber gleichzeitig wurde hinter den verschlossenen Türen der stadtbekannten Etablissements gesoffen und gehurt, als ob man das Jüngste Gericht erwartete. Allem Anschein nach vertrauten die hartgesottenen Sünder lieber den konkreten irdischen Freuden als den abstrakt versprochenen des Himmelreichs.

⚓

»Nun kommen Sie schon, Reverend, gleich haben Sie wieder festen Boden unter den Füßen!« Am Wall auf der Rückseite des Fort Desaix hing eine Strickleiter, an der sich ein Mann ungeschickt hinunterhangelte. »Großer Gott im Himmel, worauf habe ich mich da nur eingelassen? Herr, hilf Deinem schwachen Diener!« Kräftige Fäuste packten ihn und setzten ihn auf dem Erdreich ab. Fünf, sechs weitere Schatten glitten katzengleich oder doch zumindest sehr geschickt hinter ihm herunter, dann riss einer der Männer am Boden kräftig an einem Tau, worauf die Strickleiter von der Mauerkrone herunterfiel. Die Männer rollten sie auf, schoben sie zum besseren Abtransport auf eine Stange, schossen das Sliptau auf und folgten ihrem Führer in das Unterholz hinter dem Fort. Turner hatte richtig vermutet, die Rückseiten der Befestigungen wurden vernachlässigt. Wer sollte sie denn auch von dort bedrohen? Der nächtliche Marsch durch den Busch war anstrengend, und der kleine Trupp musste ein-, zweimal eine kurze Verschnaufpause einlegen, damit sich die befreiten Kriegsgefangenen erholen konnten. Man hatte sie zwar nicht verhungern lassen, aber sonderlich üppig war der Tisch in den Kasematten nicht gedeckt gewesen. Zum Glück erreichten sie dann das Versteck, in dem sie die Maultiere mit dem ortskundigen Führer zurückgelassen hatten. Jetzt kamen sie wesentlich schneller vorwärts. Die Mulis waren in diesem Gelände auch im Dunkeln völlig trittsicher und schienen ihrem Leittier blind zu folgen. Zuerst begleitete sie noch das dumpfe Dröhnen der Trommeln, die dann aber plötzlich verstummten. Die üblichen vielfältigen Geräusche einer tropischen Nacht bestimmten jetzt wieder die Szene. Im Morgengrauen hatten sie die lächerliche Distanz von acht Seemeilen Luftlinie hinter sich gebracht und erreichten mit wundgerittenen Hintern den Strand. Dort wechselte ein Beutel mit Silber den Besitzer, und der Führer verschwand mit den Reittieren im Dickicht, nachdem er höflich grinsend seinen Hut gelüftet hatte. Die Männer befreiten das zwischen den Mangroven versteckt liegende Boot von seiner Tarnung und ruderten hinaus zur *Platvis*.

Obwohl es ein Risiko war, bei vollem Tageslicht auszulaufen, befahl Turner, das Schiff seeklar zu machen und den Anker zu hieven. Seine gestrige Aktion würde die Franzosen wütend machen wie einen Hornissenschwarm, in dessen Nest man mit einem Stock herumgestochert hatte. Aber je mehr Meilen er zwischen Martinique und sich brachte, desto besser war es. Außerdem hatte Steuermannsmaat Carter besorgt in den Himmel geschaut, prüfend die Luft eingesaugt und düster prophezeit: »Wenn wir hier nicht bald verschwinden, Sir, könnten wir nähere Bekanntschaft mit einem Hurrikan machen, als uns lieb sein wird. Es liegt etwas in der Luft, darauf würde ich wetten! Aber der Wind dreht günstig für uns in den zweiten Quadranten, Sir.«

Kapitel 10

Auf See, Ende Juli 1778

Vor dem Ablegen hatte William Turner Michelle gefragt, ob sie auf ihrer Heimatinsel bleiben wollte, aber sie hatte ihn mit einem unergründlichen Blick angeschaut und lapidar geantwortet: »Meine Herrin und Freundin ist tot, was soll ich noch bei diese Froschfresser. *Moi, je préfère roostbief, mon capitaine*, aye.« Seine Gefühle waren bei dieser Antwort sehr zwiespältig gewesen. Einerseits war Michelle in den letzten Tagen bei den diversen Unternehmungen eine nahezu unersetzliche Hilfe gewesen, und er konnte sie unmöglich ohne ihre Einwilligung einfach an den Strand setzen lassen. Andererseits musste sie möglichst schnell von Bord, denn er spürte jeden Tag stärker, welche Anziehungskraft diese junge Frau auf ihn ausübte. Früher oder später, und er befürchtete, eher früher, würde es zwischen ihnen zu einer emotionalen Explosion kommen. Er wusste genau, dass ihm das hinterher leidtun würde, denn noch war die blutende Wunde, die Elizabeths Tod gerissen hatte, zu frisch. Außerdem, und er war selbst erstaunt darüber, dass ihm dieser Gedanke kam, würden seine Männer dafür kein Verständnis haben. Seine Matrosen waren keine Pharisäer, und nichts Menschliches war ihnen fremd, aber sie hatten eine klare Vorstellung davon, wie sich ein Gentleman verhalten sollte. Sie waren alle freiwillig hier an Bord gekommen, um Elizabeth zu befreien, und waren damit ein erhebliches Risiko eingegangen. Da konnte er nicht eine Woche nachdem er von ihrem Tod erfahren hatte, mit der nächstbesten schwarzen Hexe in die Koje hüpfen, auch wenn sie noch so attraktiv war. Nein, sie musste in Antigua von Bord, ihm würde schon eine elegante Lösung einfallen. Aber zunächst hatte er andere Probleme zu lösen.

Bei der Befreiungsaktion waren außer Reverend Keen noch ein guter Teil der Offiziersmesse von Seiner Majestät armiertem Transporter *Fowey* entkommen. Es handelte sich um den jungen Leutnant Corner, der auf der *Fowey* als Dritter gedient hatte, dazu kam der Segelmeister Sharps, die beiden Midshipmen Blake und Horner, der Schiffsarzt Smyth und der Leutnant der Marineinfanterie Blower. Die beiden bestallten Offiziere hatten im Gegensatz zu den anderen Offizieren der Messe und dem Kommandanten nicht ihr Ehrenwort gegeben, keinen Fluchtversuch zu unternehmen. Die Decksoffiziere und Midshipmen hatte man gar nicht erst gefragt. Der fette Zahlmeister hatte eine Flucht energisch abgelehnt, vermutlich hatte er sich ausgemalt, welche Strapazen ein solches Unterfangen mit sich bringen würde. Turner musste grinsen, denn er konnte die beiden Seewachen jetzt beinahe wie auf einer Fregatte besetzen. Besonders mit dem Segelmeister hatte er einen echten Glücksgriff getan. Der alte Fahrensmann war zwar äußerlich fast das genaue Gegenteil von Paul Lennon, aber er war ein ebenso ausgezeichneter Kenner der Karibischen Inseln. Auch wenn sich Turner zutraute, sein Schiff sogar mit verbundenen Augen problemlos nach Antigua zurückzusegeln, so konnte man von solch alten Hasen immer noch den einen oder anderen Kniff lernen. Sharps war klein und drahtig und trippelte flink wie ein Terrier auf dem Achterdeck umher. Seine Kommandos bellte er scharf und kurz. Er hatte keine Sekunde gezögert und begeistert zugestimmt, als ihn Turner gefragt hatte, ob er eine Wache übernehmen wolle. William teilte ihm Midshipman Armstrong zu, der das Schiff schon lange kannte. Leutnant Corner ging mit Steuermannsmaat Carter und den beiden befreiten Midshipmen Wache. Midshipman Horner mochte knapp unter zwanzig Jahre alt sein. Er war untersetzt und vierschrötig gebaut, hatte krauses rotes Haar, dessen Farbe Turner schmerzlich an den dichten Haarschopf von Elizabeth erinnerte, und unzählige Sommersprossen. Sein Kollege war etwas jünger, dünn, lang aufgeschossen, und er bewegte sich ungeschickt und schlaksig.

Der Wind wehte unbeständig. Launisch änderte er seine Richtung um ein bis zwei Strich, schlief ein, nur um dann unerwartet böig aus einer anderen Richtung wieder aufzufrischen. Sie holten sich möglichst viel Höhe nach Osten, weil vor ihnen ein langgestrecktes Vorland hinaus in den Atlantik ragte: Der berüchtigte *Table de Diable* wartete auf unvorsichtige Gäste. Aber im Verlauf der Vormittagswache drehte der Wind weiter nach Südosten und begann beständiger zu wehen.

Noch bevor sie die Stelle erreichten, wo sie sich wieder von Elias und seinen Söhnen trennen wollten, kam der alte Fischer mit Tom zu ihm und ließ ihn fragen, ob er Verwendung für seine zwei älteren Söhne hätte. Die Geschichten, die im Mannschaftslogis über die zusammen durchgestandenen Abenteuer erzählt wurden und um das viele Prisengeld kursierten, das die Männer auf der *Shark* verdient hatten, hatte sie auf den Gedanken gebracht, den Shilling des Königs zu nehmen.

Turner wiegte bedächtig den Kopf. »Natürlich kann ich immer erstklassige Seeleute gebrauchen, Elias.« Er drehte sich zu seinem Aufklarer um. »Tom, erkläre den jungen Kerls aber nochmals eindringlich, dass die Chance, mit einer Kanonenkugel zu Füßen in die Tiefe der See zu fahren, mindestens ebenso groß ist wie die, mit Taschen voller Gold in ein paar Jahren wieder auf Martinique zu erscheinen. Vielleicht sogar größer! Erzähle ihnen, wie wir oben vor der nordamerikanischen Küste gefroren haben, wie oft es nur überlagertes Salzfleisch, Schiffszwieback mit Maden zum Essen und fauliges Wasser zum Trinken gibt. Wenn ihnen dann die Lust nicht vergangen ist, will ich sie in Gottes Namen als Leichtmatrosen anmustern.« Eine Stunde später hatte der König von England zwei neue Leichtmatrosen in seinen Diensten. Nach einer letzten Umarmung sprangen der alte Fischer und sein jüngster Sohn in ihr Boot, stellten den Mast, setzten das Segel und hielten auf die heimatliche Küste zu. Den frischgebackenen Untertanen von König Georg blieb nicht viel Zeit, sich müßige Gedanken darüber zu machen, ob sie die richtige Entscheidung getroffen hatten. Das Fischerboot war kaum außer Sicht und die Martinique-Passage öffnete sich gerade an Backbord hinter dem *Table de Diable*, als der Ausguck von oben rief:

»An Deck! Segel fünf Strich an Backbord!«

Turner sprang an die Reling und suchte mit dem Teleskop die Kimm ab. Da war das Schiff. Es musste unter Land auf der Lauer gelegen haben. Bei dem ablandigen Wind hatte es gefahrlos bis dicht unter die Küste laufen und dort beidrehen können. Feindliche – von Norden aufkreuzende – Schiffe würden es gegen die Klippen erst sehr spät ausmachen, zumal es seine großen Untersegel und die Bramsegel aufgegeit hatte. Es handelte sich um eine kleine Fregatte mit schätzungsweise zweiundzwanzig Achtpfündern.

»Getrockneter Hühnermist im Puderdöschen!«, fluchte Turner verkniffen vor sich hin. Eine kleine Fregatte, aber um die *Platvis* in den Himmel zu pusten, war sie allemal groß genug. Das Gewicht einer ihrer Breitseiten war ungefähr zweieinhalbmal so schwer wie das der *Platvis*. Weglaufen war unmöglich. Ihm musste etwas einfallen, und das verdammt schnell.

»Mister Corner, Mister Armstrong! Alle Kanonen doppelt mit Kettenkugeln oder Stangengeschossen laden. Anschließend die Stücke mit maximaler Erhöhung wieder an die Bordwand rollen. Die Stückpforten geschlossen lassen, aber zum blitzschnellen Hochklappen vorbereiten!« Er zögerte und rieb sich gedankenverloren den Hinterkopf. »Ich will nur die zwei Dutzend Männer der Geschützbedienungen an Deck sehen, wenn wir uns dem Franzosen nähern. Davon soll sich gut die Hälfte hinter der Verschanzung unsichtbar machen. Die anderen und die Segeltrimmer dürfen sich ausnahmsweise etwas langsamer bewegen, die Käseköppe mögen keine unnötige Hast. Alle anderen Männer verstecken sich unter Deck und im Deckshaus, verstanden! Leutnant Blower, sorgen Sie bitte dafür, dass sich alle Männer mit Blankwaffen und Handfeuerwaffen bewaffnen! Falls es hart auf hart kommt, werden wir die Frenchies entern müssen!«

»Aye, aye, Sir!«, trompetete der junge Offizier aufgeregt. Es war sein erster Kampfeinsatz, denn bei der Eroberung der *Fowey* war nur ein symbolischer Schuss für die Ehre der Flagge abgefeuert worden, weil nach Meinung des Kommandanten ihre Chancen auf eine erfolgreiche Verteidigung gleich null gewesen waren.

»Na, wenn es weiter nichts ist …«, murmelte einer der Matrosen.

»Och, schon wieder bloß so eine lausige kleine Fregatte«, fügte ein anderer in einem bedauernden Tonfall hinzu.

»Du hast ganz recht«, stimmte ihm ein dritter zu, »bei diesem Typ wird uns noch nicht mal richtig warm, da können die Neuen mal zeigen, was sie so drauf haben! Weißt du noch, wie wir die letzte kleine Fregatte durch die Mangel gedreht haben?«

Leutnant Corner blickte erstaunt um sich. Solche Töne kannte er von seinem letzten Kommando nicht.

Turner rief die Waldläufer und Indianer zu sich heran. »Ihr versteckt euch hinter dem Deckshaus! Wenn ich den Befehl zum Feuern gebe, versucht ihr mit euren langen Flinten zuerst, die Offiziere auf dem Achterdeck auszuschalten, danach nehmt ihr euch die Scharfschützen der Seesoldaten und die Männer rund um das Ruder vor! Verstanden, Jungs!«

»Aye, Sir, Truthahnschießen!«, bestätigte Mark Snake, nickte und streichelte seine lange Muskete liebevoll.

Der Segelmeister Sharps trat auf Turner zu, salutierte, streckte sein kantiges Terrierkinn nach vorne und knurrte grimmig: »Erlaube mir, folgenden Vorschlag zu machen, Sir. Da ich ausreichend gut französisch und holländisch spreche, sollte ich vielleicht den Skipper mimen und mit dem Kommandanten da drüben parlieren, während Sie das Schiff in die richtige Schussposition manövrieren. Ich vermute doch wohl zu Recht, dass Sie vorhaben, ihn aus der Nahdistanz zu verkrüppeln, um sich dann aus dem Staub zu machen, sofern man das in dieser Wasserwüste so nennen kann.«

»Aye, Sir, so machen wir das. Ich gehe ans Ruder.« William Turner zog sein rotes Kopftuch zurecht und blickte an sich herunter auf sein leichtes helles Hemd und die weiße Arbeitshose. Als Rudergänger würde er eine gute Figur abgeben.

Die *Platvis* behielt ihren Nordkurs bei. Auf der Fregatte fielen die großen Arbeitssegel von den Unterrahen herab, die Rahen der Bramsegel stiegen nach oben. Die Männer an Deck arbeiteten an den Brassen, Schoten und Halsen, die

Segel füllten sich. Langsam nahm die schlanke Fregatte Fahrt auf, drehte mit dem Heck durch den Wind, luvte an und legte sich dann mit Steuerbordhalsen auf einen Abfangkurs. Turner musterte sie fachmännisch, sie bot, das musste er neidlos anerkennen, einen prächtigen Anblick.

»Mister Horner, setzen Sie die Flagge der Generalstaaten! Sie sind mir dafür verantwortlich, dass unsere britische Flagge emporsteigt, sobald ich den Feuerbefehl gebe! Haben Sie das verstanden, Sir?!

Der junge Mann schluckte nervös, nickte dann aber heftig. »Zuerst den goldenen Löwen auf rotem Grund! Aber nach Feuerbefehl muss die britische Flagge wehen! Aye, aye, Sir!«

Die Minuten vergingen, die Anspannung stieg. Turner überschlug im Kopf die relative Annäherungsgeschwindigkeit und den Annäherungswinkel und kam zu dem Ergebnis, dass der Franzose vor ihnen durchlaufen und dann beidrehen würde. Das wäre gut, das wäre sogar sehr gut, denn dann konnte er möglicherweise dem Gegner beim Passieren die volle Breitseite verpassen und sich dann sofort, noch bevor den Franzosen richtig klar wurde, wie ihnen geschah, mit fliegenden Rockschößen davonmachen. Aber den Gefallen tat ihm der Franzmann nicht. Die Fregatte war inzwischen so dicht herangekommen, dass man jede Einzelheit auch ohne Fernglas erkennen konnte. So auch die aufgeklappten Stückpforten, aus denen die schwarzen Mäuler der Geschütze dräuten. Plötzlich wurde die Silhouette schmaler, die Fregatte drehte durch den Wind, die Trimmer schufteten, schnell hingen das Groß- und die Bramsegel in den Geitauen und Gordingen, und das Großmarssegel kam klatschend back. An der Seite stieg ein Ballen aus grauweißem Pulverqualm auf, und gleich darauf rollte der Donner des Abschusses über das Wasser. Die Kugel hüpfte mehrfach über die Wasseroberfläche und ging dann unter. Einfach mit Vollzeug weitersegeln und dann im richtigen Moment die Breitseite abfeuern würde nicht klappen, denn wenn sich auf der *Platvis* nichts tat, würde der gegnerische Kommandant schon früh Unrat wittern und mit einer Salve reagieren.

»Die Bramsegel bergen!«, rief Sharps. Gemächlich machten sich die Männer an die Arbeit; die Segel hingen danach weiter locker, nur nachlässig aufgegeit und sich von Zeit zu Zeit leicht aufblähend von den Rahen herab. »Die Fock und das Groß aufgeien!« Auch das brauchte seine Zeit. Der Abstand zur Fregatte wurde immer kleiner. An deren Reling wimmelte es von glotzenden Männern, sogar die Geschützbedienungen waren nicht auf ihren Posten geblieben, sondern drängten sich neugierig vorne an der Verschanzung herum. Das Aufbringen eines kleinen holländischen Frachters stellte für die Besatzung eine willkommene Unterbrechung ihres monotonen Dienstes dar. Aber jetzt krachte wieder ein Schuss auf dem Achterdeck. Anscheinend wollte man dort drüben, dass sie augenblicklich beidrehten. Turner wirbelte das Ruder bis zum Anschlag nach Backbord herum. Die Galliot folgte willig dem Ruder, ging mit dem Heck durch den Wind, luvte wieder an und verlor an Fahrt. Durch ihren anderen Lateralplan lag sie mit dem backgebrassten Vormarssegel und dem angebrassten Großmars quer zum Wind und trieb langsam nach Lee. Anders die Fregatte, die mit etwa sechs Strich am Wind lag und noch etwas Fahrt voraus machte. Jetzt tauchte drüben ein Boot hinter dem Heck auf und hielt auf sie zu. Im Heck saß ein Offizier, an den Riemen arbeiteten Matrosen routiniert im Takt, und Seesoldaten mit Musketen, auf denen lange Bajonette blitzten, drängten sich auf den freien Plätzen.

»Verdammt, der Monsieur hält nicht viel vom Parlieren, der macht gleich Ernst, Mister Sharps! Aber das ist jetzt sowieso egal! Nach der Salve sofort den Besan dichtholen! Groß, Fock sowie die Bramsegel setzen und alles hart anbrassen! Wir müssen sehen, dass wir vor seinem Bug vorbeikommen!«, fügte er erklärend hinzu. Die *Platvis* lag immer noch genau quer zum Wind, etwas schräg zur Kiellinie vor dem Backbordbug der Fregatte, und trieb auf sie zu. »Mister Armstrong, Geschütze ausrennen! Steuerbordbatterie Feuer frei, wenn Ziel aufgefasst!«

Die auf dem Deck kauernden Männer sprangen auf, die Klappen der Stückpforten schwangen krachend in die Höhe, die schweren Lafetten wurden mit Hilfe von Taljen schwungvoll ganz ausgerannt, und die Rohre ragten schräg nach oben, da alle Richtkeile herausgeschlagen waren. Die Lunten sprühten. Die Geschützführer brauchten nicht exakt zu zielen, auf diese Entfernung konnten sie das Rigg mit seinem Labyrinth aus Meilen von Tauwerk, den riesigen Segelflächen und den unzähligen Spieren nicht verfehlen. Die Breitseite rollte donnernd über das Wasser. Turner sah auf dem Achterdeck einen Mann in einem blauen Uniformrock mit einem Dreispitz auf der weißen Perücke, der mit offenem Mund zu ihm hinüberblickte, dann nahm ihm der Pulverqualm die Sicht. Die Männer der *Platvis* drängten aus den Niedergängen an Deck und sprangen an die Schoten und Brassen; sie holten das Tauwerk durch, als ginge es um ihr Leben – und so war es ja auch. Turner spürte, dass das Schiff wieder – zunächst zwar nur langsam – auf das Ruder reagierte. Vom Deck des Franzosen klang lautes Gebrüll herüber. Der lange Klüverbaum ragte in den Weg der *Platvis*. Vorsichtig noch etwas mehr Backbordruder. Auf der Fregatte krachte und polterte es furchterregend. Aus den Augenwinkeln sah Turner, dass der Vormarsstenge kurz über dem Eselshaupt abgebrochen war. Blöcke und Holzteile stürzten als tödliche Geschosse von oben herab. Rahen verkeilten sich, und Segel breiteten sich rauschend über dem Deck aus. Die Franzosen hatten den kleinen Schlickrutscher nicht ernstgenommen und keine Netze über dem Deck gespannt. Der Klüverbaum der *Platvis* kam von den Großmastwanten der Fregatte klar, verfing sich aber in den Wanten des Vormasts. Ehe Turner einen Befehl brüllen konnte, knallte etwas wie ein überlauter Musketenschuss, der Klüverbaum des Franzosen war abgebrochen, denn ohne die stützenden Stage zum Vormast hatte er zu wenig Halt gehabt. Wieder knackte und krachte es heftig auf der Fregatte, und die Großmaststengen mit Bram- und Marssegel schwankten heftig.

»Achtung, die Trimmer! Ich falle ab! Die Geschützbedienungen! Feuer frei für die Steuerbordbatterie, wenn nachgeladen! Mister Armstrong, geben Sie dem Mistkerl den Rest!«

Die Sechspfünder brüllten erneut auf und schickten ihre im Fluge eigenartig jaulenden, rotierenden Geschosse hinüber. Sie beraubten die Großmaststengen ihres letzten Halts, und mit Donnergetöse stürzten sie hinab in das Tohuwabohu, das an Deck bereits herrschte. Die Segel, die über die Bordwand gefallen waren, verdeckten zum größten Teil die Steuerbordstückpforten der Fregatte, die gemächlich hinter dem Treibanker aus Riggtrümmern in den Wind drehte. Ein oder zwei ihrer Geschützführer feuerten ohne Sichtkontakt in ihrer heißen Wut trotzdem. Die Kugeln pfiffen über das Deck der *Platvis*, und eine riss dem Midshipman Blake den Arm ab, mit dem er sich an den Großwanten festgehalten hatte. Der junge Mann, der gerade noch mit weit aufgerissenem Mund ungläubig auf das Inferno vor seinen Augen gestarrt hatte, blickte erstaunt auf den Stumpf des Oberarms, aus dem pulsierend das Blut strömte, dann brach er ohnmächtig an Deck zusammen. Männer packten ihn und schleppten ihn unter Deck in das Schreckensreich von Doktor Smyth mit seinen Sägen und Zangen. Turner schlug ungeduldig nach einer summenden Hornisse, bis ihm klar wurde, dass feindliche Scharfschützen ihn unter Feuer genommen hatten. Etwas zupfte heftig an seinem weitgeschnittenen Ärmel. Erstaunt blickte er auf ein zackiges schwarzes Loch.

Jetzt kam das Achterdeck des Franzosen querab. Das Ruder drüben drehte sich langsam ein oder zwei Speichen nach links und dann wieder nach rechts, ohne dass es ein Rudergänger bediente. Zwei oder drei Männer lagen in verkrümmter Haltung auf der Gräting hinter dem Rad. Der Mann, den Turner vorhin gesehen hatte, saß apathisch an das Kompasshäuschen gelehnt. Er hatte seinen Hut und die Perücke verloren, und sein schwarzes Haar hing ihm wirr ins Gesicht. Er presste ein rot durchgeblutetes Tuch gegen seinen Hals, aus dem stoßweise Blut über seine Hand in den Ärmel seines Uniformrocks lief. Gerade in diesem Augenblick ließ ein Soldat in der weißen Uniform der Königlichen Marineinfanterie seine Muskete über die Reling gleiten, presste die Hände gegen die Brust und stürzte über die Verschanzung in die See. Ein Offizier der Seesoldaten stand auf dem Achterdeck und schwang in ohnmächtiger Wut, die schon hilfloser Verzweiflung glich, seinen Degen in ihre Richtung. Ein Kopfschuss warf ihn auf das Deck. In der Mars des Besanmasts hantierten die französischen Scharfschützen weiter mit ihren Musketen.

Die Fregatte blieb zurück. Gerade als Turner das Ruder an Quartermaster Shultz übergab und nach achtern blickte, registrierte er einen Schlag am rechten Schenkel, ignorierte ihn aber, da er keinen Schmerz verspürte. Auf dem reich mit Blattgold verzierten Heck prangte der Name der ehemals so schmucken Fregatte: *La Coquette*. Er blickte durch sein Teleskop. Auf dem Deck herrschte das reine Chaos, und wenn ihn nicht alles täuschte, dann stieg an der Steuerbordseite blauer Rauch auf. Vermutlich hatte das Mündungsfeuer der beiden blind abgefeuerten Kanonen die Segel in Brand gesteckt. Die Mannschaft würde alle Hände voll zu tun haben, ihr Schiff zu retten und so weit wieder herzurichten, dass sie es nach Fort de France zurücksegeln konnten. Die Anspannung fiel mit einem Schlag von ihm ab. Müde sagte er: »Mister Sharps, Mister Corner, machen Sie aus diesem Schweinestall wieder ein Schiff, das diesen Namen verdient! Wegtreten von den Gefechtsstationen, Sirs!« Mit schleppenden Schritten verschwand er im Niedergang.

In seiner Kabine ließ er sich erschöpft auf die Heckbank fallen, und sein Kopf sank nach hinten an die Holztäfelung. Er hob das rechte Bein auf die Bank. Ein stechender Schmerz durchzuckte seinen Oberschenkel, und als er mit seiner Hand über die Hose fuhr, bemerkte er, dass sie nass war. Er blickte seine Hand an – sie war rot von Blut. Jetzt begann der Schmerz beständig zu bohren. Er griff nach seinem Dolch mit dem Schlangengriff, der hinten in seinem Gürtel steckte, und begann das Hosenbein abzuschneiden.

»Tom!«, rief er und versuchte festzustellen, wo genau ihn die Kugel getroffen hatte. Tom erschien in der Tür und erfasste mit einem Blick die Lage. Geschickt entfernte er das Hosenbein völlig und taste den Schenkel ab. Dann nickte er beruhigend: »Glück gehabt, Käptum, Zur! Nur Streifschuss! Hat aber eine große Ader getroffen.«

»Geh, hol den Doktor, Tom!«

Sein Bursche blickte ihn zweifelnd an – Turner kannte seine Vorbehalte gegen die europäischen Ärzte –, nickte dann aber: »Aye, Zur!« Er eilte zur Tür und verschwand. Er hatte kaum den Raum verlassen, als die Tür wieder aufflog und eine aufgeregte Michelle mit weit aufgerissenen Augen hereinstürmte. »Der Käptum ist verletzt, Zur?« Bevor er antworten konnte, hatte das grazile Mädchen ihn von der schmalen Heckbank gehoben und ihn geschickt auf den Fußboden gelagert; dort zog sie ihm die zerfetzte Hose völlig aus, dann untersuchte sie die Wunde. Sie blickte sich kurz um, fand aber nicht das, was sie suchte. Ohne eine Sekunde zu zögern, zog sie sich die Bluse aus. »Die Wunde ist sauber, Käptum. Alle Stofffetzen sind vom Blut rausgewaschen. Sie schnitt die Bluse mit dem scharfen Dolch in Streifen, die sie mehrfach faltete, dann drückte sie das dicke Päckchen auf den etwa zehn Zentimeter langen Riss, den die Kugel an der Innenseite des Schenkels gerissen hatte, und fixierte ihn mit den Ärmeln der Bluse fest auf der Wunde. Sie zog den Verband so stramm, dass er vor Schmerz aufstöhnte, aber sie ließ sich davon nicht beeindrucken. »Der Käptum 'at ge'abt viel Glück, aye, Zur. Nur eine Fleischwunde, und …« Sie kicherte und blickte ihn mit ihren Schlehenaugen unschuldig an.

»Was heißt und?«, fragte er ungnädig. Ihm war nicht nach Späßen zumute.

»Und knapp an die Familienjuwelen vorbei, Zur.«

Er grunzte etwas Unverständliches. Obwohl sich ihre straffen Büste dicht vor seinen Augen nackt und stolz in die Luft reckten, fühlte er nicht das geringste Begehren. Es klopfte kurz an der Tür, die dann sofort aufgerissen wurde. Doktor Smyth und Tom stürmten herein und blieben wie angewurzelt stehen. Der Anblick, der sich ihnen bot, war, vorsichtig ausgedrückt, kompromittierend. Der Kapitän lag mit entblößtem Unterleib auf dem Fußboden, über ihn beugte sich mit nacktem Oberkörper die junge Frau.

»Starren Sie mich nicht so blöde an, Sir! Untersuchen Sie meine Wunde, verdammt.« Der Doktor stellte seine Tasche ab und wollte neben ihm niederknien, aber Michelle kam federnd in die Höhe und verstellte ihm den Weg.

»Is nisch nötig, Quackie*, Michelle hat gründlich untersucht. Ist keine Stoff in Wunde, alles sauber, aye. Fest verbunden. Michelle wird später eine Kräuterbrei für Wunde herstellen. In Antigua kann der Käptum schon wieder mit feine Dame tanzen, aye.«

Der Schiffsarzt blickte Turner abwartend an. Der nickte zögernd. »Danke, Doktor, dass Sie sich bemüht haben, aber ich denke, dass wir es dabei bewenden lassen können. Es ist ja nur ein Kratzer. Ich habe gute Erfahrungen mit den Hausmitteln Ihrer dunkelhäutigen Kollegen gemacht.«

Smyth sah aus, als habe er auf eine saure Zitrone gebissen. »Dann will ich nicht länger stören, Sir. Falls Sie meine Dienste benötigen, zögern Sie nicht, mich rufen zu lassen«, entgegnete er eisig.

»Das werde ich, Sir, das werde ich ganz gewiss. Übrigens, wie sieht die Schlachterrechnung unseres kleinen Tanzes mit den Franzosen aus, Mister Smyth?«

»Vier Verletzte, einer davon schwer. Mister Blake hat viel Blut verloren ...« Er zuckte fatalistisch die Achseln. »Ich fürchte, dass wir ihn verlieren werden, Sir.«

»Armer Kerl ...!« Er blickte die junge Frau an. »Kannst du mal nach dem Jungen schauen, Michelle? Ich weiß, Wunder kann ich nicht erwarten, aber manchmal helfen ja schon ein paar freundlichen Worte von einer schönen Frau.«

Sie lächelte ihn strahlend an und machte einen Knicks. »Aye, Zur.« Tom griff in eine Schublade des Sideboards und warf ihr ein Tischtuch zu, in das sie sich hüllen konnte. Hoch aufgerichtet verließ sie mit schwingenden Hüften den Raum.

Oben an Deck schauten Segelmeister Sharps und Leutnant Corner durch ihre Ferngläser zu der schnell kleiner werdenden Fregatte zurück.

---

* Quackie, Verballhornung von Quacksalber

»Der Alte hat wohl einen Kratzer am rechten Flunken abbekommen«, meinte der Leutnant. »Es soll aber nichts Ernstes sein. Schade, dass wir uns nicht die Zeit genommen haben, der *Coquette* den Rest zu geben. Wir hätten sie ein paarmal über das Heck bestreichen können, dann hätten die Froschfresser bestimmt die Flagge gestrichen. Von Wild Bull Turner hätte ich mir mehr Schneid erwartet.«

»Scharf auf das Prisengeld, Herr Leutnant?«, fragte der Segelmeister ruhig, »oder juckt Ihnen die Säbelspitze, frei nach dem Motto: ›Ruhm oder Tod?‹ Ich denke, dass der Kommandant richtig gehandelt hat, als er das Gefecht abgebrochen hat. Ein Glückstreffer von einem der Achtpfünder in unser Rigg hätte gereicht, uns manövrierunfähig zu machen, und dann Gnade uns Gott! Bedenken Sie, dass da drüben ungefähr zweihundert wütende Franzosen nur darauf gewartet haben, einen Fuß auf unser Deck setzen zu können, um uns Mores zu lehren. Wir hatten Glück, dass die List des Kapitäns geklappt hat und die Franzosen so leichtsinnig waren. Es spricht für den Kapitän, dass er sein Glück nicht ausreizt.«

»Nun ja, wenn Sie das so sehen, Sir.« Corner klang nur halb überzeugt, wahrscheinlich sah er im Geiste den dicken Beutel mit goldenen Guineen vor sich, die seinen Anteil am Prisengeld ausgemacht hätten.

Leutnant Blower von den Seesoldaten, der sich zu ihnen gesellt hatte, meinte gedehnt: »Im Nahkampf hätten wir keine Chance gehabt, Herr Kamerad. Aber selbst wenn die Froschfresser nach dem Beharken die Flagge gestrichen hätten, hätten wir die Überlebenden bewachen müssen. Wir hätten mit unseren paar Kerls die beiden Schiffe segeln und, wenn man die Toten und Verwundeten abzieht, mindestens hundert bis hundertfünfzig verbitterte Feinde unter Kontrolle halten müssen. Ein ziemliches Unding, Sir. Man kann nicht alles haben, aber im Zweifel ist mir ein intaktes Fell lieber, als mit eingeschlagenem Schädel vielleicht Anspruch auf Prisengeld zu haben.«

Leutnant Corner entgegnete darauf nichts, sah aber weiter leicht enttäuscht drein.

Im Laufe der Nacht wurde der Wind wieder zunehmend launisch und schlief zeitweise sogar fast völlig ein. In Richtung des Sonnenuntergangs war der Himmel ungewöhnlich farbenprächtig gewesen, und aus Westen war eine lange Dünung durch den Dominicakanal hinaus in die Weiten des Atlantiks gelaufen. Als die Brise wieder auffrischte, drehte sie langsam, aber beständig nach Nordosten zurück, was zur Folge hatte, dass sie zuerst gelegentlich, dann aber in immer kürzeren Abständen ihre Segelstellung und später sogar den Kurs ändern mussten. Allerdings hatten sie sich die ganze Zeit über gut frei von Dominica gehalten, so dass sie guten Mutes waren, ohne einen zusätzlichen Kreuzschlag die Nordostecke von Guadeloupe passieren und dann mit einem Anlieger auf English Harbour zuhalten zu können. Leider brachte sie das dicht unter die feindlichen Inseln. Das war Turner zwar nicht recht, aber er hätte es nur vermeiden können, wenn er einen weiten Schlag in den Atlantik hinaus gemacht hatte. Danach stand ihm keineswegs der Sinn. So kam es, dass sich am Vormittag des nächsten Tages die grünen Berge von Guadeloupe langsam an Backbord aus dem Blau der See in die Höhe schoben. Endlich lag bei Beginn der Nachmittagswache auch der langgestreckte Hügelrücken der Insel La Désirade gut an Backbord voraus. Wenn sie diese Insel sicher passiert hatten, konnte ihnen eigentlich nicht mehr viel passieren. Aber man soll den Tag nicht vor dem Abend loben, und dieses Sprichwort konnte man hier wörtlich nehmen.

»An Deck! Segel drei Strich an Steuerbord voraus!«

Turner, der in einem festgelaschten, behelfsmäßigen Segeltuchstuhl saß, wollte aufspringen, aber der Schmerz, der ihn durchfuhr, als er sein Bein belastete, unterband das sehr schnell. Er biss die Zähne zusammen und wartete ab, bis die Schmerzwelle abgeebbt war. Schweißtropfen standen trotz der erfrischenden, kühlen Brise auf seiner Stirn.

»Mister Armstrong, in den Topp!«, röhrte er ungnädig.

Der erfahrene Midshipman enterte über die Luvwanten des Großmasts auf, umkletterte die Mars und klemmte sich oben auf der Saling neben den Ausguck. Er nahm das lange Fernrohr von der Schulter, zog es auseinander und versuchte, es trotz des schwankenden Sitzes ruhig auf das ferne Segel auszurichten. Schließlich schnaubte er missvergnügt. Der Matrose neben ihm nickte bestätigend. »Aye, Sör, sieht nicht gut aus! Ich habe auch gehofft, dass es einer von unseren Pötten wäre, aber dem Schnitt der Segel nach ...!«

Der Mann musste die Augen eines Falken und hundert Jahre seemännische Erfahrung auf dem Buckel haben, um das mit bloßen Augen aus dieser Entfernung so sicher zu erkennen, dachte Armstrong. »Richtig, Potter, es sieht ganz so aus, als ob es ein Franzmann ist, und noch dazu ein verdammt großer Eimer. Dabei hatten wir doch schon wahrlich genug Ärger!« Armstrong schob das Teleskop zusammen, hängte es sich über den Rücken, packte ein Backstag, umschlang mit den Beinen das Stag und hangelte sich Hand über Hand auf das Deck hinunter. Seine weißen Kniestrümpfe waren anschließend nicht mehr für einen Abendempfang geeignet, aber derartige Veranstaltungen waren Mr. Midshipman Armstrong ohnehin suspekt und in der nächsten Zeit auch kaum mehr zu erhoffen, wenn Armstrong daran dachte, was er dem Kapitän berichten musste. Turner erwartete ihn ungeduldig.

»Wenn Sie mir jetzt melden, dass es eine französische Fregatte ist, Sir, dann sorge ich dafür, dass Sie nächste Woche in

English Harbour die Leutnantsprüfung bestehen, damit ich Sie nicht mehr auf meinem Deck ertragen muss, das verspreche ich Ihnen. Und wenn ich persönlich für Sie zur Prüfung gehen muss, Mister Armstrong!«

»Ich fürchte, dass Sie unter Umständen eine Menge Zeit haben werden, sich auf das Examen vorzubereiten, Sir.« Er räusperte sich. »Ahem, und ich auch. Hoffentlich lassen mir die Froschfresser meine Lehrbücher. Denn, äh, wie es aussieht, handelt es sich bei dem Schiff um ein französisches Kriegsschiff – und zwar um eine große Fregatte. Nach Norden können wir nicht durchbrechen, Sir. Die schneidet uns bei dem Wind mit Sicherheit den Weg ab. Und nach Westen …« Er zuckte hilflos mit den Achseln.

Turner blickte an ihm vorbei hinauf in die Segel. Aber er sah nicht ihren tadellosen Stand. Jetzt war er also am Ende seiner Karriere angelangt. Irgendwann ging jede Glückssträhne mal zu Ende, das war ihm immer klar gewesen. Aber es musste doch nicht ausgerechnet jetzt sein, wo er um das Erbe seines Sohnes kämpfen musste. Sein eigenes Schicksal war ihm ziemlich gleichgültig. Elizabeth war tot, daran gab es nichts zu deuteln. Falls sein Großvater und die anderen Himmelslotsen recht hatten, dann würde er sie im Jenseits wiedertreffen, und sie würden dort für immer unzertrennlich sein. Das war doch eine annehmbare Vorstellung, damit konnte er leben – und auch sterben! Er zwang sich zur Ruhe. Wenn Armstrong sagte, dass ihnen der Weg nach Norden verstellt war, dann war das so. In solchen Dingen konnte man sich hundertprozentig auf sein Urteil verlassen. Also, was konnte er tun? Sie konnten den harmlosen holländischen Frachter auf dem Weg nach St. Maarten geben und darauf hoffen, dass die Fregatte nach der langen Atlantiküberquerung keine Zeit damit verschwenden wollte, einen beinahe Verbündeten genau zu untersuchen. Doch das wäre ein echtes Vabanquespiel: alles oder nichts! Es *konnte* klappen, aber so viel Glück konnte nur ein volltrunkener Halbidiot haben, und auch das nur, wenn Weihnachten und Ostern auf einen Tag fielen. Nein, die Chance, mit dieser Frechheit durchzukommen, war einfach zu klein. Was blieb dann noch? Nach Westen ablaufen. Mit raumem Wind war die *Platvis* schnell, erstaunlich schnell, aber eine große Fregatte mit ihrer langen Wasserlinie und der riesigen Segelfläche war schneller, viel schneller – um es ganz deutlich auszusprechen: Sie war *zu* schnell für sie! In Turners Kopf formten sich Zahlen zu Gleichungen. Eigenfahrt v1, Fremdfahrt v2, Distanz d1, Distanz d2, Ergebnis: Zeitpunkt des Zusammentreffens t. Die Fregatte war zwar von Deck aus noch nicht zu sehen, aber das große Kriegsschiff würde mindestens vier Knoten schneller als sie sein, und das bedeutete im Klartext, dass es sie vor Sonnenuntergang eingeholt haben würde. Er stellte sich die Karte vor. Bis zur südwestlichen Ecke von Guadeloupe waren es rund fünfundfünfzig Seemeilen. Wenn sie jeden Fetzen setzten, den sie in der Segellast auftreiben konnten, dann mochten sie mit raumem Wind zwischen neun und zehn Knoten laufen und das Kap im günstigsten Fall nach fünfeinhalb Stunden erreichen. Die Fregatte musste etwa zweiundzwanzig Meilen mehr zurücklegen, würde aber bei diesem Wind mit vierzehn Knoten heranschnauben. Auch sie würde die Strecke in fünfeinhalb Stunden zurückgelegt haben. Und dann? Dann waren sie geliefert, denn richtig dunkel würde es erst zu sechs Glasen auf der letzten Hundewache werden! Ihnen fehlte also eine knappe Stunde, um sich – vielleicht – in der Dunkelheit davonstehlen zu können. Dampfender Pferdemist auf dem Spitzendeckchen! Ein verfluchtes, lausiges Stündchen! Wie oft hatte er sich aus nichtigem Anlass gewünscht, dass die nächste Stunde schnell vorübergehen solle, dass er sie mit einem Wimpernschlag in die Vergangenheit befördern könne. Diesmal hing davon ihr Leben, ihre Freiheit ab. Sich auf eine günstige Veränderung des Windes zu verlassen war reines Wunschdenken. Er kratzte sich den Hinterkopf. Eine winzige Chance gab es noch. Ein paar Meilen südöstlich des Kaps lag eine Handvoll kleiner und kleinster Inselchen. Wenn er sich recht erinnerte, nannten die Franzosen sie die Saintes. Möglicherweise konnten sie zwischen den »Heiligen« mit der Fregatte Blindekuh spielen und sich dann in der Finsternis davonstehlen. Sie konnten natürlich auch voll auf die Klamotten brettern – allerdings galt das auch für die Fregatte. Egal, sie mussten es versuchen!

Er hörte, dass sich Sharps neben ihm räusperte.

»Mister Corner, lassen Sie den Rudergänger abfallen! Anschließend gehen wir auf raumen Wind und setzen die Leesegel! Und heute noch, wenn ich bitten darf, Sir!«, röhrte er gereizt. An Deck brach der übliche Tumult aus. Er wollte nicht platt vor dem Wind ablaufen, sondern sich erst mit Steuerbordhalsen knapp frei von den unbewohnten Inselchen de la Petite Terre halten, dann halsen und die Insel Marie Galante im Norden passieren, ehe er auf die Saintes zuhielt.

Sharps räusperte sich wieder.

»Was gibt es denn noch, Sir?« fragte er missmutig. Seine Wunde schmerzte. Er spürte, dass er Fieber hatte, sein Kopf dröhnte. Das Letzte, was er jetzt noch gebrauchen konnte, waren schlaue Sprüche von einem dreimalverfluchten, neunmalklugen Segelmeister.

»Wie ich feststelle, Sir, haben Sie auch schon unsere einzige Chance erkannt, wie wir diesem fliegenden, feuerspeienden Drachen in unserem Kielwasser eine lange Nase drehen können, Sir.« Turner schloss die Augen. So einen poetischen Satz hatte er vom alten Weißkopfseeadler Lennon in den langen Jahren ihrer Zusammenarbeit noch nie gehört, aber der hätte bei dem von ihm geplanten verzweifelten Versuch, sich in den Saintes zu verstecken, auch nur trocken gehüstelt und keinesfalls von einer Chance gesprochen. »Die Passage zwischen Basse-Terre und Grande-Terre ist zwar etwas kitzlig, aber da hinein kann uns die Fregatte auf keinen Fall folgen. Die Durchfahrt vom tiefen Wasser im Süden bis zum Tiefwasser im Norden erstreckt sich über rund zehn Seemeilen, aber das gefährlichste Stück ist nur etwa zwei Seemeilen lang, das müssten wir alles noch gut bei Tageslicht schaffen. Ich bin schon einige Male da hindurchgesegelt. Da Grande-Terre verhältnismäßig flach ist, sollten wir keine Probleme mit dem Wind bekommen.« Er klopfte dreimal auf den hölzernen Schandeckel der Reling. »Wenn ich mich recht erinnere, ist die höchste Erhebung nur rund dreihundertfünfzig Fuß hoch, und die liegt auch noch weit unten im Süden.«

Turner hielt seine Augen geschlossen. Wovon faselte der Kerl da? Hatte Sharps Fieber oder er? Passage? Sichere Durchfahrt? Es mussten Fieberfantasien sein! Dann erinnerte er sich. Guadeloupe war eine Doppelinsel, ähnlich einem Schmetterling, die von einem schmalen Meeresarm durchtrennt wurde. Sharps hatte recht, in diesen Flachwasserbereich konnte ihnen die Fregatte auf keinen Fall folgen, weil dort zu viele Sandbänke lauerten. Die Fahrwasser schlängelten sich in vielen Bögen und Schleifen daran vorbei, aber die Stürme und der Strom sorgten immer auch für ausreichend tiefe Fahrrinnen. Ein ideales Revier für ein holländisches Schiff mit wenig Tiefgang. Wie es schien, hatten die Glücksgötter den Daumen doch noch nicht nach unten gesenkt. Turner schnaufte erleichtert auf. »Schön, dass Sie meiner Meinung sind, Mister Sharps.« Er musste seinem Segelmeister schließlich nicht beichten, dass es ihm nicht im Traum eingefallen wäre, diesen Weg zu wählen. »Dann kann ich Ihnen ja das Kommando während der Passage übertragen. Ich ...«, er machte eine kurze Pause, »ich fühle mich heute wahrhaftig nicht gerade in der Lage, Bäume auszureißen.«

»Um die Wahrheit zu sagen, Sir, Sie sehen aus, als ob Sie in die Koje gehörten!«

Turner drehte sich um und blickte nach achtern; der helle Fleck der Bramsegel der Fregatte war jetzt schon über der Kimm zu sehen. Die *Platvis* hatte inzwischen Leesegel gesetzt und lief mit weißschäumender Bugwelle und einer hinter dem Spiegel steil in die Höhe steigenden Heckwelle mit ächzendem, knarrendem Rigg mit zehn Knoten davon. »Mister Sharps, ich werde nach unten humpeln und meinen Verband erneuern lassen. Lassen Sie mich sofort rufen, wenn es etwas Neues gibt.«

»Aye, aye, Sir.«

Mühsam wollte sich der Kommandant in die Höhe stemmen, aber da waren plötzlich zwei kräftige Arme und andere Hände, die eine Segeltuchplane bereithielten, in die er gelegt wurde, und ehe er sichs versah, hatte man ihn den Niedergang hinunter in seine Kabine transportiert, ohne dass er einen Schritt hatte machen müssen.

»Verdammt, ich bin doch kein Kleinkind oder ein verfluchter Invalide, Kerls«, moserte er aufgebracht. »Aber trotzdem, danke«, setzte er matt hinzu.

Die Matrosen grinsten breit und trollten sich. Tom versorgte die Wunde, dabei nickte er zufrieden. »Sieht gut aus, Käptum, Zur. Medizin von der kleinen Zauberin wirkt. Nur die Wundränder sind noch entzündet, daher auch der heiße Kopf, Zur.« Tom holte ein kleines Fläschchen aus der Tasche, füllte ein Glas mit Wasser und zählte ein Dutzend Tropfen hinein, dann hielt er ihm das Glas hin. Turner nahm es misstrauisch entgegen und schnupperte daran. Tom drängte ihn: »Ex, Zur!« Der Verwundete seufzte, schüttete dann aber widerspruchslos die Mixtur hinunter. Sie schmeckte würzig, etwas bitter, aber nicht unangenehm. Seine Augenlider wurden ihm schwer, der Kopf sank ihm auf die Brust, und er schlief ein. Tom bettete ihn in die Schwingkoje und bezog dann Position am Heckfenster, von wo er die heranrauschende Fregatte im Auge hatte. Nach gut zwei Stunden, der Rumpf des französischen Kriegsschiffs schob sich schon deutlich über die Kimm, weckte er Turner, der sich erfrischt fühlte. Die Kopfschmerzen waren verschwunden, und auch das Fieber schien abgeklungen zu sein. Voller Energie wollte er sich aus der Koje rollen, aber Tom hielt ihn auf. Wieder tauchten wie aus dem Nichts die Matrosen mit der Segeltuchtrage auf, in der sie ihren protestierenden Kommandanten schonend auf seinen Platz auf dem Achterdeck transportierten.

»Fünfzig Schläge mit der Katze für jeden dieser Hundesöhne und zusätzlich ein halbes Jahr Rumentzug, verdammt!«, grummelte Turner. »Habe ich denn auf diesem Schiff gar nichts mehr zu melden?«

»Gegen die Anweisungen der Frau Doktor sind Sie machtlos, Sir«, stellte Sharps grinsend fest. »Da, wo Sie lauthals mit der Katze drohen müssen, reicht bei ihr ein kleiner Hinweis mit dem Zeigefinger, und je nachdem, dann entweder ein Lächeln oder ein drohender Blick.«

»Verdammt will ich sein, wenn ich je wieder zulasse, dass ein Weib an Bord meines Schiffs mitfährt. Frauen sind der Ruin jeder Marine, so viel steht mal fest.«

Am Ruder hörte er Quartermaster Shultz flüstern: »Es heißt ja nicht umsonst vor dem Auslaufen: ›Alles von Bord, was nicht über die Reling pinkeln kann, hi, hi!‹ Die Alten wussten schon, warum sie das Weibervolk nicht an Bord haben wollten.«

Sharps blickte ihn streng an, fuhr dann aber zu Turner gewandt schmunzelnd fort: »Nun, wenn ich Sie so ansehe, Sir, dann haben – mit Verlaub gesagt – die ›ruinösen‹ An-

strengungen der jungen Dame bei Ihnen aber eine wesentliche Verbesserung Ihres Zustands bewirkt. Vor knapp drei Stunden sahen Sie noch aus wie der Tod auf Urlaub, jetzt wirken Sie schon beinahe wieder wie das blühende Leben.«
Nun, das war zwar stark übertrieben, aber Sharps wollte Turner aufmuntern, was ihm auch gelang. William grollte noch etwas vor sich hin, schaute sich aber bereits interessiert um. Die Insel Petite Terre lag bereits weit achteraus, und an der Steuerbordseite erhoben sich die niedrigen grünen Kalksteinhügel von Grande-Terre. An der Backbordseite, etwas achterlicher als querab, lag die Insel Marie Galante, und an Backbord voraus ragten in der Ferne die Vulkankegel von Basse-Terre in die Wolken. Die Fregatte musste jetzt etwa auf der Höhe von Petite Terre stehen, wahrscheinlich hatte auch sie die Inselchen bereits passiert. Wenn man sie beobachtete, konnte man den Eindruck gewinnen, dass die Geister der See den Rumpf des Schiffes mit vereinten magischen Kräften höher, immer höher aus dem Wasser schoben! Man konnte gegen die Franzosen sagen, was man wollte, aber man musste ihnen zugestehen, dass sie es verstanden, schnelle Schiffe zu bauen – und sie auch gut zu segeln. Turner zwang sich, nicht ständig nach achtern zu starren, sondern seine Gedanken auf die Probleme zu lenken, die noch vor ihm lagen. Sie mussten, bevor sie in die Meerenge einlaufen konnten, das Fort Fleur d'Épée passieren und anschließend noch die Hafenstadt Point-à-Pitre. Das konnte eng werden. Sie mussten bluffen. Jedes Mal, wenn er nach achtern schaute, schluckte er heftig, denn das große Kriegsschiff war dann schon wieder näher herangekommen. Jetzt wurde es langsam spannend. In einer halben Stunde würden sie die Insel Gosier passieren, und hinter dem nächsten Kap lag dann über einer weiten Bucht das Fort. Eins schien zumindest sicher zu sein, wenn der Wind jetzt keine Kapriolen vollführte, dann blieb in die-

sem Rennen die Fregatte zweiter Sieger. Aber sie schien nicht aufgeben zu wollen, denn noch immer behielt sie unter Vollzeug ihren Kurs bei.

Er rieb sich gedankenverloren den Hinterkopf, dann rief er Leutnant Corner und Midshipman Armstrong heran: »Die Flagge der Generalstaaten im Vortopp setzen, an der Gaffel die orange-weiß-blaue Prinzenflagge und im Großtopp den langen orangefarbigen Wimpel. Der Flaggenschrank der *Platvis* ist in dieser Beziehung zum Glück gut ausgestattet, da hat der Mijnheer Kaaskopp nicht gespart. Dann suchen wir eine nicht zu große britische Flagge heraus und legen sie an Deck klar. Wir versehen sie an allen vier Ecken mit Bändseln. Sobald auf dem Fort ein Warnschuss abgegeben wird, zeigen wir die britische Flagge zwischen den Groß- und Vormastwanten, und alles, was auf dem Achterdeck Dienst hat, deutet aufgeregt nach achtern, als ob dort der Satan gleich persönlich erscheinen wird. Und, Mister Armstrong, wir schießen mit vier Stücken Flaggensalut! Da wir den Rang des Befehlshabers nicht kennen, feuern wir die üblichen einundzwanzig Schuss für die Flagge ab, Sir. Und nicht im exakten Navystil, Mister Armstrong, wenn Sie verstehen, was sich meine.«

»Einundzwanzig Schuss Salut, aye, Sir. Äh, etwas ungleichmäßig und lahm, eben im laxen deutschen Stil, Sir.«

»Genau so, Mister Armstrong!«

Die weite Bucht mit ihrem azurblauen Wasser und dem weißen sichelförmigen Sandstrand vor den grünen Palmen öffnete sich vor ihnen, aber Turner hatte kein Auge für die Naturschönheiten. Er schaute mit dem Teleskop zu den Befestigungen hinauf, über denen die Flagge der Bourbonen flatterte. Auf den Mauern hasteten Männer herum. Das Sonnenlicht spiegelte sich in den Okularen der Ferngläser, die auf das kleine Schiff gerichtet waren. Dann, sie hatten die

Bucht bereits zur Hälfte überquert, stieg drüben ein Qualmballen in die Höhe, und nach einiger Zeit erreichte sie der Donner des Abschusses. Wo die Kugel einschlug, konnten sie nicht beobachten. Nun, es war ja immerhin auch möglich, dass sich die Franzosen die Kugel gespart und nur die Pulverladung gezündet hatten.

»Die britische Flagge zeigen, und die Achtergäste etwas Bewegung! Mister Armstrong, den Salut bitte!«

Armstrong klopfte dem ersten Geschützführer auf die Schulter, der zündete die Pulverladung, und die Qualmwolke wehte von Steuerbord über das Deck hinweg nach Backbord. Sharps sprang auf dem Deck in die Höhe und deutete mit seinem langen Fernrohr hektisch nach achtern, aber dann ließ er gleich den Kurs ändern und hielt auf den Trichter der Meerenge zu. Langsam und ungleichmäßig feuerten die Sechspfünder Schuss um Schuss ab, und beim einundzwanzigsten Schuss vergrößerte Armstrong die Pause auf fast das Doppelte. Oben über den Wällen blitzte es auf. Verdammt, dachte Turner, haben die unsere List durchschaut? Aber dann folgte der nächste und der übernächste Schuss in genau abgemessenen Abständen. Turner grinste in sich hinein. Jetzt wollte ihnen da oben ein pflichtbewusster Artillerieoffizier mal zeigen, was es hieß, vernünftig Salut zu schießen.

»Die Leesegel bergen, Mister Sharps! Ich denke, dass unser Freund Ärger mit seinen Kameraden in der Festung bekommen wird, sobald er in den Feuerbereich ihrer Geschütze einläuft.« Turner atmete tief durch. Das Rennen war über eine Distanz von fünfundvierzig Meilen gegangen, und die zehn Meilen Differenz hatten den alles entscheidenden Unterschied gemacht!

Auch an Backbord hatten sie jetzt Inselchen und tauchten ein in ein Gewirr von Untiefen, Inseln und schiffbaren Wasserstraßen. Sharps war die Ruhe selbst und gab umsichtig seine

Ruderkommandos, der diensttuende Bootsmann kümmerte sich um den richtigen Stand der Segel. Drüben an der Steuerbordseite lagen an einem anderen Fahrwasser die Hafenanlagen von Point-à-Pitre. Die Menschen auf den Kais winkten zu ihnen herüber, denn sie hatten den Flaggensalut der Festung gehört und waren überzeugt, dass ein befreundetes Schiff vorbeirauschte. Die Seeleute auf der *Platvis* schwenkten theatralisch ihre Mützen. Auch diese bunte Szene blieb hinter ihnen zurück. In den Rüsten standen Lotgäste und sangen laut die Wassertiefe aus. Sharps hatte hinter dem Hafen die Bramsegel aufgeien lassen, um die Fahrt etwas zu verringern. Was hatte der Segelmeister gesagt? Zwei Seemeilen sollte das gefährlichste Stück lang sein. Nun, dann mussten sie es bald geschafft haben. Turner beobachtete den Segelmeister bei der Arbeit; der arbeitete gut mit dem Ausguck im Vortopp zusammen, hatte aber auch selbst die Stromkanten und Verwirbelungen im Auge. Einige Male meinte Turner ein leises schlurfendes Geräusch zu hören, als glitte der Kiel über den Grund, aber Sharp schüttelte den Kopf. »Treibholz oder so etwas in der Art, Sir.« Baumstämme und Seegrasinseln trieben im Wasser herum. Der Wind veränderte zwar seine Richtung, ließ sie aber nicht im Stich. Hatte er zunächst dem Verlauf der Küste folgend aus Südosten geweht, drehte er dann zunächst wieder auf Osten, aber sie konnten ihren Weg ohne großartige Segelmanöver wie Backen und Füllen fortsetzen.

Turner richtete sein Fernglas nach achteraus. Die Fregatte mochte nur noch vier Meilen hinter ihnen stehen, aber sie hätte jetzt genauso gut auf der südlichen Erdhalbkugel sein können, denn die *Platvis* war für sie unerreichbar. Gerade als ihr Kommandant das auch einsah und den Befehl zum Abdrehen gab, stiegen rings um sein schönes Schiff haushohe Wassersäulen auf. Die Festung hatte das Feuer eröffnet, und diesmal schossen die Geschütze keinen Salut, sondern spien glühende Kugeln aus. Das Leben konnte verdammt ungerecht sein, dachte Turner. Aber ihm tat der Anblick wohl, denn immerhin hatte der verdammte Franzose sein Nervenkostüm über mehrere Stunden ganz erheblich strapaziert.

Kapitel 11

Antigua, August 1778

Wegen des etwas ungünstig vorlich einfallenden Windes benötigte die *Platvis* für die Überfahrt von Guadeloupe nach Antigua achtundvierzig Stunden und ging daher erst kurz nach Sonnenuntergang des übernächsten Tages auf der Reede von English Harbour in der unmittelbaren Nähe der *Shark* zu Anker; diese schwoite nach dem Werftaufenthalt wieder an ihrem gewohnten Platz.

Turner war während der Überfahrt in ein schwarzes Loch gefallen. Seine Wunde am Bein heilte glücklicherweise schnell, aber seine Seelenpein ließ ihn sein zukünftiges Leben in einem düsteren Licht erscheinen. Er war zwar zwischen seinen Einsätzen immer nur wenige Tage, bestenfalls ein paar kurze Wochen mit Elizabeth zusammengewesen, aber die Zeiten mit ihr schienen ihm jetzt in der Rückschau paradiesisch gewesen zu sein, viel harmonischer und erfüllender, als sie ihm damals vorgekommen waren. Wahrscheinlich stimmte es, dass man erst das unwiederbringlich verlorene Glück richtig zu schätzen wusste. Er sah seine Zukunft tiefschwarz. Für was lohnte es sich noch zu leben? Elizabeth war tot. Sein Sohn war entführt, und nur der Himmel wusste, wo er sich aufhielt. Warum sollte er sich die Mühe machen und um das Erbe seines Sohnes kämpfen? Sollte doch Hernandez alles nehmen und glücklich damit werden ... Nun, das musste vielleicht doch nicht sein! Diese kalt berechnende Bestie sollte nicht auch noch feixend in den Genuss der Reichtümer kommen, die Turners Sohn zustanden. Nein! Nein! Nein! Das Kind sollte bekommen, was ihm zustand: jeden Penny und jeden Zuckerrohrsetzling und – verdammt noch mal – auch jeden verfluchten Niggersklaven. Aber zuerst einen anständigen Namen! »Louis Washington« hatte dieser irre Hernandez als Vornamen für den Kleinen bestimmt! Das war eine Schande für jeden reinrassigen Engländer und erst recht für den Sohn eines Offiziers der Royal Army. Schon allein dafür würde ihm Turner die Nase abschneiden, sobald er den verräterischen Spanier zwischen die Finger bekam. Düster hatte sich Turner die Verbrechen an den Fingern aufgezählt, die Hernandez allein im Zusammenhang mit diesem Fall begangen oder befohlen hatte: die Entführung von Elizabeth und ihrer Zofe, die Entführung von Turners Sohn, der Mord an Elizabeths Leibwächter, vermutlich war auch ihre Zofe als unliebsame Zeugin umgebracht worden. Señor Hernandez war bei der Verfolgung seiner Ziele nicht kleinlich. Trotz der roten Wolke des Hasses, die seinen Kopf vernebelte, war Turner klar gewesen, dass es für die meisten, eigentlich für keines dieser Verbrechen einen Beweis gab, der einer gerichtlichen Überprüfung durch die Anwälte von Hernandez und einem objektiven Richter standhalten würde. Turner hatte die maliziöse Stimme eines gewieften Anwalts zu hören vermeint: »Mrs. Parker entführt? Kann das jemand beschwören? Aah – ach ja, richtig – es gibt da ja ein paar Niggerbubies ... Machen Sie sich doch nicht lächerlich, Sir. Jeder weiß doch, dass diese dreckigen kleinen Schlingel schneller lügen, als eine Küchenschabe vor dem Licht fliehen kann. Ihre Ermittler haben den kleinen Strolchen nicht zufällig ein paar bunte Glasperlen geschenkt? Die Spuren im

Haus, eine Leiche im Busch, ein gestohlener Kutschwagen, versenkt in einer Bucht, puh …, wie aufregend, meine Herrschaften! Wir sind beeindruckt, Gentlemen! Und wie leicht ist das alles zu erklären! Diebstahl und Schmuggel! Vielleicht war der Kutscher von Mrs. Parker ja doch nicht ganz so loyal, wie uns die Anklage weismachen will. Er führt seine Komplizen zu einem von ihm angelegten Versteck mit Diebesgut – Zuckersäcke, Melasse- oder Rumfässer –, wer will das wissen? Auf dem Weg zur Verladung kommt es zum Streit über den Anteil, ein schneller Stich – und die Sache ist nach Spitzbubenart bereinigt. Und vergessen Sie nicht: Mrs. Parker ist von honorigen Zeugen wohlbehalten auf Martinique gesehen worden, auch in Gesellschaft dieser angeblich ermordeten Zofe. Später verliert sich die Spur des Mädchens? Nun ja, die Frauen, meine Herren Geschworenen! Wir kennen das doch, ist das Herz einer jungen Zofe entflammt, vergisst sie manchmal ihre Pflichten und läuft ihrem Herzallerliebsten nach, besonders wenn sie sich als englischsprechendes Mädchen plötzlich in einer frankophonen Umgebung wiederfindet. Es fällt ihr sogar leicht, weil sie ihre Herrin in den besten Händen weiß! Und Mrs. Hernandez – wie ich sie ja richtiger nennen muss – hat auf Martinique unseren Mandanten geheiratet! Alle Anschuldigungen sind daher lächerlich und dem guten Ruf unseres Mandaten abträglich, der sich mit einer entsprechenden Klage vor diesem Gericht dagegen zur Wehr setzen und Schadenersatz fordern wird. Hohen Schadenersatz, Sir, sehr hohen …«

Sollten sie ihn doch verklagen, hatte Turner geringschätzig gedacht. Er wusste, dass so eine Klage ihn an den Bettelstab bringen konnte – na und? Wichtig war, dass er Hernandez in die Hand bekam. Er musste von ihm den Aufenthaltsort seines Sohnes erfahren! Danach war, was Leutnant William Turner betraf, für den Vollzug der weltlichen Gerechtigkeit kein ordentliches Gericht nötig, dafür reichte ihm die Klingenspitze seines Degens völlig aus. Die Frage war nur, ob die Gier des Spaniers nach den Parker-Latifundien groß genug war, dass er sich nach Antigua traute.

»Du bist nicht die größte und schönste Ratte, und das kränkt dich jeden Tag. Du bist auch nicht die klügste Ratte, selbst wenn du das von dir glauben solltest. Aber du bist eine sehr, sehr gierige Ratte, weil du glaubst, Reichtum würde deine anderen Mängel aufwiegen, und das wird dir zum Verhängnis werden«, hatte Turner wütend geschnaubt und mit der rechten Faust in die linke Handfläche geschlagen.

Während der Überfahrt hatte Turner seine Beinwunde nur von Tom behandeln lassen und die Nähe von Michelle gemieden. Bei seinen gelegentlichen Ausflügen an Deck hatte sie ihm traurige Blicke zugeworfen, ihn aber nicht angesprochen. Turner hatte weiß Gott genug mit dem Gefühlschaos in seinem Inneren zu tun, da war das Letzte, was er gebrauchen konnte, eine Affäre mit der schönen Mulattin. Immerhin war er so ehrlich, sich einzugestehen, dass er sehr wahrscheinlich schwach geworden wäre, wenn Elizabeth noch am Leben wäre. Michelle war aber auch ein verdammt süßer Käfer, temperamentvoll, sinnlich, klug, stolz ... und ungewöhnlich schön. Aber nein, so aufregend diese Erfahrung vielleicht gewesen wäre, sie waren sich einfach zur falschen Zeit am falschen Ort begegnet.

Seine Wunde war dank der Salbenkompressen problemlos am Abheilen; es würde wohl nur eine lange, weiße, wulstige Narbe zurückbleiben, die gelegentlich schmerzen würde. Sehr viel bewunderungswürdiger waren die Fortschritte, die Mister Midshipman Blake gemacht hatte. Der Schiffsarzt hatte ihn eigentlich schon aufgegeben, aber dann hatte sich Michelle um den armen Kerl gekümmert. Sie hatte seinen Armstumpf mit einem Umschlag aus Pflanzenbrei umhüllt und ihm Tinkturen eingeflößt, deren Zusammensetzung nur sie kannte. Alle dunkelhäutigen Matrosen hatten aus ihren Medizinsäckchen Pflanzen beigesteuert, damit sie genug Salbe produzieren konnte. Doktor Smyth hatte zuerst protestieren wollen, dann aber nur verkniffen geguckt und seinen hochgelehrten Kopf geschüttelt. Sollte die schwarze Hexe doch ihr Glück probieren, das Fieber würde sich den Jungen holen, das war so sicher wie das Amen in der Kirche. Dann konnte er den Tod des jungen Gentleman dieser Kräuterhexe in die Schuhe schieben, und vielleicht würde das dem Kapitän eine Warnung sein. Denn der hatte offensichtlich zu dem heidnischen Hokuspokus der Wilden ein größeres Zutrauen als zu den wissenschaftlich fundierten Kenntnissen eines Doktors der Medizin, der sein Wissen aus den an Weisheit überquellenden Brüsten einer führenden *alma mater* des modernen Europas gesogen hatte. Er hatte herablassend geschnieft, hochmütig den Kopf in den Nacken geworfen, war von dannen geschlurft und in der Finsternis des Orlops verschwunden. Michelle hatte den von Fieberschauern geschüttelten Jungen regelmäßig besucht und mit ihrer gurrenden, dunklen Stimme besänftigend auf ihn eingeredet, wenn er mit wirrem Blick um sich schaute. Sie hatte ihm den Schweiß von der Stirn gewischt und ihn gesäubert, hatte seinen wirren Fieberfantasien gelauscht und begütigend auf ihn eingeredet, hatte seine verkrampfte linke Hand gestreichelt. Langsam, ganz langsam hatte sich das Gesicht des unglücklichen Midshipman verändert. Hatte es zuerst in der Tat einer Totenmaske mit einer weit herausragenden spitzen Nase geglichen, so schienen nach den beiden ersten schrecklichen Nächten allmählich die Lebensgeister auf ganz behutsamen Samtpfoten in den geschundenen Körper zurückzukehren. Und an diesem Morgen hatte er Michelle erkannt und versucht, sie anzulächeln, aber dann war ihm wohl bewusst geworden, wo er war und warum er dort war, und langsam hatte er seinen Kopf zur Seite gedreht und hemmungslos zu weinen begonnen. Geduldig hatte Michelle neben ihm ausgeharrt, bis der Tränenstrom schließlich versiegt war. In ihrem lustigen Kauderwelsch aus Englisch und Französisch hatte sie versucht, ihn zu trösten. Aber offensichtlich schien der junge Mann die Krise überstanden zu haben. Mister Midshipman Blake würde leben, und es war wieder mal an Doktor Smyth, erstaunt und verwirrt den Kopf zu schütteln.

Während Turner auf sein Boot wartete, betrachtete er die *Shark*, die vornehm an ihrem Anker lag. Auf den ersten Blick war von den Schäden nichts mehr zu erkennen. Der lange Rumpf mit dem eleganten Decksprung, die beiden hohen Masten mit dem leichten Fall nach achtern und der weit nach vorne herausragende Klüverbaum deuteten an, dass es sich hier um einen Schnellsegler handelte. Sicherlich konnte das Schiff nach dem Geschmack eines scharf kalkulierenden Kaufmanns nicht genug Fässer oder Ballen in seinem Bauch verstauen, aber das, was es beförderte, das würde es schnell an den Bestimmungsort bringen. Es sei denn, dass es in diesen kriegerischen Zeiten einem anderen Raubtier mit größeren Pranken und schärferen Zähnen über den Weg lief. Aber selbst dann wäre es keine leichte Beute, sondern konnte sich für den übermütigen Angreifer als ein zu dicker Brocken erweisen, der sich als unverdaulich und tödlich erwies. In Turners Brust begann sich ein Gefühl zu regen, das er schon vergessen geglaubt hatte: Stolz. Stolz auf sein Schiff und seine Besatzung, denn es waren seine Männer dort drüben, Männer, die ihm vertrauten, Männer, deren Respekt er sich im Laufe des langen Einsatzes erworben hatte. Er schluckte. Vielleicht sah seine Zukunft doch nicht so rabenschwarz aus, wir er vermutet hatte.

Er stieg bedächtig in die Gig und nahm neben Tom Platz. Der Bugmann setzte vorne ab, das Boot kam von der Bordwand frei, und auf ein Kommando von Tom fingen die Ruderer an zu pullen. In einem engen Halbkreis steuerten sie die *Shark* an. Der Bugmann hakte ein; Turner erhob sich, rückte den Säbel zurecht und trat, vorsichtig nach festem Halt suchend, auf die Stufen der Bordwand und zog sich nach oben an Deck. Ein ziehender Schmerz im Oberschenkel ließ ihn die Zähne zusammenbeißen. Im Rücken spürte er die stützende Hand seines Bootssteurers. Dechamp sprang vor, salutierte kurz und packte dann seine Hand, die er wie einen Schraubstock umfasste, kräftig schüttelte und ihn damit stabilisierte.

»Verdammt, Mister Dechamp, zerquetschen Sie mir bitte meine Hand nicht, Sir! Mir geht's gut, wirklich, nun ja, ein kleiner Kratzer …« Er blickte sich auf dem Deck um. Dechamp und Lennon hatten ganze Arbeit geleistet; das Schiff befand sich in einem erstklassigen Zustand. Die Männer hatten ihre Arbeiten unterbrochen, sahen ihn neugierig an und nickten sich zu. Der Alte war zurück. Mit festen Schritten ging Turner mit Dechamp im Schlepptau nach achtern. In der Staatskabine ließ er sich wohlig aufseufzend in seinen Sessel sinken. *Home, sweet home*. Die Eignerkabine der *Platvis* war zugegebenermaßen sehr bequem und gediegen eingerichtet, die Pantry sogar völlig mit Delfter Kacheln gefliest gewesen, aber das hier war sein Schiff. Vielleicht war das Interieur etwas angelsächsisch nüchtern, aber es war solide und zweckmäßig.

»Tom, bitte einen Sherry für den Ersten und mich!« Dann blickte er seinen Ersten Leutnant scharf an, denn der vermittelte den Eindruck, als würde unter seinem Hintern die Lunte einer Pulverladung zischen. »Was ist los, James, ich kann ja verstehen, dass Sie mir eine Menge zu berichten haben, aber erst mal trinken wir geruhsam ein Gläschen von diesem edlen Tropfen – so viel Zeit muss sein, nicht wahr, Sir?«

»Aye, aye, Sir!«, stieß Dechamp hervor, aber es klang eher, als meine er das Gegenteil. Sie griffen nach ihren Gläsern und prosteten sich zu. Dechamp räusperte sich rau, dann sagte er leise: »Sir, ich möchte Ihnen mein tief empfundenes Mitgefühl zum Tode Ihrer Frau ausdrücken, jawohl, Frau, denn das war sie, wenn schon nicht vor dem Gesetz, dann doch vor Gott und den Menschen!«

William neigte den Kopf und blickte an die Decke, bevor er antwortete: »Danke, James, das haben Sie sehr schön gesagt, ja, so war es wohl!« Sie nahmen einen kleinen Schluck. William schloss die Augen und ließ den vollen, runden Abgang des Weines auf sich wirken. Das wäre auch ein Tröpfchen nach Elizabeths Geschmack gewesen, dachte er, verscheuchte dann aber den Gedanken. »Nun, James, was hat sich in meiner Abwesenheit in Antigua, diesem Schlangennest voller intriganter Nattern, ereignet?«

»Hernandez ist auf der Insel, Sir!«, ließ Dechamp die Bombe platzen.

Turner starrte ihn mit heruntergeklapptem Unterkiefer ungläubig an; in seinem Kopf herrschte völlige Leere. Mechanisch griff er nach seinem Glas und leerte es in einem Zug, dann krächzte er: »*Mein* Hernandez hält sich auf Antigua auf, wollten Sie mir das sagen, Mister Dechamp?«

»Aye, Sir! Er betreibt die Eintragung der Besitzungen von Mrs., ahem, Parker, auf seinen Namen, da er als Gatte der rechtmäßige Erbe ist. Kronanwalt Peach und Ihr Rechtsanwalt Raven ziehen alle Register ihres Könnens, um das zu verhindern, aber die vorgelegten Dokumente scheinen seinen Anspruch unwiderlegbar zu beweisen. In drei Tagen ist der entscheidende Termin vor Gericht! Ich hoffe, dass Sie Beweise dafür auftreiben konnten, dass man Mrs. Parker gegen ihren Willen entführt hat und die Heirat unter Zwang erfolgt ist, Sir.«

Turner schenkte ihnen nach, dann rieb er sich den Hinterkopf. »Nun, das wohl nicht gerade, James«, erwiderte er eher entmutigend mit schleppender Stimme, »aber einen Trumpf hat Wild Bill Turner doch bisher noch immer im Ärmel gehabt, mein Freund, nicht wahr?«

»Aye, Sir, das ist richtig. Darf ich fragen ...?«

»Wann ist die Verhandlung? In drei Tagen? Wenigstens bin ich diesmal noch rechtzeitig angekommen! Lassen Sie meine Gig klarmachen, ich muss dringend an Land, Mister Dechamp!«

⚓

»Daher, Euer Ehren, gibt es nicht den geringsten Grund, daran zu zweifeln, dass die ehrenwerte Lady Elizabeth Parker vor Gott und den Menschen meinen Klienten den Hochwohlgeborenen Granden Jaime Hernandez, Untertan Seiner Majestät des Königs, in aller Form zu Ihrem Ehemann genommen hat!« Anwalt Richard Potter schwenkte eine gesiegelte Urkunde bedeutungsvoll durch die Luft und deponierte sie dann auf dem Richtertisch.

Im kleinen Sitzungssaal des Gerichts herrschte gespanntes Schweigen. Unterhalb des Richtertisches befanden sich links und rechts die Bänke für den Kläger und den Beklagten mit ihren Rechtsbeiständen, dahinter standen auf jeder Seite des Mittelganges zwei hölzerne, schön geschnitzte Bänke, auf denen sich die Vertreter der Journaille herumdrückten und dazu noch ein paar Müßiggänger und ältliche Ladys, die auf eine Sensation hofften. Die Sonnenblenden vor den Fenstern waren herabgelassen, so dass im Raum ein angenehm gedämpftes Licht herrschte. Aber nach dem Vortrag von Anwalt Potter schien das Ergebnis der Verhandlung klar zu sein. Ein paar Schreiberlinge machten sich eilig ihre Notizen.

Richter Masterson angelte nach seinem Lorgnon, das an einem seidenen Band unter seiner Robe baumelte. Mit schmatzenden Lippenbewegungen studierte er das Dokument. Er gab sich keine Mühe, seine Enttäuschung zu verbergen, nachdem er widerwillig festgestellt hatte, dass es an der Heiratsurkunde nichts auszusetzen gab. Er schnaubte leise vor sich hin. Der Anwalt fuhr schwungvoll fort: »Da dem so ist, gibt es auch keinen Grund mehr, meinem Klienten die Einsetzung als Verwalter der Immobilien und des sonstigen Besitzes der tragischerweise viel zu früh von uns gegangenen teuren Verblichenen zu verwehren.« Anwalt Potter verdrehte die Augen zur dunklen, massiven Holzdeck des Gerichtssaals und faltete die Hände vor der Brust. »Dasselbe gilt selbstverständlich auch für das Eigentum des während dieser Ehe geborenen, nicht geschäftsfähigen Sohnes Louis Washington Hernandez!«

William Turner zuckte bei der Nennung des verhassten Namens zusammen, verzog aber keine Miene.

Richter Masterson blickte den Anwalt missbilligend an, dann schaute er zu Kronanwalt Peach und Anwalt Raven hinüber. »Irgendwelche Einwendungen, Gentlemen? Sollte das nicht der Fall sein, dann …«

Raven erhob sich, nachdem er noch schnell eine Handvoll grüner Blätter in den Mund geschoben hatte und sie mit seinen gelben Zähnen zu zerkleinern begann.

»Euer Ehren, Einwendungen? Einwendungen wogegen? Gegen die Urkunden? Mir liegen diese Dokumente und auch noch weitere vor. Ich habe diese Pergamentblätter intensiv studiert, Euer Ehren. Formal sind es kleine Meisterwerke der

Kanzleiarbeit.« Raven verbeugte sich spöttisch in die Richtung von Hernandez. »Aber es gibt da so ein paar Rätsel bezüglich der Erstellung der Urkunden und was sie uns sagen sollen, die in meinem Kopf unaufhörlich bohrende Fragen hervorgerufen haben. Sehr schwerwiegende Fragen, ja, in der Tat, sehr schwerwiegend ...« Er war aus der Bank getreten und ging mit auf dem Rücken gekreuzten Armen und gesenktem Kopf vor dem Richtertisch auf und ab. Zielsicher spuckte er einen braunen Strahl in den bereitstehenden Napf. Richter Masterson, der dieses merkwürdige Verhalten von Potter kannte, das dieser immer an den Tag legte, wenn er zur Hochform auflief, lehnte sich zurück und ließ ihn gewähren. Der gegnerische Anwalt sprang auf und rief mit sich überschlagender Stimme: »Ich halte für das Protokoll fest, dass Mister Raven zugibt, dass die Urkunden einwandfrei sind! Lassen Sie sich nicht zu Komplizen einer billigen Jahrmarktsschau dieses zwielichtigen *Hintertreppenanwalts* machen, Euer Ehren! Entscheiden Sie nach den vorgelegten Beweisen!«

»Das ist es ja gerade, Sir, worüber ich mir den Kopf zerbreche. Kennen Sie das, Herr Kollege, man setzt die Bruchstücke eines Puzzles zusammen und erhält ein scheinbar stimmiges Bild, dann mischt man die Teile neu, beginnt von vorne und was ist das Ergebnis? Ein völlig anderes Bild! Welches ist das richtige? Was beweisen die Urkunden eigentlich, mein lieber Herr Kollege? Dass eine Dame, deren Name Elizabeth Parker gewesen sein soll, und ein gewisser Jaime Hernandez an einem bestimmten Tag an einem bestimmten Ort von einem gewissen Reverend Keen getraut worden sind. Hier anwesend, um unter Eid bezeugen zu können, dass dies ohne Ausübung von Zwang geschehen ist, ist aber nur Señor Hernandez. Und damit habe ich ein Problem, denn er ist der Nutznießer dieser ganzen Geschichte.«

Der gegnerische Anwalt war rot anlaufen; er war wieder aufgesprungen und fuchtelte mit den Fäusten in der Luft herum. »Das ist eine infame Verleumdung, verdammt, Euer Ehren …«

Fünf Pfund Ordnungsgeld wegen Fluchens vor Gericht, Sir! Im Wiederholungsfall gibt es zehn Tage verschärften Kerker!«, röhrte der Richter und knallte den Hammer auf die Platte. Der Anwalt sackte in sich zusammen und fasste sich an die Brust.

»Schauen wir uns doch mal die Ereignisse der Nachforschungen auf Martinique etwas genauer an, Gentlemen«, fuhr Raven ungerührt fort. Nach der Ankunft dort versucht Hernandez, Lady Parker durch den katholischen Geistlichen Picard zum Katholizismus zu bekehren, was aber nicht gelingt, obwohl Hernandez völlig sicher ist, dass sie über kurz oder lang nachgeben wird. Wir wollen nicht darüber spekulieren, warum er sich da so sicher ist – nein, das wollen wir wirklich nicht.« Raven warf Hernandez einen angeekelten Blick zu. »Aus überschäumender Liebe jedenfalls nicht, denn dann wäre die Lady sofort konvertiert. Bei diesen Gesprächen lernt der junge Priester die Frau sehr gut kennen; er ist von ihrer Prinzipientreue beeindruckt und von ihrem Aussehen fasziniert – soweit er das als Mann Gottes sein darf. Hier sein von eigener Hand verfasster Bericht, Euer Ehren. Dann überschlagen sich die Ereignisse! Offensichtlich erleidet Mrs. Parker eine Frühgeburt. Wann das genau war und wie lange Mrs. Parker dann noch gelebt hat, ist unsicher.« Hernandez schnaubte geringschätzig und hob die Sterbeurkunde in die Höhe. »Jetzt musste geheiratet werden, unbedingt und schnell. Hernandez holte sich dazu den anglikanischen Pastor Keen aus der Kriegsgefangenschaft. Der Mann war ein Geschenk des Himmels für Hernandez! Das Arrangement hatte zwei Vorteile, zum einen stimmte jetzt die Religion aller Beteiligten, zum anderen kannte der Mann Lady Parker nicht!«

Im Saal brach Unruhe aus. »Ruhe!«, donnerte Richter Masterson und ließ seinen Hammer krachend auf die Tischplatte sausen. Anwalt Potter war wieder aufgesprungen und ereiferte sich mit überschlagender Stimme: »Pure Vermutung! Reine Spekulation! Wo ist der Beweis, Euer Ehren?« Der Richter blickte Raven erwartungsvoll an.

»Mit Ihrem Einverständnis, Euer Ehren, möchte ich einen wichtigen Zeugen aufrufen. Reverend Keen!«

Masterson machte dem Gerichtsdiener an der Tür ein Zeichen, der daraufhin den Geistlichen hereingeleitete. Nach den üblichen Formalien für das Protokoll nahm Raven den Faden wieder auf: »Reverend Keen, Sie erinnern sich noch gut an die Vorgänge bei der von Ihnen vollzogenen Trauung auf Martinique?«

»Oh, gewiss, Sir, sehr genau. Wissen Sie, das Leben als Kriegsgefangener ist nicht gerade mit außergewöhnlichen Ereignissen gespickt, da ist man für jede Abwechslung dankbar. Und für einen guten Bissen auch, möge mir der Herr meine leiblichen Begierden verzeihen.«

Raven wirkte jetzt angespannt wie eine zum Sprung bereite Raubkatze. »Erkennen Sie unter den hier Anwesenden jemanden wieder, Mister Keen?«

Der Geistliche schaute sich kurz um und deutete dann ohne zu zögern auf Hernandez. »Das ist der Bräutigam, Sir, daran gibt es keinen Zweifel.«

»Dann würden Sie zweifellos auch die Braut wiedererkennen?«

»Nun, ich habe sie ja nur kurz bei der Trauungszeremonie gesehen, Sir, und da war sie verschleiert, aber ich denke, das wird mir gelingen.«

Hernandez war jetzt aufgesprungen und an den Richtertisch geeilt. »Was soll das alles? Natürlich erkennt mich der Reverend wieder, schließlich hat er mich vermählt. Wie schön, da haben wir doch den zweiten Zeugen, den die andere Partei gefordert hat!«

Raven warf Richter Masterson, der sich gerade etwas notierte, einen raschen Blick zu, dann machte er dem Posten an der Tür ein energisches Zeichen. Die Tür flog auf und herein schritt ... Elizabeth Parker. Das Brautkleid stand ihr vortrefflich, der Schleier verbarg zwar ihr Gesicht, konnte aber ihr volles rotes Haar nicht bändigen. Smith war ein Meisterstück geglückt. Es war schwer genug gewesen, eine rothaarige Frau mit einer vergleichbaren Figur wie Elizabeth aufzutreiben – aber es war ihm gelungen. Selbst Turner war das Herz stehengeblieben, als er sie das erste Mal sah. Mit wenigen Schritten stand sie an der Seite von Hernandez, der wie zur Salzsäule erstarrt war. Seine Augen waren aus den Höhlen getreten, und er keuchte heftig. »Du ... du ... hier? Wie ist das möglich? Du bist doch ... Du warst doch schon damals ...!«

»Mister Keen, schauen Sie sich das Brautpaar genau an! Sah das Paar, das Sie auf Martinique getraut haben, so aus?«

Ohne zu zögern, erwiderte Keen: »Nie und nimmer, Sir, so wahr mir Gott helfe! Die Frau hier ist zu groß, sie dürfte mindestens einen Kopf größer als der Bräutigam sein. Die Braut damals war etwa gleich groß wie der Bräutigam. Dazu dieses unbändige, echte kastanienrote Haar – das wäre mir aufgefallen, Sir.« Er nahm eine Hand der Frau. »Dazu die makellose weiße Haut des Handrückens, die Haut der Braut wies einen ganz leichten, aber unverwechselbaren gelblichbraunen Ton auf, und das Haar schien mir gefärbt zu sein.« Er schüttelte energisch den Kopf.

»Danke, Reverend Keen, Sie waren uns eine große Hilfe!

Euer Ehren, jetzt wird auch klar, warum wiederum Abbé Picard die Sterbeurkunde für Mrs. *Parker* ausstellen musste! Er *kannte* sie!« Genüsslich betonte er Elizabeths Namen. »Euer Ehren, ich stelle fest, dass es eine gültige Eheschließung zwischen Mister Hernandez und Mrs. Parker nicht gegeben hat. Daher stelle ich den Antrag, bei der Eintragung der Verfügungsrechte gemäß des von mir eingereichten Testaments und der von der Verstorbenen erteilten Vollmachten zu verfahren.« Er spie einen dicken braunen Strahl in den Spucknapf. Anschließend suchte er umständlich etwas auf seinem Tisch, hielt dann die Heiratsurkunde in die Luft und meinte lakonisch: »Formal ein Meisterwerk der Kanzleischreibkunst, aber trotz der Siegel leider so völlig bedeutungslos wie die Einkaufsliste einer Hausfrau. Pah!« Er knüllte das Dokument zusammen. »Im Übrigen wird sich ja wohl der Kronanwalt um die rechtlichen Folgen kümmern und diese unerhörten, verbrecherischen Taten dieses Ungeheuers ahnden müssen!«

»Legt den Kerl in Eisen und schafft ihn auf die Festung!«

⚓

Nicht nur in English Harbour, sondern auf der ganzen Insel schossen wilde Gerüchte ins Kraut. Überall wurden Wetten abgeschlossen, wie lange Hernandez wohl gesiebte Luft würde atmen müssen. Ein Mann wie er, der über viele Verbindungen verfügte und fast unbegrenzte Geldmittel zur Verfügung hatte, würde einen Weg in die Freiheit finden. Antigua galt zu Recht als eine der reichsten britischen Besitzungen der Karibik, aber gleichzeitig stand die Insel in dem zweifelhaften Ruf, das korrupteste Schlangennest im Reich von König Georg zu sein. Immerhin war der Kronanwalt so vorsichtig gewesen, Hernandez nicht in den regulären Knast zusammen mit den Taschendieben, Räubern, Totschlägern und Mördern zu stecken, sondern hatte ihn auf die Festung geschickt, wo er direkt der Aufsicht des Militärs unterstand. Dort wurde er üblicherweise auch verhört. Kronanwalt Peach versuchte mit allen möglichen Tricks – unter anderem auch mit Hilfe der Aussage des leider verstorbenen französischen Steuermanns des *chasse marée* eine Anklage wegen Hochverrats zu konstruieren, aber seine Beweise waren dünn. Die Tage vergingen, die Kolonie beruhigte sich langsam wieder und ging zur Normalität über. Da wurde an einem Nachmittag Hernandez in einer Kutsche aus seinem Verlies in die Residenz des Gouverneurs überführt. Auf dem Bock saßen zwei mit Musketen, Pistolen und Säbeln bewaffnete Kutscher, hinten hockte ein weiterer Bewaffneter, im Wagen bei Hernandez saß ein Fähnrich, und vier Reiter der leichten Kavallerie – je zwei vorne und zwei hinten –vervollständigten die Wachmannschaft. In zügiger Fahrt näherte sich die Kutsche dem Hafen, als die Männer plötzlich voraus ein Gedränge aus Fuhrwerken und heftig gestikulierenden Menschen entdeckten, das die Auffahrt auf den Kai unmöglich machte. Die Reiter blickten sich unbehaglich um. Der Kutscher bremste fluchend und hielt nach einem Schlupfloch Ausschau. Drehen konnte er die Kutsche auf der schmalen Straße nicht, aber auf der rechten Seite führte eine ausreichend breite Gasse schräg hinunter zum Kai. Er deutete mit der Peitsche in diese Richtung, und der Leutnant der Kavallerie nickte. Die Gasse war gerade breit genug, dass die Kutsche ohne zu kollidieren hindurchpasste. Von Zeit zu Zeit kreuzte eine noch schmalere Passage. An einer dieser Kreuzungen fiel den braven Soldaten urplötzlich der Himmel auf den Kopf. Heftige Explosionen ertönten, und dichter, undurchdringlicher Qualm hüllte die Kutsche innerhalb von Sekunden ein. Er stank entsetzlich, so dass es den Männern schwer fiel zu atmen. Die Kutsche kam zum Halten. Lautes Gebrüll und heftiges Pistolenfeuer umgab sie. Dann herrschte wieder Ruhe, und der Qualm verzog sich. Die Soldaten schauten sich an. Der zweite Kutscher kroch über das Dach und blickte an der Seite herunter. Die Tür des Gefährts war genau in Höhe einer winzigen Gasse zum Stehen gekommen; sie schwang langsam in ihren Lederscharnieren hin und her. Aus dem Innenraum erklang ein dumpfes Stöhnen, dann erschien der Oberkörper des Fähnrichs, der sich den schmerzenden Kopf hielt. Der Fluch des Kutschers war von beachtlicher Farbigkeit. Bitter dachte er an die Drohungen, die ihm sein Unteroffizier vorsorglich für den Fall mit auf den Weg gegeben hatte, dass der Gefangene entkommen sollte. Es nützte nichts, die Augen davor zu verschließen: Der Fuchs war entkommen.

⚓

Der kleine Reitertrupp trabte unbeachtet aus der Stadt und verschwand bald im Busch.

»Puh!«, stöhnte Hernandez auf. »Das wurde auch Zeit, meine Guten. Ich muss sagen, Kost und Logis des Königs von England entsprechen nicht meinen Ansprüchen.« Er schüttelte angewidert den Kopf. »Hat jemand einen vernünftigen Schluck Wein dabei?«

Seine Begleiter schwiegen, schließlich ließ sich eine Stimme von hinten vernehmen: »Warten Sie noch eine kurze Weile, Sir, dann werden Sie bekommen, was Sie verdienen.« Die Stimme klang kühl und nüchtern.

Hernandez schwieg verwundert. Der Sprecher war zweifellos ein Nordamerikaner gewesen, aber das allein war nichts Ungewöhnliches. Er überlegte: Waren das wirklich seine Männer? »He, wohin reiten wir?«

»Wir sind gleich da, nur noch etwas Geduld.«

Unter dem dichten Dach des Urwalds war das Licht gedämpft. Sie ritten jetzt offensichtlich auf einen engen Trampelpfad bergab zur Küste. Plötzlich hob der Anführer die Hand. Die Pferde kamen zum Stehen, und die Reiter sprangen auf den Boden. Ehe es sich Hernandez versah, hatte man ihn vom Pferd gerissen, und nun stand er schwankend auf dem Boden. Er schluckte. Was er vor sich sah, ließ ihn krampfhaft keuchen: einen mächtigen Ameisenbau. Was sollte das?

»Einen schönen Gruß von Mister William Turner, Señor Hernandez.«

Der Spanier zuckte zusammen, wurde aschfahl und wandte sich instinktiv zur Flucht. Aber wohin er sich drehte, überall versperrte ihm Gegner den Weg; darunter war auch eine junge farbige Frau, die ihn mit glühenden Augen musterte und scheinbar gelangweilt mit einem Messer spielte. Mit sich überschlagender Stimme kreischte Hernandez: »Lasst mich gehen, lasst mich bitte gehen! Ich bin sehr reich, ich werde euch fürstlich belohnen. Ihr bekommt Gold, Edelsteine, alles, was ihr wollt!«

»Du wirst uns ein paar Fragen beantworten, du spanischer Schmierlappen!«

»Niemals, ihr Hunde, niemals!«

»Man soll niemals nie sagen, mein Freund. Zieht ihn aus!«

Es dauerte ein wenig, aber als Hernandez nackt kopfüber über dem Ameisenhaufen hing und jedes Mal, wenn einer seiner Arme Kontakt mit dessen Oberfläche bekam, einige Dutzend der großen Insekten auf seinen Körper hinaufkrabbelten, wurde er sehr schnell gesprächig. Er ließ keine

Antwort aus. Das Letzte, woran sich Hernandez bewusst erinnern konnte, war das Gesicht der jungen Frau, das sich dem seinen näherte, und ihre auf Französisch gezischten Worte: »Meine Schwester Chantel war dreizehn Jahre alt, als du Schwein sie missbraucht und sie anschließend deinen Leibwächtern überlassen hast. Sie hat es nicht überlebt.« Er spürte ihre Finger an seinen Geschlechtsorganen, dann einen brennenden Schmerz. Abfällig warf die Frau ihre Beute in den Ameisenhaufen. Hernandez starb lange.

⚓

Little Tim wachte mit Kopfschmerzen in dem kleinen Verschlag auf, der ihm als Unterkunft diente. Er hatte keine Ahnung, was ihn geweckt hatte, wahrscheinlich eine vorwitzige Ratte. Aber er wusste, woher die Kopfschmerzen kamen, und er wusste auch, was er dagegen tun musste. Mühsam stemmte er seinen großen, schweren Körper in die Höhe, rückte die Hose zurecht, trat hinaus in die Dunkelheit der engen Gasse und machte sich auf den Weg zu *Ma May's Paradise*. Er überlegte krampfhaft, wie er zu ein paar Shilling kommen könnte, um seinen Rausch vom Vormittag zu erneuern. Er war nicht der hellste Kopf, daher fiel ihm keine schnelle Lösung ein. Nun, die Kumpels würden ihm erst mal eine Runde oder auch zwei spendieren, danach würde man weitersehen. Wie es Little Tim geschafft hatte, als Straßenräuber und Totschläger trotz seines geistigen Defizits bis jetzt der Schlinge des Henkers zu entkommen, war eigentlich ein Rätsel. In einer finsteren Gasse, die zum Kai hinabführte, hörte er plötzlich die Geräusche eines Handgemenges. Dumpfes Schnauben und leises Stöhnen drangen zu ihm. Er grinste. Das hörte sich ganz so an, als wären dort ein paar

Kollegen aus seiner ehrenwerten Zunft der Straßenräuber bei der Arbeit. Schnell, ohne sich Mühe zu geben, geräuschlos zu sein, eilte er die Gasse hinunter; vielleicht konnte er sich noch in das Geschehen einmischen und einen Anteil verlangen. Plötzlich war vor ihm alles ruhig. Vorsichtig ging er weiter. Seine Füße verfingen sich in einem Hindernis am Boden, und fast wäre er gestürzt. Er fluchte. Ächzend bückte er sich und stellte fest, dass er einen reichverzierten Rock aus bestem Stoff in der Hand hielt. Aber da war noch etwas anderes, ziemlich Seltsames. Es war weich, wollig, behielt aber eine bestimmte Form bei. Ein Vogelnest? Langsam dämmerte es ihm. Solche großen Perücken trugen sehr vornehme Herren – und in ähnlicher Form die Richter. Er schüttelte sich. Schnell durchsuchte er die Taschen des Rocks und förderte zu seinem nicht geringen Erstaunen mehrere goldene Pfundmünzen zutage, vom Kleingeld nicht zu reden. Dann war da noch ein protziger Ring, den er ohne lange zu überlegen in seine Hosentasche schob. Schnell eilte er zu seiner Behausung zurück und versteckte seine Beute, dann machte er sich wieder beschwingt auf den Weg in seine Stammkneipe.

Seine Kumpels gönnten ihm kaum einen Blick, als er eintrat; das änderte sich sofort, als er mit lauter Stimme eine Runde für das ganze anwesende Lumpenpack bestellte. Bevor der Zapfer die Bestellung ausführte, blickte er hinüber zur Wirtin; die wiederum musterte Tim misstrauisch und rieb Zeigefinger und Daumen vor seiner Nase. Tim grinste breit und legte mit einem lauten Knall schwungvoll eine Goldmünze auf den Tresen. Ma May fiel die Kinnlade herab. Es war lange her, dass sie so eine Münze in der Hand gehalten hatte. Sie grinste Tim mit einer Miene an, in der sich offene Gier und gespielte Herzlichkeit die Waage hielten. Blitzschnell verschwand die Münze in den unergründlichen Tiefen ihrer Gewänder, dann griff sie selbst nach den Bechern. »Was soll's denn sein, Gentlemen, unser lieber Freund und Gönner Tim hat heute die Spendierhosen an! Nehmt die Chance wahr und trinkt nur das Beste, was mein Keller zu bieten hat!«

Bald ging es in der Spelunke hoch her, raue Kehlen grölten alte Shanties, und ein paar der Halsabschneider legten sogar eine flotte Sohle auf die knarrenden, morschen Dielen. Wein und Rum flossen in Strömen, und ausnahmsweise waren die Getränke nicht gepanscht, weil Ma May befürchtete, wenn ihr die ehrenwerten Gäste auf die Schliche kommen sollten, würden sie nicht lange diskutieren, sondern ihr Etablissement in sämtliche Einzelteile zerlegen.

Als die Stimmung auf dem Höhepunkt war, flog plötzlich die Eingangstür auf, und bewaffnete Konstabler drängten in den Raum. Mit ein paar kräftigen Schlägen ihrer Knüppel überzeugten sie die sich sträubenden Spitzbuben, dass Widerstand zwecklos war. Ein paar Geistesgegenwärtige, die sich auf Französisch hatten empfehlen wollen, wurden draußen ebenfalls gleich in Empfang genommen, auf die Gasse gezerrt, gefesselt und auf den Gefangenenwagen geworfen.

Es war am Ende nun doch nicht Little Tims großer Tag geworden. Nachdem man in seiner schäbigen Unterkunft den Rock und die Perücke von Hernandez gefunden hatte, dazu in seiner Hose den protzigen Ring, den eine Reihe von Zeugen als dessen Eigentum identifizierten, war seine Verurteilung wegen Mordes nur noch eine Formsache. Es war nicht ohne Ironie, dass Little Tim für ein Verbrechen gehängt wurde, das er nicht begangen hatte. Aber selbst nach der Meinung seiner Spießgesellen wurde damit nur nachgeholt, was schon längst fällig war.

Die sterblichen Überreste von Hernandez wurden übrigens nie gefunden, was an der Wasserfront sogleich Gerüchte entstehen ließ, Hernandez habe seine Ermordung nur vorgetäuscht und sei inzwischen sicher schon auf dem Weg zu seinen Besitzungen auf den französischen Inseln.

Und ein gewisser Mister Smith aus der Green Lane setzte sich über einige dunkle Kanäle in den Besitz des Ringes. Er hatte da so eine Ahnung, dass er ihn für seine Unternehmungen noch einmal gut würde gebrauchen können.

⚓

Mister Smith hielt den Ring in die Höhe und betrachtete ihn mit einem leicht abschätzigen Blick. »Typisch für diesen aufgeblasenen Parvenü! Überladen mit Diamanten, Saphiren, Smaragden und Rubinen – geschmacklos, einfach geschmacklos.« Er schüttelte den Kopf. »Ich gehe davon aus, dass Sie mit Ihren persönlichen Geschäften fertig sind, Mister Turner?«

William Turner nickte langsam. Tatsächlich war er während der letzten Tage mehr an Land als an Bord gewesen und hatte mit Anwälten und seinen Geschäftsführern konferiert und Stapel von Dokumenten unterzeichnet. Zu seiner großen Überraschung hatte Elizabeth ein Testament hinterlassen, in dem sie ihm die Paradise-Plantage, auf der seine Rumfabrik lag, und das Stadthaus hinterließ; ihre anderen Besitzungen hatte sie ihrem Kind vererbt und William als Testamentsvollstrecker eingesetzt. Er verzog schmerzlich das Gesicht. Aber wo war sein Sohn? Er musste ihn finden! In einsamen Stunden in seiner Kabine hatte er sich den Kopf zermartert, ob Elizabeth ihr Schicksal geahnt hatte oder ob sie – von wem auch immer – gewarnt worden war? Aber warum hatte sie dann keine besseren Schutzmaßnahmen getroffen?

Smith schob ihm den Ring zu. »Hier, nehmen Sie das Ungetüm, es wird Ihr Ausweis bei den Leuten sein, die Sie in den südlichen Kolonien aufsuchen sollen, damit diese Ihnen den Weg zu Lord Dunbar weisen. Der Ring ist ob seiner Geschmacklosigkeit in den einschlägigen Kreisen allgemein bekannt, und jeder weiß, dass sich Hernandez von ihm nur bei einem Notfall trennen würde.« Smith machte eine Pause, strich über sein kurzgeschnittenes Haar und grinste wölfisch. »Nun ja, ein Notfall der finalen Art scheint ihn ja ereilt zu haben. Ich weiß zwar nicht, wo unser Freund seine letzte Ruhestätte gefunden hat, aber nach ihrem Bericht über seine ausführlichen Beichten darf ich mir doch wohl sicher sein, dass er nicht eines Tages wie ein Springteufelchen wieder putzmunter hier auftaucht und uns die Zunge herausstreckt, nicht wahr?«

»Oh ja, Sir, ganz sicher! Er ist Teil eines straff organisierten Gemeinwesens geworden, dessen überaus zahlreiche Bewohner sehr wehrhaft sind und dafür sorgen werden, dass er ihren, äh, Staat nicht verlässt«, versicherte William dem Agentenführer. »Irgendwie ist das ja die Erfüllung seines Traums von einem mächtigen tropischen Königreich.« Smith blickte ihn mit schräggelegtem Kopf nachdenklich an, dann nickte er langsam.

»Meine Spezialisten haben noch paar Briefe und Dokumente gefälscht, die Ihnen ebenfalls helfen können, zu Cecil Dunbar vorzudringen.« Er schob energisch den Kopf vor und starrte William aus mitleidlosen Augen kalt an. »Der Kerl muss sterben, Turner! Wir haben genug Ärger mit den Franzosen, da brauchen wir nicht noch zusätzlich Dunbars Wühlarbeit auf den Inseln. Er verspricht den Sklaven die Freiheit, wenn sie das Joch der Briten abschütteln! Ich denke, dass es Ihnen zusätzlichen Schwung verleiht, wenn ich Ihnen verrate, dass Sie bei Dunbar auch Ihren Sohn finden werden – aber wahrscheinlich haben Sie sich das schon alleine ausgerechnet! Ihr Auftrag lautet also wie folgt: Dunbar ist zu eliminieren, und finden Sie heraus, wer der britische Gentlemen ist, der mit dem französischen Schnellsegler nach Charleston gesegelt ist. Was ist seine Aufgabe? Welche politischen und wirtschaftlichen Kreise Londons vertritt er? Bringen Sie ihn zum Sprechen, und falls nötig, liquidieren Sie ihn ebenfalls! Verstanden!«

»Aye, aye, Sir!«, bestätigte Turner zackig. Er wunderte sich selbst über seine Bereitwilligkeit, den Mordauftrag anzunehmen; jetzt bestanden keine Skrupel mehr wie damals in Gravesend, als ihm der geheimnisvolle Mister Hermes denselben Auftrag zum ersten Mal gegeben hatte. Alles, was er spürte, war blanker Hass, wenn er an die hochmütige Visage des jungen Lord Dunbar dachte. Hatte ihn der Tod von Elizabeth so verändert?

Als sich Turner zu seinem Schiff zurückrudern ließ, näherte sich die Sonne hinter den Hügeln dem westlichen Horizont. ›Aye‹, dachte William, ›nach Westen müssen wir steuern, zu meinem Sohn … Ich muss ihn finden, das bin ich Elizabeth schuldig. Und wenn es das Letzte ist, was ich tue!‹

Patrick O'Brian

Die Chronologie der Jack-Aubrey-Romane

Kurs auf Spaniens Küste
ISBN 978-3-548-25317-6

Feindliche Segel
ISBN 978-3-548-25318-3

Duell vor Sumatra
ISBN 978-3-548-25319-0

Geheimauftrag Mauritius
ISBN 978-3-548-25203-2

Sturm in der Antarktis
ISBN 978-3-548-25208-7

Kanonen auf hoher See
ISBN 978-3-548-25212-4

Verfolgung im Nebel
ISBN 978-3-548-25320-6

Die Inseln der Paschas
ISBN 978-3-548-25329-9

Gefahr im roten Meer
ISBN 978-3-548-25435-7

Manöver um Feuerland
ISBN 978-3-548-25443-2

Hafen des Unglücks
ISBN 978-3-548-25642-9

Sieg der Freibeuter
ISBN 978-3-548-25643-6

Tödliches Riff
ISBN 978-3-548-25721-1

Anker vor Australien
ISBN 978-3-548-25730-3

Inseln der Vulkane
ISBN 978-3-548-25770-9

Gefährliche See von Kap Hoorn
ISBN 978-3-548-25774-7

maritim

Mar. 28

Die Chronologie der Jack-Aubray-Romane – Fortsetzung

Der Lohn der Navy
ISBN 978-3-548-26131-7

Der Triumph des Kommodore
ISBN 978-3-548-25902-4

Der gelbe Admiral
ISBN 978-3-548-25903-1

Mission im Mittelmeer
ISBN 978-3-548-26125-6

»Die besten marinehistorischen Romane, die je geschrieben wurden.« *The New York Times Book Review*

maritim

Mar. 28

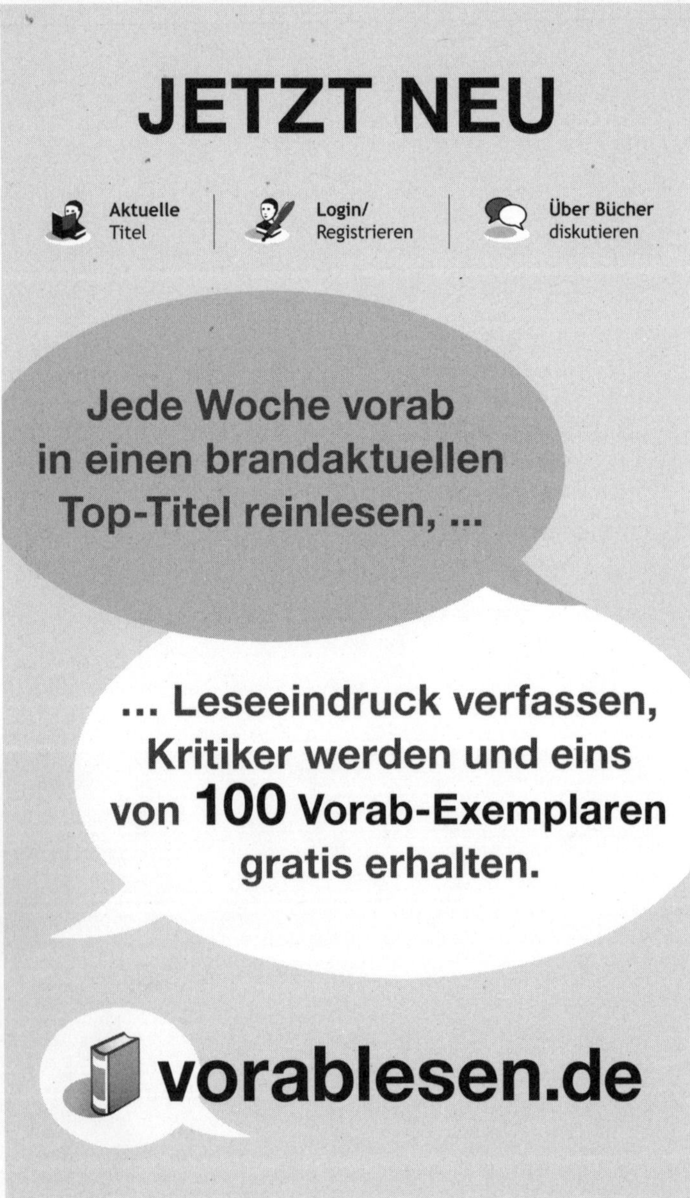